Deux vies à protéger

Une promesse vite oubliée

JULIE ANNE LINDSEY

Deux vies à protéger

Traduction française de
FLORENCE BERTRAND

BLACK ROSE

HARLEQUIN

Collection : BLACK ROSE

Titre original :
PROTECTING HIS WITNESS

HARPERCOLLINS FRANCE
83-85, boulevard Vincent-Auriol, 75646 PARIS CEDEX 13
Service Lectrices — Tél. : 01 45 82 47 47 - www.harlequin.fr
ISBN 978-2-2804-6942-5 — ISSN 1950-2753

Composé et édité par HarperCollins France.
Imprimé en avril 2022 par CPI Black Print (Barcelone)
en utilisant 100% d'électricité renouvelable.
Dépôt légal : mai 2022.

FSC
www.fsc.org
MIXTE
Papier issu de sources responsables
FSC® C159065

Pour limiter l'empreinte environnementale de ses livres, HarperCollins France s'engage à n'utiliser que du papier fabriqué à partir de bois provenant de forêts gérées durablement et de manière responsable.

1

Maisy Daniels changea gauchement de position sur la chaise de cuisine en bois et passa une main sur la courbe arrondie de son ventre. Naguère si plat, il s'était transformé en ballon au cours de ces dernières semaines. Elle sourit à cette pensée, sans regret pour sa silhouette d'antan. Pas encore, de toute façon. Dans l'immédiat, son corps s'acquittait d'une mission extraordinaire, et elle se sentait honorée d'avoir eu cette opportunité.

Son bébé prenait chaque jour des forces et elle avait hâte de le rencontrer. Elle s'imaginait en train de lui donner le jour, respirant à fond, gardant une attitude positive, bercée par la musique classique qui accompagnerait ses contractions. Son plan de naissance était parfaitement mis au point, jusque dans les moindres détails.

Bien sûr, la seule chose qui importait, c'était que le bébé arrive sain et sauf dans ses bras, de préférence sans que quiconque n'ait attenté à leurs vies. Autrement dit, dans des circonstances diamétralement différentes de celles où son enfant avait été conçu.

— Salut.

Le marshal fédéral Clara Spencer entra dans la cuisine, son habituel sourire aux lèvres. Ses cheveux blonds coupés en bob étaient striés de gris ici et là, et calés derrière ses oreilles.

— Désolée, il fallait que je prenne cet appel. Ton transfert est toujours prévu pour aujourd'hui. Nous allons même l'avancer un peu. Comment te sens-tu ?

— Bien.

Maisy se redressa sur sa chaise, observant la femme qui se tenait en face d'elle, et dont le destin avait fait sa meilleure amie.

— Pas de problème ? demanda-t-elle, devinant une étrange incertitude dans le regard d'ordinaire joyeux de Clara.

— Non, non.

Elle tapota l'épaule de Maisy en se dirigeant vers le fourneau et mit la bouilloire à chauffer.

— Mon collègue sera là dans moins d'une heure. À ce moment-là, nous te ramènerons en ville en vue du procès. Et ce soir, toi et moi mangerons des burgers médiocres dans une chambre d'hôtel anonyme, conclut-elle avec un léger sourire.

Maisy réprima une grimace et se força à rire.

— Trop tentant, ironisa-t-elle. Je vais peut-être partir à pied tout de suite.

D'un geste protecteur, elle replia les bras sur son ventre. Dans la mesure où elle souhaitait témoigner et voir Sam Luciano derrière les barreaux jusqu'à la fin de ses jours, elle continuerait à craindre pour sa sécurité et celle de son enfant jusqu'à l'ouverture du procès. Jusque-là, tout pouvait arriver, y compris le pire.

Sam Luciano était un patron du crime organisé, un homme qui exerçait plus d'influence que la plupart des personnalités en vue. Maisy en était venue à comprendre qu'il était mêlé à toutes sortes de méfaits, mais celui qui comptait le plus pour elle était le meurtre de sa sœur jumelle, Natalie. Avec un peu de chance, son témoignage garantirait à Luciano le statut de résident permanent au pénitencier de Cumberland, la prison haute sécurité la plus stricte du Kentucky.

Clara déposa une tasse de thé fumant devant Maisy.

— Respire, dit-elle avec douceur en s'asseyant en face d'elle. Tu as réussi. Tu as tenu le coup jusqu'au bout et, dans moins de deux semaines, tu seras libre d'aller où tu veux, quand tu veux et avec qui tu veux. Fini les journées passées à jouer aux cartes et à regarder tout Netflix avec moi et les autres vieux croûtons de garde !

— Tu n'es pas vieille, protesta Maisy.

Elle but une gorgée de thé, songeuse. Tout serait-il vraiment aussi simple ?

Après six longs mois d'isolement quasi total, elle allait raconter son histoire à un juré. La justice triompherait, et elle reprendrait le cours de sa vie. Cela semblait impossible. Soudain, quitter cet endroit où elle n'avait jamais voulu vivre lui paraissait bien plus effrayant qu'elle ne l'avait jamais imaginé.

— Ne le dis pas aux autres, reprit-elle, mais c'est toi qui vas me manquer le plus.

Clara posa sa tasse, se pencha vers Maisy et l'étreignit avec affection.

— Tu vas me manquer aussi, mon chou. Mais réfléchis. Quand tout sera terminé, nous pourrons nous revoir quand nous en aurons envie, et non pour assurer ta protection.

La gorge nouée, Maisy acquiesça. Le petit cottage sur Elmwood Lane avait été un sanctuaire pour elle et le bébé qu'elle n'avait pas même conscience de porter le jour où elle était arrivée.

— Je n'aurais pas pu survivre sans toi.

Clara avait été le soutien sans faille dont Maisy avait eu besoin pour survivre à ces mois de captivité volontaire : elle l'avait aidée à surmonter la mort de sa sœur et le choc causé par la découverte de sa grossesse. Elle l'avait encouragée les jours de doute, quand Maisy pensait que son témoignage ne servirait à rien. Elle lui avait trouvé une obstétricienne parfaite, l'avait emmenée à chacun de ses rendez-vous, et dorlotée pendant trois longs mois de nausées matinales. Tout cela de son propre chef, sans que Maisy ne lui ait jamais rien demandé.

Résolue à rester forte, Maisy refoula ses larmes en lui rendant son étreinte.

— Merci. Merci pour tout.

Les yeux noisette de Clara s'emplirent de larmes à leur tour.

— Arrête. Si tu commences à pleurer, je vais faire pareil, et mon collègue va penser que nous sommes folles à lier toutes les deux.

Maisy fit de son mieux pour se ressaisir.

— Je vais essayer de me retenir, promit-elle en reprenant sa tasse.

— Bien.

Clara la dévisageait avec attention, l'ombre d'un sourire aux lèvres.

— Je t'ai dit que j'avais réussi à fouiner un peu, comme tu me l'avais demandé ?

— Non.

Maisy se redressa, gagnée par une pointe d'excitation.

— Tu as découvert quelque chose ?

— J'avais raison, bien sûr. Les reports du procès ont joué en notre faveur. La partie civile a un dossier en béton. Trois autres témoins ont été trouvés.

— Vraiment ?

Stupéfaite, Maisy reposa sa tasse de peur de la laisser échapper.

— Trois ?

Une bouffée d'espoir monta en elle, une sensation qu'elle avait presque oubliée. Elle n'était pas seule.

Le sourire de Clara s'élargit.

— Comme je te le disais, tout ira bien. Tu verras.

— Merci.

Cette fois, Maisy donna libre cours à ses larmes, savourant son soulagement et sa joie même si elle se sentait aussi un peu coupable d'avoir demandé à Clara de se renseigner.

— J'espère que tu ne t'es pas attiré d'ennuis ?

— J'ai fait attention. D'ailleurs, tu vas être transférée ce matin. Le procès est imminent et tout sera bientôt terminé. Le jeu en valait la chandelle rien que pour voir ce sourire sur ton visage.

Le téléphone de Clara sonna, et elle y jeta un bref coup d'œil. Son sourire vacilla un instant avant de se rétablir.

— Notre chauffeur ne va pas tarder. Tu devrais sans doute aller finir tes bagages pendant que je réponds.

Maisy se leva et se dirigea vers la petite chambre située à l'arrière de la maison où elle passait le plus clair de son temps depuis le printemps. Soudain, un monde d'espoir et de possibilités se profilait à l'horizon. Quatre témoins ! Aucun jury ne pourrait prendre parti pour Luciano désormais. Justice serait rendue pour Natalie et les autres victimes. Comme Aaron.

Chancelante, submergée par une nouvelle vague de chagrin, elle s'assit un instant au bord du lit. Natalie n'aurait pas dû proposer d'aller chez Aaron ce jour-là. Maisy et lui n'étaient sortis ensemble que deux ou trois fois, et il l'avait pratiquement mise à la porte après avoir pris un appel qu'elle avait supposé venir d'une amie. Il cachait quelque chose, Maisy l'avait senti. Elle était partie fâchée, en oubliant son livre. Un vieil exemplaire écorné des *Quatre Filles du docteur March* dont elle ne se séparait presque jamais.

Natalie était allée le chercher. Et maintenant, elle était morte. Sa vie échangée contre un livre de poche sans valeur. Le livre de Maisy.

Elle essuya ses larmes et s'appliqua à apaiser sa respiration, luttant pour reprendre le contrôle d'elle-même. Ces accès de chagrin n'étaient pas bons pour sa tension, et elle devait penser à son bébé.

— Tata Natalie était toujours là pour me défendre, murmura-t-elle à l'enfant qu'elle portait. Notre maman m'avait laissé ce livre. Elle nous l'avait lu dix fois, et il est resté son préféré jusqu'à la fin, même après des mois de chimio.

Sam Luciano était chez Aaron lorsque Natalie était arrivée. Comme la plaque minéralogique était bien visible, elle avait pris une photo de sa voiture et l'avait envoyée à Maisy avant de faire le tour de la maison pour gagner l'arrière sans sonner à la porte. Elle avait présumé que le véhicule appartenait à la petite amie d'Aaron, et avait appelé Maisy pour le lui dire.

— C'est comme ça que j'ai rencontré ton père, raconta Maisy à son bébé, qui remuait doucement en elle. Il m'a donné l'impression d'être aimée même quand je me détestais. Il m'a fait sourire quand je ne voulais que pleurer. Et il a traqué ce monstre et l'a arrêté pour avoir assassiné tata Natalie et Aaron.

Pour cette seule raison, Maisy aimerait Blaze Winchester jusqu'à la fin de ses jours.

Et elle allait le revoir bientôt. Depuis sept mois, elle portait son enfant. Elle aurait voulu le lui dire plus tôt mais n'y avait pas été autorisée. Le contact avec le monde extérieur était limité, toute communication avec quiconque appartenant à son passé strictement interdite avant le procès. Par conséquent, Maisy avait passé un nombre incalculable de nuits à réfléchir à la manière de lui annoncer la nouvelle. Maintenant, elle n'aurait même pas à le faire. Un seul regard sur elle suffirait pour qu'il comprenne.

Elle se leva, s'obligeant à chasser Blaze Winchester de son esprit. Quoi qu'il pense de sa grossesse, elle n'y pouvait rien. Et, dans l'immédiat, elle avait des bagages à terminer.

Elle avait mis le gros de ses affaires dans une série de caisses en plastique alignées le long du mur, quand un bruit de moteur lui parvint. Un 4x4 noir à vitres teintées, portant une plaque officielle, était visible dans l'allée, juste à l'écart de sa fenêtre. Un marshal fédéral était arrivé pour les ramener, Clara et elle, dans la ville où le procès devait avoir lieu.

Un homme descendit, ferma sa portière, détaillant la maison avec soin avant de se diriger vers la porte. Il avait un certain âge, des cheveux qui grisonnaient sur les tempes et un visage fermé qui mit Maisy mal à l'aise. Les rafales de novembre ébouriffaient ses cheveux et soulevaient les pans de sa veste, révélant l'arme qu'il portait à sa ceinture.

Maisy frissonna. Son reflet dans la glace disait tout. La peur et l'appréhension se lisaient dans ses yeux noisette, dans le pli de ses lèvres. Même dans la rougeur qui avait envahi ses joues pâles, constellées de taches de rousseur. Elle ne voulait pas partir. Trop de choses pouvaient arriver en dehors de ces murs protecteurs et, dans son état, elle était impuissante, incapable de se défendre.

Le froid semblait s'insinuer à l'intérieur, passant sous la fenêtre verrouillée, autour du cadre renforcé. Il s'immisçait dans la peau de Maisy, lui glaçait les os. D'après les bulletins météo locaux, tout le Nord du Kentucky allait subir des pluies incessantes cette semaine-là, suivies d'une baisse des températures et d'abondantes chutes de neige.

Maisy jeta un regard lourd de regret sur ses pieds nus, son pantalon de yoga et sa tunique légère, puis se dirigea vers le couloir pour y prendre un manteau et ses bottes fourrées. Si par malheur elle se retrouvait prisonnière d'une tempête de neige alors qu'elle était enceinte, au moins, elle serait au chaud pour attendre les secours.

Bang !

Le premier coup de feu éclata avant qu'elle ait atteint les patères fixées au bout du couloir.

Une seconde plus tard, la voix de Clara explosa dans le silence. Elle parlait vite et sans hésiter, donnait des ordres et des informations, dont la description de l'homme que Maisy avait vu dans l'allée.

Maisy fit volte-face, les yeux écarquillés et le cœur battant à tout rompre. Clara appelait à l'aide. Le cottage était pris d'assaut.

— Clara !

Une seconde détonation résonna. Clara se tut.

Clouée sur place par la terreur, Maisy était incapable de réfléchir.

Puis ce fut une série de coups de feu, en rapide succession. Des balles se fichèrent dans l'encadrement d'une porte, projetant des éclats de bois et des fragments de plâtre dans l'air.

— Clara ! appela Maisy de nouveau, cette fois avec toute la force qu'elle pouvait rassembler.

— Sauve-toi ! répondit Clara, d'une voix affaiblie, affolée. Sauve-toi ! Tu sais quoi faire. Vas-y !

Maisy pivota, comme sur pilote automatique. Elles avaient répété cet exercice une bonne dizaine de fois, davantage peut-être. Si le cottage était attaqué, le marshal fédéral de garde appellerait des secours. Maisy, elle, devait prendre la fuite. Là était son unique mission en cas de crise. *La plus importante*, avait affirmé Clara. *Parce que, si je meurs en essayant de te sauver et que tu es tuée de toute manière, à quoi tout cela aura-t-il servi ?*

Des larmes brûlantes roulaient sur les joues de Maisy, brouillaient sa vision et lui picotaient les narines. Elle fourra ses pieds enflés dans des baskets sans lacets, attrapa le sac d'urgence sous le banc près de la porte de derrière et se rua au-dehors dans le froid glacial, des coups de feu résonnant dans son dos.

2

Le lieutenant Blaze Winchester sortit d'un pas lourd du poste de police, où il venait de remettre un criminel aux mains de ses collègues. L'individu en question avait commis plus d'une dizaine de meurtres, et Blaze éprouvait un sentiment de satisfaction à la pensée qu'il était derrière les barreaux.

Cependant, la traque avait été ardue : Blaze avait dû le poursuivre jusque sur le territoire d'un gang adverse et avait encaissé deux violents coups de poing. Il avait mal à la tête, mal aux jambes, et son estomac criait famine. Par chance, son service était terminé, et une bonne bière, une entrecôte marinée et un lit bien douillet l'attendaient à la maison.

— Hé, Winchester ! Attends !

La voix de son frère cadet, Lucas, venait de s'élever derrière lui. Le benjamin de l'unité spéciale de soutien aux victimes nageait dans le bonheur après des retrouvailles inattendues avec sa petite amie et l'arrestation d'un criminel recherché depuis des années. C'était à la fois plaisant à voir et un rien agaçant. Blaze n'était pas d'humeur.

— Tu vas où ?

— Je rentre chez moi.

— Du nouveau sur l'affaire Luciano ? demanda Lucas en réglant son pas sur le sien.

Dès qu'il eut prononcé ce nom, L'air sembla s'alourdir, comme si le monde était devenu plus froid, plus sombre.

— Non.

Blaze n'avait entendu ni rumeurs ni nouvelles officielles. Tous ceux qui étaient informés étaient muets comme des carpes sur le sujet, ce qui l'irritait au plus haut point. Cela dit, la dernière fois qu'il avait sondé ses collègues sur le lieu de détention de Luciano, ceux-ci étaient clairement sur le qui-vive. L'un d'eux avait admis que des tensions régnaient parmi les prisonniers, mais il en ignorait la cause. Il avait l'impression, avait-il dit, qu'une tempête se préparait. De plus, il était convaincu que Luciano était au centre de ces troubles, mais ne savait pas ce que ce dernier mijotait. Blaze avait sa théorie, et elle ne lui plaisait pas. Luciano savait que le dossier monté contre lui était solide et devait par conséquent préparer un plan pour sauver sa peau.

Blaze n'avait pas eu d'autres nouvelles. Et le procès devait commencer dans moins de deux semaines.

— Tu devrais venir chez O'Grady, suggéra Lucas. J'ai entendu dire que tu avais eu une rude journée, et on dirait que tu vas avoir un œil au beurre noir. Une bière te fera du bien.

Blaze fit la grimace, et, comme si elle avait perçu un signal, sa pommette le lança douloureusement.

— Non, merci.

Lucas avait souvent fréquenté le bar en question pendant ses années d'université et y retournait à l'occasion. Sa fiancée et lui aimaient y aller boire un verre – cela leur rappelait leur jeunesse. Blaze se joignait à eux une ou deux fois par semaine mais, ce soir, il était trop préoccupé. Pendant ses heures libres, il se préparait mentalement au procès de Luciano, où il devait comparaître à la barre.

— Je vais me faire griller une entrecôte et regarder le match à la télé. Tu peux me tenir compagnie si tu veux.

Lucas se mit à rire.

— Comme si tu allais partager une entrecôte ! De toute façon, je suis pris pour dîner. Je voulais juste m'assurer que tu allais bien.

Blaze le congédia d'un geste.

— Je vais bien. Je suis fatigué, j'ai faim, mais je vais bien, répéta-t-il lentement, afin d'accentuer ses paroles.

Puis, avant que Lucas ait pu insister, il arbora l'air grognon d'un aîné que son cadet tente de dorloter.

Lucas leva les mains en l'air en signe d'excuse et se dirigea vers sa voiture.

— Tu sais, Gwen a des copines célibataires. Au cas où tu aurais envie de sortir et de faire des choses de ton âge. Des copines sympas. Et même des rousses, ajouta-t-il avec un sourire en coin.

— Bonsoir.

Blaze s'engouffra dans son pick-up et ferma la portière. La seule rousse qu'il avait envie de voir était prisonnière du programme de protection des témoins et n'avait sûrement même pas pensé à lui depuis son départ.

Il démarra et abaissa sa vitre.

— Dis bonjour à Gwen pour moi et dis-lui que je suis désolé de ne pas venir, puisqu'elle va être coincée avec toi pour seule compagnie toute la soirée. Je me rattraperai.

— Très drôle, riposta Lucas. Tu sais, la solitude te rend amer !

— Trop tard.

Blaze remonta la vitre et augmenta le chauffage. La température avait baissé tout au long de la journée et, à en juger par la couleur du ciel, la bruine qui tombait n'allait pas tarder à se transformer en neige.

Il suivit Lucas sur la voie express avant de le saluer d'un coup de klaxon. Lucas emprunta la bretelle qui menait à la demeure historique qu'il partageait avec Gwen tandis que Blaze restait sur la route jusqu'à la sortie de l'agglomération. Son chalet se trouvait juste à l'extérieur de la ville.

Comme la pluie s'intensifiait, il régla ses essuie-glaces, songeant comme souvent au procès imminent. Il était fier d'avoir arrêté cet homme que tant d'autres avaient échoué à capturer avant lui et savait que, si l'issue du procès était celle qu'il espérait, sa carrière en serait favorisée. Dans le cas contraire, en revanche, il aurait toutes les raisons de s'inquiéter. Luciano contrôlait la majeure partie de la pègre du Kentucky – y compris sans doute quelques fonctionnaires et policiers. Par conséquent, s'il était libéré, ou même condamné à une peine légère qui lui permettrait de reprendre les rênes de ses affaires, sa vengeance serait impitoyable. Et Blaze ne s'inquiétait pas que pour lui-même.

Le procès avait déjà été reporté à deux reprises. Ce n'était pas bon signe et reflétait peut-être l'influence de Luciano. Des rumeurs avaient circulé concernant des tentatives d'intimidation du juge et des avocats de la partie civile, mais il n'y avait eu aucune déclaration officielle. Les gens qui savaient de quoi Luciano était capable voulaient se tenir à l'écart du procès par peur de représailles. Toutefois rien n'empêcherait Blaze de témoigner.

À mesure qu'il roulait, les habitations se raréfiaient. Bientôt, la voie express se mua en route de campagne bordée d'arbres. Blaze augmenta encore le chauffage.

Lorsqu'il s'engagea dans la longue allée gravillonnée qui menait à son chalet, il n'avait plus envie de bière ni de steak. Penser à Luciano avait aggravé sa tension et son mal à la tête, et le mieux qu'il puisse faire était sans doute d'aller droit au lit. Une bonne nuit de sommeil lui ferait du bien.

Il laissa son pick-up dans l'allée et se tourna vers les marches, ajustant la capuche de sa veste sur sa tête pour se protéger de la pluie battante. Un mouvement sur la terrasse le fit s'immobiliser, tous les sens en alerte. Sa main se posa aussitôt sur son arme de service. Si quelqu'un projetait de l'empêcher de témoigner, il allait le regretter.

— Qui est là ? demanda-t-il, prêt à faire feu.

— Blaze ?

Une petite voix familière et incertaine s'éleva dans l'ombre.

— C'est moi. Je suis vraiment désolée. J'aurais dû téléphoner.

Blaze cilla dans la pénombre, le cœur soudain serré.

— Maisy ?

Maisy Daniels avait fait irruption dans sa vie à la fin de l'année précédente, et creusé une brèche dans le mur qu'il avait érigé autour de lui. Elle l'avait aidé à retrouver et arrêter Luciano pour le meurtre d'un ami et de sa sœur jumelle, et puis avait disparu avec une bande d'agents fédéraux. Mise sous protection jusqu'au procès. Luciano avait été le catalyseur qui avait amené Maisy dans sa vie, et aussi celui à cause duquel elle lui avait été arrachée. Une raison de plus de le haïr.

Bouleversé par la détresse qui perçait dans sa voix, Blaze se rua sur la terrasse. Elle était recroquevillée dans le coin, les bras repliés autour d'elle, d'épaisses mèches rousses plaquées à ses joues.

— Que se passe-t-il ? Que fais-tu ici ?

Il parcourut des yeux l'espace à côté du pick-up, cherchant en vain un véhicule qu'il n'aurait pas vu. Une angoisse lui comprima la poitrine.

— Où sont les agents ?

— Morts, je crois, murmura Maisy, levant vers lui des yeux suppliants, emplis de larmes. Je ne savais pas où aller.

Submergé par l'émotion, il tendit la main vers elle.

— Viens, entre. Tu es trempée, transie et…

Sa voix s'éteignit alors qu'elle se levait et qu'il prenait soudain conscience de sa silhouette.

— Enceinte ?

Maisy luttait contre l'envie de se jeter dans les bras de Blaze, de le remercier avec effusion de l'accueillir chez lui. Certes, il était impensable que le lieutenant qui avait arrêté Sam Luciano refuse d'aider un témoin qui pouvait l'aider à gagner le procès. Mais Blaze était infiniment plus qu'un policier pour elle, et le lien intime qu'ils avaient partagé rendait la situation beaucoup plus personnelle.

Elle s'obligea à relever le menton en le suivant à l'intérieur.

Le petit chalet familier n'avait pas changé. Elle avait adoré le séjour à l'américaine dès sa première visite mais, après des mois passés dans une maison pleine de cloisons, la disposition des lieux lui semblait dangereuse. Il n'y avait aucun endroit où se cacher. Salon, salle à manger et cuisine étaient visibles dès l'entrée.

Elle fit un pas hésitant en avant, émerveillée par la précision de ses souvenirs. La cheminée encore pleine de cendres. Les piles de dossiers sur le bureau dans le coin. L'odeur de l'eau de toilette de Blaze semblait imprégner les meubles, les rideaux et les tapis. C'était comme si le temps s'était arrêté. Comme si elle n'était jamais partie.

Si seulement c'était le cas.

Blaze verrouilla la porte derrière elle, jeta un coup d'œil par la fenêtre et passa une main dans ses cheveux bruns trempés. Le vent avait repoussé sa capuche alors qu'il courait vers elle, mais il n'avait pas semblé s'en apercevoir. Ses longues foulées avaient comblé en un éclair la distance qui les séparait. Il avait l'air inquiet mais dynamique. Jusqu'au moment où elle s'était levée. Là, tout avait changé.

— Occupons-nous de toi d'abord, dit-il. Ensuite, nous parlerons de ce qui se passe. Il est évident que tu n'as pas été suivie. Sinon, tu ne serais plus là.

Il retira sa veste avec une grimace et la laissa tomber sur l'accoudoir du canapé, puis traversa le salon à grands pas en direction de la salle de bains.

— Tu es blessée ? Souffrante ? demanda-t-il en fouillant dans le placard à linge.

— Non.

Un instant plus tard, il réapparut, une pile de serviettes dans les bras.

— Attends.

Il ouvrit la porte de sa chambre et entra. Elle entendit grincer des tiroirs pendant qu'elle grelottait, debout sur le tapis à carreaux noirs et blancs de l'entrée.

— Bon.

Blaze revint, une pile de vêtements posée sur les serviettes, et lui tendit le tout.

— Tu as sans doute envie de prendre une douche bien chaude, mais je pense qu'on devrait parler d'abord. Je peux attendre pendant que tu te changes. Je ne veux pas te mettre mal à l'aise.

Son regard se posa sur le ventre de Maisy un instant avant de revenir au sien.

Trop tard, songea-t-elle, en s'entourant de ses bras.

— Merci. Je vais me changer. Je n'en ai que pour une minute.

— Prends ton temps. Je vais faire du café. Oh ! Maisy ?

Elle s'immobilisa, le cœur battant à tout rompre. Allait-il lui poser des questions sur son bébé ? Sur *leur* bébé ?

— La caféine, ça va ? s'enquit-il, regardant son ventre de nouveau. Je veux dire, tu sais, pour toi ?

Maisy lâcha un soupir, soulagée de repousser l'inévitable pendant quelques moments encore.

— Ce sera très bien. Merci.

Il hocha la tête, et elle s'empressa de s'esquiver.

Dans la salle de bains, elle retira ses vêtements détrempés après sa longue marche sous la pluie. Elle suspendit son T-shirt et son pantalon à la barre de la douche pour les faire sécher. Il y avait eu une époque – certes de courte durée – où elle s'était douchée dans cette pièce régulièrement. Sa brosse à dents tenait compagnie à celle de Blaze sur le lavabo, et elle gardait même quelques produits cosmétiques dans le tiroir.

Maisy traça du doigt le contour du tiroir avant d'y jeter un coup d'œil curieux, se demandant si… mais non. Apparemment, certaines choses avaient changé après tout. Le tiroir était vide. Il ne contenait plus que ses souvenirs, et elle se demanda une énième fois si Blaze avait jamais pensé à elle en son absence.

Elle se sécha, épongea ses cheveux mouillés, puis enfila les vêtements qu'il lui avait donnés. Un pantalon de survêtement à taille élastique, un T-shirt et un sweat-shirt à capuche. Des chaussettes de sport blanches pour ses pieds glacés. Enfin, elle jeta un coup d'œil à son reflet dans la glace. La journée avait été éprouvante, et cela se voyait. Tout son corps était meurtri, y compris son cœur, et c'était justement maintenant, dans ces circonstances tragiques, qu'elle devait expliquer sa grossesse à Blaze. Elle avait espéré que la nouvelle lui ferait plaisir, mais comment cela pouvait-il être le cas face à tant de deuils et de désespoir ?

Un coup léger frappé à la porte la ramena soudain au présent.

— Tout va bien ?

Elle essuya les larmes brûlantes qui roulaient sur ses joues, et prit une profonde inspiration avant d'ouvrir.

— Pardon. La journée a été dure.

Il hocha la tête en la dévisageant et lui tendit une tasse fumante.

— J'ai décidé de ne pas faire de café.

Maisy inspira la senteur familière du thé à la camomille et lutta contre une nouvelle vague de larmes. Clara lui avait préparé la même boisson quelques heures plus tôt.

— Merci.

— J'ai passé quelques coups de fil pendant que tu te changeais, mais personne ne parle de ce qui t'est arrivé aujourd'hui, dit-il en s'effaçant pour la laisser passer. Luciano est résolu à empêcher ce procès d'avoir lieu.

Il a proféré des menaces de sa cellule, et je suis prêt à parier qu'il est passé à l'acte.

Ses yeux gris-bleu se posèrent sur elle, assombris par l'inquiétude.

— As-tu parlé à quiconque de nous deux ? De notre relation avant ?

— Seulement à Clara, murmura-t-elle.

Ses paroles lui avaient fait l'effet d'un coup de poing dans le ventre. Était-il gêné ? Avait-il honte ?

— Le marshal fédéral qui était avec moi aujourd'hui, expliqua-t-elle.

La gorge nouée, elle refoula de nouveau les larmes.

Il secoua la tête.

— Je suis désolé.

Maisy but une gorgée de thé, s'efforçant de se laisser pénétrer par sa chaleur.

— Si personne ne parle, nous ne devrions rien dire non plus, déclara-t-elle. Nous ne pouvons pas nous fier aux agents fédéraux. Il est impossible de savoir qui est à la solde de Luciano. Et si tu poses trop de questions, quelqu'un va deviner que je suis ici.

— C'est peut-être déjà le cas. Tu es sûre de n'avoir parlé de nous à personne ?

— Seulement à Clara, répéta Maisy, plus fermement cette fois. Lucas était au courant pour nous deux, ajouta-t-elle en se mordant la lèvre.

— Oui, et il se renseigne pour moi. Discrètement. En attendant qu'il rappelle, raconte-moi ce qui s'est passé depuis ce matin. Tu as faim ?

— Non.

L'estomac de Maisy se mit à gronder en guise de protestation.

— Que dirais-tu d'un steak ?

Elle haussa les épaules, ne sachant si elle pourrait manger quelque chose d'aussi lourd.

— Tu as du pain qu'on pourrait faire griller ?

— Bien sûr. Je m'en occupe. Assieds-toi et parle-moi.

Il remonta ses manches et se lava les mains pendant que Maisy prenait place à la table de cuisine, rassemblant ses forces pour relater les événements de la journée. Elle lui raconta tout : les derniers moments poignants qu'elle avait passés avec Clara, les appels téléphoniques que celle-ci avait reçus, l'arrivée du second marshal. La fusillade. Sa fuite.

Pieds nus dans ses baskets, vêtue d'un pantalon de yoga et d'une tunique, son sac d'urgence à la main, elle avait couru jusqu'à l'arrêt de bus, grelottant dans le vent glacial. Clara l'avait obligée à mémoriser les horaires des bus les plus proches.

— Il était déjà plus d'une heure de l'après-midi. Je savais que je venais de manquer un bus. J'ai dû revenir sur mes pas et traverser la rue, et je me suis cachée dans l'allée d'une blanchisserie pour attendre le suivant.

Les coups de feu avaient résonné dans ses oreilles alors qu'elle courait. Des voitures de patrouille l'avaient dépassée, répondant sans doute aux appels à l'aide de Clara. Espérant la sauver et arrêter l'homme dont Maisy n'oublierait jamais les traits.

— Je suis descendue à la gare routière et j'ai acheté un billet pour Cincinnati, reprit-elle. Clara m'avait dit que, si je faisais ça, quiconque me suivait supposerait que je projetais de me cacher dans un autre État. Ensuite, j'ai pris des taxis, sur de courtes distances chaque fois, en marchant entre chaque étape pour que le chauffeur ne puisse pas savoir où j'étais allée après qu'il m'avait déposée. Quand je suis arrivée à West Liberty, je suis descendue à l'église dans la rue Mogadore et j'ai fait le reste du chemin à pied.

Blaze abaissa le levier du grille-pain.

— Tu es venue à pied de l'église ? C'est à près de huit kilomètres d'ici.

— Il m'a fallu le reste de la journée.

Les ampoules qu'elle avait aux pieds pouvaient le confirmer.

— Je me suis arrêtée ici et là pour me reposer et boire quelque chose.

— Boire ? Tu n'as rien mangé ?

Elle secoua la tête.

— Je n'avais presque plus d'argent liquide après avoir payé les bus et les taxis.

Blaze ouvrit la porte du réfrigérateur et en sortit des œufs, du fromage râpé et des légumes.

— Tu aimes toujours les omelettes ?

— Oui, répondit-elle, en se sentant rougir au souvenir des matins où, vêtue en tout et pour tout d'un T-shirt appartenant à Blaze, elle l'avait regardé faire cuire des œufs dans une poêle en le taquinant.

Elle s'était cramponnée à ces souvenirs durant les mois écoulés. Les moments qu'elle avait passés avec Blaze avaient été intenses, ardents, bouleversants. Ils lui avaient apporté un exutoire nécessaire à une époque où les émotions dominaient sa vie. Le chagrin, la honte et le sentiment de culpabilité qu'elle avait éprouvés lors de la mort de sa sœur, qui n'avait cherché qu'à lui rendre un petit service. La colère, l'angoisse et la peur que Luciano éveillait en elle à la pensée de ce qu'il lui ferait subir s'il la trouvait. Elle avait enfoui tout cela au plus profond d'elle afin de rester forte et d'aider Blaze à suivre la trace de ce psychopathe.

Cependant, elle s'était profondément épanouie dans sa relation avec Blaze et n'avait pas vu le temps passer. Avant qu'elle en ait pris conscience, des mois s'étaient écoulés, Luciano avait été arrêté et le programme de protection des témoins s'était mis en branle. On l'avait emmenée en lieu sûr dans l'attente du procès.

Et voilà qu'elle était de retour, aux prises avec un tourbillon d'émotions, mais plus de relation pour la soutenir. Elle était seule dans cette pièce avec l'homme qui avait autrefois été son refuge.

Blaze s'affairait devant le plan de travail, vérifiant régulièrement son téléphone entre deux activités. Il lui servit le pain grillé sur une assiette avec du beurre, puis alluma la télévision pour voir le journal télévisé.

— Merci.

L'eau à la bouche, Maisy mordit dans la première tranche sans même avoir pris la peine de la beurrer, et son estomac émit un grondement satisfait.

— C'est délicieux, soupira-t-elle en posant une main sur son ventre tandis que son bébé remuait légèrement.

Blaze arqua un sourcil amusé.

— C'est du pain grillé.

Au même moment, son téléphone sonna, et il se figea.

— C'est Lucas.

Il prit l'appel, puis retourna l'omelette dont l'arôme emplissait lentement la pièce.

Maisy termina son premier toast et passa au second.

Après un bref échange d'acronymes et de phrases courtes, Blaze raccrocha. Il coupa l'omelette en deux, en mit la moitié sur une assiette pour Maisy et garda l'autre pour lui.

— Il y a eu une déclaration officielle, expliqua-t-il. Deux agents assignés à la protection d'un témoin à charge dans le procès de Luciano ont été portés disparus. La police locale a été alertée et la description d'un agent fédéral de sexe masculin a été diffusée.

— Et Clara ? demanda-t-elle, la gorge nouée.

Il secoua la tête.

— Mange. Tu as besoin de forces.

Son regard s'arrêta sur la main de Maisy, toujours posée sur son ventre.

— Et de nourriture.

Il étrécit les yeux, fixant son ventre, calculant sans doute mentalement si le bébé pouvait être le sien, ou si elle avait pu avoir une relation avec un autre homme depuis son départ. Elle faillit lâcher un rire à cette pensée.

— Lucas me rappellera dès qu'il en saura davantage.

— Tu lui as dit que j'étais ici ?

Elle connaissait déjà la réponse. Les frères Winchester n'avaient guère de secrets les uns pour les autres.

— Oui.

Une fois de plus, son attention était fixée sur le ventre de Maisy.

— Et que j'étais enceinte ?

Pour toute réponse, il inclina rapidement le menton, avant de replonger les yeux dans les siens.

— Tu veux m'en parler ?

Son expression était réservée, voire un peu hostile. À moins qu'elle ne se l'imagine ?

— J'ai découvert que j'étais enceinte deux semaines après mon départ.

Le pli sur le front de Blaze se détendit légèrement.

— Deux semaines.

— Oui.

Elle prit son temps pour piquer sa fourchette dans un morceau d'omelette avant de rencontrer son regard de nouveau.

— Au début, je n'ai pas compris ce qui se passait. Toutes les émotions que j'avais réprimées jusque-là sont revenues au galop dès le moment où je n'ai plus rien eu à faire qu'y penser. J'ai cru que je souffrais de maux d'estomac.

Elle réprima un sourire alors que débutait la séance quotidienne de boxe française dans son utérus.

— Les nausées matinales, devina-t-il.

— Oui.

Il posa sa fourchette.

— Le bébé est de moi ? demanda-t-il prudemment, d'une voix où perçait la méfiance.

— Oui.

Blaze passa une main sur son menton, frottant ses lèvres et ses joues, puis la remit sur ses genoux.

— C'est un garçon ou une fille ?

— Je ne sais pas.

Maisy avait choisi de ne pas le savoir avant Blaze. Il avait déjà manqué tant de choses qu'elle avait voulu garder cette révélation en réserve pour lui plutôt qu'il l'apprenne après coup. Elle avait voulu l'inclure, à supposer qu'il désire être inclus, parce qu'elle savait que cela lui aurait brisé le cœur si la situation avait été inverse et qu'elle avait découvert au dernier moment qu'elle allait être mère, en ayant manqué tout ce qui avait précédé l'événement.

— Qu'est-ce que tu attends ?

— Toi.

La réponse avait à peine été un murmure sur ses lèvres. Des larmes picotaient ses paupières tant elle se sentait vulnérable.

Leurs regards se soudèrent un bref instant, comme tant d'autres fois par le passé. Il reprit la parole, l'air dépité.

— Pourquoi ne m'as-tu rien dit ?

Un peu de colère s'entendait dans sa voix.

Maisy se tassa sur elle-même.

— Comment aurais-je pu ?

Elle fouilla son expression, cherchant à lire dans ses pensées. Était-il sincèrement contrarié par la nouvelle ? Fâché contre elle ? Bouleversée par cette possibilité, elle se redressa.

— Je n'étais pas autorisée à téléphoner. Ni à sortir de la maison pendant des jours entiers. J'ai passé les six derniers mois dans cent mètres carrés, sous la surveillance constante d'inconnus. J'attendais les rendez-vous chez le médecin avec impatience juste pour sortir, marcher et parler à des gens qui n'étaient pas liés par leur profession et par l'obligation de me protéger. Ce n'est pas comme si j'avais fait la fête tous les jours ! J'étais isolée, Blaze, et tu le sais. C'est toi qui m'as envoyée là-bas.

La mâchoire de Blaze se crispa.

— Je l'ai fait pour ta sécurité.

— Ah oui ? ironisa-t-elle en se levant. Ç'a été un vrai succès, non ?

Maisy s'éloigna aussi calmement qu'elle en était capable en réprimant l'envie de hurler ou d'éclater en sanglots. De retour dans la salle de bains, elle ferma la porte et pressa les mains sur ses oreilles, la voix de Clara résonnant encore dans sa tête. *Si je meurs en essayant de te sauver et que tu es tuée de toute manière, à quoi tout cela aura-t-il servi ?*

3

Blaze suivit Maisy des yeux, le cœur battant à tout rompre, les pensées se bousculant dans son esprit. Non seulement elle courait de nouveau un grave danger, peut-être plus grave qu'au moment où elle était partie, mais elle était enceinte. Enceinte de lui.

Il entendit le déclic sec de la porte de la salle de bains qui se refermait derrière elle, et se couvrit le visage de ses mains. Un torrent de jurons se déversa de ses lèvres alors qu'il donnait libre cours à sa frustration. Pas étonnant qu'elle ait été blessée par sa réaction. Il était à peine capable de mettre un semblant d'ordre dans ses pensées, sans parler de formuler une phrase d'encouragement. Était-ce de cela qu'elle avait besoin ? D'encouragements ?

Il releva la tête, laissant échapper un soupir. Comment pouvait-il savoir de quoi Maisy avait besoin en plus de sa protection ? Ils avaient passé plus de temps séparés qu'ensemble. Et elle avait traversé la majeure partie de sa grossesse toute seule, loin de chez elle, effrayée, menacée par un dément.

Pas seulement elle, songea-t-il. *Eux. Maisy et notre bébé.*

Il serra les poings à cette pensée. Et se remit à proférer des jurons.

Pourquoi les agents qui la gardaient ne l'avaient-ils pas informé de sa grossesse ? Pourquoi n'avaient-ils pas trouvé le moyen de lui envoyer un message ? Il était policier, enfin ! Il avait conscience des enjeux, du règlement. Il n'aurait rien fait qui aurait pu trahir la position de Maisy ou la mettre en danger. Il aurait fait n'importe quoi pour la protéger, au contraire. *Les* protéger, rectifia-t-il en secouant la tête. Bien sûr, il aurait voulu lui envoyer un message en retour. Lui dire qu'il était heureux et qu'elle ne devait pas avoir peur. Il aurait peut-être pu faire en sorte de lui téléphoner pour lui assurer qu'il était sincère, ou même aller lui rendre visite…

Peut-être les agents avaient-ils eu raison de le maintenir dans l'ignorance. Comment aurait-il pu rester les bras ballants alors qu'il mourait d'envie de crier sur les toits qu'il désirait cet enfant ? Quoi qu'il arrive entre Maisy et lui.

Le bruit de l'eau qui coulait attira son attention. Apparemment, Maisy avait décidé de prendre une douche. Tant mieux. Elle avait besoin de se réchauffer et de se détendre. Et lui avait besoin de temps pour se ressaisir et élaborer un plan d'action.

Il se mit à arpenter la pièce, songeant que Maisy ne serait guère impressionnée par les tubes de gel douche et de shampooing bon marché presque vides stockés dans le panier. Des mois plus tôt, il avait rassemblé tout ce qu'elle avait laissé dans le tiroir, tant il était tourmenté par les senteurs florales qui lui rappelaient sa présence. Des semaines durant, elle avait vécu là et, quand elle était partie, son absence lui avait été intolérable. Par conséquent, il avait rangé ses affaires dans un carton, hors de vue, pour ne plus être tenté de ressasser une situation à laquelle il ne pouvait rien changer.

Cela avait été stupide de sa part – et totalement contraire à l'éthique professionnelle – d'avoir une relation avec un témoin. Il en avait conscience à l'époque, mais quelque chose chez Maisy avait semé le trouble dans ses pensées, et un lien s'était inexorablement créé entre eux. Un lien qu'il n'avait jamais su nommer. Et puis elle était partie. Jamais il n'avait rien éprouvé de pareil avant ni depuis. Et ce sentiment était revenu avec autant de force à l'instant où il l'avait revue. Il était injuste que son désir de la revoir au moins une dernière fois lui ait été accordé dans des circonstances aussi tragiques. Injuste qu'elle soit de retour, mais en danger.

Et sans doute toute nue sous la douche.

Chassant cette vision de son esprit, il composa le numéro de Lucas.

— Salut, lâcha son frère avant même la fin de la première sonnerie, comme s'il avait eu le téléphone à la main. J'allais justement t'appeler. La nouvelle concernant Maisy vient d'être annoncée officiellement. Tu vas recevoir un appel d'une minute à l'autre. Le sergent Maxwell est dans tous ses états. La condamnation de Luciano était censée être un bon point pour sa carrière en même temps que pour la tienne.

Blaze réfléchit un instant.

— Ce n'est pas terminé. Nous le ferons condamner quand même. Qu'est-ce qui a persuadé les agents fédéraux de cracher le morceau, d'après toi ?

— Je ne sais pas, mais, Blaze…

Lucas marqua une pause, hésitant.

— Le bébé est le tien ?

Blaze revint brusquement au présent, déchiré entre l'angoisse et l'allégresse.

— Oui.

Il s'éclaircit la voix, s'émerveillant brièvement de la fierté qu'il éprouvait.

— Félicitations, grand frère. Comment ça va de ce côté-là ?

Blaze reporta son regard sur la porte close de la salle de bains.

— Pas terrible.

Son téléphone vibra, annonçant un appel. Il jeta un coup d'œil au numéro qui s'affichait à l'écran.

— C'est Maxwell. Je te laisse.

Il coupa la communication, remarquant que l'eau ne coulait plus dans la salle de bains.

— Winchester.

— J'ai de mauvaises nouvelles au sujet de l'affaire Luciano, commença Maxwell, s'abstenant des préliminaires d'usage. Le témoin que vous avez fait mettre sous protection au printemps a disparu, tout comme le marshal fédéral assigné à son transfert. Un autre marshal, qui protégeait probablement le témoin au moment de sa disparition, a été mortellement blessé.

Blaze se remit à faire les cent pas.

— Vous êtes sûr que l'agent qui la protégeait est mort ?

— Oui. Clara Spencer a subi de multiples blessures à la poitrine. Elle était déjà morte quand les secours sont arrivés. Nous espérons que son collègue a pu mettre Mlle Daniels en lieu sûr, mais, compte tenu du fait que nous sommes sans nouvelles de lui depuis des heures, personne n'est très optimiste.

Blaze ralentit son orbite autour de la table de cuisine.

— Vous pensez que le marshal a pu sauver le témoin ?

— C'est le scénario le plus positif, répondit Maxwell d'une voix sourde, incertaine. Espérons que ce soit le cas. Je vous tiens au courant.

— Très bien. Merci.

— Je sais que vous venez de terminer votre service, mais je compte sur vous pour essayer de vous tenir informé. Nous ne pouvons pas nous permettre de laisser cette affaire partir à vau-l'eau. Il faut qu'on soit proactifs. Tâchez de découvrir où Mlle Daniels a pu aller ou à qui elle aurait pu parler si elle a été séparée du marshal. Le procès est sur le point de débuter, et nous n'avons plus que deux témoins. Il est essentiel que Maisy Daniels réintègre le programme de protection des témoins.

Blaze serra les dents.

— La protection n'a pas été très efficace aujourd'hui. Comment savons-nous qu'elle sera en sécurité si nous optons pour la même approche ?

La porte de la salle de bains s'ouvrit, et Maisy apparut. Elle avait remis ses vêtements. Les manches trop longues de son sweat-shirt laissaient à peine voir ses mains fines, et les jambes du survêtement tombaient en accordéon sur ses chevilles. Ses joues étaient rosies par l'eau chaude, ses cheveux humides et fous.

— Je ne sais pas, Winchester, lança le sergent. Mais j'ai une procédure à respecter, et vous aussi. Commencez à travailler sur tous les angles.

Blaze saisit le regard de Maisy et porta un doigt à ses lèvres. Soudain, il savait exactement ce qu'il voulait révéler à Maxwell. Rien. Pour le moment, du moins.

— Sergent ?

Une phrase prononcée par son supérieur venait de s'imposer à lui, et il sentit son front se plisser.

— Avez-vous dit que nous n'avions plus que deux témoins ?

Il espérait avoir mal compris. Le procès reposait sur la présence et la crédibilité des quatre témoins.

Blaze observa la superbe rousse qui s'avançait vers lui, appréhensive pour de nouvelles raisons désormais. S'ils avaient perdu deux témoins, cela signifiait que la situation était plus grave encore qu'il ne l'avait redouté, et cela n'augurait rien de bon pour Maisy.

Elle se figea, le corps raidi par la tension, la peur dans les yeux.

— C'est l'autre nouvelle qu'on nous a donnée, répondit Maxwell. William Hanes a été trouvé mort dans sa voiture ce matin, devant son bureau à Louisville.

Hanes était un informateur qui faisait partie des sbires de Luciano. Personne n'était censé savoir qu'il allait se retourner contre son boss lors du procès.

Blaze se raidit à son tour. L'attaque perpétrée contre la planque n'était pas un acte isolé. Elle s'inscrivait dans une stratégie plus vaste.

— Luciano est en train d'éliminer les témoins.

Maisy s'assit sur le canapé usagé de Blaze et prit la couverture posée sur le dossier – un cadeau que lui avait fait sa mère, elle s'en souvenait.

— Luciano tue les témoins, murmura-t-elle en levant les yeux vers Blaze qui revenait dans le salon, son appel terminé.

Il s'installa à côté d'elle.

— On le dirait, oui.

Instinctivement, elle entoura son ventre de ses bras, s'exhortant à respirer.

— D'après le sergent, les marshals fédéraux de la région pensent que l'homme qui est venu te chercher a pu te mettre à l'abri pour te protéger.

— Quoi ? se récria Maisy, stupéfaite. Si ce type m'a sauvée, qui est le tireur, à leur avis ?

Blaze haussa une épaule, les lèvres pincées.

— Il n'a rien dit là-dessus.

La colère bouillonnait dans les veines de Maisy.

— Ce type n'est pas un héros. C'est un assassin.

Blaze se tourna vers elle, une lueur de compassion dans les yeux.

— Je lui ai demandé si ton amie Clara avait survécu.

— Elle est morte, enchaîna Maisy, lisant son expression.

— Oui. Je suis désolé.

Au même moment, un flash spécial interrompit le journal télévisé, et Maisy et Blaze pivotèrent à l'unisson vers l'écran. Un présentateur se tenait sur les marches du palais de justice, un énorme drapeau américain flottant derrière lui dans la pluie et le vent.

Les oreilles bourdonnantes, Maisy entendit l'homme résumer les faits principaux de l'affaire Luciano et se tassa sur elle-même alors qu'il abordait les détails de l'affreuse journée qui venait de s'écouler. Les larmes lui montèrent aux yeux à la mention de Clara, dont la mort fut annoncée sur un ton neutre, tandis qu'une photo d'elle entourée de sa famille apparaissait à l'arrière-plan.

— Maisy, dit Blaze avec douceur, ça va ?

Un frisson la parcourut. La sollicitude qu'elle entendait dans sa voix faillit la faire fondre en larmes, mais elle avait déjà perdu trop d'heures à pleurer ce jour-là.

Dorénavant, elle allait devoir être forte. Elle avait présumé plus tôt que, si la maison qui lui servait de refuge était attaquée, elle serait impuissante. Elle avait eu tort. Elle s'était enfuie et avait exécuté le plan mis au point par les gardes. Sauf qu'elle avait improvisé à la fin, en choisissant de demander la protection de Blaze et non celle des marshals fédéraux, comme on le lui avait enseigné. Après qu'un homme en uniforme d'agent avait tué Clara, Blaze était la seule personne en qui elle pouvait avoir confiance.

Quoi qu'il en soit, Maisy s'était sauvée, et elle avait sauvé son bébé. Elle resterait forte et aiderait Blaze à obtenir la condamnation de Luciano pour les crimes qu'il avait commis. Le truand avait sans doute cru se tirer d'affaire en déclenchant cette soudaine vague d'agressions, mais en réalité il creusait sa propre tombe. Ou plutôt, il garantissait sa place au pénitencier haute sécurité.

— Tu n'es pas obligée de témoigner, tu sais, reprit Blaze. Personne ne pourrait te blâmer si tu décidais de renoncer. Tu as un bébé dont tu dois tenir compte à présent, quelqu'un qui doit passer avant tout. Le châtiment de Luciano ne vaut pas la peine que tu risques ta vie. Ou celle de ton bébé.

Maisy lissa le tissu doux de son sweat-shirt sur son ventre, inspira l'odeur de Blaze et réprima l'envie de hurler.

— Je vais témoigner, affirma-t-elle en se redressant. Je le dois à Natalie. Et à Aaron. À Clara. À tous ceux qui ont perdu la vie à cause de Luciano.

Et à tous ceux qui seraient ses victimes s'il n'était pas définitivement mis hors d'état de nuire.

— Tu as dit qu'un des témoins avait été abattu. Nous

ne sommes plus que trois, ce qui signifie que mon témoignage est plus important que jamais.

La mâchoire de Blaze se crispa.

— Et le bébé ?

— Que veux-tu dire ? lança-t-elle. Je fais cela aussi pour le bébé. Quel genre de mère serais-je si je reculais maintenant, alors que des vies sont en jeu ?

— Le genre de mère qui est en vie pour élever son enfant, répondit-il.

La colère bouillonna de plus belle dans les veines de Maisy. *Son* enfant. « Son » enfant. Pas « notre » enfant. Elle explosa.

— Comment oses-tu faire ça ? Me donner l'impression que je suis égoïste, ou indifférente ? Et toi, donc ? Tu n'es pas en danger ? Ta vie n'est-elle pas en jeu chaque jour dans ton métier ?

Elle croisa les bras et le toisa.

— Quel genre de père cela fait-il de toi ?

— Ce n'est pas moi qui suis enceinte !

— Je ne suis pas sans défense. Le moins que je puisse faire est de témoigner au tribunal, comme je m'y suis engagée, et de raconter l'histoire de Natalie. En fait, c'est la seule chose que je puisse faire pour obtenir justice pour ma sœur. Et je vais le faire. Avec ou sans ton aide.

Une succession d'émotions traversa le visage de Blaze, depuis l'indignation jusqu'à quelque chose qui ressemblait à de l'empathie. Puis il redevint impassible, reprenant l'expression neutre de policier qu'elle détestait.

— Un marshal fédéral a tué mon amie ce matin, poursuivit-elle fermement. Luciano sait qui je suis et que j'ai l'intention de témoigner. Il ne va pas renoncer à me tuer si je promets de ne pas le faire. Je suis sur sa liste, par conséquent je suis en danger jusqu'à ce qu'il soit condamné. Je ne sais pas à qui je peux me fier et je ne sais pas qui m'aidera si tu refuses, mais je témoignerai quand même parce qu'il le faut.

Le journal télévisé oublié reprit son cours après une publicité, et le présentateur, toujours debout devant le palais de justice, prononça le nom de Maisy, tandis qu'une photo d'elle apparaissait dans le coin droit de l'écran.

Blaze émit un juron, attrapa la télécommande posée dans une corbeille sur la table et augmenta le son.

— Les nouvelles vont vite, apparemment.

— Maisy Daniels, de West Liberty, censée témoigner dans le procès de Sam Luciano prévu à la fin de la semaine prochaine, aurait disparu de la maison où elle était sous protection. Mlle Daniels devait rentrer en ville aujourd'hui afin de préparer le procès avec la partie civile, mais ni elle ni l'agent fédéral chargé de la protéger ne sont arrivés à destination.

Une seconde photo apparut sur l'écran, dans le coin opposé.

— Gene Franco, résident de la ville et marshal fédéral expérimenté, devait ramener Mlle Daniels, expliqua le reporter.

Sur le cliché, un homme en uniforme souriait gaiement à l'objectif, ses yeux d'un bleu éclatant offrant un contraste frappant avec sa peau claire et ses cheveux blancs. Rasé de près, son visage rond et jovial aurait pu être celui de n'importe quel père ou grand-père, mais il n'avait rien de commun avec celui de l'homme qui s'était présenté à la maison ce matin-là.

— Ce n'est pas lui, murmura Maisy, déroutée.

— Comment ça ? demanda Blaze. Que veux-tu dire ?

— Ce n'est pas l'homme qui est venu me chercher, répéta-t-elle en pointant le doigt sur l'écran. Ce n'est pas lui.

Blaze se leva, passa une main sur sa bouche puis la mit sur sa hanche.

— Par conséquent, ce type n'est pas corrompu.

— Je ne sais pas mais, en tout cas, ce n'est pas lui qui a tiré sur Clara.

Maisy fixa le visage enjoué de l'homme sur la photo, soudain atterrée.

— Et il est sans doute mort.

— Si nous n'avons pas affaire à un agent corrompu, marmonna Blaze, le type que tu as vu est sans doute un tueur à gages.

— Un tueur à gages ? se récria Maisy.

Ces gens-là existaient-ils réellement ? Les criminels, oui. Les avocats véreux, certes. Mais les tueurs à gages ?

— Oui. Luciano risque la détention à perpétuité. Il est sûrement prêt à tout pour éviter ça.

4

Maisy fut réveillée par l'odeur appétissante des œufs et du bacon. Elle se pelotonna sous la couette épaisse, parfaitement en paix. L'espace d'un moment merveilleux, avant d'ouvrir les yeux, elle fut de retour dans la maison où elle s'était cachée, comptant les derniers jours avant son retour à West Liberty et le témoignage qui conduirait Luciano en prison une fois pour toutes. Elle entendait presque son amie Clara fredonner dans la cuisine.

Clara.

Le cœur de Maisy eut un sursaut, et elle ouvrit des yeux écarquillés, de retour dans la réalité. Une boule familière de chagrin se logea dans sa gorge et lui comprima la poitrine. Elle n'était plus dans cette maison, et Clara ne préparerait plus jamais le petit déjeuner. Ni pour Maisy ni pour la famille qu'elle avait laissée derrière elle. Un sacrifice trop lourd accompli au nom de la protection de Maisy et de son bébé.

Des larmes silencieuses roulèrent sur ses joues. Une autre femme était morte à cause d'elle. D'abord, il y avait eu Natalie. Maintenant, Clara. Et le vide béant laissé par leur absence était trop dur à supporter.

Elle enfouit son visage dans l'oreiller, repoussant la crise de désespoir qui menaçait depuis qu'elle avait ouvert la porte de son refuge et qu'elle s'était mise à courir. Depuis qu'elle avait abandonné Clara. Comment pourrait-elle jamais payer sa dette envers la famille de Clara ? Elle se détacha de l'oreiller dans un long soupir tremblant. Elle devrait porter son chagrin en elle, avec les autres, parce qu'il était impossible de réparer la dévastation qu'elle avait causée. Elle devait seulement s'assurer qu'elle avait les épaules assez solides pour porter ce fardeau.

Le cœur lourd, elle s'assit au bord du lit et posa les pieds par terre. Elle ne pouvait remonter le temps. En revanche, elle pouvait faire en sorte que le sacrifice de Clara n'ait pas été en vain. Témoigner. Obtenir la condamnation de Luciano. L'empêcher de détruire d'autres vies.

Son estomac gronda en réaction aux odeurs délicieuses qui venaient de la cuisine, et elle se força à se lever. Pour la première fois depuis des mois, elle avait dormi profondément, sans doute épuisée par le stress émotionnel et par la longue marche de la veille. Elle gagna la salle de bains, se brossa les dents et les cheveux, rassérénée de constater que Blaze avait conservé ses affaires après tout, puis suivit les arômes jusqu'à leur source. Soudain, une fausse contraction lui coupa le souffle, et elle dut s'adosser au mur, une main sur le ventre, jusqu'à la fin de la crise.

— Je sais que tu as hâte de venir au monde et de me rencontrer, chuchota-t-elle au bébé, mais j'ai besoin que tu attendes la fin de ce procès. D'accord ? Ne te précipite pas !

C'était une conversation qu'elle avait eue plusieurs fois avec son bébé. Si pressée fût-elle de découvrir le minois de son enfant et de le couvrir de baisers, elle ne tenait pas vraiment à donner son témoignage par visioconférence depuis une salle d'accouchement !

D'ailleurs, elle ne serait pas en sécurité dans un hôpital. Ni nulle part. Si Luciano avait pu attenter à ses jours dans une maison dont l'adresse était censée être tenue secrète, il pourrait recommencer n'importe où.

Chassant ces sombres pensées de son esprit, elle se détacha du mur.

— Bonjour !

Elle s'accorda un instant pour savourer la vision parfaite de Blaze. Debout devant la gazinière, il était vêtu d'un jean à taille basse et d'un T-shirt gris qui soulignait ses muscles puissants. Il avait les cheveux humides, encore ébouriffés après sa douche. Ses pieds étaient nus. Et le sourire qu'il lui adressa fit battre le cœur de Maisy à tout rompre.

— Salut, dit-il en éteignant le gaz, avant de laisser son regard s'attarder sur elle. Tu as faim ?

Elle acquiesça, espérant qu'il ne pouvait pas déchiffrer ses pensées. Le petit déjeuner sentait extraordinairement bon, mais son corps réclamait soudain plus qu'un simple repas.

— Assieds-toi. Tu veux du thé ou de l'eau ?

— Du thé ? suggéra-t-elle, cherchant une bouilloire des yeux.

Il mit sur la table une théière et une tasse.

— Chaud et prêt quand tu veux.

Elle sentit le rouge lui monter aux joues et ne put réprimer un petit sourire.

— Prête. Merci.

Touchée par ses attentions, elle versa de l'eau brûlante

sur le sachet, s'efforçant en vain de se concentrer sur n'importe quoi hormis Blaze.

— Tu as bien dormi ? demanda-t-il en la rejoignant à table.

Des images de lui défilèrent dans la tête de Maisy. Des souvenirs d'une autre vie, où il lui consacrait toute son attention et tout son temps. Leurs corps entremêlés qui se mouvaient à l'unisson entre les draps.

— À quoi penses-tu ?

Maisy rougit de plus belle et prit son temps pour répondre. Elle but une gorgée de thé d'abord.

— Je me disais que tout était délicieux. Je te tombe dessus à l'improviste, traquée par un psychopathe et enceinte de ton enfant, et tu gères tout ça avec un calme à toute épreuve.

— Peut-être que je joue bien la comédie, répondit-il avec un sourire bref mais éblouissant. Peut-être que le petit déjeuner n'est qu'un stratagème pour accaparer ton attention et te soutirer des informations.

Elle secoua lentement la tête.

— Tu m'as toujours préparé le petit déjeuner.

Il inclina un peu la tête, et son regard se porta sur les lèvres de Maisy.

— J'ai toujours voulu accaparer ton attention.

Flattée, Maisy ne put s'empêcher de sourire.

— Bon. Que puis-je faire pour toi ?

Il souda ses yeux aux siens.

— La naissance est pour quand ?

— Ah.

Elle sirota son thé, contente qu'il s'intéresse au bébé. Terrifiée à l'idée qu'il soit fâché. Il n'avait rien dit ni dans un sens ni dans l'autre.

— Dans six semaines. Environ.

Il tressaillit, et jeta un nouveau coup d'œil à son ventre avant de replonger son regard dans le sien.

— C'est bientôt. Quand l'as-tu su et comment ?

— C'était à peu près deux semaines après mon départ, je te l'ai dit hier soir.

Il hocha la tête.

— Je sais. Dis-m'en davantage.

— Au début, j'ai supposé que mes symptômes étaient dus au stress. C'était une période éprouvante pour moi. J'étais fatiguée, émotive, j'avais perdu l'appétit…

Elle secoua la tête.

— Même quand je me suis rendu compte que mes règles étaient en retard, j'ai cru que c'était un effet du stress. Il m'a fallu encore une semaine ou deux pour accepter la possibilité que je sois enceinte. Nous avions tellement fait attention…

Un frisson d'émotion la parcourut au souvenir de leurs corps enlacés. Elle était tombée amoureuse.

— J'ai fini par prendre mon courage à deux mains et par demander à Clara de m'acheter un test de grossesse. Elle m'a soutenue dès ce moment-là et tout au long des mois qui ont suivi.

Blaze écoutait, visiblement ému.

— Je suis heureux que tu aies eu quelqu'un pour t'aider.

— Moi aussi.

— As-tu pu être suivie par un médecin ?

Maisy acquiesça.

— Oui, une obstétricienne fantastique à Myersville. Elle comprend parfaitement ma situation et elle a été une bénédiction pour moi et pour notre bébé.

Blaze entrouvrit les lèvres, et prit une légère inspiration. Maisy s'exhorta à poursuivre, puis se lança dans le discours qu'elle avait répété un nombre incalculable de fois dans sa tête, sous la douche et même en dormant.

— Je sais que ce qui arrive est un choc pour toi. Je me souviens à quel point j'ai été surprise d'apprendre que j'étais enceinte, mais j'ai eu des mois pour m'habituer à l'idée. J'ai tout de suite su que je voulais garder cet enfant. Cependant je comprendrais que tu voies les choses différemment. Tu devrais prendre ton temps pour en décider. Et je suis tout à fait prête à élever notre enfant seule si c'est ton choix. Cela dit, j'ai sûrement besoin de ton aide pour rester en vie tant que Luciano ne sera pas condamné.

Elle marqua une pause. Jamais elle n'avait imaginé faire ce discours à Blaze dans ces circonstances, alors qu'elle était en cavale.

— Ensuite, je pourrai m'en aller si c'est ce que tu veux, mais ma porte sera toujours ouverte si tu changes d'avis. Parce que, Blaze, cet enfant est aussi le tien. Il est une partie toi comme il est une partie de moi, et même si je veux que ton enfant te connaisse, qu'il sache quel homme extraordinaire tu es, cette décision t'appartient.

Elle lâcha un profond soupir, soulagée d'avoir dit l'essentiel de ce qu'elle avait préparé, quoique, peut-être, avec moins d'éloquence qu'elle ne l'aurait souhaité.

Blaze cilla, puis passa une main sur son front.

— Enfin, c'est une conversation que nous pourrons avoir plus tard, reprit-elle. Dans l'immédiat, nous devrions sans doute nous concentrer sur celui qui essaie de me tuer et sur la façon de procéder pour que je reste en vie jusqu'au procès.

Blaze la dévisageait, atterré. Des mois durant, il avait attendu de revoir le visage de Maisy. En avait rêvé. Bien sûr, jamais il n'avait imaginé qu'elle serait enceinte quand ce jour viendrait, mais comment pouvait-elle envisager une seule seconde qu'il ne veuille pas assumer à cent pour cent ses responsabilités envers cet enfant ? Pensait-elle vraiment qu'il hésiterait ? Ne le comprenait-elle pas du tout ?

Il serra les dents, s'obligeant à maîtriser son émotion. Elle avait raison sur un point. Ils pourraient parler de cela plus tard, lorsqu'il serait sûr d'avoir mis le bébé et elle à l'abri du danger. Ils avaient le reste de leur vie – et avec un peu de chance, elle serait longue – pour célébrer ce cadeau inattendu du destin. Dans l'immédiat, il avait besoin d'un plan.

Maisy arqua un sourcil.

— Ça va ?

— Ça n'a jamais été aussi bien.

Elle éclata de rire, et la poitrine de Blaze se comprima. Maisy était si belle ! Il était émerveillé par ses cheveux flamboyants, l'éclat de ses yeux noisette, son teint de porcelaine, ses lèvres roses et pulpeuses. Conquis au premier regard, il avait vite appris à ne pas se laisser tromper par sa beauté. Maisy était intelligente, efficace et redoutable. Elle s'était révélée brillante et résolue dans ses efforts pour l'aider à localiser Luciano quelques mois plus tôt, et elle n'avait pas changé. Elle possédait une ténacité extraordinaire. Même assise là, dans le dernier trimestre d'une grossesse imprévue, alors que d'autres se faisaient tuer autour d'elle, Maisy était déterminée à voir le criminel puni pour ses méfaits. Prête à tout pour honorer les vies que Luciano avait volées. Blaze ne pourrait l'en empêcher. Il ne pouvait que joindre ses efforts aux siens.

— Je pensais au marshal disparu, dit-elle, comme si elle avait suivi le fil de ses pensées. J'ai vu l'homme qui a abattu Clara. Je pense que tu devrais m'emmener au poste et me laisser travailler avec un portraitiste pour élaborer un portrait-robot. Comme ça, au moins, tu aurais une idée de qui tu cherches.

Blaze hocha la tête.

— Je pourrai aussi me servir de cette image pour déterminer s'il est réellement agent fédéral.

Qui que soit le tueur, il méritait la prison, mais s'il s'agissait bel et bien d'un agent, c'était une très mauvaise nouvelle pour Maisy. Les marshals avaient accès à toutes sortes de dossiers et de détails que les criminels ne pouvaient se procurer. Et ils détenaient un atout plus dangereux encore : la confiance de leurs collègues.

— Oui, opina Maisy. Quand nous aurons un nom à mettre sur ce visage, nous pourrons le retrouver et l'arrêter avant qu'il ne s'en prenne à d'autres témoins.

Blaze se pencha, les avant-bras sur la table, fixant sur elle son regard le plus intimidant.

— Que dirais-tu d'un compromis ? Tu me décris le type, et je travaille avec le portraitiste. Le mieux pour toi est de faire profil bas et de me laisser gérer ça.

Il avait usé d'un ton qui avait effrayé plus d'un gangster par le passé. Un ton qui, il l'espérait, ferait comprendre à Maisy combien il était important qu'elle se plie à sa requête.

En guise de réponse, ses yeux lancèrent des éclairs.

— Pas question.

5

Blaze composa le numéro de Maxwell pendant que Maisy débarrassait la table du petit déjeuner. Elle avait insisté pour qu'ils partagent le travail. Puisqu'il avait préparé le repas, elle avait tenu à se charger de la vaisselle.

Une fois la communication établie, Blaze s'éclaircit la voix avant de laisser un message.

— Sergent, commença-t-il, observant Maisy à l'autre bout de la pièce. Ici Blaze. Je travaille sur le terrain ce matin pour essayer d'avancer sur les tâches que vous m'avez confiées hier soir. Je n'ai rien de tangible pour l'instant. En revanche, j'ai quelques idées qui pourraient déboucher sur des pistes. Je vous contacte dès que j'ai des infos. J'ai mon téléphone sur moi si vous avez besoin de me joindre ou si vous avez du nouveau à me communiquer.

L'appel terminé, il passa une main dans ses cheveux, espérant que le manque de détails ferait comprendre au sergent qu'il voulait lui parler de vive voix.

Maisy regarda par-dessus son épaule en posant la dernière assiette sur l'égouttoir.

— C'était un message délibérément vague.

— Je ne peux pas savoir qui écoute, expliqua-t-il en fourrant l'appareil dans sa poche. Le sergent Maxwell m'a demandé de te trouver et de déterminer ce qui s'est passé. Il sait que cela va prendre un certain temps, ce qui nous donne un peu de latitude. Il ne va pas s'attendre à ce que je revienne au bureau avant un jour ou deux.

Elle tourna le dos à l'évier pour se focaliser sur lui.

— Mais je tiens à aller au poste, protesta-t-elle. Je veux parler à un portraitiste.

Blaze sourit à la vue de la ligne mouillée qui lui traversait l'abdomen.

— Ne te moque pas ! dit-elle en repliant les bras sur son ventre pour dissimuler la tache. Il a pratiquement fallu que je grimpe sur le plan de travail rien que pour ouvrir le robinet.

Il secoua la tête.

— Ne bouge pas. Je reviens.

Il gagna la buanderie, sortit les vêtements du sèche-linge et les secoua.

— Qu'est-ce que tu fais ?

Il pivota lentement et lui sourit. Il ne l'avait pas entendue le suivre, mais il aurait dû s'y attendre.

— Tu es silencieuse.

— Pour quelqu'un d'aussi gros ? lança-t-elle, les mains sur les hanches.

— Silencieuse, c'est tout. Pour n'importe qui.

— Très diplomate, le taquina-t-elle. Mais que fais-tu ? Nous étions partis dans une conversation.

Blaze lui tendit ses affaires.

— J'ai trouvé ces habits dans la salle de bains et je les ai lavés.

Maisy fixa la tunique, le pantalon et les sous-vêtements qu'elle portait la veille à son arrivée. Une jolie rougeur se répandit sur son teint ivoire.

— Tu as fait ma lessive ?

— J'ai supposé que tu ne voudrais aller nulle part habillée de mon survêtement.

— Merci.

— Je t'en prie.

Maisy acquiesça, les larmes aux yeux.

— Je peux prendre une douche ?

— Vas-y.

— Et ensuite, nous irons au poste ?

Il se mit à rire. Elle n'avait pas changé. Il était impossible de la détourner de son but.

— Il faut que je passe quelques coups de fil pour organiser notre visite, mais nous irons dès que je serai sûr de pouvoir assurer ta sécurité.

— D'accord. Merci.

Comme elle se tournait pour partir, Blaze la retint par le coude. Un courant électrique le parcourut soudain, réveillant des émotions qu'il avait cru bien enfouies en lui.

— Au fait, une dernière chose. J'ai un truc pour toi sur mon bureau.

Il sortit dans le couloir, lâchant Maisy alors qu'il brûlait de la prendre dans ses bras.

Elle le suivit en silence.

Il prit le taser qui lui avait été remis en même temps que son arme de service et le lui tendit.

— Je l'ai sorti de mon armurerie ce matin. Il est chargé et prêt à être utilisé. Je veux que tu le gardes sur toi constamment.

Elle l'accepta avec hésitation.

— Tu veux dire, pour pouvoir m'en servir contre quelqu'un ?

— Oui.

Il croisa les bras.

— Je veux que tu obéisses à ton instinct. Ne perds pas de temps à réfléchir. Si tu te sens menacée, enlève le cran de sécurité et appuie sur la gâchette.

Tout en parlant, il désignait les parties concernées.

— Compris ? Tant pis si tu vises accidentellement un citoyen innocent. Je m'excuserai après.

Il recouvrit sa main de la sienne et la fixa.

— Je préfère que tu donnes une décharge à une dizaine d'innocents plutôt que d'hésiter face à un tueur.

Maisy arqua les sourcils.

— Je ne sais pas trop ce que je pense de tout ça, mais je promets d'essayer.

— Bien. Deux précautions valent mieux qu'une. Tu veux qu'on s'entraîne ?

— Non, je crois avoir compris. Je vais prendre ma douche pour qu'on puisse aller au poste et tâcher de retrouver l'assassin de Clara. Appelle le portraitiste ! lança-t-elle en s'éloignant.

Blaze la suivit du regard, fasciné par les nouvelles courbes de sa silhouette. Pour sa part, il trouvait la façon dont elle portait son bébé incroyablement excitante. Il émit un petit sifflement, puis attrapa son téléphone et composa le numéro du poste.

Quand Maisy sortit de la salle de bains, on aurait dit qu'elle venait de poser pour une publicité. Ses cheveux ébouriffés ondulaient, son teint était rosi par l'eau chaude, et elle avait appliqué une couche de brillant à lèvres. Un brillant que Blaze connaissait intimement. Et qui avait le goût de ses meilleurs souvenirs.

— Tu as fixé un rendez-vous ?

— Pour 16 heures. La portraitiste s'en va à 15 heures

en temps normal, mais elle était prise toute la journée et je ne voulais pas attendre jusqu'à demain. Je lui ai dit que les circonstances étaient particulières et que j'avais besoin que cet entretien reste confidentiel.

Maisy tira sur le pan de sa tunique.

— Merci. Pour tout.

— Je suis à ton entière disposition, dit-il, un sourire espiègle sur les lèvres.

— J'espérais que tu dirais ça.

Blaze passa mentalement ses paroles en revue, redoutant à demi de poser la question qui s'imposait.

— Pourquoi ?

— J'apprécie que tu aies lavé mes vêtements, mais je ne peux pas porter la même tenue indéfiniment. J'ai besoin du reste de mes affaires et j'imagine qu'elles sont toujours à la maison. Je me demandais si tu pourrais m'y emmener aujourd'hui. On a le temps avant notre rendez-vous.

Blaze jeta un coup d'œil à sa montre, puis enveloppa Maisy d'un long regard.

— La maison est probablement sous scellés en tant que scène de crime, objecta-t-il, tout en réfléchissant à la possibilité de récupérer sa garde-robe. Il est même possible qu'une équipe de l'identité judiciaire soit sur place. Sans compter que Luciano pourrait faire surveiller les lieux, soit dans l'espoir que tu y retournes, soit pour essayer de glaner des renseignements.

Elle se mordilla la lèvre, attirant sans peine l'attention de Blaze sur sa bouche.

— J'ai dû tout laisser derrière moi quand j'ai pris la fuite. Le livre de ma mère est toujours là-bas. Toutes mes photos de Natalie aussi.

Blaze vacilla, considérant les options. Ses vêtements étaient remplaçables, ses souvenirs personnels, non. Il poussa un soupir, admettant sa capitulation. Protéger Maisy et lui faire plaisir n'allaient pas forcément ensemble, et cette situation en était le parfait exemple. Cependant, il savait combien le livre de sa mère était important pour elle. Sa sœur était morte en essayant de le récupérer. Abandonner ce trésor à Luciano était impensable.

— J'accepte de passer devant, c'est tout. Si nous voyons la moindre activité ou quiconque dans une voiture à proximité, nous n'entrerons pas.

— D'accord.

Maisy avait enfilé un blouson de motocycliste par-dessus le sweat-shirt de Blaze, et ses longs cheveux étaient soigneusement dissimulés sous une casquette de base-ball.

— Prête ? s'enquit-il alors qu'elle bataillait avec sa ceinture de sécurité.

— Arrête de sourire, grommela-t-elle en riant de ses difficultés.

Une douleur soudaine figea son geste et lui arracha une grimace. Non sans mal, elle boucla la ceinture, puis massa son abdomen. Un petit coude, genou ou pied lui transperça les côtes, lui coupant le souffle momentanément.

— Qu'y a-t-il ? demanda Blaze, la panique dans ses yeux sombres.

Elle exhala son souffle comme le bébé bougeait de nouveau.

— Ça va. Le bébé commence à manquer d'espace, et il fait du trampoline sur mes organes.

Blaze émit un rire nerveux.

— C'est peut-être une bonne chose que je n'aie pas

été là avant. À l'heure qu'il est, je t'aurais sans doute emmenée dix fois à l'hôpital.

Maisy le regarda enclencher une vitesse et sortir de l'allée.

— Ce n'est pas une bonne chose, dit-elle doucement.

Elle aurait volontiers fait ces déplacements inutiles en échange de sa présence à ses côtés.

Un éclair de plaisir traversa le regard de Blaze.

— Moi aussi, j'avais peur au début, avoua-t-elle en reportant son attention sur la route. Le docteur Nazir a été géniale. Elle m'a donné son numéro personnel et, les premiers mois, je l'ai appelée très souvent.

Maisy étouffa un gloussement.

— J'étais terrifiée, mais elle m'a appris à reconnaître les symptômes considérés comme normaux. Elle m'a donné des conseils pour tout, l'alimentation, la meilleure position pour dormir, mon plan d'accouchement. Clara aussi. Clara a des enfants et…

Elle se figea brusquement.

— Avait. Clara avait des enfants.

Des enfants qui étaient orphelins désormais.

Blaze recouvrit sa main de sa large paume.

— Ce n'est pas ta faute. Nous en avons parlé, rappelle-toi.

Elle s'efforça de sourire, en vain. Durant les mois qu'ils avaient vécu ensemble, Blaze avait passé des heures à lui assurer que la seule personne coupable était Luciano. D'un point de vue rationnel, elle savait que c'était la vérité, mais, au fond d'elle, elle ne pouvait s'empêcher d'admettre que Natalie et Clara auraient toujours été en vie si elle n'avait pas été là.

Blaze lui lançait des coups d'œil à la dérobée tout en

conduisant, attendant peut-être une réponse qu'elle ne pouvait lui donner.

— Je suis désolé d'avoir manqué ta grossesse, murmura-t-il. J'aurais été là. À tous les instants. Si j'avais pu.

Maisy sourit, le cœur réchauffé par ses paroles.

— Je sais.

Elle s'était préparée au pire la veille, lorsqu'elle lui avait dit qu'il était libre de ne pas assumer le rôle de père, mais elle aurait été surprise qu'il se conduise ainsi. Pour les Winchester, Blaze y compris, la famille passait avant tout. Il était ainsi, voilà tout. Quant à savoir s'il voulait encore d'elle, c'était un autre sujet, mais ils avaient des questions plus importantes à régler d'abord. Comme celle de savoir où se trouvait le tueur de Clara, et s'il savait que Maisy était avec Blaze. Elle ne s'attendait pas à ce que Blaze veuille partager son avenir avec elle. Leur romance était née de circonstances tragiques, où les émotions avaient pris le pas sur tout le reste. D'ailleurs, une relation fondée sur le sexe, surtout maintenant, dans son état, était forcément vouée à l'échec.

— Tu as entendu battre le cœur du bébé ? demanda Blaze, la ramenant au présent.

— Bien sûr. À chacune de mes visites de contrôle ces derniers mois.

Elle mâchonna sa lèvre et tenta de se ressaisir.

— Je vois le docteur Nazir toutes les deux semaines maintenant. Mon prochain rendez-vous est prévu dans quelques jours. Si tu veux venir, tu pourras assister à l'examen.

Maisy avait tant parlé de Blaze au médecin qu'elle en était gênée, mais elle n'avait pu s'en empêcher. Blaze en était venu à incarner sa vie d'avant, sa liberté, une époque où elle s'était sentie plus aimée qu'elle ne l'avait jamais été.

— Je sais qu'elle aimerait faire ta connaissance.

Il entrouvrit les lèvres, et ses yeux s'écarquillèrent.

— Oui. S'il te plaît. Ça me ferait très plaisir.

— C'est entendu, répondit-elle, luttant contre l'envie de sourire jusqu'aux oreilles. Mais n'en attends pas trop, d'accord ? Ces rendez-vous ne sont pas aussi excitants que tu le penses peut-être.

— J'en doute.

Blaze pressa doucement ses doigts.

— Merci.

Le trajet se poursuivit dans un silence à la fois amical et chargé d'électricité. Quelques instants plus tard, ils s'engagèrent dans la rue où elle avait habité ces derniers temps, et la vue de son ancienne demeure effaça aussitôt le bien-être que Maisy éprouvait jusque-là. Une bouffée de chagrin la submergea, et les larmes lui montèrent aux yeux.

Blaze lâcha sa main, refermant ses longs doigts sur le volant.

— Faisons un autre petit tour avant de nous arrêter.

Elle fixa en silence l'allée familière. Le petit cottage peint en blanc, avec ses volets bleus et sa porte jaune toute gaie, éveillait trop de souvenirs douloureux. Elle revit Clara planter des annuelles au printemps. De jolies fleurs qui leur feraient plaisir le moment venu, avait-elle dit. Parce que tout le monde avait besoin de beauté. C'était aussi un symbole de la situation de Maisy, des graines porteuses d'espoir et d'un nouveau départ.

Le souffle lui manqua soudain alors que des images plus

récentes, infiniment laides, remplaçaient les premières. Des souvenirs trop frais, encore impossibles à assimiler.

Quelques minutes plus tard, Blaze garait le pick-up dans l'allée et coupait le moteur.

— Ça va ?

— Je suis nerveuse, admit-elle en lui jetant un bref regard. La dernière fois que j'étais ici, quelqu'un a essayé de me tuer.

Blaze parcourut les environs des yeux.

— Eh bien, c'est une raison pour ne pas traîner dans les parages. Nous n'allons qu'entrer et sortir.

Elle expira à fond et tendit la main vers la portière.

— Au moins, le type ne t'a pas vue. La photo diffusée au journal télévisé date de l'année dernière. Tes cheveux étaient plus courts, tu avais une frange et tu n'étais pas enceinte.

— Eh bien, je te remercie de m'avoir donné un déguisement, dit-elle avec un sourire gêné, en posant les mains sur son ventre. Franchement, c'est à peine si je me reconnais moi-même la moitié du temps, donc j'imagine que tu as raison. Ce serait difficile de m'identifier d'après une vieille photo.

Blaze acquiesça puis descendit de la cabine, le visage impassible comme tout bon policier. Il contourna le capot et vint se poster à sa portière, lui offrant une main pour descendre.

Ils s'avancèrent ensemble vers la porte d'entrée, et s'immobilisèrent à la vue des scellés brisés.

Blaze dégaina son arme, regarda Maisy et fronça les sourcils.

— Je ne vais pas rester ici toute seule, si c'est à ça que tu penses, déclara-t-elle. Pas question.

Blaze serra les lèvres, pesant le pour et le contre. Il émit un juron, mais se tourna vers elle, lui prit la main et la fit se placer à son côté.

— Reste tout près. Considère-moi comme ton bouclier.

Il poussa le battant, et ils pénétrèrent en même temps dans le petit logement, passant d'une pièce à l'autre. Les larmes roulaient sans retenue sur les joues de Maisy. Des taches de sang maculaient les murs et le tapis du salon où elle avait vu Clara pour la dernière fois, l'arme au poing, en train d'appeler des renforts. Tout le mobilier avait été renversé, saccagé.

— Pourquoi ont-ils fait ça ? demanda Maisy. Quels indices peut-on obtenir en détruisant des meubles ?

Blaze rengaina son arme.

— Ceci n'est pas l'œuvre de l'identité judiciaire. Quelqu'un est venu après. L'individu qui a brisé les scellés.

Maisy frissonna en imaginant des inconnus fouiller dans ses affaires, dans la petite vie qu'elle avait menée au cottage.

— Mais que cherchait-il ?

Blaze posa sur elle un regard glaçant.

— Toi.

6

Blaze chargea les bagages de Maisy sur le plateau de son pick-up. Trois caisses en plastique fermées par un couvercle. Deux sacs en toile, quelques cartons de livres. Le contenu entier de ce qui restait de la vie de Maisy occupait moins de place, matériellement parlant, que son attirail de pêche.

Elle avait tout sacrifié dans sa détermination à obtenir justice pour les victimes de Luciano, et Blaze en avait le cœur serré. Il devait faire en sorte qu'elle ait la possibilité de mener cette tâche à bien.

Il tira une lourde bâche sur les possessions de Maisy et l'attacha, puis la rejoignit dans l'habitacle.

— Ça va ?

Il n'osait imaginer combien cela devait être douloureux pour elle de revoir cet endroit si tôt après la tragédie, surtout dans son état. Son expression lorsqu'elle avait rassemblé ses affaires en avait dit long. Elle était furieuse, effrayée, et surtout épuisée. La fatigue se lisait sur son visage mais elle était trop obstinée pour l'admettre ou pour quêter son soutien. Et il avait du mal à comprendre pourquoi.

— Je ne vais pas mentir, murmura-t-elle. C'est dur de venir ici.

Sa voix tremblait, et Blaze lutta contre l'envie de la prendre dans ses bras. Au lieu de quoi, il démarra et partit, désireux de quitter les lieux aussi vite que possible au cas où l'individu qui avait saccagé le cottage s'aviserait de revenir.

— Je suis contente d'avoir récupéré mes affaires, mais j'espérais trouver un indice qui nous aiderait à remonter la piste du tueur, avoua Maisy, visiblement déçue.

Blaze se tourna vers elle.

— Le scellé a été brisé, ce qui signifie que l'identité judiciaire avait terminé son travail avant que le cottage soit mis à sac. Si le tueur a laissé des traces de son passage, elles ont déjà été relevées.

— Peut-être. Espérons que le saccage n'est pas l'œuvre d'un membre de l'identité judiciaire pour détruire ou contaminer des preuves.

Blaze aurait voulu pouvoir lui assurer que non, et l'encourager à être plus positive, mais il ne trouva rien à dire. Il comprenait ses doutes. Après qu'un homme en tenue de marshal fédéral avait abattu son amie et garde du corps, il n'était guère étonnant qu'elle n'ait plus foi dans le système. Elle avait subi tant d'épreuves, consenti tant de sacrifices. Et il était furieux de penser qu'elle allait accoucher dans moins de six semaines avec juste un petit carton d'affaires pour le bébé. Elle aurait dû avoir une chambre d'enfant prête, un placard plein d'habits. Sa grossesse aurait dû être fêtée et non cachée, et la famille Winchester aurait dû l'entourer d'amour et d'attention. Elle et son bébé auraient dû être en sécurité. Pas en cavale.

Ses mains se crispèrent sur le volant.

— Je vais bien, Blaze, affirma-t-elle, le prenant par

surprise. Je déteste cette expression, alors fais-moi plaisir : fais une autre tête quand tu es avec moi.

— Quelle expression ? Je réfléchissais, c'est tout.

Il se redressa et fit de son mieux pour donner l'impression qu'il contrôlait la situation.

— Tu te disais que tu avais pitié de moi, riposta-t-elle. Et je ne veux pas de ta pitié. Alors, arrête.

Blaze ravala l'envie de protester, certain qu'elle ne l'écouterait pas. Ils s'énerveraient l'un et l'autre, jusqu'au moment où la colère et la frustration les pousseraient à prononcer des paroles qu'ils ne penseraient pas et qu'ils ne pourraient pas retirer. Ils le regretteraient aussitôt et seraient malheureux. Maisy et lui avaient eu quelques querelles explosives par le passé. Chacune s'était terminée par une réconciliation passionnée et par un flot d'excuses. La possibilité de faire l'amour pour se réconcilier était manifestement hors de question : il aurait de la chance si Maisy lui permettait de la toucher de nouveau un jour après qu'il l'avait mise enceinte et laissée seule six mois durant. Non, il ne pouvait pas se disputer avec elle maintenant. Il avait déjà assez de regrets. Inutile d'en rajouter.

Elle continuait à fixer la vitre latérale, caressant son ventre, comme pour rassurer l'enfant qu'elle portait.

Blaze mourait d'envie de l'imiter. De caresser l'endroit où son enfant grandissait, de toucher la femme qui lui avait volé son cœur quelques mois auparavant. Et qui ne le lui avait jamais rendu. Malgré tout, il ne fit pas un geste vers elle. Sans doute pensait-elle qu'il ne l'avait déjà que trop touchée.

— C'était de l'empathie, dit-il enfin, se refusant à la laisser croire qu'il avait pitié d'elle. Je suis attristé par ce que tu endures parce que ton bonheur est important pour moi, et je suis désolé que ce psychopathe ait bouleversé ta vie. Tu as tout sacrifié à cause de lui, y compris ta liberté. Pendant des mois. Et, maintenant que tu arrives au bout, il t'a ramenée au point de départ. Il t'a forcée à fuir. Effrayée. Sans que tu saches à qui te fier. Je n'ai pas pitié de toi, Maisy, je suis en colère pour toi.

Elle fixa sur lui ses yeux noisette.

— Je sais à qui je peux faire confiance. À toi. Et je sais que tu me tireras de ce mauvais pas, quoi qu'il en coûte. Tu me garderas en sécurité jusqu'au moment où je pourrai témoigner. Être la voix que Natalie, Clara, Aaron et les autres victimes n'ont plus.

Le trajet de retour se poursuivit en silence. Blaze remarquait à peine les arbres et les petites villes qui défilaient derrière sa vitre. Comme ils approchaient des faubourgs de West Liberty, Maisy désigna une supérette.

— Tu crois qu'il y aura des toilettes ? J'aimerais bien acheter une bouteille d'eau aussi.

— Allons voir, dit-il en s'engageant sur le parking, content de pouvoir satisfaire au moins un de ses désirs.

Si le magasin ne possédait pas de toilettes destinées à la clientèle, il userait de son badge pour lui obtenir l'accès à celles du personnel.

Il se gara près de l'entrée et balaya les lieux du regard. Le bâtiment était un ancien entrepôt rénové, comme on en voyait beaucoup à la sortie de la ville. Une enseigne en vinyle accrochée au-dessus des portes annonçait en gros caractères rouges que l'établissement était désormais ouvert.

Après avoir longuement scruté les environs, il déverrouilla les portières et fit le tour du véhicule afin d'aider Maisy à descendre de la cabine.

Les toilettes étaient clairement indiquées, et Blaze n'eut donc pas à faire usage de son autorité. Il l'attendit non loin, face à un rayon plein d'articles pour bébés. Il s'avança presque inconsciemment et fut plongé dans un univers totalement étranger. Des images d'enfants hilares figuraient sur toutes sortes de produits dont il avait ignoré l'existence jusque-là. Le choix de marques et de modèles disponibles en matière de couches, de lait en poudre, de lessive et de gadgets en tous genres était stupéfiant.

Blaze eut soudain l'estomac noué par un mélange d'appréhension et d'enthousiasme. Son avenir était là. Tous ces produits qu'il n'avait jamais vus auparavant étaient en passe de devenir son nouveau quotidien. Une pointe de panique céda rapidement la place à une surprenante bouffée de bonheur à mesure que la réalité s'imposait vraiment à lui. Il allait être papa. Dans six semaines.

Il lut les étiquettes et contempla les bavoirs en éponge et les minuscules maillots et salopettes portant des inscriptions telles que *La petite princesse de papa*. Tout était tellement mignon. Il y avait même des chaussons qui imitaient des bottes de cow-boy ou des chaussures de sport. Il avait envie de tout acheter.

— C'est le premier ? demanda un homme à côté de lui.

Brusquement ramené au présent, Blaze cilla, choqué de constater qu'il avait laissé un inconnu s'approcher de lui sans même le remarquer.

— Pardon ?

Il sourit d'un air d'excuse en jaugeant l'homme. Jeune. L'air inoffensif. Vêtu d'une combinaison de garagiste.

Le type lui rendit son sourire.

— Vous êtes un nouveau papa ? J'en suis à mon

quatrième. Je peux vous aider à choisir des couches si vous voulez. Votre bébé a quel âge ?

Blaze secoua la tête.

— Oh ! non, merci. Pas encore.

L'homme arqua des sourcils perplexes.

— Excusez-moi.

Blaze se hâta de retourner aux toilettes. Combien de temps était-il resté dans le rayon, perdu dans ses pensées ?

La porte des toilettes était ouverte. Personne à l'intérieur.

Une vague de panique le submergea.

— Maisy ?

Il pivota et balaya les environs des yeux à la recherche de ses boucles rousses.

— Maisy ?

Il se hâta d'un rayon à l'autre, scrutant les allées.

— Maisy !

— Blaze ?

Il se retourna, tandis que son cœur cognait douloureusement contre ses côtes.

Debout à quelques mètres de là, Maisy lui faisait timidement signe. Il ne l'avait pas reconnue dans son blouson trop grand pour elle, avec ses cheveux dissimulés par sa casquette.

Le soulagement le percuta avec la violence d'un coup de poing. Il combla la distance qui les séparait et l'enveloppa de ses bras.

— Ça va ? demanda-t-elle en lui rendant une étreinte hésitante.

Il recula d'un pas et lâcha un rire gêné. Elle fronça les sourcils, un léger sourire sur les lèvres.

— Tu as l'air un peu… perdu.

— Ça va, affirma-t-il, cherchant à se ressaisir. Où étais-tu ?

— Je faisais du shopping. Je me suis dit que j'allais changer de look, comme ça, je n'aurai pas à me déguiser en homme jusqu'au procès.

— Ah !

Blaze jeta un coup d'œil dans le panier qu'elle tenait à la main et vit un kit de coloration, des produits de maquillage et des lunettes.

— Ça me paraît un bon plan. Je peux ?

Il tira sur les poignées du panier, et Maisy lâcha prise.

Elle glissa son bras sous le sien alors qu'ils se dirigeaient vers les caisses.

— Merci. J'aurais pu le porter moi-même mais j'apprécie l'attention.

Les battements désordonnés du cœur de Blaze s'apaisèrent aisément à son contact.

— Je veux bien admettre que tu es forte comme un bœuf, mais si tu me laissais porter les choses lourdes pour les six semaines à venir ? Ça me donnera l'impression d'être utile.

— À condition que tu ne me compares plus jamais à un bœuf.

— Vous avez trouvé tout ce qu'il vous fallait ? s'enquit la femme d'âge moyen, à la silhouette rondelette, assise derrière la caisse.

Elle était vêtue d'une tunique bleue qui portait le sigle du magasin et les regardait par-dessus les demi-lunettes perchées sur son nez. Un badge épinglé à sa poitrine indiquait qu'elle s'appelait Theresa.

— Oui, merci, répondit Maisy en lâchant le bras de Blaze pour nouer les mains sur son ventre.

Blaze posa le panier sur le tapis.

— C'est pour quand ? demanda Theresa gaiement. Et c'est une fille ou un garçon ?

— C'est pour bientôt. Et ce sera une surprise.

La caissière ouvrit des yeux ronds et se mit à rire.

— Eh bien, on n'entend pas ça souvent de nos jours. Les gens veulent planifier chaque seconde de leur vie. Bravo. Profitez de chaque moment,

Elle mit leurs achats dans un sac. Blaze lui tendit quelques billets.

— Bonne chance pour tout, lança-t-elle. Vous formez un beau couple. Amenez-moi le bébé quand il sera né pour qu'on fasse connaissance.

— Avec plaisir, déclara Blaze, envahi par une bouffée de fierté.

Sur quoi il s'empara du sac et escorta Maisy jusqu'au pick-up.

Maisy posa le sèche-cheveux sur le meuble de la salle de bains et fixa son reflet dans la glace. Les longues boucles rousses avaient disparu, remplacées par une coupe au carré avec une lourde frange, le tout dans un châtain foncé qu'elle détestait. Elle avait suivi les suggestions d'un tutoriel de maquillage en ligne pour se créer un regard charbonneux et souligner ses pommettes. Ses lèvres écarlates étaient à des années-lumière du brillant transparent qu'elle utilisait depuis le lycée.

— J'ai l'air d'une prostituée enceinte, dit-elle à la version d'elle-même qui lui rendait son regard. Jusqu'au faux grain de beauté, ajouta-t-elle en pressant la pointe d'un crayon à sourcils à côté de sa lèvre supérieure.

Heureusement, elle avait ses propres vêtements. Un T-shirt rouge tout simple et un jean de maternité.

— Maisy ? appela Blaze en toquant doucement à la porte entrouverte.

— Non.

Elle se tourna et attendit qu'il passe la tête par l'entrebâillement.

— Il n'y a personne qui réponde à ce nom ici.

Bouche bée, Blaze s'adossa à l'encadrement de la porte.

— Ouah !

— Ouais, répondit-elle en se retournant vers la glace. Au moins, les sbires de Luciano ne vont pas me reconnaître. C'est tout juste si je me reconnais moi-même.

Blaze souda son regard à celui de son reflet.

— Tu ressembles à une bibliothécaire coquine. Ou à une prof coquine.

Maisy pivota vers lui de nouveau, et baissa les lunettes sur son nez.

— Dans ce cas, je te conseille de m'emmener au poste, sans quoi tu auras une retenue.

Blaze lui lança un regard taquin et se détacha du mur.

— À vos ordres, madame.

Le poste de police était animé, mais Blaze guida Maisie vers un bureau situé à l'arrière, un peu à l'écart.

Une jolie blonde aux yeux bleus et aux doigts tachés de graphite vint les accueillir.

— Lieutenant Winchester.

Elle s'empressa de serrer la main de Blaze avant de reporter son attention sur Maisy.

— Je suis Sarah. Enchantée de faire votre connaissance.

— Moi de même, répondit Maisy, hésitant à donner son nom. Merci d'avoir accepté de me recevoir à l'improviste. Si j'ai bien compris, vous avez terminé votre service.

— Pas de problème, assura Sarah. Je suis ravie de pouvoir vous aider. Asseyez-vous.

Maisy s'installa en face d'elle et posa les mains sur la table. Sarah la fixa un instant avant de rougir.

— Excusez-moi, murmura-t-elle d'un air coupable. C'est juste que vous ne ressemblez pas du tout à la photo du journal télévisé. Lucas m'a expliqué la situation. J'espère que cela ne vous ennuie pas.

Maisy lança un regard à Blaze, espérant que son frère savait ce qu'il faisait en révélant son identité à la portraitiste.

Blaze hocha imperceptiblement la tête, si bien qu'elle choisit de se focaliser sur la remarque concernant son apparence.

— Eh bien, c'était l'objectif recherché. J'en ai peut-être fait un peu trop, cela dit.

Sarah se mit à rire.

— Vous êtes belle de toute façon, c'est évident, mais c'est une excellente couverture. La grossesse était une idée géniale.

— La grossesse est réelle, rétorqua Maisie en posant les mains sur son ventre.

Sarah arqua les sourcils.

— Oh ! Excusez-moi. Je ne savais pas.

— Ce n'est pas grave. Vous ne pouviez pas deviner.

— Eh bien, félicitations.

Touchée, Maisie lui répondit par un sourire tandis

que Blaze mettait une main protectrice sur son épaule, caressant du pouce le tissu de sa veste.

— Merci.

Sarah ouvrit des yeux écarquillés.

— Non. Vous deux ? Vraiment ?

Maisy éclata de rire, traversée par une vague de plaisir et d'excitation.

— Eh oui.

— Winchester ! lança une voix tonitruante sur le seuil.

Blaze retira sa main comme s'il s'était brûlé et pivota vers la porte.

— Sergent.

Maisy se tortilla sur son siège pour jeter un coup d'œil à la porte ouverte, mais ne reconnut aucun des visages.

— Vous n'avez pas besoin de moi ? demanda Blaze en se dirigeant vers la porte. Je veux faire le point sur la situation avec le sergent Maxwell et parler aux marshals s'ils sont ici.

— Je suis sûre que nous pouvons nous débrouiller toutes seules, déclara Maisy avec un sourire.

— Prenez votre temps, renchérit Sarah. Je vais avoir besoin d'une bonne demi-heure.

Blaze hocha la tête et sortit dans le couloir, souriant à Maisy avant de refermer la porte derrière lui.

— Les rumeurs sont donc fondées, observa Sarah sur un ton espiègle en attrapant son crayon. Blaze Winchester n'est plus sur le marché, c'est officiel.

— Oh ! non ! se récria Maisy, rougissante. Ce n'est plus comme ça entre nous. C'est la première fois que nous nous revoyons depuis qu'on m'a placée dans le programme des témoins. Il ne savait rien du bébé avant le moment où j'ai débarqué chez lui.

Elle sc mordit la lèvre, gênée d'en avoir tant dit. Puis elle s'éclaircit la gorge et fit une nouvelle tentative.

— Pour le moment, nous sommes juste... Je ne sais pas. Nous essayons de rester en vie, j'imagine.

Elle lâcha un petit rire pour dissiper le malaise qu'elle avait créé, mais ne se sentit que plus embarrassée.

Sarah se pencha sur son carnet à dessin.

— Je ne sais pas si je vous apprends quelque chose, mais cet homme est manifestement dingue de vous. Je sais que vous êtes dans une situation éprouvante. Que votre vie est en danger. Mais je travaille avec ces gens du matin au soir, et je peux vous dire que le lieutenant qui vient de sortir d'ici n'est pas celui que j'ai vu errer comme une âme en peine ces six derniers mois.

Elle désigna la porte, comme si Blaze était encore visible de l'autre côté.

— Cet homme-là vient de trouver son chemin.

Le cœur de Maisy s'emballa à ces paroles. Elle ne connaissait pas Sarah et ne savait pas dans quelle mesure celle-ci connaissait Blaze, mais son opinion l'emplissait d'un absurde sentiment de bonheur.

— J'espère que vous avez raison, murmura-t-elle.

— Vous n'avez pas de doutes à avoir, affirma Sarah. Maintenant, il ne nous reste plus qu'à établir le portrait-robot du tireur et à mettre Luciano hors d'état de nuire.

Maisy sourit. Les deux femmes travaillèrent de concert jusqu'à ce que le portrait de l'assassin soit presque parfait. Maisy s'émerveillait de la dextérité avec laquelle Sarah traçait lignes et courbes, ajoutant des ombres ici et là, donnant de la profondeur au dessin. Le résultat lui parut remarquable. On aurait aisément pu croire qu'il s'agissait d'une photo en noir et blanc.

Soudain, une contraction aussi violente qu'inattendue lui transperça l'abdomen, lui arrachant un gémissement de douleur.

— Maisy ? s'inquiéta Sarah, les yeux écarquillés par l'inquiétude.

— Une fausse contraction. Ce n'est rien, assura Maisy en respirant à petits coups laborieux.

Elle se leva et se mit à arpenter la pièce à pas réguliers, les mains sur le ventre.

— Excusez-moi. Je vais marcher un peu en attendant que ça passe.

Sarah l'enveloppa d'un sourire compréhensif.

— Vous voulez faire une pause ? Il y a une petite salle de repos et des toilettes au bout du couloir. En face du bureau du lieutenant Winchester. Tournez à gauche en sortant d'ici. Cela vous fera du bien de vous dégourdir les jambes.

Maisy hocha la tête, se redressa et inspira à fond.

— Entendu. Je ne serai pas longue.

Elle mit son sac en bandoulière, serrant les dents alors qu'une nouvelle vague de douleur la traversait.

— Dès que j'aurai terminé, je viendrai voir comment ça va, promit Sarah. Souvenez-vous de tourner à gauche. À droite, vous allez déboucher à l'accueil, et la porte se refermera automatiquement si vous sortez.

Maisie suivit ses instructions et s'éloigna, les yeux rivés sur le panneau bleu qui indiquait les toilettes et la salle de repos.

La porte du bureau de Blaze était ouverte, mais la pièce était vide.

Le couloir se terminait par une salle pleine de bureaux et de personnel en uniforme et en civil. Un brouhaha régnait, ponctué par la sonnerie du téléphone et par le tapotement de doigts sur les claviers d'ordinateur. Maisy réprima un pincement d'angoisse.

Tu es en sécurité, se répéta-t-elle en se dirigeant vers les toilettes des femmes, respirant de son mieux.

Une fois à l'intérieur, elle mouilla une poignée de serviettes en papier, les essora et en fit une sorte de compresse qu'elle appliqua sur son front pour se rafraîchir. Elle répéta l'opération pour ses tempes, puis sa nuque.

La porte s'ouvrit derrière elle. Maisy baissa la tête, désireuse d'éviter tout contact visuel.

Une odeur d'eau de toilette masculine la fit tressaillir et se redresser. Quand son regard terrifié rencontra celui du tueur de Clara, sa voix s'étrangla dans sa gorge.

— Non !

D'un mouvement rapide et fluide, il l'empoigna à bras-le-corps, l'attirant vers lui de ses bras puissants. Une main gantée de cuir se pressa sur les lèvres de Maisy.

— On va sortir d'ici, murmura l'homme à son oreille. Et tu ne vas pas résister, sinon je ferai du mal à ton bébé. Compris ?

Maisy prit une inspiration hachée, hochant frénétiquement la tête tandis qu'elle farfouillait dans son sac.

Les yeux bleu glacé de l'homme se soudèrent aux siens dans la glace. Elle se figea, les doigts sur l'objet qu'elle cherchait.

— Pense à ce bébé, ordonna-t-il sur un ton menaçant. Ne joue pas les héroïnes.

Il la fit pivoter vers la sortie, puis la poussa sans ménagement en avant.

— Enfile le couloir et tourne à droite. On va passer par l'arrière.

Maisy gémit et se plia en deux. Comme l'homme tentait de l'obliger à se redresser, elle sortit le taser de son sac et pressa la gâchette.

7

Blaze parcourut du regard la salle qui jouxtait le bureau du sergent. D'ordinaire animé, l'endroit semblait ce jour-là à la limite du chaos. Le moindre recoin était occupé par des policiers. Tous les membres des forces de l'ordre du comté devaient être là, en train de chercher à localiser Maisy, le témoin manquant, et le marshal fédéral qui l'escortait. Par chance, Blaze avait Lucas de son côté pour détourner l'attention si nécessaire, et un sergent prêt à tout pour protéger Maisy. Restait seulement à le mettre au courant.

Cela dit, il n'allait pas être facile de voir Maxwell seul à seul assez longtemps pour l'informer. Même des membres de l'administration carcérale et des gardiens de la prison où Luciano était détenu étaient venus au poste pour discuter des événements et mettre en place une collaboration afin de l'empêcher de nuire. Vu la longue liste de méfaits commis par le gangster, chaque agence de maintien de l'ordre du pays avait intérêt à le garder en prison.

Les mains à plat sur son bureau, le sergent Maxwell toisait deux marshals fédéraux de son air le plus résolu.

— Je comprends que vous souhaitiez prendre le contrôle de la situation, mais Maisy Daniels est notre témoin.

Elle réside à West Liberty et elle a collaboré étroitement avec le lieutenant Winchester pendant quatre mois pour retrouver Luciano quand il a disparu de la circulation. C'est grâce à cette jeune femme qu'un procès va avoir lieu. Sa sœur a été tuée par ce salopard. Elle a sacrifié sa liberté en échange de la protection des agents fédéraux pour avoir la possibilité de témoigner contre lui.

Les marshals lui rendirent un regard de défi. Ils savaient que Maxwell avait raison mais se refusaient à assumer la responsabilité de ce qui s'était passé à la planque.

— Comment aurions-nous pu deviner qu'une chose pareille arriverait ? marmonna l'un d'eux.

— Parce que c'est votre travail, rétorqua Maxwell. Vous avez échoué à la protéger. Maintenant, je suis prêt à accepter toute l'aide que vous pouvez nous apporter pour faire en sorte qu'elle soit retrouvée et protégée jusqu'au procès.

L'agent lui décocha un sourire supérieur.

— Merci, mais nous avons l'affaire en main.

Déjà empourpré, le visage de Maxwell vira au cramoisi. À l'évidence, il était prêt à exploser.

— Elle nous a fait confiance et nous vous avons fait confiance. À présent, un agent est mort et notre témoin a disparu à quelques jours du procès. Ne parlons pas des autres témoins, qui tombent comme des mouches. Alors, excusez-moi, mais je veux que mes hommes restent sur cette affaire.

Son interlocuteur le fixa sans s'émouvoir, les yeux étincelants de colère.

— Je suis sûr que vous êtes bien intentionné, sergent, mais faites attention où vous mettez les pieds. Il semblerait que vous portiez des accusations sans fondement sur notre compétence ou, pire, sur notre intégrité. Je ne vais pas tolérer cela. Ce qui s'est passé hier est une tragédie, mais personne n'aurait pu le prévoir, pas même vous. Par conséquent, je vous conseille d'arrêter de nous pointer du doigt.

Blaze se mordit la langue, sachant qu'il possédait des informations qu'il ne pouvait divulguer. Maisy lui avait confirmé que l'agent disparu n'était pas celui qui avait tiré sur Clara. Le tireur était un imposteur, et le véritable marshal était sans doute mort.

Il jeta un coup d'œil sur sa montre, pressé que les agents s'en aillent pour pouvoir confier discrètement à Maxwell que Maisy avait réapparu et discuter avec lui de l'approche à adopter dorénavant. Il l'avait déjà laissée seule trop longtemps. Sarah devait avoir terminé le portrait-robot à l'heure qu'il était.

Un cri strident résonna par-dessus le brouhaha ambiant. Une seconde durant, le silence tomba sur la salle.

Blaze avait déjà pris ses jambes à son cou, comme si le hurlement avait déclenché son système d'alarme interne et que chaque cellule de son corps savait que c'était Maisy qui avait crié.

Il se fraya un chemin dans la foule d'agents, se dirigeant vers l'origine du cri. Vers les toilettes, comprit-il, et non vers le bureau où il avait laissé les deux femmes.

Maisy apparut dans la seconde qui suivit, blême et terrifiée, et entra en collision avec lui. Des larmes ruisselaient sur ses joues, sa respiration était rapide et hachée.

— Je lui ai donné une décharge de taser, lâcha-t-elle, haletante. Il est là. Dans les toilettes des femmes. L'assassin de Sarah.

Blaze n'eut pas besoin d'ouvrir la bouche. Des policiers

se précipitèrent dans la direction qu'elle avait indiquée tandis qu'il entourait Maisy de ses bras et la guidait vers son bureau.

Elle se laissa tomber sur une chaise pendant qu'il refermait la porte et se recroquevilla sur elle-même, secouée de sanglots.

Blaze brûlait de la serrer contre lui. Et d'en découdre avec le misérable qui avait osé lever la main sur elle.

— Tout va bien. Tu ne risques plus rien.

Il s'accroupit sur le sol devant elle, son regard quêtant le sien. Un mélange de terreur et de rage courait dans ses veines. Pourtant, malgré son désir intense d'attraper l'agresseur de Maisy, il savait qu'elle avait besoin de lui, et cela passait avant tout. Son bonheur et sa sécurité étaient sa priorité.

— Tu ne risques plus rien maintenant, répéta-t-il doucement. Il t'a fait du mal ?

Elle secoua la tête sans cesser de pleurer, le maquillage noir traçant des rigoles sur ses joues rouges.

— C'était lui, Blaze ! Le tireur a pu m'atteindre jusqu'ici. Au poste de police. Combien de temps puis-je espérer rester en vie s'il peut me trouver n'importe où ?

— Écoute-moi.

D'un geste hésitant, il lui captura le menton et écarta du bout des doigts les mèches mouillées qui collaient à ses joues.

— Tu survivras, affirma-t-il. Tu es forte, résolue, et tenace. Et tu ne vas pas te laisser intimider par Luciano ni par ses sbires.

Elle leva vers lui des yeux gonflés par les larmes.

— D'accord.

— Bien.

Il sourit.

— Es-tu blessée ? demanda-t-il de nouveau. Prends une minute pour réfléchir. Le bébé va bien ? Tu as besoin d'être auscultée ?

Il serra les dents intérieurement, songeant qu'il aurait voulu mettre en pièces le salaud qui l'avait terrorisée. Il observa son ravissant visage, son cou. Elle était habillée chaudement. Elle portait un jean, un haut à manches longues. Même s'il ne voyait aucune marque, aucune égratignure, comment pouvait-il être sûr qu'elle n'avait subi aucune lésion interne ? Ce genre de stress ne pouvait pas être bon pour elle ni pour le bébé.

— Non, je ne suis pas blessée, affirma-t-elle. Un peu secouée, voilà tout.

Elle se massa les poignets, puis passa des mains tremblantes sur ses bras, comme pour effacer le souvenir du contact de son agresseur.

— Il ne m'a tenue qu'un instant, grâce à ton taser.

Blaze tira son téléphone de sa poche.

— Je serais plus tranquille si Isaac t'auscultait. Nous ne sommes pas obligés d'aller à l'hôpital si tu penses que ce n'est pas nécessaire, mais je ne veux prendre aucun risque. Tu te souviens d'Isaac ? Tu le trouvais sympathique.

Isaac était le benjamin des Winchester, un cousin germain au teint et aux cheveux plus clairs, qui avait pour ainsi dire été élevé au sein de la famille de Blaze. Ils n'étaient pas frères par le sang, mais c'était tout comme.

Maisy hocha la tête.

— Je me souviens de lui.

Son ventre sembla bouger un peu, et elle mit la main sur l'endroit où Blaze avait vu une sorte de battement.

— D'accord, murmura-t-elle. Merci.

Blaze s'obligea à détourner les yeux, le cœur cognant à tout rompre pour une nouvelle raison maintenant. Il était aisé de penser au bébé de manière abstraite, comme une idée plutôt qu'une réalité, jusqu'au moment où on voyait vraiment ses mouvements. Une preuve de sa vie. Il avait la gorge nouée, la tête pleine de questions. Maisy portait-elle un garçon ou une fille ?

— Tu t'es bien défendue, Maisy, répondit-il, refoulant à grand-peine son émotion. Tu t'es protégée, et tu as protégé le bébé. Toute seule. Je te jure de ne jamais t'obliger à recommencer.

Elle tendit la main et lui effleura la joue.

— Ce n'est pas ta faute. C'est celle de Luciano, et nous allons le battre.

Blaze recouvrit sa main de la sienne puis, nouant ses longs doigts aux siens, pressa un baiser au creux de sa paume.

— J'avais tort de m'imaginer que cet endroit était sûr. Je savais que ce type s'était fait passer pour un marshal. J'aurais dû penser qu'il pouvait être ici, à jouer son rôle. Il est clair qu'il a des contacts.

Cette constatation le mena à une seconde, plus inquiétante encore.

— Quelqu'un l'a fait entrer. Et je vais découvrir qui.

On toqua un coup ferme à la porte. Aussitôt, Blaze se redressa, la main sur son pistolet, prêt à faire feu.

— Blaze ?

La voix de Lucas s'élevait dans le couloir. Blaze se hâta de lui ouvrir.

— Qu'as-tu appris ?

Le regard de Lucas alla de Blaze à Maisy, puis revint sur Blaze.

— Les toilettes étaient vides, mais nous avons une image sur la caméra de surveillance. Il s'est enfui par l'arrière. Les techniciens sont en train de visionner l'enregistrement pour voir par où il est entré. Je suppose qu'un complice a laissé la porte entrouverte à son intention.

Maisy pivota sur son siège, les yeux écarquillés.

— Par conséquent, il y a forcément un ou plusieurs agents corrompus ici.

— On le dirait, admit Lucas. Le problème, c'est que la moitié des forces de l'ordre du comté est ici. Des fédéraux et des gardiens de prison en plus de la police en uniforme et en civil. Sans compter que, si quelqu'un a bel et bien laissé la porte ouverte délibérément, cette personne a peut-être quitté les lieux après.

— Et aucune caméra intérieure ne couvre la porte d'entrée, grogna Blaze. Il n'y a que celles du parking.

— Maxwell est en train de discuter avec les techniciens, expliqua Lucas. Il croit qu'une des caméras extérieures a pu capturer un reflet sur la vitre. Il n'est pas impossible que nous puissions déterminer qui l'a aidé.

— *Toc toc* ! appela une voix derrière la porte. C'est moi, Sarah.

Lucas tira le battant et s'effaça pour la laisser entrer. Ses yeux se portèrent aussitôt sur Maisy.

— Oh ! Dieu merci !

Les deux femmes s'étreignirent avec émotion.

— Je n'ai rien, assura Maisy.

— Moi, je suis drôlement secouée, avoua Sarah en secouant la tête. J'ai cru faire une crise cardiaque quand je vous ai entendue crier. Et puis tout le monde s'est mis à courir partout, et personne ne savait où vous étiez.

Lucas écarquilla les yeux à la vue du ventre rond de Maisy, nettement visible maintenant qu'elle s'était levée.

Blaze sourit malgré lui. Savoir qu'elle était enceinte et en voir la preuve étaient deux choses bien différentes.

— Comment avance le portrait-robot ? s'enquit-il, changeant de sujet.

— Il est terminé.

Sarah leur montra le dessin qu'elle tenait à la main.

— C'est lui, déclara Lucas sans hésiter. C'est l'homme qu'on voit sur la caméra.

Maisy acquiesça. Toute pâle, elle reprit son siège.

— Oui. C'est lui qui a attaqué la maison.

L'air s'emplit de tension. Blaze expédia un texto à Isaac afin de lui demander de faire un crochet par le poste pour examiner Maisy, puis se tourna vers elle.

— Isaac est en route.

— Tu es blessée ? demanda Lucas, une pointe de panique dans la voix.

— Non, je vais bien. C'est une précaution, rien de plus. Et je doute que Blaze m'aurait laissée sortir d'ici avant que j'accepte de me laisser ausculter.

Le sourire de Lucas s'élargit.

— Je le comprends. Tu portes un chargement précieux, à ce que j'ai entendu dire.

Maisy éclata de rire.

— Comment l'as-tu deviné ?

— Tu as sacrément changé d'apparence, dis-moi !

— Malheureusement, soupira-t-elle en attrapant des mouchoirs sur le bureau de Blaze pour retirer les coulures de son maquillage, je n'ai pas réussi à tromper mon agresseur. Par chance, Blaze m'avait armée d'un taser ce matin.

Lucas se précipita, devançant Blaze

— Où est-il ?

— Je l'ai laissé échapper dans ma fuite.

Une fierté confuse emplit la poitrine de Blaze. Elle n'avait pas voulu du taser mais elle l'avait accepté en promettant de s'en servir en cas de besoin. Et elle avait fait du beau travail.

Le téléphone posé sur le bureau de Blaze se mit à sonner. Il s'empressa de décrocher, impatient d'avoir du nouveau.

— Winchester.

— Nous sommes en train de suivre l'agresseur à la trace en visionnant les caméras de sécurité du quartier, lâcha Maxwell. Et nous avons retrouvé un taser dans les toilettes des femmes. Vous savez pourquoi je vous appelle ?

Blaze attendit.

— Cette arme a été confiée à un agent de notre service, reprit Maxwell. Vous. Vous avez quelque chose à dire ?

Blaze regarda son frère, puis Maisy.

— Je présume que ce silence est une réponse, et je compte sur vous pour m'informer dès que vous aurez mis Maisy Daniels en lieu sûr, poursuivit son supérieur. Je ne peux que deviner ce qui se passe, mais j'avoue avoir du mal à comprendre que vous l'ayez amenée ici compte tenu des doutes que nous avions concernant une fuite au sein du service.

— Vous avez tout à fait raison, monsieur. Je voulais vous parler plus tôt, mais les agents fédéraux…

— … me cassent les pieds, coupa Maxwell. Bien.

Je passerai dans votre bureau dès que possible. Si vous devez partir avant, ne m'attendez pas. Il y a encore une chose que vous devriez savoir.

Blaze se figea, redoutant la suite.

— Je n'ai pas eu le temps de vous le dire plus tôt, soupira Maxwell dans le récepteur, mais nous avons perdu un nouveau témoin à l'aube ce matin. Deux morts en deux jours. Et deux tentatives de meurtre à l'encontre de Mlle Daniels. Il ne nous reste plus que deux témoins. Sans eux, les avocats de Luciano n'auront aucun mal à le faire acquitter, comme d'habitude. Par conséquent, quelles que soient les circonstances qui vous ont remis en contact avec Maisy Daniels, vous avez ma permission de faire le nécessaire pour la garder en sécurité, y compris prendre un congé ou l'emmener sur la Lune. C'est clair ? Protégez-la, c'est tout.

— Au péril de ma vie, monsieur.

8

Maisy s'étendit sur le canapé de Blaze, épuisée par les émotions de la journée. Depuis leur visite à la maison qui avait été son refuge, où les souvenirs l'avaient obligée à demander à Blaze de faire une halte pour qu'elle puisse aller pleurer discrètement dans les toilettes d'un magasin, jusqu'à l'agression dont elle avait été victime au poste de police, quand le psychopathe qui avait assassiné Clara avait menacé de s'en prendre à son bébé. C'en était trop, elle avait l'impression qu'elle pourrait dormir des jours entiers si l'univers le lui permettait. Cela dit, vu sa chance, elle devrait sûrement se contenter d'une sieste d'une demi-heure.

Côté positif, la police et le public disposaient désormais du portrait-robot de l'homme qui avait perpétré les attaques, et qui était en cavale à présent. Il était peu probable qu'il l'agresse de nouveau. En revanche, Luciano pouvait très bien envoyer un autre de ses sbires.

Blaze s'affairait dans la cuisine, en train de débarrasser après un délicieux repas de steaks et de pommes de terre en robe des champs. Il avait insisté pour que Maisy se repose au lieu de l'aider, et elle n'avait pas eu la force d'insister.

Elle alluma la télévision pour regarder le journal

télévisé et laissa ses paupières se fermer, s'efforçant de se focaliser sur le présent, sur l'idée qu'elle était en sécurité pour le moment. Les comprimés qu'Isaac lui avait recommandés avaient atténué sa tension.

— Que regardes-tu ? demanda Blaze en venant la rejoindre.

— Les infos, répondit-elle, comme si c'était une évidence. Peut-être que la police a capturé le cinglé qu'on a envoyé me tuer et que personne n'a pris la peine de te téléphoner pour t'informer.

Blaze arqua les sourcils.

— Ce serait un gros scoop.

Il souleva les pieds de Maisy du petit coussin qu'elle avait utilisé comme support, et s'installa tranquillement à sa place, calant les chevilles de la jeune femme sur ses genoux.

— Ça va comme ça ?.

— Je peux m'asseoir, proposa-t-elle.

— Pas question.

Il lui retint doucement les mollets afin de l'encourager à rester où elle était.

— Tu étais confortablement installée, et je suis venu te déranger.

— Mais j'occupe tout ton canapé !

— Je te propose un compromis : je te rends le canapé et le petit coussin, ou bien nous partageons le canapé et je garde tes pieds sur mes genoux. C'est toi qui choisis.

Maisy se mordit la lèvre, amusée par son sourire. Elle savourait l'échange un peu plus qu'elle ne l'aurait dû et, surtout, elle adorait sentir les mains de Blaze sur elle.

— Très bien. Tu m'as préparé à dîner. Le moins que je puisse faire est de te laisser me toucher les pieds.

Le regard de Blaze se fit espiègle.

— J'ai le droit de toucher ?

— Tu les touches déjà ! rétorqua-t-elle en riant. Ils sont sur tes genoux.

Blaze étira les doigts, puis baissa les mains sur les chevilles de Maisy et entreprit de lui retirer ses chaussettes. Un frisson la parcourut lorsqu'il appuya les pouces sur la plante de ses pieds, et se mit à tracer de petits cercles.

Un gémissement lui échappa.

— Ça te plaît ? demanda-t-il avec une pointe de fierté.

— Hum…, marmonna Maisy, une foule de souvenirs défilant dans son esprit.

Des souvenirs où les caresses de Blaze avaient déclenché d'autres gémissements.

Il l'observa tout en la massant, et son regard s'attarda sur ses lèvres avant de plonger dans le sien.

— Tu te sens plus détendue ?

Elle rougit malgré elle.

— Nettement. Continue, souffla-t-elle en se laissant aller contre le dossier du canapé, les yeux mi-clos.

Jamais un massage ne l'avait excitée ainsi. La faute aux hormones, sans doute.

— Je peux te poser une question ?

La voix de Blaze était grave et douce.

— Tout ce que tu veux.

Ses doigts se figèrent un instant avant de reprendre leur rythme.

— Tu as choisi un prénom ?

Elle ouvrit les yeux et leva la tête vers lui.

— Natalie, si c'est une fille.

En mémoire de sa sœur.

— Blaze, si c'est un garçon.

Elle pinça ses lèvres, soudain intimidée.

— Si tu es d'accord, bien sûr.

Il acquiesça.

— Oui.

— Oui ?

Blaze s'éclaircit la voix, et un sourire naquit sur ses lèvres.

— Ça me plairait. Ça me plairait beaucoup, en fait.

Le générique familier d'un bulletin spécial d'informations s'éleva, attirant leur attention sur la télévision : le visage de l'assassin de Clara était apparu sur l'écran.

Maisy s'empara de la télécommande et augmenta le volume. Le sergent Maxwell avait été incroyablement gentil avec elle quand il était venu dans le bureau de Blaze. Il avait promis de faire distribuer le croquis à tous les médias principaux avant l'heure du dîner. Apparemment, il avait tenu parole. Selon Maxwell, l'image de l'agresseur était également en train d'être examinée au moyen de logiciels de reconnaissance visuelle. Si elle figurait dans les banques de données, les forces de l'ordre disposeraient d'un nom et d'un profil pour les aider dans leurs recherches.

— On va le trouver, affirma Blaze en faisant glisser les mains sur ses chevilles.

Maisy avait enfilé son pyjama pendant que Blaze préparait le dîner. À présent, il promenait les doigts sur le tissu en coton, massant les muscles noués de ses mollets.

— Ça va toujours ? demanda-t-il.

Elle fixa sur lui un regard incrédule.

— Tu sais très bien que je ne peux pas résister à un massage. Que mijotes-tu, Blaze Winchester ?

Certainement pas une visite dans sa chambre. À

moins qu'il ne soit sexuellement attiré par les femmes de la taille d'un remorqueur.

Il sourit.

— J'essaie seulement d'être un hôte attentionné. De te mettre à l'aise. De te montrer que je suis content que tu sois ici.

Son expression devint grave.

— Peut-être de te montrer à quel point je suis désolé que tu aies été en danger alors que j'étais censé veiller sur toi.

Un massage d'excuse, donc. Voilà qui était plus compréhensible.

— Ce n'était pas ta faute, assura-t-elle pour la dixième fois depuis qu'elle avait été attaquée. En revanche, c'est grâce à toi que je suis en vie. Parce que tu as été assez prévoyant pour m'équiper d'une arme dont je pouvais me servir facilement. C'est aussi grâce à toi que j'ai l'estomac plein et que je suis au chaud et à l'abri.

Blaze secoua la tête d'un air sceptique.

— Tu as été brillante, déclara-t-il, tandis que ses mains continuaient à effacer le stress de la journée. Tout le monde n'aurait pas réagi aussi vite. Aussi lucidement. S'échapper avant d'avoir été enlevée.

Il massait les muscles de ses mollets avec douceur, d'une main experte, semant le trouble dans l'esprit de Maisy.

— Et c'est toi qui as eu l'idée de parler à Sarah. C'est grâce à toi que le portrait de ce type est diffusé à la télé. Maintenant, il est en cavale, ajouta Blaze en désignant l'écran d'un geste, sans détacher son regard du sien. C'est toi qui as accompli ça.

À la télévision, un reporter zélé résumait les événements de la vie de Maisy durant ces deux derniers jours.

— Quelqu'un va le reconnaître, affirma Blaze. Quelqu'un va téléphoner pour dire qu'il l'a vu à la station-service du coin ou dans une sandwicherie. Ou qu'il connaît la copine de son cousin.

Il sourit.

— Et, là, on le tiendra. Avec un peu de chance, il acceptera de se retourner contre son employeur en échange de charges moins lourdes. Et son témoignage pourra être ajouté lors du procès.

Maisy frotta son ventre qui commençait à la tirailler.

— Donc, tu penses que je m'en suis bien tirée, conclut-elle avec un petit sourire. Je suppose qu'on forme une bonne équipe.

— La meilleure, confirma-t-il, d'une voix empreinte de promesses et de nostalgie. Si je me souviens bien, toi et moi nous entendions à merveille à tous points de vue.

Maisy mordilla sa lèvre inférieure et changea de position, luttant contre une vague de désir qui montait du plus profond de son être. Cependant, un contact plus intime devrait attendre qu'elle puisse revoir ses propres pieds, si tant est que Blaze y songeait. Tout dans sa vie devrait attendre le jour où Luciano serait derrière les barreaux pour de bon, coupé de son réseau. Le jour où elle n'aurait plus à redouter qu'un tueur ne soit embusqué dans les environs, chargé de l'éliminer.

Jusque-là, elle devait garder la tête froide. Cesser de ressasser le passé, de rêver que les choses redeviennent comme avant.

Parce que tout avait changé.

Blaze observait Maisy, savourant son sourire timide, la rougeur qui s'était répandue sur ses joues. Il savourait particulièrement le fait qu'il était la cause de cette expression sur son visage, de cette rougeur. Être là avec elle, à l'aise, était tout ce dont il rêvait depuis une éternité.

Maintenant, ils étaient réunis. Ensemble de nouveau. En dépit de l'ouragan qui tentait de les séparer. Il la caressait. Et elle y prenait plaisir.

Il percevait entre eux un lien si fort qu'il devait se faire violence pour ne pas aller trop loin et l'effrayer. Si elle éprouvait toujours à son égard les sentiments qu'il éprouvait pour elle, bientôt, ils pourraient partager toutes leurs soirées ainsi, à la différence près qu'ils ne seraient plus en danger. Parce que Maisy et lui formaient un couple sensationnel.

Il continuait à lui masser les pieds, les muscles tendus de ses mollets, désireux de lui apporter autant de bien-être qu'elle le lui permettrait. Ces moments tout simples passés en sa compagnie lui avaient cruellement manqué, et il espérait qu'à elle aussi. Tout avec Maisy avait semblé détendu, familier, même à l'époque où ils se connaissaient à peine. Leur relation avait été différente de tout ce qu'il avait éprouvé avant.

Et voilà qu'ils attendaient un bébé.

Il ne pouvait nier l'attirance physique qu'elle lui inspirait. Il doutait que le temps ou la distance aient pu changer cela. En revanche, il était impossible de savoir si ces sentiments étaient réciproques. Ou si elle pourrait jamais le désirer comme elle l'avait fait autrefois, après qu'il l'avait laissée seule six mois durant. Logiquement, certes, il n'aurait rien pu faire d'autre puisqu'il ignorait l'existence du bébé, mais la logique n'avait pas toujours cours quand les émotions étaient en jeu.

Il promena les mains sur les jambes de Maisy, s'arrêtant au point sensible derrière ses genoux.

Maisy prit une brève inspiration, et leurs regards se soudèrent. Le désir familier qu'il lut dans son regard alluma un brasier en lui.

— Maisy ?

— Hum.

Elle détourna les yeux, les joues cramoisies. Puis elle se redressa.

— Je ferais mieux d'aller me coucher. La journée a été rude et Isaac m'a conseillé de me reposer. Ça ne t'ennuie pas ?

Blaze retira ses mains.

— Non, bien sûr.

Elle se leva et marqua une pause, l'air hésitant.

— Je devrais peut-être dormir sur le canapé. Tu étais mal installé ici la nuit dernière.

— J'étais très bien. Je te raccompagne à ta porte ?

Elle leva les yeux au ciel, et lâcha un petit rire étouffé alors qu'il se levait pour l'escorter jusqu'à la chambre.

Ils n'avaient fait que quelques pas quand elle s'arrêta net, les mains crispées sur son ventre.

— Qu'y a-t-il ?

Maisy grimaça, et s'adossa au mur un instant.

— Une fausse contraction. Ça va passer.

Elle sourit, respirant à petits coups.

— Je voudrais juste que ces séances d'entraînement soient moins réalistes.

Blaze s'approcha davantage et écarta les mèches de cheveux qui lui tombaient sur le visage.

— Viens là.

Il enroula un bras autour de ses épaules et la fit pivoter

vers lui. Elle vint sans résister, laissant Blaze la soutenir alors qu'elle luttait contre la douleur.

— J'étais censée avoir commencé des cours Lamaze à l'heure qu'il est, murmura-t-elle. Le docteur me les a recommandés le mois dernier, mais j'ai repoussé le moment de m'inscrire. Je m'étais dit que j'attendrais d'être rentrée à la maison.

— Lamaze ? répéta-t-il, réfléchissant à toute allure.

Elle hocha la tête, le visage encore altéré par l'inconfort.

— J'ai un plan d'accouchement, expliqua-t-elle. Je veux une naissance naturelle, de la musique douce et de la lumière tamisée. La méthode Lamaze m'aidera à gérer la douleur.

— Tu as besoin d'un partenaire pour ces cours ?

Il était presque sûr que c'était le cas.

— Oui, dit-elle prudemment. Pourquoi ?

— J'aimerais être ton partenaire.

Maisy releva brusquement la tête, un mélange de curiosité et de surprise sur les traits.

— Entendu.

Il sourit.

L'instant d'après, elle se dégagea. Elle respirait un peu plus librement.

— Je devrais m'allonger maintenant. À demain.

Blaze fourra les mains dans ses poches, détestant le vide laissé par son absence.

— Je suis là si tu as besoin de quoi que ce soit.

Sur quoi il la regarda s'éloigner.

9

Malgré sa fatigue, Maisy dormit mal, grappillant de rares moments de repos ici et là, entre des périodes plus longues de paranoïa et d'anxiété.

Non seulement elle était encore bouleversée par les événements des dernières quarante-huit heures, mais la fréquence des fausses contractions ajoutait à sa tension. Une première grossesse s'accompagnait d'une inévitable tendance à la panique et, sans Clara pour la rassurer, son inquiétude pour le bébé ne faisait que grandir.

Si le travail commençait avant que l'ordre soit revenu dans sa vie, elle ne saurait pas quoi faire. À l'évidence, le plan d'accouchement qu'elle avait planifié avec tant de soin ne pourrait se dérouler de la manière dont elle l'avait espéré. Et elle n'avait même pas eu de cours Lamaze jusqu'à maintenant. Aurait-elle seulement la possibilité de faire quoi que ce soit de normal avant la naissance de son enfant ?

Aux premières lueurs de l'aube, elle se leva et gagna la salle de bains, où elle prit son temps pour se préparer. Elle ne savait pas si Blaze était debout et ne voulait pas le déranger s'il dormait encore. Il avait sans doute veillé jusque tard dans la nuit, montant la garde et attendant des nouvelles de son sergent.

Quand elle ouvrit la porte, l'arôme du café flottait dans l'air, accompagné d'une odeur riche et appétissante qu'elle mit quelques secondes à reconnaître.

— Tu as fait des crêpes ! s'écria-t-elle en entrant dans la cuisine.

Il lui lança un regard par-dessus son épaule et émit un sifflement admiratif.

— Tu t'es réveillée comme ça ?

— Maquillée et tout habillée ? Absolument. Mes cheveux se sont coiffés tout seuls aussi.

Il sourit.

— Les boucles sont de retour. J'approuve.

Comme Maisy approuvait son jean serré et son T-shirt blanc tout simple. Il avait les cheveux encore ébouriffés, une barbe naissante sur les joues. À la fois sexy et détendu.

— Tu t'y habitues ? reprit-il, rappelant à Maisy qu'ils parlaient de son horrible couleur de cheveux.

— Non. Comme d'habitude, je me suis précipitée au lieu de prendre le temps de la réflexion.

L'impulsivité était une seconde nature chez elle. Ses réactions rapides lui avaient sauvé la vie une ou deux fois ces derniers temps mais, au cours de ses vingt-six années, sa tendance à agir sans réfléchir l'avait souvent entraînée dans des situations délicates. Elle ne put s'empêcher de penser au piercing qu'elle avait fait faire sur son nombril pour ses vingt et un ans.

— La longueur, passe encore, mais je déteste la couleur.

Elle fit une moue et s'avança vers lui pour se servir une tasse de café pendant qu'il retournait une nouvelle crêpe.

— C'est un peu idiot, mais ça me contrarie de ne plus ressembler à Natalie, soupira-t-elle. J'aimais l'idée de la revoir dans la glace.

Blaze ajusta la chaleur du fourneau sous sa poêle, puis lui adressa un sourire affectueux.

— Je ne pense pas que ce soit idiot. Et je suis sûr qu'elle ne trouverait pas ça idiot non plus.

Il baissa les yeux sur la tasse qu'elle avait à la main.

— Ça va pour toi ? demanda-t-il, un léger pli sur le front. Pour le bébé, je veux dire ?

Maisy étrécit les yeux en soufflant sur le breuvage brûlant.

— Oui.

Elle s'en était tenue au décaféiné et au thé sans théine des mois durant, mais elle espérait qu'un peu de caféine l'aiderait à éliminer sa fatigue mentale.

Il ajouta la dernière crêpe à la pile.

— Bien, dit-il, penaud. Je vais te laisser prendre soin de Petit Chou et me contenter de veiller sur toi.

— Pardon ? Est-ce que tu viens d'appeler mon bébé Petit Chou ?

— *Notre* bébé, rectifia-t-il, un éclair de plaisir dans les yeux. Et oui, Petit Chou. Ça ne te plaît pas ?

Maisy serra les lèvres.

— Regarde, reprit-il, j'ai fait des crêpes.

Elle s'assit à table, le cœur réchauffé par l'insistance de Blaze à parler de « leur » bébé.

— Ça sent délicieusement bon, admit-elle. Excuse-moi d'avoir été un peu grognon. Rien de ce qui arrive n'est ta faute, et je suis sincèrement contente d'être ici. Avec toi. Il ne m'était même pas venu à l'esprit avant de frapper à ta porte que tu puisses avoir déménagé. Ou trouvé une nouvelle petite amie permanente en mon absence. J'étais dans le programme de protection des témoins, mais ta vie a continué.

Blaze l'observa avec attention tout en apportant la pile de crêpes, le beurre, le sirop d'érable et les couverts. Les assiettes étaient déjà sur la table.

— J'adore cet endroit. Je n'imagine pas le quitter. Et ma vie n'a pas continué de la manière dont tu l'entends.

— Pas de petite amie ? s'enquit-elle prudemment.

C'était probable puisque aucune femme n'était venue ou n'avait téléphoné ces deux derniers jours. Cependant, après tout, elle aurait pu être en voyage, ou Blaze aurait pu lui parler en privé, pendant que Maisy était dans sa chambre ou sous la douche. Tout était possible et mieux valait supposer qu'il était pris plutôt que présumer qu'il était libre et se tromper. Son cœur traître les imaginait déjà élevant ensemble leur enfant, le regardant grandir.

Blaze prit place en face d'elle et mit une crêpe dans son assiette.

— Je ne suis sorti avec personne.

L'air mal à l'aise, il changea de position et jeta un coup d'œil rapide vers elle.

— Je devine que tu n'as pas bien dormi, ajouta-t-il, désignant son café tandis qu'elle lui rendait un regard stupéfait.

Il n'était sorti avec personne ? Pendant tous ces mois ? Elle prit une nouvelle gorgée de café en s'efforçant de réprimer l'envie de lui demander si c'était à cause d'elle. Au lieu de quoi, elle répondit à sa remarque.

— Pas vraiment. J'ai du mal à trouver une position confortable. Et, avec tout ce qui se passe, il est presque impossible de se laisser sombrer dans le sommeil. J'ai eu de la chance la première nuit que j'ai passée ici. J'ai dormi comme un loir. Et toi, as-tu pu te reposer ?

— Un peu. J'ai effectué quelques recherches après

que tu es partie te coucher. J'étais curieux quant à ces contractions que tu as.

Elle marqua une pause, et le dévisagea tout en prenant une crêpe.

— Ah bon ?

Blaze hocha la tête.

— D'après ce que je comprends, les fausses contractions sont normales, mais j'ai aussi appris que le genre de stress émotionnel et physique que tu as subi peut causer un travail prématuré, ce qui est inquiétant. Par conséquent, nous devrions garder l'œil sur ces contractions au cas où elles cesseraient d'être inoffensives. Et en parler à ton obstétricienne quand nous irons la voir.

Maisy sourit.

— Je sais que tu tiens plus que tout à résoudre les problèmes et que tu as une âme de héros, mais je pense que tu dramatises un peu.

Il eut un sourire satisfait.

— Tu penses que j'ai une âme de héros ?

Elle éclata de rire.

— Nous poserons la question au docteur Nazir pour voir ce qu'elle en dit.

Il émit un long soupir, comme s'il avait retenu son souffle jusque-là.

— Comment fais-tu pour rester aussi calme ? Tu te rends compte du nombre de choses qui peuvent mal tourner dans une grossesse ?

— J'en ai conscience.

Elle piqua un morceau de crêpe et le trempa dans du sirop.

À choisir entre ses craintes pour la santé du bébé et la possibilité d'être prise pour cible par un assassin, elle préférait penser à l'assassin. Lui échapper était au moins une chose qu'elle pouvait contrôler. Ou essayer.

— Du nouveau sur le tireur ?

— Non, malheureusement. Mais toute la population de l'État est à sa recherche. Maxwell m'a envoyé un texto tout à l'heure pour me dire que sa tête a été mise à prix. Cent mille dollars pour quiconque donnera des informations qui mèneront à son arrestation. On va le trouver.

Maisy respira un peu mieux.

— Espérons qu'il ne nous trouve pas d'abord.

Un bruit sourd résonna soudain sur la terrasse en bois. Prise de panique, Maisy laissa échapper sa fourchette. Blaze était sur ses pieds avant même qu'elle ait repris son souffle.

Le regard de Maisy se porta sur les fenêtres, à l'affût d'une ombre, d'un signe que l'assassin l'avait traquée jusque-là.

L'arme au poing, Blaze se dirigea vers la porte.

— Reste ici.

Tous les sens en alerte, Blaze se prépara à défendre Maisy et leur enfant. Il sentait ses muscles se crisper à mesure qu'il avançait, brûlant de massacrer celui qui avait osé venir s'en prendre à elle.

Parvenu à la porte, il s'adossa au mur, jeta un coup d'œil derrière le rideau et scruta l'allée déserte. Un nuage de poussière attira son attention sur une bicyclette qui retournait vers la route.

— Le livreur de journaux, lâcha-t-il avec un petit rire en ouvrant le battant.

Maisy poussa un soupir de soulagement.

Il ramassa le journal et rengaina son arme.

— Je ne veux plus de café, dit-elle, une main sur la poitrine. Je crois que je viens de faire trois crises cardiaques successives.

Blaze retourna à ses crêpes, souriant mais tendu. S'il n'avait pas entendu arriver l'adolescent qui livrait les journaux, comment diable pouvait-il espérer maintenir un tueur à gages à distance ?

— Que sais-tu du témoin qui est mort hier ? demanda Maisy. Nous n'en avons pas parlé. Était-il dans le programme de protection des témoins ?

— Non.

Blaze reposa sa fourchette.

— C'était un banquier, un homme d'une quarantaine d'années qui avait blanchi de l'argent pour le compte de Luciano pas mal de fois au fil des années. Il l'avait aussi vu éliminer deux hommes d'affaires qui lui devaient de l'argent. L'un d'eux était ton ami Aaron.

Maisy le regarda, bouche bée.

— Il n'était pas seul ce jour-là ?

Le jour où elle avait perdu sa sœur.

— Il semblerait que non, mais c'est la première fois que j'entends dire cela. Apparemment, les agents fédéraux avaient gardé certaines informations pour eux.

Maisy se massa le front.

— Je ne comprendrai jamais les tiraillements entre les différents organismes de maintien de l'ordre. Ni pourquoi les criminels comme Luciano tuent les gens qui ont des dettes envers eux. On ne peut pas obtenir d'argent d'un mort. Le meurtre semble aller à l'encontre de leurs intérêts.

Si Blaze n'avait pas de réponse à sa première interrogation, il pouvait hasarder une hypothèse quant à la seconde.

— Une fois que Luciano a décrété qu'un type ne pourra ou ne voudra pas le rembourser, son assassinat sert d'avertissement à d'autres qui ont des dettes envers lui.

— Tu paies ou tu meurs, murmura-t-elle. Je suppose que c'est une motivation puissante, en effet.

— Exactement.

— Si je comprends bien, l'homme qui a été tué hier était à la solde de Luciano ? Comment celui-ci l'a-t-il trouvé, à ton avis ?

— C'est la question qui se pose. Personne n'était censé savoir. Nous avons beau détester l'idée que des flics puissent être corrompus, il y a forcément eu une fuite quelque part. Il ne peut pas s'agir d'une coïncidence.

Maisy se tassa légèrement sur elle-même.

— Par conséquent, il nous faut espérer que le tireur soit arrêté, et accepte de témoigner contre Luciano.

— Son témoignage nous serait d'une grande utilité, confirma Blaze, s'efforçant d'imaginer un scénario où l'individu en question pourrait être localisé, capturé et persuadé de trahir son employeur, le tout en moins d'une semaine.

Maisy déplia le journal et blêmit.

— Eh bien, on dirait que nous allons avoir besoin d'un nouveau plan.

Elle repoussa son assiette et fit glisser le quotidien vers lui. À la une, le portrait élaboré par Sarah côtoyait une photo du même homme, sous laquelle un gros titre annonçait qu'il avait été retrouvé. Mort dans sa voiture.

Blaze émit un juron, puis attrapa son téléphone portable, qu'il avait laissé sur le canapé pendant qu'il préparait le petit déjeuner. Il l'avait mis en mode silencieux la veille au soir afin de ne pas réveiller Maisy.

Il fit défiler les messages qu'il avait manqués. Celui de Maxwell lui annonçant la mort de l'assassin lui avait été envoyé près d'une heure plus tôt.

Il composa le numéro du sergent, mais l'appel alla droit sur sa boîte vocale. Maisy ne put cacher son inquiétude.

— Je me trompe ou ce n'est pas une bonne nouvelle ?

Blaze leva vers elle des yeux troublés et secoua la tête.

— Non, admit-il en appelant Lucas.

— Parce que, si ce type est mort, ça veut dire qu'il va être remplacé par un autre, plus dangereux encore ? insista Maisy, son attention sur le journal étalé devant elle.

Une fois de plus, ce fut la boîte vocale qui se déclencha. Blaze refit le numéro. Il était à peu près certain que la théorie de Maisy était correcte. Et c'était une très mauvaise nouvelle.

— Réponds, marmonna-t-il, priant pour que son frère décroche.

— Comment Luciano a-t-il fait ? s'enquit Maisy, de plus en plus pâle. Comment peut-il tout organiser depuis sa cellule ? Il a engagé un second tueur pour éliminer le premier. Jusqu'où s'étend son réseau ?

— Winchester, répondit enfin Lucas dans un bâillement.

— Tu as lu le journal ? demanda Blaze.

La question était de pure forme. Il savait pertinemment que son frère l'aurait prévenu s'il avait vu les gros titres.

— Je suis rentré à la maison il y a trois heures, soupira son frère. On m'a rappelé au poste après dîner. Pourquoi ?

Sa voix s'était éclaircie sur le dernier mot, comme si son cerveau se mettait enfin en branle.

— Que s'est-il passé ? Maisy et le bébé vont bien ?

— Oui, mais l'homme qui l'a attaquée hier est mort. Il a été abattu dans sa voiture.

Lucas lâcha un juron un peu plus imagé que celui de Blaze un instant plus tôt.

— Je te mets sur haut-parleur, avertit Blaze, en pressant la touche correspondante sur l'écran de son téléphone. Lucas, Maisy.

Les intéressés échangèrent quelques paroles pendant que Blaze parcourait rapidement le bref article. Les questions de Maisy étaient justifiées. Jusqu'où s'étendait le pouvoir de Luciano ? Blaze était-il naïf de s'imaginer pouvoir la défendre chez lui ?

— Il est peut-être temps d'emmener Maisy au vert quelque part, suggéra-t-il.

— Quoi ? se récria-t-elle, ouvrant de grands yeux tandis que son frère réfléchissait. Où ?

— Je ne le sais pas encore mais, si l'agresseur est mort ce matin, il faut qu'on envisage la possibilité que le tueur soit maintenant à ta recherche, Maisy. Quelqu'un a sûrement répété que tu étais avec moi hier. Même si ce n'est pas le cas, on va s'intéresser à moi puisque tu étais sous ma protection l'année dernière, quand on recherchait Luciano.

Lucas émit un grognement d'assentiment.

Maisy pressa ses lèvres l'une contre l'autre, fronçant les sourcils.

— Je ferai tout ce que tu estimes nécessaire, mais il faut que j'aille à mon rendez-vous avec le docteur Nazir cette semaine. Je ne peux pas le manquer.

— Très bien, lança Lucas. Donnez-moi le temps de m'habiller et de boire un café. Je réfléchis à quelques cachettes possibles et je vous rappelle.

Après avoir mis fin à la communication, Blaze tendit la main vers Maisy.

— Nous ne manquerons pas ton rendez-vous, assura-t-il. Et je ne veux pas que tu t'inquiètes. C'est une simple précaution. Nous te trouverons un endroit confortable où tu auras tout ce dont tu as besoin. On s'enregistrera sous un faux nom et on se détendra jusqu'au procès. Ce sera une aventure. Personne ne saura où nous sommes, et tout ce que nous aurons à faire, c'est de passer une semaine à jouer aux cartes et à regarder la télé.

Le visage de Maisy se détendit quelque peu.

— Quand tu as dit « au vert », je me voyais déjà en train de manger à même des boîtes de conserve dans une caverne au fond des bois.

Blaze éclata de rire.

— Je te promets qu'on n'en arrivera pas là. On va passer le reste de la journée à préparer notre départ et on s'en ira à la nuit tombée. Qu'en dis-tu ?

Elle lui pressa les doigts.

— D'accord.

— En attendant, dit-il avec un sourire, j'ai trouvé quelque chose que je voudrais te montrer.

Il se leva et l'entraîna dans le salon, où son ordinateur était ouvert sur la table basse.

— Pendant que je me renseignais sur les contractions hier soir, j'ai trouvé des vidéos qui vont te plaire, à mon avis.

— Quel genre de vidéos ? demanda-t-elle, un peu

inquiète. Je ne veux pas regarder une autre femme accoucher. J'ai déjà vu ça, et c'est terrifiant.

Blaze déplaça l'ordinateur, puis s'assit à même le sol devant la table.

— Viens t'asseoir avec moi, proposa-t-il en tapotant le sol devant lui, écartant les jambes pour lui faire une place.

Elle fronça les sourcils.

— Fais-moi confiance.

Il tendit la main vers elle. Avec un soupir, elle l'imita et s'assit sur le sol.

— Tu veux démarrer la vidéo ?

Maisy cliqua sur l'écran et se cala entre les jambes de Blaze.

— Des cours Lamaze, murmura-t-elle tout bas. Tu m'as trouvé des séances en ligne ?

— Il y en avait plusieurs qui avaient de très bonnes critiques, expliqua-t-il, mais ce site totalisait le plus de vues. Ça doit compter, non ? De toute façon, s'il ne te plaît pas, nous pourrons en regarder un autre.

Maisy resta immobile pendant que la femme sur l'écran se présentait, donnait la liste de ses qualifications et évoquait son expérience.

— Comme ça, tu n'auras pas à prendre le risque de sortir pour suivre les cours, dit Blaze tendrement, profitant d'une pause dans la vidéo. Je pourrai être avec toi. Tu seras préparée et, d'après ce que j'ai lu, tu peux aussi employer les techniques de respiration pour soulager tes fausses contractions.

Il souleva une mèche de ses cheveux et se pencha pour voir son visage.

Maisy se laissa aller contre son torse et se tourna vers lui, les yeux pleins de larmes.

— Merci, souffla-t-elle, nouant les bras de Blaze autour de son ventre.

Et Blaze comprit à cet instant que, quoi qu'il arrive entre eux, il n'y aurait jamais de place pour une autre femme dans sa vie.

Son cœur appartiendrait à Maisy jusqu'à la fin de ses jours.

10

Maisy venait de terminer son premier cours Lamaze avec Blaze pour partenaire, une expérience qui l'avait comblée, dépassant ses rêves les plus fous. En dépit de tout ce qui était arrivé, elle n'aurait jamais pu imaginer soixante-douze heures plus tôt qu'elle serait de retour chez Blaze, dans ses bras, en train de suivre un cours qu'il avait déniché en ligne à son intention.

Elle avait l'impression qu'un sourire permanent s'était gravé sur son visage.

— C'était bien, non ? demanda-t-il. Qu'en penses-tu ?

Maisy se tourna vers lui, puis se mit à genoux et encadra le visage de Blaze de ses mains.

— Tu n'aurais pas pu trouver mieux. C'était exactement ce dont j'avais besoin. Et t'avoir à mes côtés était la cerise sur le gâteau.

Les yeux de Blaze s'écarquillèrent légèrement avant de se focaliser sur ses lèvres, assombris par le désir.

— Je t'en prie.

Elle se pencha vers lui, pressant son front contre le sien, savourant la perfection de l'instant. Pour la première fois depuis ce qui lui semblait une éternité, elle se sentait détendue, calme et en paix.

Blaze la prit par la taille et l'attira vers lui, puis enfouit les doigts dans ses cheveux. Maisy tressaillit, comme traversée par une décharge électrique. La proximité de Blaze avait toujours eu cet effet sur elle.

Il referma la main sur sa nuque, la caressa, et Maisy sentit s'envoler ses inhibitions. Dès que ses lèvres rencontrèrent celles de Blaze, une douce chaleur se répandit dans son corps. Les yeux clos, elle savoura le contact de son menton rugueux, la force de ses bras, son torse puissant.

Il entrouvrit les lèvres, et elle l'imita volontiers pour l'accueillir. Le baiser se fit plus intime, le cœur de Maisy se mit à battre avec enthousiasme. L'allégresse courait dans ses veines, effaçait tous les mauvais souvenirs, les remplaçait par l'espoir et le désir. Elle rejeta la tête en arrière tandis que Blaze déposait une traînée de délicieux baisers sur son cou.

Elle souriait au plafond, sincèrement heureuse et totalement détendue, quand soudain elle fut de nouveau assaillie par une bouffée d'angoisse que rien n'avait provoquée. Le cœur serré, elle se remémora les circonstances qui l'avaient ramenée à lui. Elle se rappela qu'ils allaient bientôt prendre la fuite pour échapper à un tueur potentiel. Son sang se glaça dans ses veines.

— Qu'est-ce qui ne va pas ? demanda Blaze, en promenant les mains sur ses hanches.

La tendresse et la sollicitude se mêlaient au désir dans son regard.

— Ça va ?

Elle hocha la tête et se mordit la lèvre, se sentant coupable de l'avoir embrassé pour se dégager un instant plus tard.

— Je suis désolée. Je ne peux pas.

— Tu ne peux pas m'embrasser ? Ou il y a autre chose ?

Il la lâcha, lui caressa le bras et lui prit la main.

— Tu te débrouillais pourtant bien, plaisanta-t-il. Mais pas de problème si tu veux arrêter.

Elle acquiesça, incapable de trouver les mots appropriés, à supposer qu'ils existent, pour s'expliquer. Elle ne pouvait tout simplement pas se permettre de se laisser tourner la tête par Blaze de nouveau, si tentant que ce fût. Cette fois, il ne s'agissait pas seulement d'elle. L'enfant qu'elle portait allait dépendre entièrement d'elle.

Un coup rapide à la porte rompit la tension et les fit se tourner tous les deux vers le son. Une ombre apparut à la fenêtre, se pencha en avant et mit les mains contre la vitre pour voir à l'intérieur.

— Derek, grommela Blaze.

Il se tourna vers elle, le regard empreint d'émotion.

Maisy retint son souffle, ne sachant ce qu'il allait dire. Pourtant, au lieu de parler, il déposa un baiser sur son front, se leva d'un mouvement fluide et lui offrit sa main pour l'aider à faire de même.

Soulagée par l'interruption, elle gagna la table de cuisine pendant qu'il allait ouvrir la porte. Instinctivement, ses mains se portèrent sur son cou, comme pour retracer le chemin des caresses de Blaze. Elle effleura du bout des doigts ses lèvres tremblantes, encore émues par le baiser. Elle avait blâmé ses hormones plus tôt, mais elle était certaine que son cœur était le vrai responsable.

Pourquoi fallait-il que sa vie soit aussi compliquée ?

Un sifflement sonore s'éleva, attirant son attention sur Derek, l'aîné des frères Winchester, qui s'approchait d'un pas assuré, les bras déjà ouverts pour l'étreindre.

— Eh bien, toujours aussi ravissante !

Derek, Blaze et Lucas se suivaient de près. Les deux cadets avaient été conçus quelques semaines après la naissance de leur prédécesseur, si bien que leur pauvre mère avait été enceinte presque trois ans de suite. Une épreuve que Maisy ne pouvait même pas imaginer. En revanche, elle pouvait comprendre qu'une femme mariée à un Winchester ait du mal à lui résister.

En dépit de leur proximité en âge, Lucas, le benjamin, était indéniablement plus détendu que ses aînés. Blaze avait un côté taciturne. Quant à Derek, c'était un séducteur né.

— Salut, Derek, lança-t-elle, tirant nerveusement sur une mèche de ses cheveux désormais châtain.

— Je t'ai manqué ? s'enquit-il, avant de la serrer contre lui avec précaution, comme s'il risquait de lui faire mal.

— À tous les instants. Comment as-tu appris que j'étais ici ?

Comme il la lâchait, elle chercha Blaze du regard, quêtant une réponse.

— Blaze a appelé tout le monde dès qu'il a su la bonne nouvelle, expliqua Derek, en souriant à son ventre.

— Tout le monde ? répéta-t-elle, touchée.

— Tous les Winchester sur sa liste de contacts, je présume, répondit Derek avec un clin d'œil. Maman meurt d'envie de te voir. Elle projette d'organiser une fête prénatale devant le palais de justice juste après ton témoignage, je crois. J'apporte une salade de pommes de terre.

Blaze éclata de rire. Il venait d'entrer dans la cuisine, les bras chargés de sacs de provisions et d'un carton de beignets.

— J'ai seulement téléphoné à mes frères et à mes parents. Maman a fait le reste. Et Derek t'a apporté de quoi manger. Apparemment, il croyait que je te laissais mourir de faim.

— Les femmes enceintes ont des envies, objecta Derek.

— Tu es venu m'apporter des beignets ? enchaîna Maisy, savourant ce moment de normalité.

Elle avait hâte de revoir M. et Mme Winchester, qui avaient été d'une grande gentillesse envers elle lorsqu'elle les avait rencontrés. Ils ne l'avaient pas traitée comme si elle allait se briser, en dépit du fait qu'elle était submergée de remords et de chagrin. Ils lui avaient affirmé qu'elle était forte et courageuse.

— Pendant que je suis là, je me suis dit qu'on pourrait mettre au point un plan pour vous cacher tous les deux jusqu'au procès, déclara Derek. J'ai des contacts dans les forces de l'ordre qui me tiennent informé sans m'obliger pour autant à obéir à qui que ce soit.

— Bonne idée, acquiesça Blaze.

— As-tu pensé à la possibilité de contacter le juge ou les avocats de la partie civile ? Peut-être qu'on pourrait avancer le procès ou obtenir que Maisy donne son témoignage par vidéo.

Blaze plongea la main dans le sac de courses, les sourcils froncés.

— La date du procès a été reportée trois fois déjà. Il est hors de question qu'il puisse être avancé. En revanche, nous pouvons demander un témoignage vidéo.

— Prépare-toi à l'opposition des avocats, avertit Derek. Ils vont prétexter que les jurés ont besoin que le témoin soit présent. Cela dit, le juge a conscience de la situation. Il va tenir compte des risques, d'autant plus qu'il ne reste que deux témoins.

— Vous supposez tous les deux que le juge n'est

pas corrompu, murmura Maisy, l'estomac noué. Mais quelqu'un l'est.

Les deux frères échangèrent un regard éloquent, après quoi Blaze reporta son attention sur les provisions.

Elle le regarda, amusée, disposer les cadeaux de Derek à côté des beignets. De la réglisse, des bonbons au citron, des biscuits salés, de la bière au gingembre, de la glace à la guimauve et…

— Deux pots de cornichons ?

Derek haussa les épaules.

— Un à l'aneth, un normal.

— C'est trop d'attention.

— Merci. L'heureux événement est prévu pour quand ? demanda-t-il, apparemment incapable de détacher son regard du ventre de Maisy. Blaze n'a pas perdu de temps pour annoncer la nouvelle, mais il a été avare de détails.

— Dans six semaines environ, répondit-elle.

Si la chance était de son côté.

— C'est un garçon ou une fille ?

— Je ne sais pas encore.

Il fit une grimace, arquant les sourcils et croisant les bras.

— Comment se fait-il ?

Elle se mit à rire.

— J'avais presque oublié combien tu es timide et discret.

Blaze rangea les condiments dans le réfrigérateur.

— Nous le saurons quand nous le saurons, mon frère. En attendant, si on travaillait à ce plan pour nous trouver un logement anonyme ?

Derek sourit.

— D'accord. Une dernière question.

Maisy croisa les bras à son tour et le foudroya du regard.

— Si tu me demandes combien je pèse, je te forcerai à manger tous ces cornichons.

— Vous avez pensé à Derek comme nom pour un garçon ?

Une pointe de sincérité perçait dans sa voix d'ordinaire espiègle.

— Hé, rétorqua Blaze avec un grand sourire en se rapprochant de Maisy. Trouve-toi ton propre bébé. Celui-ci est à moi.

Maisy rit doucement.

— On pourrait t'offrir une tasse avec l'inscription « Le meilleur tonton du monde » suggéra-t-elle. Avec ton nom dessus.

Derek considéra brièvement son offre.

— Si tu transformes la tasse en verre à whisky, c'est d'accord.

— Marché conclu.

Blaze versa du café dans une tasse qu'il rapporta à son frère.

— Je suis ouvert à tes propositions quant au lieu. Nous pouvons réserver sous un nom d'emprunt et régler en espèces. Pas trop loin de la ville. Maisy a besoin d'être à un quart d'heure de route de l'hôpital. Je ne veux pas courir de risques si elle est blessée ou malade.

Derek hocha la tête en sirotant son café.

— Pas trop près de la ville quand même, sinon des caméras de surveillance pourraient vous trahir.

Maisy écouta les deux frères échanger des idées. Ils se ressemblaient beaucoup, et pourtant ils étaient aussi très différents. Cela lui rappelait sa relation avec sa jumelle, Natalie. Identiques en apparence, elles avaient des caractères tout à fait opposés. Natalie avait toujours été courageuse et pleine d'éclat, comme une petite flamme prête à embraser le monde. Maisy s'était contentée de rester en retrait et d'observer, sans jamais désirer être sous la lumière des projecteurs. Elle craignait trop de se brûler les ailes.

— Il y a des motels dans les faubourgs, poursuivit Blaze. Que sais-tu à leur sujet ?

— Rien de bon, admit Derek. Ils sont surtout fréquentés par des prostituées et des petits délinquants. On y mange très mal. Que dirais-tu de ce spa branché dans les montagnes ? C'est un peu plus loin, mais il y a un médecin sur place.

Maisy dressa l'oreille avec espoir. Elle n'avait jamais passé de nuit dans un établissement de ce genre, et l'idée n'était pas pour lui déplaire.

Blaze arqua les sourcils, l'air tenté aussi.

Au même instant, une violente explosion fit voler en éclats la vitre de la fenêtre. Maisy hurla, sous le choc, alors que des fragments de verre rebondissaient sur le plancher. Un objet lourd atterrit dans l'entrée et roula dans leur direction, émettant une épaisse fumée âcre.

Les deux frères avaient dégainé leur arme avant même que Maisy ait compris ce qui arrivait.

— Baisse-toi ! lâcha Derek en faisant un pas en avant, pistolet au poing.

Maisy s'accroupit, les mains sur la tête, les yeux déjà pleins de larmes à cause de la fumée qui envahissait le chalet. Malgré sa confusion, une chose au moins était claire : le foyer de Blaze était attaqué.

— Une grenade lacrymogène, marmonna Blaze en se plaçant devant Maisy pour lui servir de bouclier.

— Il va entrer, renchérit Derek, formulant l'évidence.

La seule raison d'utiliser une telle arme était de garantir aisément l'accès aux lieux. Bientôt, Maisy, son frère et lui seraient aveuglés, désorientés, et manqueraient d'air. Ils offriraient des cibles faciles à quiconque avait lancé la grenade. L'individu était sûrement équipé d'un masque et avait l'intention de les éliminer. Mais ce type ne savait pas à qui il avait affaire.

Une seconde plus tard, la porte d'entrée, désormais à peine visible, s'ouvrait à la volée.

Derek s'évanouit dans le rideau de fumée.

— Derek ! hoqueta Maisy dans un accès de toux.

— Il sait ce qu'il fait, affirma Blaze, confiant. Reste avec moi. On va sortir d'ici.

Il sentit les doigts de Maisy s'agripper à son T-shirt et l'entendit tousser dans son dos.

— Couvre-toi la bouche, ordonna-t-il doucement, l'estomac noué par l'angoisse. Reste baissée. On va passer par-derrière.

Ils firent quelques pas mais, soudain, Derek entra en collision avec Blaze en lâchant une bordée de jurons. Maisy poussa un cri qui se réverbéra dans le cœur de Blaze.

Derek se rétablit tant bien que mal et s'essuya le visage d'un revers de main avant de s'élancer de nouveau dans la fumée.

Des objets invisibles se brisaient autour d'eux, ajoutant au tumulte intérieur de Blaze. Il comprit soudain avec un tressaillement qu'il y avait plus d'un assaillant. Le tireur avait opéré seul, mais il fallait plus d'un individu pour prendre un chalet d'assaut.

Un coup de feu éclata. Le sang se figea dans les veines de Blaze. Maisy pressait son visage sur son dos, revivant sans doute le moment où elle avait été attaquée ainsi, où elle avait perdu son amie.

Il tendit les mains vers elle, l'attira contre lui et se rua vers la porte de derrière. Ils avaient besoin d'air frais et d'espace, d'appeler les secours. S'ils pouvaient contourner le chalet et regagner l'allée, il mettrait Maisy à l'abri dans le pick-up et reviendrait prêter main-forte à son frère.

Le plan s'ébauchait dans son esprit quand une seconde explosion le cloua sur place. La lumière du jour entra à flots dans l'espace indistinct jusqu'alors occupé par la porte de derrière.

Une silhouette apparut dans le contre-jour. Un poing s'abattit sur la tête de Blaze avant qu'il ait eu le temps de reculer. Il s'écroula contre Maisy, la plaquant au mur.

Elle hurla, puis se dégagea et disparut dans la fumée en toussant.

Les yeux larmoyants, douloureux, Blaze ne vit pas de quelle direction survenait le coup suivant. Jeté à terre, il se ressaisit une seconde plus tard, stimulé par l'angoisse qu'éveillait en lui la disparition de Maisy. Son instinct, stimulé par des années de formation en autodéfense, l'aida à passer à l'action. Il asséna un violent coup de pied dans le torse de son agresseur, qui émit un grognement sourd. En un éclair, Blaze se redressa, mû par la rage et la détermination. Il saisit l'homme par le col et lui décocha deux coups de poing avant de le laisser tomber comme un vulgaire sac de pommes de terre. Il ne se releva pas.

— Maisy !

Blaze pivota et scruta en vain l'écran de fumée. Sa gorge le brûlait, il avait les poumons en feu.

Tout à coup, quelque chose s'enroula autour de son cou et se resserra, coupant le peu d'oxygène qui parvenait à son cerveau. Et son univers devint flou.

Blaze agrippa la corde qui lui mordait la peau, se tordant comme un diable dans un effort pour se libérer.

Une rafale de coups de feu déchira l'air, illuminant temporairement la pièce. Il tenta de planter les coudes dans le ventre de son agresseur, manqua son but, et le garrot se resserra de plus belle. Ses genoux se dérobèrent, il ne voyait plus que du noir.

Soudain, l'attaquant de Blaze s'effondra derrière lui, lâchant la corde dans sa chute.

Blaze s'écroula à son tour, toussant et suffocant dans l'air vicié. Maisy lâcha la poêle en fonte qu'elle tenait, l'attrapa par les bras et le traîna vers la porte saccagée.

11

Debout à côté de l'ambulance, Blaze attendait qu'Isaac ait terminé d'examiner Maisy. Elle avait miraculeusement réussi à sortir indemne de l'attaque perpétrée contre le chalet, en dépit du fait qu'elle était désarmée, qu'elle n'avait reçu aucune formation d'autodéfense et qu'elle était enceinte de sept mois. Mieux encore, elle lui avait sauvé la vie.

Blaze avait déjà téléphoné à son obstétricienne afin de demander que son rendez-vous soit avancé. Le médecin avait volontiers accepté de les recevoir dès le lendemain matin. Dans l'immédiat, si Isaac l'estimait nécessaire, ils se rendraient aux urgences. Dans le cas contraire, il était grand temps de faire leurs bagages et de quitter la ville.

— Je vais bien, affirma Maisy dans son masque à oxygène pendant qu'Isaac continuait à vérifier ses signes vitaux. Le bébé s'amuse comme un fou, et je me sens mieux que depuis plusieurs jours.

— C'est un effet de l'adrénaline et de l'oxygène, expliqua Isaac en retirant son stéthoscope.

Il lança un regard étrange à Blaze.

— Qu'y a-t-il ?

Son cousin fronça les sourcils.

— Je ne suis pas sûr. Viens ici une seconde.

Blaze grimpa dans l'ambulance, tous les sens en alerte.

— Quelque chose ne va pas ?

Isaac lui tendit le stéthoscope.

— Mets ça sur tes oreilles. Dis-moi si tu entends quelque chose.

Blaze obéit sans discuter et regarda Maisy. Il était terrifié, mais il espéra que cela ne se voyait pas.

Isaac pressa l'extrémité de l'appareil sur le ventre de Maisy, qui tressaillit.

Blaze écarquilla les yeux. C'était la première fois qu'il voyait le ventre nu de Maisy depuis leurs retrouvailles. La première fois qu'il voyait un enfant remuer dans les entrailles de sa mère. Son enfant, se rappela-t-il farouchement, alors qu'un nœud se formait dans sa gorge. S'il y avait un problème avec le bébé…

Isaac déplaça la sonde de quelques centimètres, puis regarda Blaze.

— Et maintenant ? Qu'est-ce que tu entends ?

Blaze le foudroya du regard. Il n'avait aucune formation médicale. Si Isaac soupçonnait que quelque chose n'allait pas, ils auraient déjà dû être sur la route, ignorant la limitation de vitesse pour obtenir de l'aide au lieu de demander l'avis d'un policier inepte.

— Écoute, s'il te plaît, l'encouragea Isaac.

Un petit battement lui parvint.

Blaze ouvrit la bouche malgré lui, la poitrine comprimée, comme si le faible son était directement lié à son cœur.

— C'est…

— Votre bébé, déclara Isaac fièrement. Ses battements de cœur sont nets et réguliers, ce qui suggère que l'enfant est en parfaite santé. Je présume que l'obstétricienne fera une échographie demain et l'examinera en détail mais, en ce qui me concerne, je n'ai aucune raison de penser qu'une visite aux urgences soit nécessaire.

Blaze fixa l'endroit où son enfant remuait sous la surface, puis leva des yeux humides vers Maisy.

Elle saisit une larme qui roulait sur sa joue et émit un petit rire. La fierté et le bonheur se lisaient dans son sourire éclatant. Les yeux rivés aux siens, Blaze rendit l'appareil à Isaac et pressa l'oreille sur son ventre.

Maisy enfouit les doigts dans ses cheveux et caressa les mèches qui tombaient sur son front pendant qu'il continuait à guetter des battements de cœur qu'il n'entendait plus, savourant les légers mouvements de l'enfant.

— Je vous laisse tous les trois, déclara Isaac en descendant du véhicule.

À l'extérieur, un attroupement de policiers et autres membres des forces de l'ordre s'était formé. Voitures de police, véhicules officiels, camions de pompiers et ambulances se côtoyaient dans l'allée avec leurs chauffeurs. Deux hommes avaient été arrêtés – l'un touché à l'épaule par Derek, l'autre souffrant d'un traumatisme crânien dû à Maisy et à la poêle en fonte de la grand-mère de Blaze. Ni l'un ni l'autre ne portait de papiers d'identité. Et ni l'un ni l'autre ne voulait parler.

— Dis-le-moi si je gâche l'ambiance, murmura Maisy doucement, mais la présence de tous ces gens ne me rassure pas vraiment.

Blaze se redressa lentement, ne sachant que dire. Il n'y avait pas de mots appropriés. Il s'était fait la même réflexion plus d'une fois depuis que la caravane de véhicules s'était mise à arriver. Au moins un des agents impliqués dans l'affaire était corrompu. Et il pouvait s'agir de n'importe qui parmi ceux qui se trouvaient là.

— Tu as raison.

Derek s'avançait vers eux, un sourire réticent sur son visage.

— Comment ça va, vous deux ?

— Bien, répondit Maisy, en rabattant la tunique sur son ventre. Et toi ?

— Pas une égratignure.

Il redressa les épaules.

— Contrairement aux deux gars dans les autres ambulances.

— Tu as tiré sur quelqu'un, observa-t-elle doucement. Ça ne doit pas être facile.

La sollicitude et la compassion s'entendaient dans sa voix.

Derek fronça théâtralement les sourcils. Il se pencha, puis se redressa, pointant le doigt en l'air.

— Non, c'est plutôt facile. Tu fais juste comme ça…

Il dirigea l'index sur une cible imaginaire, pressant la gâchette plusieurs fois avant de souffler sur son doigt.

— Enfin, bref. Il n'a rien de grave.

Il feignit de rengainer son arme.

— Je ne cherche jamais à tuer. J'aime les voir souffrir.

— Charmant, commenta-t-elle avec un sourire ironique. Je suppose que je m'inquiétais pour rien.

Blaze sourit. Personne ne perçait mieux Derek à jour que Maisy. Il l'imagina lors de leurs grands dîners en famille, lui tendant leur bébé, taquinant Derek, aidant sa mère.

— Qu'y a-t-il ?

La voix perplexe de Derek ramena brusquement Blaze au présent.

— Rien, assura-t-il, refoulant les images qui s'étaient imposées à lui.

Il était temps de cesser de rêvasser et de se focaliser sur la situation.

— Tu crois que je peux faire sortir Maisy d'ici sans être filé ?

Derek sourit jusqu'aux oreilles.

— Donne-moi quelques minutes.

Son regard balaya l'allée pleine de policiers, avant de se fixer sur le chalet.

— Laisse ta clé, et je ferai réparer la vitre et la porte. Maman voudra s'occuper des dégâts à l'intérieur.

Blaze décrocha la clé du trousseau et la lui mit dans la paume.

Derek adressa à Maisy un sourire empreint de fierté.

— Tu t'es bien défendue. Tu t'es protégée, tu as protégé ma nièce ou mon neveu, et mon frère. J'ai une dette envers toi.

— Je m'en souviendrai, répondit-elle en lui rendant son sourire. Tu peux commencer par aider Blaze à me garder en vie jusqu'au procès.

— C'est prévu.

Il lança la clé en l'air et la rattrapa, puis leur fit un clin d'œil en s'éloignant.

Une demi-heure plus tard, il ne restait plus dans l'allée que les véhicules de Derek et de Blaze, une voiture de patrouille et un 4x4 de l'identité judiciaire. Les ambulances avaient disparu, la plupart des policiers aussi. Derek avait fait courir le bruit que Blaze et Maisy allaient prendre leurs quartiers dans un hôtel spa en dehors de la ville dans l'attente du procès. Il avait réservé une chambre en guise de couverture, et chargé les bagages dans la voiture de Blaze.

Une équipe de techniciens était en train de passer le chalet au crible, mais Derek comptait rester sur place jusqu'à ce qu'ils aient terminé et sécuriser les lieux avant de partir.

Blaze roula à vive allure pour sortir de la ville, bien qu'il n'eût pas de plan précis, ni même de destination en tête. C'était une bonne chose, en un sens. S'il ignorait où ils se rendaient, aucun flic corrompu ne pouvait le savoir.

— On pourrait louer une maison sur Internet, suggéra Maisy. Ou aller dans une maison d'hôtes sous un faux nom.

— Le faux nom est une bonne idée, et je veux pouvoir régler en liquide. Si tu te sens en sécurité dans la voiture, je pourrai m'occuper seul des formalités. Au cas où quelqu'un chercherait à se renseigner sur un couple et une femme enceinte.

Il ajusta sa prise sur le volant, luttant contre l'envie de rouler jusqu'à ce que le réservoir soit vide. De là, ils pourraient sauter dans un taxi, gagner l'aéroport le plus proche, s'envoler pour l'étranger. Bon sang, il aurait été prêt à quitter la planète pour protéger Maisy et leur bébé. Seulement, ce n'était pas si facile. Elle avait besoin de voir le docteur Nazir le lendemain matin.

Un petit panneau rouillé au carrefour suivant attira son regard et il pressa la pédale de frein. Brandy Falls n'était qu'à quinze kilomètres.

— J'ai une idée.

Blaze mit son clignotant, bien qu'il n'y eût aucun véhicule en vue, et emprunta la route qui conduisait à la montagne.

— La station de ski ? s'enquit Maisy. La saison ne va pas commencer avant un bon mois.

— Exactement.

On était hors saison, ce qui signifiait un tarif raisonnable, des logements disponibles, et peu de visiteurs.

Blaze suivit la route tortueuse et pentue qui menait à la station. Il n'avait jamais été très bon skieur, mais il était venu là plusieurs fois par le passé. Faire des randonnées en été. De la luge en hiver.

— Le parc national est adjacent à la station. On a des points de vue extraordinaires si on se promène sur les pistes. Et il y a des chalets à louer à cette époque de l'année, nous serons tranquilles.

— Pas d'autres touristes susceptibles de m'identifier après le journal télévisé, donc.

Il sourit, de plus en plus satisfait de sa décision.

— Nous ne sommes qu'à une vingtaine de minutes de l'hôpital le plus proche et de ton obstétricienne, ajouta-t-il. Et il y a un magasin sur place.

En somme, la station était une cachette idéale.

Maisy regardait défiler le paysage derrière la vitre, émerveillée par sa beauté. Elle avait toujours adoré le parc national, mais n'avait jamais soupçonné qu'il s'étendait aussi loin à l'ouest. Comme elle ne skiait pas, toute la région était nouvelle à ses yeux. Inconnue, et magnifique. Les feuilles qui demeuraient sur les arbres arboraient des tons superbes, allant de l'or au pourpre.

Un petit magasin apparut au détour d'un virage, et Blaze mit son clignotant.

— La supérette du coin, annonça-t-il en se garant sur

le parking vide. Je vais acheter quelques provisions. Tu as besoin de quelque chose ?

À en croire les panneaux dans la vitrine, le magasin stockait tout ce dont on pouvait avoir besoin. On pouvait même y commander des pizzas. Ou faire envoyer des fleurs.

Le regard de Maisy s'arrêta sur une publicité où figurait le logo d'une chaîne de fleuristes. Quelques mots imprimés dessous l'incitèrent à retirer sa ceinture de sécurité.

Un bouquet pour toutes les occasions.

— Ça t'ennuierait que je t'accompagne ? demanda-t-elle, la main déjà sur la poignée de la portière.

Blaze hésita, puis comprit que la question n'était que de pure forme et capitula avec un soupir.

Ils parcoururent les lieux ensemble avant de se séparer pour faire leurs emplettes. Maisy se dirigea vers le comptoir, les mains tremblantes, avec les images de l'attaque affreusement nettes dans son esprit. Les obsèques de Clara avaient été annoncées à la radio. Une station locale rassemblait des dons destinés aux membres de sa famille. Maisy ne pouvait assister à la cérémonie, mais elle pouvait envoyer des fleurs. C'était le moins qu'elle puisse faire. Si elle survivait au procès, elle trouverait le moyen de leur demander pardon de vive voix. De leur dire combien la mort de Clara la bouleversait. De leur dire aussi que Clara était morte comme elle avait vécu, en luttant pour protéger autrui.

L'homme d'un certain âge qui était assis derrière le comptoir la salua de la tête. Il tira des lunettes de la poche de sa chemise à carreaux, les mit sur son nez et lui sourit aimablement.

— Que puis-je faire pour vous ?

Soit c'était quelqu'un qui aimait vraiment les gens, soit il s'ennuyait ferme dans ce petit magasin à cette époque de l'année.

— Je voudrais commander des fleurs, expliqua-t-elle en parcourant des yeux le dépliant posé devant elle.

— Nous pouvons faire un bouquet spécial si vous ne voyez rien qui vous convient, déclara-t-il. Il suffit que j'envoie un message, et le fleuriste le plus proche du lieu de livraison s'en occupera.

Maisy comprit soudain avec consternation qu'elle devait régler en espèces et qu'elle n'avait presque pas d'argent sur elle.

— Ce ne sera pas nécessaire. Je vais prendre celui-ci, dit-elle en choisissant un tout petit bouquet.

— Vous voulez laisser un message ?

— Non, merci. Juste mes initiales. C'est pour des obsèques.

Sa gorge se noua alors qu'elle prononçait le mot. Elle compléta le formulaire de commande, donnant le lieu et la date de la cérémonie, puis tendit l'argent à l'employé et s'essuya les yeux.

— Merci.

Elle prit son temps pour se ressaisir avant de rejoindre Blaze, qui était accroupi devant le présentoir de produits laitiers. Son panier était plein, et il avait deux types de jus de fruits à la main.

— Qu'est-ce que tu fais ? demanda-t-elle, ravalant son émotion.

Il leva les yeux, un pli sur le front.

— Tu as besoin de vitamine C ou D ? Ou d'acide folique ?

Elle s'obligea à sourire, même si sa lèvre inférieure tremblait.

— Quoi ? Pas de beignets ni de cornichons ?

— Non.

Il mit les jus de fruits dans le panier et se releva.

— Ça va ?

— Ça va aller, affirma-t-elle.

En espérant que c'était la vérité.

Blaze se gara devant le bâtiment d'accueil, laissant son pistolet aux soins de Maisy avant de se hâter à l'intérieur pour louer un chalet. La femme d'âge mûr qui tenait la réception lui accorda à peine un regard, trop accaparée par un jeu sur son téléphone. Néanmoins, il prit soin de lui dire qu'il était un artiste du Nevada et qu'il espérait trouver l'inspiration dans la nature sauvage du Kentucky.

Elle répondit par un grognement indifférent, encaissa le paiement et lui souhaita un bon séjour.

Peint en vert, le numéro 19 se confondait aisément avec la forêt environnante, presque camouflé par des arbres à feuillage persistant. Une petite allée le séparait de la route qui serpentait entre les chalets. Ils en avaient vu plusieurs sur le chemin, mais rien ne suggérait qu'ils étaient occupés. Pas de véhicules dans les allées. Pas de fumée s'élevant des cheminées. Autant de signes positifs.

Blaze transporta les bagages à l'intérieur et les déposa dans l'entrée. Le chalet sentait le renfermé et le désinfectant. Sans doute l'endroit n'avait-il pas été ouvert depuis des mois. Les murs étaient lambrissés, le style faussement rustique. Les portes de devant et de derrière étaient visibles depuis le vaste espace divisé en cuisine et séjour.

Maisy sortit du couloir, esquissant une moue.

— Une seule chambre ?

Il se mit à rire.

— Désolé. Il fallait que je paie une semaine d'avance et je voulais garder de l'argent liquide pour acheter des produits de première nécessité. De plus, je voulais donner l'impression d'être seul.

Il se félicita à part lui d'avoir eu tant d'espèces disponibles. Il avait retiré une somme importante de son compte d'épargne dernièrement dans l'intention d'acheter un bateau de pêche, et puis avait changé d'avis. Il avait tardé à remettre l'argent à la banque et, pour une fois, sa négligence lui avait rendu service.

Maisy s'adossa au canapé, un sourire sur les lèvres.

— Vous, les artistes, vous êtes tous pareils, vous n'avez qu'une idée en tête.

Blaze se dirigea vers la petite cuisine et se mit à déballer les provisions.

— Ne t'inquiète pas, je dormirai sur le canapé, dit-il, en s'efforçant de se convaincre.

— Oh ! je ne m'inquiétais pas. Mais tu te rends compte que ce canapé est minuscule ? Il doit faire un mètre cinquante de long, et toi plus d'un mètre quatre-vingts.

Le téléphone de Blaze sonna avant qu'il ait eu le temps de répondre. Maisy sentit aussitôt la tension l'envahir.

— C'est Maxwell.

Il accepta la communication et pressa l'appareil contre son oreille.

— Winchester.

— Où êtes-vous ?

— En lieu sûr. Que se passe-t-il ?

Maisy contourna le canapé, une main sur son ventre,

puis s'assit sur un coussin. Pointant la télécommande vers la télévision, elle fit défiler les chaînes de télévision, sans doute à la recherche d'un journal télévisé.

— J'ai parlé au juge, annonça Maxwell. Il refuse de changer la date du procès et d'autoriser un témoignage enregistré. En revanche, il est prêt à envisager une audition en visioconférence. Il va en discuter avec les avocats et nous rappeler.

Blaze se laissa aller contre le plan de travail à la fois soulagé et optimiste.

— C'est inespéré, je vais donc considérer que c'est une victoire. Peut-être que nous aurons de la chance et qu'ils vont être d'accord.

— On peut toujours rêver, commenta Maxwell, mais qui ne risque rien n'a rien. À propos, il faut aussi que je vous dise que le procureur veut rencontrer Mlle Daniels. Il prétend qu'il est temps de passer son témoignage en revue. Il veut la préparer aux éventuelles questions de la défense, sans quoi elle risque d'être prise au dépourvu et déstabilisée devant les jurés. Prévoyez deux séances cette semaine, d'une heure environ chacune. Il ne veut pas qu'elle se sente intimidée ni bousculée, et je suis sûr que revivre son histoire va être une épreuve difficile pour elle.

Blaze serra les dents. L'idée d'emmener Maisy ailleurs que chez son médecin lui déplaisait. Et le bureau du procureur, situé dans l'enceinte même du palais de justice, lui paraissait un lieu particulièrement risqué. Il devait y avoir une autre solution.

— Je vais le contacter.

— Bien.

Quelques instants plus tard, assuré que Maisy était en

sécurité, Maxwell prit congé. Blaze attrapa une bouteille d'eau et l'apporta à la jeune femme qui l'accepta avec reconnaissance.

— Merci.

Elle en but une longue gorgée, puis posa la bouteille sur la table et le regarda avec inquiétude.

— Qu'a dit le sergent ?

— Le procureur veut te voir cette semaine pour t'aider à préparer ton audition. Il va passer en revue toutes les questions qu'il compte te poser et te préparer à celles de la défense. Je fixerai un rendez-vous demain matin. Dans l'immédiat, nous allons prendre le reste de la journée pour nous installer et respirer un peu.

Elle acquiesça et, le visage dénué d'expression, se retourna vers la télévision.

Blaze enroula un bras autour d'elle et l'attira contre lui.

— Tu veux qu'on parle ?

— Non, murmura-t-elle en nichant la tête au creux de son épaule. Natalie adorait cette série.

La série en question était une rediffusion d'un vieux feuilleton qui datait de l'enfance de Blaze. Il se contenta d'appuyer la joue sur sa tête et de la serrer contre lui.

Elle regarda l'émission en silence jusqu'à la publicité suivante.

— Je déteste ce que ma vie est devenue, souffla-t-elle enfin. Il m'est insupportable de penser que Nat n'est plus là et que je dois continuer sans elle. Insupportable de penser qu'elle est allée chercher ce livre pour moi ce jour-là alors que j'aurais dû y aller moi-même.

— Tu ne lui as pas demandé de le faire, répondit-il doucement. Ce n'est pas ta faute.

Ils avaient déjà eu cette conversation par le passé,

mais il savait qu'elle avait besoin d'entendre sa réponse de nouveau.

— Natalie est allée chercher ce livre parce qu'elle savait qu'il était important à tes yeux, et tu étais importante pour elle. Elle voulait t'aider.

— Elle ne voulait pas mourir, rétorqua Maisy d'une voix étranglée. Mais c'est arrivé quand même.

— Ni toi ni elle n'auriez pu prévoir ce qui allait se passer. Personne n'aurait pu deviner qu'Aaron avait une dette envers Luciano. Ton instinct te disait qu'il n'avait pas la conscience tranquille. Mais il était plus logique de supposer qu'il fréquentait quelqu'un d'autre plutôt que de s'imaginer qu'il était sur le point d'être assassiné par un gangster.

— Elle m'a appelée pour me parler de la voiture dans l'allée, murmura Maisy. Elle m'a envoyé une photo. Et puis elle a vu Luciano étrangler Aaron. Je l'ai entendue hurler et s'enfuir, terrifiée, en me décrivant la scène au téléphone. Luciano s'est lancé à sa poursuite. Il a tiré sur elle trois fois après avoir forcé sa voiture à quitter la route et à percuter un arbre.

— Je suis tellement désolé, chuchota Blaze.

Il déposa un baiser sur son front, la serrant de toutes ses forces dans ses bras tandis qu'elle s'abandonnait aux sanglots.

Cramponnée à lui, elle versa des larmes brûlantes sur sa chemise. Il la tint blottie contre son torse jusqu'à ce que ses pleurs se tarissent. Alors, sa respiration s'apaisa, devint régulière et plus profonde. Et, enfin, le sommeil l'emporta.

12

Maisy songea toute la nuit à l'enterrement de Clara, regrettant amèrement de ne pouvoir y assister, encore bouleversée de songer que son amie n'était plus. Aller à la cérémonie lui aurait donné la possibilité de faire son deuil et de dire adieu à Clara, même si sa présence n'aurait sans doute atténué en rien la douleur de la famille. Après tout, elle avait survécu alors que Clara, elle, avait péri. Pourquoi ?

Elle se força à refouler cette question. Peu importait. Elle était de nouveau menacée. Par un autre dément. Elle espérait que, cette fois, personne ne mourrait à cause d'elle.

La vision du docteur Nazir surgit dans son esprit. Maisy espéra égoïstement que son médecin avait entendu parler de Clara à la télévision, parce qu'elle n'était pas sûre d'avoir la force de relater la tragédie. Assister à ce rendez-vous sans Clara serait déjà assez douloureux.

Maisy s'acquitta distraitement de sa routine matinale, but son thé et mangea son yaourt sans même en remarquer le goût. Blaze apparut comme elle terminait son petit déjeuner. Il se versa un café et prit place en face d'elle. Ses cheveux étaient humides après la douche, et l'odeur de son savon et de son shampooing flottait encore autour de lui comme un nuage.

— Tu as l'air triste, observa-t-il. Tu redoutes d'aller en ville ?

— Un peu, admit-elle.

C'était en partie vrai. Et elle n'avait pas envie de lui confier que l'enterrement de Clara était prévu ce jour-là, ni qu'elle aurait vraiment voulu y être présente.

Au lieu de quoi elle désigna l'oreiller et la couverture pliée sur le canapé. Le meuble était solide et agréable à regarder, mais terriblement inconfortable. Dormir là avait dû être un calvaire. Et il lui paraissait d'autant plus absurde de jouir seule d'un lit immense. Ce n'était pas comme si Blaze n'avait jamais partagé son lit, ou qu'il était incapable de garder ses distances.

En revanche, elle n'était pas sûre de pouvoir en dire autant. Certes, elle était un peu abattue ce matin-là, mais le seul fait de le voir lui donnait envie de se réfugier dans ses bras. D'être protégée. Touchée.

— Tu as réussi à dormir ? demanda-t-elle, se forçant à changer la direction de ses pensées.

— Un peu.

Ses lèvres esquissèrent un petit sourire qui ne parut guère sincère à Maisy. Pourquoi semblait-il si troublé ? Perplexe, elle soutint son regard.

— Qu'est-ce qui vous tracasse, lieutenant Winchester ?

Il s'éclaircit la voix.

— On devrait peut-être parler de ce qui s'est passé hier.

Aussitôt, Maisy se sentit replongée dans le chaos de la veille. Elle entendit résonner dans sa tête le fracas de la porte qu'on enfonçait, se remémora la sensation de la poêle entre ses mains quand celle-ci avait percuté le crâne de l'intrus. Un malfaiteur auquel elle n'avait pas accordé une seule pensée avant cet instant. Était-ce cela qui tourmentait Blaze ? Avait-elle tué cet homme ? Une bouffée de nausée monta en elle alors qu'elle envisageait cette possibilité.

— Tu as appris quelque chose à propos de l'attaque ? Des deux hommes qui ont été blessés ?

Blaze fronça les sourcils.

— Non. Avant ça.

Il détourna les yeux pendant qu'elle réfléchissait au sens de ses paroles. Quand il la regarda de nouveau, il avait l'air coupable d'un enfant pris en train de chaparder des biscuits.

La lumière se fit soudain dans l'esprit de Maisy, et elle rougit.

— Le baiser, murmura-t-elle, atterrée.

À l'évidence, il le regrettait.

Elle avait rejoué la scène vingt fois dans la nuit, se remémorant avec netteté l'instant où elle avait pivoté dans ses bras et capturé ses lèvres. Maintenant, elle avait vraiment l'estomac barbouillé. Blaze pensait que ce baiser avait été une erreur. Pour quelle autre raison aurait-il désiré en parler ?

Au comble de la gêne, elle baissa les yeux sur ses genoux et tritura sa serviette. Elle avait rêvé d'un monde où son bébé et elle seraient en sécurité, où Blaze ferait partie de leur vie. Peut-être même définitivement.

La brûlure de l'humiliation lui mit le feu aux joues.

— J'ai beaucoup aimé participer au cours Lamaze, dit-il prudemment.

Il voulait ménager son amour-propre, songea-t-elle, complétant sa phrase intérieurement. Il avait pris plaisir au cours, mais il n'avait pas imaginé qu'il se ferait agresser à la fin.

Une fraction de seconde, elle s'imagina qu'elle changeait d'identité et qu'elle s'enfuyait à Bogota, ou n'importe où qui soit assez loin pour recommencer à zéro. En laissant derrière elle cet univers de gangsters, d'assassins, et de policiers ténébreux.

Malheureusement, elle n'était pas de ceux qui se dérobent. Sa nature exigeait qu'elle reste et se batte. Par conséquent, que ce soit gênant ou pas, elle allait devoir endurer cette conversation, et tant pis pour son cœur et son ego meurtris. Des problèmes plus graves se profilaient à l'horizon.

— Tu as aimé le cours Lamaze, répéta-t-elle comme il se taisait. Et tu espérais répéter l'expérience ce matin après mon rendez-vous ?

— J'aimerais bien, admit-il. Si tu te sens assez en forme.

Il enroula ses longs doigts autour de sa tasse, l'air toujours aussi coupable.

— Je sais que ton univers est sens dessus dessous en ce moment. Je ne veux pas te compliquer les choses.

Elle pinça les lèvres, le cœur serré. L'infime partie d'elle qui avait espéré s'être trompée se brisa.

— Je veux t'aider, reprit-il.

— Bien.

Elle sourit.

— Parce qu'on me dit que je vais avoir besoin de beaucoup d'aide après la naissance du bébé. Du moins, pendant les premiers jours, le temps que je me remette de l'accouchement.

L'expression de Blaze s'altéra brusquement. Un éclair

d'émotion, trop éphémère pour y donner un nom, traversa son regard gris-bleu avant de s'évanouir, remplacé par le masque impassible du policier qu'il avait appris à maîtriser bien avant leur rencontre.

— Tout ce que tu voudras.

Elle se força à se lever, repoussa sa chaise et alla déposer son assiette sale dans l'évier. Rares étaient les choses qu'elle pouvait contrôler dans sa vie, mais au moins elle allait mettre fin à cette conversation gênante, affligeante.

— Dans l'immédiat, je vais prendre une douche. Je ne veux pas être en retard à mon rendez-vous avec le docteur Nazir.

Blaze s'accabla intérieurement de reproches pendant qu'il attendait le retour de Maisy. Il avait pris son temps pour se préparer ce matin-là, songeant à ce qu'il voulait lui dire à propos de leur baiser. Il voulait savoir pourquoi elle s'était dégagée, et s'il était possible qu'il ait une place dans son avenir. Et pas seulement dans les jours qui allaient suivre l'accouchement.

Quand il avait trouvé les cours Lamaze en ligne, il n'avait pas prévu de l'embrasser. Bien sûr, il savait qu'il en serait tenté. Comment aurait-il pu en être autrement alors qu'ils étaient si proches l'un de l'autre, en train de préparer la naissance de leur enfant ? Il avait fermement décidé de se focaliser sur elle et sur le bébé, et non sur ses propres envies. Seulement, à l'instant où elle lui avait effleuré la joue, il n'avait pu résister au tendre désir qu'il lisait dans son regard. Il s'était lancé, avait tenté de lui montrer ce qu'il éprouvait à travers ce baiser.

Elle l'avait conquis à l'instant où leurs yeux s'étaient

rencontrés, l'année précédente. L'énergie de Maisy et sa présence avaient éveillé une sorte d'écho en lui. Dès le début, leur relation avait été profondément intime, et totalement contraire à l'éthique professionnelle. Elle l'avait consumé. Lui avait coupé le souffle. Avait comblé toutes ses attentes.

Après leur séparation, il s'était souvent demandé ce qu'elle pensait de lui, le policier qui avait séduit une femme encore submergée de chagrin alors qu'ils traquaient l'assassin de sa sœur. Il devait admettre que ce résumé ne donnait pas de lui une image très flatteuse. Maintenant, elle était de retour, enceinte de son enfant. Comme si le destin les avait réunis et lui offrait une parfaite opportunité de montrer à Maisy l'homme qu'il était réellement. Mais, au bout d'une demi-heure passée à la tenir et à la regarder sourire pendant le cours Lamaze, il était revenu au point de départ.

Même ses recherches de cours disponibles en ligne avaient été motivées par une arrière-pensée : il voulait l'impressionner. Lui prouver qu'il pensait à elle et qu'il l'avait écoutée. Que ses sentiments envers elle allaient au-delà de l'attirance physique, si profonde soit-elle. Il voulait lui offrir quelque chose de bon et de paisible à un moment rempli de tragédie et de fracas. Il n'avait pas eu l'intention d'aller plus loin.

Quand le ronronnement du sèche-cheveux se tut, Blaze envisagea d'enfiler le couloir et de toquer à la porte de la chambre de Maisy. De lui dire qu'il avait mal géré leur conversation et qu'il ne regrettait pas de l'avoir embrassée, si c'était cela qu'elle s'imaginait. Ce qu'il regrettait, c'était d'avoir mal choisi le moment. Il voulait qu'elle sache qu'il était un refuge pour elle. Et qu'elle pouvait lui faire confiance pour lui apporter ce dont elle avait besoin, sans contrepartie. Il voulait éliminer ses problèmes et non en ajouter de nouveaux à la liste.

Il se frotta la joue, résolu à ne pas s'imposer. Il allait se focaliser sur l'indispensable : la protéger jusqu'au procès. Une fois qu'elle aurait témoigné, elle pourrait commencer à reconstruire sa vie. S'il s'y prenait bien, peut-être lui ferait-elle une place.

Maisy réapparut dix minutes avant l'heure où ils devaient partir, vêtue d'un pantalon extensible noir et d'un pull vert en laine douillette. Ses yeux noisette évitèrent le regard de Blaze.

— Nous devrions y aller, dit-elle. Mieux vaut être en avance qu'en retard.

Il attrapa ses clés, bien décidé à lui montrer combien elle comptait pour lui, même s'il était incapable de trouver les mots pour le dire.

Blaze trouva le trajet jusqu'à la ville interminable.

— Il va faire froid cette semaine, lança-t-il, dans un effort pour engager la conversation. On prévoit même des chutes de neige. Nous devrions avoir de belles vues du chalet.

Maisy fit courir ses doigts sur la vitre latérale.

— Espérons que la station dégage les routes hors saison. Je suis déjà assez anxieuse à l'idée de parler au procureur sans avoir à craindre qu'on ait un accident sur la montagne pour aller le voir.

Blaze sourit, soulagé que la tension entre eux soit rompue.

— Ne t'inquiète pas. Je t'emmènerai partout où tu auras besoin d'aller. Quel que soit le temps, promit-il. Je louerai une motoneige s'il le faut.

Elle rit, et le cœur de Blaze se réchauffa.

Un instant plus tard, il se garait sur le parking situé devant le cabinet.

— Dis-moi, c'est le cabinet d'obstétrique ou la pâtisserie d'en face qui t'ont convaincue de venir ici ?

Maisy sourit.

— Ce qui est sûr, c'est que je fais un saut à la pâtisserie après chacun de mes rendez-vous. Aujourd'hui, je songeais à m'offrir un chocolat chaud et un croissant à la fraise.

— Entendu.

Il descendit du pick-up et fit le tour pour venir lui ouvrir sa portière.

— Je suppose qu'ils ne vendent pas de cheesecake ?

Elle arqua les sourcils, et hocha la tête.

— Ils en ont cinquante sortes différentes, plus délicieuses les unes que les autres. Crois-moi, je les ai toutes goûtées.

Le crépitement assourdissant d'un marteau pneumatique attira l'attention de Blaze sur un immeuble en construction à côté de la pâtisserie. Des ouvriers alignaient des poutrelles métalliques et s'affairaient sur le chantier, maniant toutes sortes d'outils et causant un vacarme de tous les diables. Un panneau planté dans le sol annonçait l'ouverture prochaine d'une librairie.

— J'ai hâte qu'elle soit ouverte, déclara Maisy. Je veux venir découvrir le magasin, et puis j'en ai assez de tout ce tintamarre chaque fois que je viens !

Blaze la suivit dans le cabinet, notant mentalement d'organiser une sortie dès que les travaux seraient terminés. Ils pourraient choisir des livres pour leur bébé et compléter l'excursion par l'achat de gâteaux à la pâtisserie voisine.

— Bonjour, lança la réceptionniste avec un grand sourire. Le docteur Nazir m'a dit de vous faire entrer tout de suite.

Maisy partit se faire peser pendant que Blaze patientait dans la salle d'attente sous les regards curieux des infirmières et des autres patientes.

Quand elle revint, on les conduisit dans la salle d'auscultation. Les murs peints en rose pâle étaient remplis de photos encadrées de femmes de tous âges : des fillettes aux commandes de cerfs-volants, des grands-mères assises devant leur maison, des adolescentes étendues sur l'herbe.

— Je suppose que peu d'hommes viennent ici, commenta-t-il lorsque l'infirmière eut refermé la porte. J'ai un peu l'impression d'être dans un club réservé aux filles.

Maisy roula les yeux et désigna le mur derrière lui.

— Ces femmes te regardaient parce que tu es séduisant. Ne fais pas semblant de ne pas le savoir.

Il se tourna vers le mur et tressaillit en voyant son reflet dans une glace. Un lent sourire se dessina sur ses lèvres.

— Arrête, dit-elle en l'observant.

— Tu penses que je suis séduisant ?

Au même moment, un bruit résonna à l'extérieur. Aussitôt, Blaze porta la main à son pistolet.

— Ne tire pas sur mon médecin !

Une femme d'une trentaine d'années se figea sur le seuil, les yeux écarquillés. Les mots *Dr Alaya Nazir* étaient brodés en caractères bleus sur sa blouse blanche.

Ses yeux ambrés allèrent de Blaze à Maisy, déjà allongée sur la table.

— Maisy, souffla-t-elle, en venant l'étreindre avec affection. Je suis si contente de vous voir. J'ai appris ce qui s'était passé, c'est horrible.

Lâchant Maisy, elle tendit la main à Blaze.

— Merci de l'avoir amenée.

— Je n'aurais pas voulu manquer ce rendez-vous.

Le médecin lui indiqua une petite chaise en plastique.

— Asseyez-vous, je vous en prie.

Elle sourit à Maisy.

— Maintenant, dites-moi tout. Commencez par m'expliquer pourquoi votre ami veut tirer sur moi.

Maisy lâcha un rire, puis s'acquitta des présentations.

Le docteur Nazir enveloppa Blaze d'un regard attentif.

— Voici donc le fameux Blaze Winchester, commenta-t-elle avec un léger sourire. Je vois.

Maisy rougit jusqu'aux oreilles tandis que Blaze souriait.

— Lui-même.

Le médecin lui lança un coup d'œil espiègle avant de reporter son attention sur Maisy.

— Vous n'aviez pas menti.

Les deux femmes éclatèrent de rire, après quoi Maisy s'allongea de nouveau sur la table. Le médecin posa un instrument sur son ventre, et les battements de cœur du bébé résonnèrent, nets et réguliers.

— C'est rapide, non ? s'inquiéta Maisy. Plus rapide que dans mon souvenir. Tout va bien ?

Le docteur Nazir lui sourit avec chaleur.

— Parfaitement bien. Pendant que vous êtes là, voudriez-vous connaître le sexe de votre bébé ?

Parcouru par un frisson d'excitation, Blaze interrogea Maisy des yeux. Elle semblait hésiter.

— C'est comme tu veux, dit-il. Tu attends depuis si longtemps. Je peux patienter quelques semaines de plus.

Elle se mordit la lèvre et regarda le médecin.

— Voici ce que je vous suggère, dit Alaya. Je vais faire une échographie et vérifier que tout est en ordre. Après la semaine que vous avez eue, on ne peut pas être trop prudent. Si vous décidez que vous voulez connaître le sexe de l'enfant, je pourrai vous montrer les images. Si vous préférez attendre et que vous changez d'avis ensuite, vous pourrez appeler le cabinet.

Maisy acquiesça.

— Entendu, merci.

Elle versa quelques larmes durant l'échographie et, à vrai dire, Blaze était lui aussi très ému. La vision en noir et blanc d'un bébé qui remuait en elle le bouleversa plus qu'il ne l'avait prévu. Si elle lui permettait d'assister à la naissance, pourrait-il rester maître de lui ?

À la fin de la consultation, le médecin donna à Blaze des instructions strictes.

— Veillez à ce qu'elle se repose. Le stress physique et émotionnel qu'elle subit en ce moment ne serait bon pour personne, et encore moins pour une femme à ce stade de la grossesse. Elle a besoin d'être au calme, de manger sain et de boire beaucoup d'eau. Nous voulons que cette grossesse arrive à son terme. C'est bien compris ?

— Oui, madame, répondit-il, se remémorant les articles effrayants qu'il avait lus sur les naissances prématurées. Je ferai tout mon possible.

Le docteur hocha la tête en souriant.

— Bien. Je veux vous revoir dans deux semaines.

Comme ils quittaient le cabinet, Maisy captura la main de Blaze dans la sienne.

— Merci d'être venu avec moi.

Le vacarme du chantier les assaillit dès qu'ils sortirent sur le parking. Blaze l'avait presque oublié dans le cabinet mais, à présent, le martèlement du perforateur lui agressait les oreilles.

— Je n'aurais pas voulu manquer ça.

Il lui pressa la main, le cœur débordant d'émotion.

— Toujours tentée par un chocolat chaud ?

— Plus que jamais.

Ils se dirigèrent vers le trottoir, leurs pas s'accordant d'eux-mêmes. *C'est ainsi que la vie devrait être*, songea Blaze, nouant ses doigts aux siens.

Perdu dans ses pensées, il mit quelques secondes à entendre le moteur qui rugissait tout à coup, les pneus hurlant sur l'asphalte.

Une voiture de sport noire venait de surgir d'entre les bâtiments et fonçait droit sur eux.

13

Maisy ne vit la voiture qu'au moment où Blaze la tirait brusquement en avant. Le grondement du moteur devint l'unique son dans son univers. Elle s'entoura le ventre des mains en se mettant à courir, traînée par Blaze en direction du trottoir. Ses foulées étaient gauches, et son équilibre précaire à cause de son état. Dans une prise de conscience qui lui coupa le souffle, elle comprit qu'elle n'arriverait pas au trottoir à temps. Un gémissement de désespoir lui échappa. Après tout ce qu'elle avait surmonté, une voiture folle allait l'achever.

Tout à coup, Blaze fut à côté d'elle. Il ne la tirait plus en avant, et elle se rendit compte que ses pieds ne touchaient plus le sol. D'un geste fluide, il la souleva dans ses bras comme si elle avait été une enfant et se rua d'un bond entre les voitures garées.

Sa hanche percuta violemment la grille d'un des véhicules, déclenchant l'alarme avant qu'ils atterrissent pêle-mêle sur la bande herbeuse qui séparait la chaussée du trottoir proprement dit. Il encaissa le gros du choc, faisant de son mieux pour amortir sa chute. La voiture noire les frôla dans un mouvement d'air et de poussière. L'instant d'après, la tête de Maisy heurta le sol boueux, et sa vision se brouilla.

— Elle est blessée ? cria une femme qui sortait en courant de la pâtisserie.

— Oui, murmura Maisy faiblement, d'une voix tremblante. Je ne sais pas, rectifia-t-elle, le cœur noué par l'émotion. Le bébé.

Un engourdissement inexplicable s'était emparé d'elle – le choc, sans doute. La confusion. La peur. Grâce à Blaze, elle avait survécu à l'attentat, mais son bébé était-il indemne ?

Blaze se releva.

— Appelez la police, ordonna-t-il à la femme. Dites-leur qu'une voiture de sport noire a tenté de la renverser. Donnez-leur l'adresse.

Visiblement torturé, il prit le visage de Maisy entre ses mains.

— Je vais devoir te bouger.

Sur quoi il la souleva dans ses bras de nouveau et retraversa la rue en boitant.

— Tu t'es cogné la tête ? demanda-t-il, grimaçant à chaque pas. Tu peux bouger les membres ? Tu as mal dans un endroit précis ?

Maisy était incapable de répondre. Incapable de respirer. Si un des sbires de Luciano avait fait du mal à son enfant, ou pire, comment pourrait-elle survivre ? Il avait déjà pris Natalie et Clara. Son esprit refusait d'imaginer cette possibilité.

— Nous avons besoin d'aide, cria Blaze en poussant la porte du cabinet d'un coup d'épaule. Elle est blessée. Elle a fait une mauvaise chute. Elle s'est cogné la tête, je crois. Appelez le docteur Nazir, tout de suite !

Des exclamations affolées fusèrent. Les réceptionnistes se précipitèrent vers eux pour leur venir en aide.

Les oreilles bourdonnantes, Maisy se laissa faire pendant qu'on s'activait autour d'elle, qu'on ouvrait des portes sur leur passage et qu'on bombardait Blaze de questions. Une femme en uniforme les conduisit dans une salle d'auscultation.

— Déposez-la sur la table.

Blaze s'exécuta, les traits décomposés par l'inquiétude.

— Maisy ?

Le docteur Nazir accourait, le front plissé par l'inquiétude.

— Que s'est-il passé ?

Blaze résuma l'incident pendant que le médecin braquait une torche sur les yeux de Maisy et qu'une infirmière relevait sa tunique, puis badigeonnait son ventre de gel.

Blaze s'écarta pour leur faire de la place. Les mains sur la nuque, il paraissait en proie à une terrible détresse. Sa chemise et sa veste étaient tachées et déchirées. Une série d'égratignures sanguinolentes zébrait son front et sa joue.

— Notre bébé, dit Maisy d'une voix étranglée, redoutant qu'il ne sache quelque chose qu'elle ignorait encore.

— Je suis en train de l'examiner, déclara le docteur Nazir calmement.

Elle déplaça la sonde.

— On n'entend pas son cœur ! gémit Maisy dans un sanglot.

L'infirmière glissa un oxymètre sur son doigt.

— Chut, dit-elle d'une voix apaisante. Elle va bien. Elle joue à cache-cache avec le transducteur, c'est tout.

Elle indiqua l'écran, au moment où une petite jambe blanche s'agitait. L'instant d'après, les battements s'entendirent.

— Ça y est, déclara le médecin. Votre bébé est tout excité par ses aventures.

Une bouffée de soulagement submergea Maisy, qui se mit à pleurer de plus belle.

— Excusez-moi.

L'infirmière lui tendit un paquet de mouchoirs en souriant.

— Vous voyez ? Tout ira bien.

Maisy s'essuya les yeux, repassant la scène dans sa tête, et regarda Blaze, qui s'était laissé tomber sur une chaise contre le mur.

— Vous avez dit « elle » ? demanda-t-elle à l'infirmière. « Elle va bien » ?

Le regard de l'infirmière se porta sur le médecin, puis revint à Maisy.

— Je vais avoir une petite fille ?

Blaze tressaillit et se détacha du mur.

— C'est vrai ?

Le docteur Nazir s'adressa à Maisy.

— Vous voulez le savoir ?

— Oui, affirma Maisy, quêtant d'un coup d'œil l'accord de Blaze.

Il hocha la tête.

— Dans ce cas, oui, c'est une fille, confirma le médecin. Félicitations à vous deux.

Blaze faillit renverser l'infirmière en prenant Maisy dans ses bras. Il lui couvrit le visage de baisers, puis plongea son regard dans le sien, une larme coulant sur ses joues meurtries.

— On va avoir une petite fille.

L'émerveillement dans sa voix bouleversa Maisy.

— Bien, terminons cette échographie, dit le médecin.

Un battement de cœur régulier est une excellente chose, mais un examen complet est préférable.

Le téléphone de Blaze sonna, exigeant son attention. Il pressa la main de Maisy et recula vers le fond de la pièce, réticent à la quitter. L'instant d'après, cependant, il avait repris sa casquette de policer et relatait en termes clairs et concis l'attaque dont ils avaient été l'objet.

Ses vérifications terminées, le docteur Nazir aida Maisy à descendre de la table.

— Docteur ? intervint l'infirmière d'une voix tendue, qui attira l'attention de chacun.

Blaze abaissa son téléphone et s'approcha de Maisy qui se tournait vers la jeune femme.

— Qu'y a-t-il ?

Une petite tache de sang était visible sur le papier froissé de la table, à l'endroit où Maisy avait été assise.

— Qu'est-ce que cela signifie ? s'enquit Blaze en empochant son téléphone. Qu'est-ce qui ne va pas ?

— Cela signifie que nous allons devoir demander à Maisy de remonter sur la table et l'examiner de nouveau, expliqua le médecin. Cette fois, ce sera un examen interne. Vous êtes libre de rester ou de sortir. Quoi que vous décidiez tous les deux, faites-le vite.

Le téléphone de Blaze se remit à sonner.

Maisy frissonna.

— Vas-y, dit-elle. Tu peux partir. Il faut que tu aides la police à trouver qui a fait ça. Le docteur Nazir va prendre soin de moi.

— Préfères-tu que je reste ? demanda Blaze, le regard intense. Tu n'as qu'un mot à dire.

— Vous allez devoir vous déshabiller, Maisy, précisa le médecin.

Maisy la dévisagea, choquée et terrifiée. Et si l'échographie avait été trompeuse ? Si elle avait perdu son bébé ? Sa fille. Elle se sentit suffoquer.

— Derek, grogna Blaze, le téléphone de nouveau pressé contre son oreille. Va chercher Lucas et venez au cabinet du docteur Nazir, à Fairmont.

Il leur résuma la situation pendant que l'infirmière aidait Maisy chancelante à retirer son pantalon.

— Tu peux partir, répéta-t-elle. Ça ira. Tu n'es pas obligé de rester.

Le médecin aida Maisy à remonter sur la table et cala ses pieds dans les étriers.

La main de Blaze se referma sur la sienne. Son téléphone avait disparu dans sa poche.

— Je ne partirai pas avant que tu m'en donnes l'ordre. Et, même si tu le fais, je resterai à la porte.

La détermination se lisait dans ses yeux gris-bleu.

— Merci, murmura-t-elle.

Une vingtaine de minutes plus tard, le médecin avait terminé son examen.

— Tout est en ordre, mais le col est dilaté de deux centimètres, expliqua-t-elle. Vous allez devoir vous reposer le plus possible.

Elle fixa son regard sur Blaze.

— Je sais que vous n'auriez pas pu prévoir ce qui s'est passé tout à l'heure, mais maintenant j'ai besoin que vous l'emmeniez en lieu sûr. Peu m'importe si c'est une pyramide en Égypte, mais il est impératif de la garder hors de danger durant les quatre à cinq semaines qui viennent. Aidez-la à se détendre.

Elle reporta son attention sur Maisy.

— Ne faites que le strict nécessaire. Ne portez rien. Ne faites pas de longues promenades. Et pas de stress.

L'air soucieux, elle jeta ses gants dans la poubelle.

— Revenez la semaine prochaine. En cas de douleurs, de maux de tête, de vertiges ou de problèmes de vision, allez droit aux urgences. Rappelez-moi ce soir si les saignements persistent.

Elle s'empara d'une carte de visite et griffonna un numéro au dos.

— Voici mon numéro personnel. Appelez si vous avez besoin de quoi que ce soit. N'hésitez pas. Ni l'un ni l'autre.

Maisy se rhabilla, puis se blottit de nouveau dans les bras de Blaze, priant pour qu'ils n'aient pas besoin de composer ce numéro.

Blaze passa l'après-midi au téléphone pendant que Maisy faisait une longue sieste après avoir pris une douche bien chaude. Entre les appels à son frère et à son supérieur, il alla fréquemment vérifier qu'elle allait bien. Il avait hâte de la voir sourire de nouveau. Elle allait avoir une petite fille ! Un mélange d'appréhension, d'excitation, et de multiples autres émotions confuses l'envahissait chaque fois que cette pensée lui venait.

Vers la fin de l'après-midi, alors que le soleil commençait à baisser, il alluma un feu dans la cheminée. Le dernier bulletin météo avait confirmé des baisses de température et de légères chutes de neige, voire une tempête à la fin de la semaine. Compte tenu de la situation du chalet, tout au sommet de la montagne, ils allaient sûrement être les premiers concernés. Par chance, ils avaient toutes les provisions nécessaires pour plusieurs jours.

N'ayant plus rien à faire pour s'occuper, Blaze mit une pizza au four, puis enfila sans bruit le couloir qui menait à la chambre.

Maisy ouvrit les yeux au moment où il passait la tête par la porte entrebâillée. Elle avait allumé la lampe de chevet et s'était redressée contre les oreilles depuis sa dernière visite.

— Je suis désolée d'avoir dormi toute la journée, dit-elle. Je ne m'étais pas rendu compte que j'étais si fatiguée.

Le verre d'eau qu'il avait laissé sur la table de chevet était vide.

— Comment te sens-tu ? demanda-t-il en s'asseyant au bord du lit.

— Moyen, admit-elle. J'ai une bosse sur la tête et j'ai mal partout.

Blaze fronça les sourcils et tendit la main vers elle, palpant la bosse avec précaution.

— C'est pour ça que tu t'es allongée sur le côté ?

Maisy eut un petit rire.

— Non. Je dors sur le côté parce que dormir sur le dos me tuerait sans doute.

Elle désigna son ventre en guise d'explication.

— Et puis je ne pourrais jamais me relever.

Blaze sourit.

— Tu as faim ? J'ai mis une pizza surgelée au four.

— C'est très bien. Merci.

Elle le dévisagea avec attention.

— Qu'as-tu appris pendant que je dormais ? Du nouveau sur le conducteur de la voiture ?

Il réprima une grimace. Dans l'ensemble, la tentative de meurtre dont elle avait été victime était passée inaperçue dans le voisinage. À la consternation de Blaze, seule la serveuse qui s'était précipitée à leur aide avait vu le véhicule et elle n'avait remarqué que la couleur.

— Tout le monde travaille sur l'affaire, se contenta-t-il de dire, s'efforçant de paraître optimiste. Derek fait du porte-à-porte dans le quartier. L'activité du chantier a étouffé ton cri et le bruit du moteur, si bien que nous avons moins de témoins que nous ne l'escomptions.

— Autrement dit, personne n'a rien vu.

C'était vrai, malheureusement. La plupart des gens étaient tombés des nues en voyant la police arriver.

Maisy enroulait et déroulait un fil défait de la couette autour de son doigt.

— Pas de témoin. En somme, ma chance continue.

— Ce n'est pas fini, assura Blaze. Lucas a demandé les enregistrements des caméras de vidéosurveillance installées à proximité.

En réalité, son frère n'avait guère eu de succès jusqu'à maintenant. La plupart des caméras ne fonctionnaient pas, leur simple présence visant surtout à dissuader des voleurs ou des délinquants éventuels. Les deux enregistrements que Lucas avait visionnés lorsqu'il lui avait parlé ne lui avaient même pas permis d'obtenir une image nette de la plaque d'immatriculation de la voiture. Blaze garda ce fait pour lui. Après tout, son frère n'avait pas terminé.

— Et les agents fédéraux ?

— Ils font pression sur Maxwell pour que tu sois remise sous leur protection.

Maisy le regarda, bouche bée.

— Ils ont perdu l'esprit ?

Blaze recouvrit sa main de la sienne, caressant sa peau soyeuse et interrompant le mouvement de son doigt.

— Maxwell ne va pas me donner l'ordre de te ramener. Et il sait très bien que je refuserais s'il le faisait. Nous n'avons plus que quelques jours d'attente. Ensuite, le procès sera terminé, tu auras témoigné et le pire sera derrière nous.

Elle dégagea sa main, laissa retomber le fil et fronça les sourcils.

— Ce n'est pas si terrible, n'est-ce pas ? demanda-t-il, espérant qu'être coincée avec lui ne lui semblait pas pire qu'être traquée par des tueurs à gage.

— Ça ne me plaît pas particulièrement de me sentir inutile, murmura-t-elle. Mais je ne vois pas très bien ce que je peux y faire.

Blaze vint s'asseoir à côté d'elle, s'adossa à la tête de lit et essaya d'avoir l'air à l'aise.

— Tu n'es pas inutile. Tu as une mission très importante au contraire, et il faut que tu te reposes. Jusqu'à maintenant, tu as fait du bon travail.

Il lui donna un petit coup de coude espiègle.

— Et je t'accorde des points supplémentaires parce que je sais que tu détestes ne rien faire.

Elle soupira.

— Toi aussi. Et, maintenant, tu es en marge aussi, à cause de moi.

Il tourna la tête vers elle, attendant qu'elle le regarde.

— Maisy.

Enfin, ses yeux noisette rencontrèrent les siens.

— Pour rien au monde je ne voudrais être ailleurs, affirma-t-il en capturant sa main pour y déposer un léger baiser. À mon avis, nous devrions profiter du congé qui nous a été octroyé. C'est l'occasion idéale de rattraper le temps perdu. Il s'est passé une foule de choses ces six derniers mois, et je veux que tu me racontes tout. On peut faire la grasse matinée, et la sieste l'après-midi. Tu peux prendre des bains jusqu'à ce que l'eau refroidisse et que tu aies la peau toute ridée. Qui a jamais le temps de faire tout ça ?

Elle sourit.

— Je suppose que, dans quelques semaines, j'en rêverai.

— Exactement. Et tu sais ce que nous pouvons faire ici même, des heures durant, sans même quitter ce lit ?

Le rouge lui monta aux joues, et elle sourit.

— Quoi ?

Blaze glissa la main dans la poche de son sweat-shirt et en tira un jeu de cartes.

— Tu aimes toujours le poker ?

Maisy éclata de rire, les yeux pétillants d'amusement.

— Tu aimes toujours perdre ?

— Je n'ai jamais aimé perdre, protesta-t-il. C'est juste que ça ne me gênait pas parce que tu étais si contente de me battre.

Il battit les cartes, et Maisy les distribua. Ils jouèrent et bavardèrent jusqu'à ce que la pizza soit prête. Puis ils dînèrent au lit, en style pique-nique. Les rires de Maisy effacèrent les mauvais souvenirs de la journée et emplirent la tête de Blaze d'images d'un avenir possible. De longues journées paresseuses en compagnie de sa meilleure amie. Il refoula cette vision, résolu à ne pas aller trop vite en besogne. Quand il l'avait embrassée, elle avait dit clairement qu'elle ne pouvait pas continuer.

Blaze perdait déjà depuis un bon moment quand il lui vint soudain à l'esprit qu'il s'était complètement trompé sur sa relation avec Maisy. Il avait pensé que sa conduite avait été inappropriée parce qu'il s'était focalisé sur le sexe, sur la puissante attirance physique qui les liait. Cependant, Maisy et lui étaient bien davantage. Durant le peu de temps qu'ils avaient passé ensemble, ils avaient tout partagé, depuis la cuisine et les courses jusqu'aux feux de joie et à la lessive. Leur amitié instinctive s'était épanouie naturellement pour se muer en passion. Mais la passion n'avait pas altéré leur lien – elle l'avait renforcé, au contraire.

— J'ai de la sauce tomate sur le visage ? demanda-t-elle avec un sourire taquin. Pourquoi me souris-tu comme ça ?

Blaze secoua la tête, ravi de sa prise de conscience.

— Tu m'as vraiment manqué. Les moments comme celui-ci m'ont manqué. Être ensemble.

Elle se mordit la lèvre, et une adorable teinte de rose se répandit sur ses joues, soulignant ses taches de rousseur.

— Tu m'as manqué aussi.

— Je ne regrette pas de t'avoir embrassée.

L'aveu les surprit tous les deux.

— Ah non ?

— Non.

Sa voix était sourde, plus rauque qu'il ne l'aurait souhaité, mais il poursuivit.

— Il y a déjà assez de pression sur toi. Je ne voulais pas ajouter à tes problèmes ni être ce policier qui est censé te protéger et qui ne peut pas s'empêcher de t'embrasser.

— J'aime que tu m'embrasses, avoua-t-elle, en baissant les yeux sur ses lèvres. Et que tu me touches. D'ailleurs, c'est moi qui t'ai embrassé, pas l'inverse.

Pour la centième fois, au moins, Blaze repassa la scène dans son esprit. Maisy s'était peut-être penchée vers lui, mais il brûlait de l'embrasser depuis le moment où elle était arrivée.

— Et c'est toi qui as arrêté.

— Je me sentais coupable, expliqua-t-elle. J'étais là, à prendre du bon temps alors que d'autres gens s'étaient fait tuer à cause de moi.

— Tu as le droit d'être heureuse, Maisy. Luciano est un psychopathe, et ça n'a rien à voir avec toi. Les êtres que tu as perdus voudraient ton bonheur. Ils voudraient que tu vives ta vie pleinement, que tu savoures chaque instant. Si nous n'étions pas obligés de rester ici et de nous détendre, je te proposerais de t'emmener où tu veux et de faire tout ce que tu rêves de faire.

Elle rougit de nouveau, et le regarda derrière ses longs cils sombres.

— Puisque nous sommes coincés ici, tu serais d'accord pour m'aider à me détendre ?

Le gémissement qui échappa à Blaze n'était pas intentionnel, mais il était révélateur.

— Tu es sûre que c'est ce que tu veux ?

Maisy hocha timidement la tête, et Blaze descendit du lit. Il rassembla les restes de leur pique-nique et empila le tout sur une chaise dans le coin avant de revenir avec un sourire taquin.

— Tu as quelque chose de précis en tête ?

Maisy porta la main au col de sa chemise de nuit et promena lentement un ongle à l'endroit où les bords se rejoignaient.

Il la regarda, fasciné, alors qu'elle dégrafait le premier bouton. Quand les pans du tissu se séparèrent, exposant un soutien-gorge soyeux et des seins lourds, magnifiques, il remonta sur le lit.

— Un massage me ferait du bien, murmura-t-elle. On pourrait commencer par là…

14

Maisy s'attarda longuement dans son bain, les membres parfaitement détendus et l'esprit flottant dans le vague. Elle n'avait pas eu d'autres saignements après leur départ du cabinet et elle se fiait entièrement aux paroles du docteur Nazir. Son bébé et elle allaient bien. Le savoir lui avait donné un regain de courage. Et Blaze avait comblé tous ses désirs.

Sa bouche était magique, et il avait prodigué ses caresses sur chaque centimètre du corps de Maisy. Lentement. Généreusement. Si on excluait leur baiser de l'autre jour, c'était la première fois qu'ils se touchaient depuis des mois, et leurs ébats avaient semblé complètement naturels, comme toujours par le passé. Elle ferma brièvement les yeux, savourant les souvenirs. Blaze avait raison à leur sujet. Le lien qu'ils partageaient était plus profond qu'elle ne l'avait cru. Dès le départ, ils avaient été des amis, des confidents, des partenaires. L'attraction physique avait été la cerise sur le gâteau. Tous ces facteurs ajoutés les uns aux autres les rendaient plus forts, et rien ne pourrait les séparer.

Un sourire sur les lèvres, elle se sécha et s'habilla, optant pour un pull à col V couleur crème et un caleçon en coton confortable. Il faisait bon dans le chalet. L'arôme du café frais et du pain grillé l'accueillit dans le couloir, accompagné du crépitement d'un feu de cheminée. Dans d'autres circonstances, elle aurait rêvé de ces moments d'intimité avec Blaze. Cependant, la réalité de leur situation ne cessait de s'imposer à elle.

Assis à la table de cuisine devant son ordinateur ouvert, Blaze la vit et se leva aussitôt. La chaleur qu'elle lisait dans son regard et dans son sourire ne laissait rien deviner du farouche protecteur qu'elle le savait être. Le fait qu'il lui réserve cette facette de sa personnalité emplit Maisy de bonheur et de reconnaissance.

Il s'avança vers elle et déposa un tendre baiser sur son front.

— Comment te sens-tu ?

— Reposée, déclara-t-elle. En paix. J'essaie de ne pas penser à d'éventuelles catastrophes.

Il lui tira une chaise à table.

— Il n'y a pas eu de nouvelles cette nuit. Qui sait ? Peut-être la journée sera-t-elle sans histoires.

— Ce serait une grande première, soupira Maisy. Mais on a le droit d'espérer.

Blaze se dirigea vers le plan de travail et revint, apportant une tasse de thé aux plantes ainsi que des toasts et des fruits sur une assiette.

— Tu as faim ?

— Oui, et ceci est parfait. Je te promets de me rattraper quand nous serons sortis d'ici. Je te revaudrai ça.

Il se mit à rire.

— Tu en fais beaucoup plus pour moi en ce moment que je ne pourrai jamais en faire pour toi, affirma-t-il en baissant les yeux sur son ventre. Je ne crois pas qu'on doive tenir de comptes.

Maisy sourit et porta la tasse à ses lèvres. Depuis des mois, elle se débattait dans un tourbillon d'émotions, mais là, avec Blaze qui la regardait ainsi, elle se sentait sûre d'une chose : elle l'aimait. De tout son cœur. De tout son être.

Le petit déjeuner terminé, Blaze passa quelques coups de fil et travailla sur son ordinateur pendant que Maisy contemplait les premiers flocons de neige qui voltigeaient vers le sol. Ensuite, elle lut un peu, après quoi elle se reposa et bavarda avec Blaze. Elle n'avait rien à faire et nulle part où aller. Et il avait : autant en profiter. Elle savourait ces instants.

Le soir venu, elle se pelotonna sur le canapé pour regarder le journal télévisé. Blaze vint la rejoindre, déposa deux grands verres d'eau fraîche devant eux et lui donna un baiser, puis il passa un bras autour de ses épaules.

— Tu as l'air en forme.

— Je me sens bien, répondit-elle, sincère. Comment avance ton travail ?

— Derek est au poste, sous prétexte de rendre visite à Lucas, mais il fait de son mieux pour glaner des informations. D'après lui, les marshals fédéraux qui sont arrivés après l'attaque commise contre mon chalet ont eu une réunion avec Maxwell. Rien de ce qui a été dit n'a filtré jusqu'à présent. Je n'ai pas eu l'occasion de parler au sergent. Lucas essaie de rester informé, mais une agression sexuelle a eu lieu sur le campus hier, et l'affaire l'a accaparé toute la journée.

— Penses-tu que les fédéraux essaient de reprendre le contrôle de ma protection ? s'enquit-elle, parcourue par un frisson.

La mâchoire de Blaze se crispa.

— Oui, admit-il avec une grimace. Mais je suis sûr que Maxwell ne me donnera pas l'ordre de te ramener à moins que son poste ne soit menacé. Si les fédéraux persuadent le maire qu'ils ont raison et que celui-ci exige que Maxwell obéisse, il n'aura pas le choix. Avec un peu de chance, nous n'en viendrons pas là. Il sait que je ferai la sourde oreille.

Une bouffée d'angoisse envahit Maisy. Il était bon de savoir que Blaze et son supérieur étaient prêts à faire tout leur possible pour la protéger, mais totalement injuste qu'ils puissent être punis pour avoir fait ce choix.

— Risques-tu de perdre ton poste ?

Elle avait l'estomac noué à cette pensée. Blaze adorait son métier et il était extraordinairement compétent.

— Si Luciano peut manipuler qui bon lui semble, reprit-elle, et même intercepter un marshal qui avait été envoyé me chercher, pourquoi ne pourrait-il pas influer sur le maire aussi ?

Blaze haussa les épaules.

— Peu importe. Quels que soient les ordres qui viennent de plus haut, te protéger passe avant tout.

— Ce n'est pas juste, soupira-t-elle.

— Ne t'inquiète pas pour ça, répondit Blaze. Maxwell ne donnera l'ordre que s'il y est obligé. Et, s'il le fait, je comprendrai. Il ne devrait pas perdre sa pension de retraite ni voir sa carrière ruinée à cause de cette affaire. Pas alors qu'il peut me donner l'ordre et que je peux l'ignorer. Quant à moi, je préfère perdre mon emploi plutôt que te mettre en danger.

Elle se nicha contre son épaule, se sentant totalement impuissante. Au moins, il ne restait plus que six jours à tenir avant le procès.

— Vous ne savez toujours pas qui est le complice de Luciano dans le service ?

— Pas encore.

Il inclina la tête vers elle, ses doigts caressant les siens.

Le journal télévisé couvrit divers événements locaux avant d'aborder l'affaire Luciano. Une photo apparut sur l'écran : celle de Gene Franco, le marshal porté disparu. Son corps venait d'être retrouvé.

Une vague de nausée submergea Maisy tandis qu'un reporter dépêché sur les lieux résumait les faits connus. Franco avait été abattu, et son corps abandonné dans un champ. Apparemment, son véhicule avait été volé par un individu connu pour être à la solde de Luciano, un homme dont le corps avait lui aussi été retrouvé dans des circonstances similaires quelques jours plus tôt.

Un profond soupir déchira la poitrine de Maisy. Ainsi, c'était vrai : l'agent fédéral chargé de l'escorter avait été assassiné. Elle s'y attendait, mais la nouvelle n'en était pas moins bouleversante.

Blaze prit sa main dans la sienne.

— Ça va ?

— Non. Je ne peux pas m'empêcher de penser que tout ça a commencé parce que je voulais obtenir justice pour Natalie et Aaron. Maintenant, il y a cinq morts. Si Luciano n'était pas en attente d'un procès, il n'y aurait pas besoin de témoins. Et il ne serait pas en train de les éliminer.

— Ce n'est pas ta faute, lui rappela Blaze. Luciano est un tueur. Il ferait encore plus de victimes s'il était toujours en liberté.

Maisy savait que c'était la vérité, mais elle redoutait que les choses n'aillent encore plus loin.

— J'ai peur pour le procureur, murmura-t-elle. Et pour le docteur Nazir. Et si elle mourait à cause de cette affaire, elle aussi ? Juste parce qu'elle a eu la malchance que je la choisisse pour suivre ma grossesse.

Elle se détacha de Blaze et planta son regard dans le sien.

— Celui qui a essayé de me renverser hier savait qu'elle était mon médecin.

— Et il connaissait l'heure de ton rendez-vous, ajouta Blaze, songeur.

— Mais tu avais téléphoné la veille pour l'avancer ! Comment est-ce possible ?

— Je me suis posé la question aussi. J'en ai parlé à Derek, à Maxwell et à Isaac. Il y avait une poignée d'agents au chalet qui auraient pu m'entendre quand j'ai téléphoné.

— Ou alors…

Les épaules de Maisy se raidirent, et elle entrouvrit les lèvres, terrifiée par une autre possibilité.

— Et si ton téléphone était sur écoute ?

Dans ce cas, pourrait-on les localiser ? Étaient-ils en danger, même ici, dans ce chalet perdu sur la montagne ?

Blaze secoua la tête.

— Non. Je m'en suis assuré. En revanche, il est probable que quelqu'un m'ait entendu ce jour-là. J'ai appelé le docteur Nazir sur son numéro personnel pendant que tu dormais et je lui ai demandé si elle avait de nouveaux employés. Au cas où Luciano aurait réussi à infiltrer quelqu'un sur les lieux. Elle m'a affirmé que non.

Maisy se détendit légèrement.

— Bien.

— Oui et non. À vrai dire, la fuite aurait quand même

pu émaner du cabinet. N'importe qui peut être acheté. Luciano a facilement pu soudoyer ou faire chanter un employé de longue date.

— Autrement dit, tout le monde est un suspect potentiel, conclut-elle, abattue.

Blaze déposa un baiser sur le dos de sa main, encore prisonnière de la sienne. Puis un second baiser sur son ventre.

— Il y a aussi la possibilité que personne au cabinet ne soit coupable. Et que personne ne m'ait entendu changer la date du rendez-vous. Il n'y a pas une foule d'obstétriciens dans la région. Quand les hommes de Luciano ont su que tu étais enceinte, ils ont aisément pu surveiller les cabinets situés dans les environs.

— En supposant que je viendrais me faire examiner tôt ou tard ?

— C'est possible. Mais, quoi qu'il en soit, tout ira bien, promit-il. Le procès aura lieu dans moins d'une semaine. Le procureur va parfaitement bien, que je sache, et nous avons deux témoins. Par conséquent, le poids ne repose pas que sur tes épaules. Et Maxwell ou les marshals pourraient encore persuader un des individus qui ont attaqué mon chalet de témoigner contre lui. Tout espoir n'est pas perdu de ce côté-là.

Son téléphone émit un signal, annonçant l'arrivée d'un texto, et il changea de position pour l'attraper. Un deuxième signal s'éleva alors qu'il composait son code d'accès. Un troisième retentit avant même qu'il ait posé les yeux sur l'écran.

Maisy caressa son bras musclé tandis qu'il parcourait les messages, reconnaissante de sa présence et de l'espoir qu'il lui donnait. Surtout quand elle se sentait au comble du découragement.

Blaze avait raison, bien sûr. Elle n'était pas seule. Il y avait un autre témoin et des complices de Luciano qui pouvaient se retourner contre lui en échange de la clémence des autorités.

Blaze lâcha un juron en faisant défiler l'écran. À l'évidence, les nouvelles n'étaient pas bonnes. Les sourcils froncés, il composa une réponse. Jura de nouveau.

— Qu'y a-t-il ? chuchota-t-elle, incapable d'attendre plus longtemps.

Si le nouveau tueur les avait trouvés, elle n'était pas sûre d'avoir la force ou la chance de survivre à un nouvel attentat.

Blaze fit pivoter l'appareil vers elle, révélant l'image d'un rapport de police qui venait de lui être envoyé.

— Un acte de décès, murmura Maisy, le cœur soudain noué, cherchant à comprendre. Kelly Hartman ?

— Oui.

Le visage défait, Blaze reposa le téléphone sur ses genoux et passa une main sur son front.

— C'était l'autre témoin.

15

Les mains de Maisy se mirent à trembler. Un frisson glacé la parcourut tandis qu'elle regardait Blaze pianoter sur son ordinateur posé sur la table basse. Il avait appelé son frère, puis son supérieur afin d'obtenir des renseignements supplémentaires sur la mort de Kelly Hartmann. Il était devant son écran depuis une bonne heure, mais elle n'avait pas bougé. La peur la paralysait sur place.

Une autre tragédie s'était produite. Chaque fois qu'elle s'autorisait à espérer que le pire était passé, un nouvel événement venait lui rappeler que l'affaire ne pouvait se conclure que de deux manières : soit par sa propre mort, soit par la condamnation à perpétuité de Luciano dans un quartier de haute sécurité.

Elle s'entoura le ventre de ses bras, repoussant de toutes ses forces la première possibilité. Si elle mourait, son bébé mourrait avec elle, et Maisy se battrait de toutes ses forces pour empêcher cela.

Blaze jeta un coup d'œil vers elle, se leva et glissa son téléphone dans sa poche en revenant s'asseoir.

— Excuse-moi. Il a fallu plus longtemps que je ne pensais.

Il émit un long soupir en s'installant à côté d'elle et

étira ses longues jambes. Ses épaules étaient tassées par la fatigue, ses yeux assombris par l'inquiétude.

— Apparemment, Kelly Hartman était une petite amie de longue date de Luciano. Et la mère de deux de ses enfants. On a retrouvé son corps ce matin, chez elle à Nashville.

— Elle a été abattue ?

— Non. D'après les rapports préliminaires, la cause de la mort serait une overdose. Elle avait un taux élevé d'alcoolémie et des traces de divers produits médicamenteux dans le sang, bien qu'aucun ne lui eût été prescrit sur ordonnance. La jeune fille au pair prétend que Kelly buvait rarement plus d'un verre de vin et qu'elle ne prenait pas de médicaments en dehors d'une aspirine ou d'un comprimé antihistaminique de temps en temps. D'autres pensent que l'arrestation de Luciano et la perspective du procès pesaient sur elle, même si elle n'en montrait rien.

Il passa une main lasse sur son menton.

— Le coroner en saura davantage d'ici à quelques jours, mais j'ai du mal à penser que sa mort puisse être une coïncidence.

Maisy le dévisagea, choquée et incrédule.

— Je ne peux pas croire que Luciano aurait commandité le meurtre de la mère de ses enfants, se récria-t-elle, l'estomac retourné.

Cet homme était-il vraiment le dernier des monstres ?

— Il ne l'a pas tuée lui-même, répondit Blaze, mais c'est presque certainement lui qui a appuyé sur la gâchette, pour ainsi dire.

— Quel âge ont les enfants ? demanda Maisy, bien qu'elle ne fût pas sûre de vouloir le savoir.

— Sept et dix ans.

— Les pauvres petits, murmura-t-elle, le cœur serré. Que va-t-il leur arriver maintenant ? Vont-ils être confiés à Luciano s'il sort de prison ? Vont-ils être élevés par un monstre ?

— Je ne sais pas, avoua Blaze. C'est possible.

— Et s'il est condamné à perpétuité ?

Blaze considéra la question un instant avant de répondre.

— Il vaudrait mieux pour eux qu'ils soient confiés à n'importe qui d'autre. Par conséquent, s'il va en prison, ce sera plutôt une bonne chose pour eux. Kelly a peut-être des parents qui voudront les adopter. Vu le casier judiciaire de Luciano, ils n'auront sans doute aucun mal à obtenir la garde, même s'il n'est pas condamné. Mais il le sera. Nous allons tout faire pour.

Le cœur de Maisy débordait de compassion pour ces enfants qu'elle n'avait jamais rencontrés. Quoi qu'il arrive, leur avenir paraissait bien sombre.

— Je parie que, si quelqu'un essaie de lui prendre ses enfants, il usera de tout son pouvoir et de toute son influence pour l'empêcher. Il n'en est pas à un meurtre près. Et ces malheureux enfants subiraient un autre deuil.

Blaze pinça les lèvres sans rien dire.

— As-tu appris autre chose ?

— Quelques détails, précisa-t-il. Selon Maxwell, la police locale a été appelée pour une intrusion chez Kelly Hartman la semaine dernière. La famille était sortie, mais le système d'alarme s'est déclenché. L'intrus n'a pas été interpellé. Rien ne semblait avoir été dérangé ni volé. Là encore, je doute que ce soit une coïncidence.

— La semaine dernière, répéta Maisy. Avant l'attaque perpétrée contre la maison où j'étais sous protection.

— Deux jours avant, confirma Blaze.

— Pourquoi Kelly était-elle prête à témoigner contre Luciano, à ton avis ? Pourquoi maintenant ? Et pourquoi n'était-elle pas dans le programme de protection des témoins ? Elle était pourtant bien placée pour savoir à quel point il est dangereux.

— J'ai posé la même question à Jack Hindsey, le procureur. Elle pensait que sa disparition mettrait la puce à l'oreille de Luciano. Elle n'avait pas de contact régulier avec lui, mais elle se croyait surveillée, ajouta-t-il. Elle pensait qu'il valait mieux qu'elle continue à vivre comme si de rien n'était.

— Cela a dû être épouvantable pour elle, soupira Maisy. De savoir que le père de ses enfants était ce genre d'homme, et d'avoir l'impression d'être espionnée.

Elle frissonna à cette pensée.

— Elle avait raison, soupira Blaze. Hindsey m'a dit que Luciano et elle avaient rompu d'un commun accord. Par la suite, elle a rencontré un autre homme. Ç'a été le premier et le dernier. Cet homme a eu un grave accident de la route sur le chemin du retour chez lui. Il est dans un fauteuil roulant maintenant. Cela s'est passé près de quatre ans après la séparation d'avec Luciano.

Maisy le fixa, bouche bée. Quatre ans. Il lui avait laissé croire qu'il lui avait rendu sa liberté. Elle avait pensé que sa vie lui appartenait. Et puis il lui avait montré qu'elle se trompait en essayant de tuer un homme avec qui elle était sortie.

— Je ne sais pas comment je peux encore être choquée, mais je ne m'attendais pas à ça.

— Les psychopathes comme Luciano ont tendance à être possessifs, expliqua Blaze. Les femmes et les enfants sont des pions pour eux. Ils les voient comme leur propriété, des objets à posséder, à vendre ou à jeter comme bon leur semble.

Le visage de Maisy se décomposa.

— Je ne sais pas comment tu peux faire ce métier. Entouré des pires éléments de l'humanité chaque jour. Comment parviens-tu à garder l'espoir ?

— Ce n'est pas toujours aussi affligeant, assura-t-il avec un semblant de sourire. Je vois arriver de bonnes choses aussi. Comme quand un enfant ou une épouse maltraitée surmonte son traumatisme et va de l'avant. J'aide à mettre des malfaiteurs derrière les barreaux. À obtenir justice pour les victimes et à châtier les criminels. Si j'ai aidé ne serait-ce qu'une seule personne au fil de ces années, tous les moments de frustration et de déconvenue en auront valu la peine.

Une bouffée d'admiration et de respect submergea Maisy. Si Luciano était l'incarnation du mal, Blaze, lui, était l'incarnation du bien. Puis elle songea de nouveau à Kelly, et son admiration s'étendit à la jeune femme.

— Sachant ce dont il était capable, elle était quand même prête à témoigner, murmura-t-elle. C'était incroyablement courageux.

— Je suis d'accord.

— Je pensais à la question que je t'ai posée tout à l'heure. Peut-être que Kelly avait décidé de témoigner contre lui parce que c'est la première fois qu'il est en prison et qu'il va y avoir un procès. Et que trois autres personnes étaient prêtes à témoigner aussi. Elle savait qu'elle n'était pas seule et que, s'il était condamné, il ne pourrait plus la contrôler comme avant. Pour elle et pour ses enfants, c'était son unique chance de recouvrer la liberté.

Maisy refoula l'envie de hurler sa frustration.

— Comment a-t-on pu en arriver là ? Le procès s'ouvre dans moins d'une semaine et les témoins sont éliminés un par un ! Comment un détenu peut-il avoir un tel impact sur le monde extérieur ?

— La prison du comté n'est pas exactement coupée du monde, fit observer Blaze. Luciano a le droit de recevoir des appels et des visites. Le contact est surveillé, mais autorisé. Et il est assez intelligent pour ne rien dire ni faire qui puisse être utilisé contre lui.

Maisy réfléchit.

— Peut-on examiner les registres de la prison pour voir avec qui il a été en contact et interroger ces gens-là ? L'un d'eux est peut-être le tueur à gages, ou l'intermédiaire.

— Maxwell s'en occupe déjà, assura Blaze.

Maisy pianota sur son ventre, s'efforçant de maîtriser sa nervosité. La police de West Liberty était compétente, elle en avait eu la preuve lorsque celle-ci l'avait aidée à la mort de Natalie.

Blaze enroula un bras protecteur autour d'elle et l'attira contre lui.

— Nous allons nous en sortir, promit-il.

— Il le faut, murmura-t-elle. Toutes ces vies ne peuvent pas avoir été perdues en vain. Les enfants de Kelly et ceux de Clara vont devoir grandir sans leur mère à cause de Luciano. On doit pouvoir l'empêcher de faire du mal à quelqu'un d'autre.

— Pas ce soir, répondit Blaze. Ce soir, nous allons obéir aux ordres du docteur Nazir et essayer de nous détendre. Je vais me tenir au courant pendant que tu vas te reposer. Demain, nous prendrons rendez-vous avec le procureur.

Tôt le lendemain matin, Derek était à la porte du chalet. Une rafale de vent glaciale s'engouffra à l'intérieur avec lui lorsque Blaze vint lui ouvrir.

— Salut, vieux, lâcha Derek. C'est malin, comme cachette.

Il apportait un nouveau carton de beignets, et de la glace à la menthe et aux pépites de chocolat pour les accompagner.

— Merci.

Blaze mit la glace dans le congélateur et attrapa deux tasses.

— Pas de cornichons aujourd'hui ?

Derek haussa les épaules et se servit une tasse de café.

— Je n'ai pas eu grand choix à l'épicerie. J'ai demandé à l'employé s'il vous avait vus. Il m'a dit que oui.

Il porta la tasse fumante à ses lèvres, arquant un sourcil.

— Il vous a décrits tous les deux à la perfection.

Blaze prit un beignet et mordit dedans pour étouffer un juron.

— Je savais qu'on était restés trop longtemps, grommela-t-il.

— Il a pensé que Maisy était, je cite : « une ravissante jeune femme », précisa Derek.

Blaze sentit sa mâchoire se crisper. Il avait été imprudent en faisant des courses au drugstore. Il aurait dû aller dans un grand supermarché, un endroit où tout le monde passait inaperçu.

— Au moins, tu as réglé en espèces, reprit son frère. Il se souvenait de ça aussi. Tu n'as pas utilisé de carte de crédit ici non plus, je présume ?

— Bien sûr que non.

— Oui, enfin, tu as fait des courses au seul magasin

du coin, lui fit remarquer Derek. Tu t'es inscrit sous un faux nom ?

— Oui, et je suis allé seul à l'accueil. J'ai prétendu être un artiste venu d'un autre état.

Derek hocha la tête.

— C'est bien. Avec un peu de chance, Maisy n'a pas trop bavardé avec l'employé du magasin.

— Elle n'aurait pas fait ça.

Blaze remplit sa tasse et fit signe à Derek de s'asseoir.

— Cela dit, nous devrions sans doute créer une fausse piste. Il reste encore cinq jours avant le procès.

Il sirota le breuvage amer, se creusant les méninges pour élaborer un plan.

— Si je te donnais une de mes cartes de crédit ? suggéra-t-il. Tu pourrais faire quelques achats. Toi et moi nous ressemblons suffisamment pour tromper quelqu'un qui ne nous connaît pas.

Leurs yeux n'étaient pas de la même couleur, mais leurs traits étaient indéniablement similaires.

— Retire de l'argent. Achète de l'essence. Des provisions.

— Des cornichons ? demanda Derek avec un sourire espiègle, la main tendue.

— Tout ce que tu veux. Garde les reçus.

Blaze sourit.

— Si on échangeait nos voitures aussi ? Au cas où notre poursuivant poserait des questions sur la mienne.

Derek soupira.

— Tu convoites mon pick-up depuis l'instant où je l'ai acheté.

Blaze éclata de rire, se surprenant lui-même.

— J'avoue.

Son frère empocha la carte de crédit, l'air un peu moins excité depuis qu'il avait accepté de laisser son pick-up aux soins de Blaze.

— Maisy tient le coup ?

— Mieux que moi, je crois, admit Blaze. Elle a toujours été résolue mais sa grossesse semble l'avoir rendue encore plus déterminée. J'en suis presque à plaindre quiconque essaierait de lui faire du mal.

— Eh bien, il y a au moins un type à l'hôpital du comté qui est d'accord avec toi, commenta Derek sur un ton narquois. Celui qu'elle a assommé avec la poêle est toujours en observation.

Blaze sourit.

— Elle n'est qu'à cinq semaines de son terme, et tout s'écroule autour d'elle. Il faut juste que je me rappelle que je n'ai qu'à la protéger pendant les quelques jours qui viennent, et sa vie sera infiniment plus simple.

Il s'efforça de ne pas penser à combien les choses seraient différentes dans une semaine. Un mois. Un an. Pas encore. C'était maintenant qu'il fallait redoubler de vigilance. Faire un pas à la fois. D'abord, rester caché. Ensuite, le procès. Après, il verrait si elle voulait toujours de lui comme il avait toujours voulu d'elle.

Était-il possible que oui ? Même quand elle n'aurait plus besoin de lui ? Et, si oui, pendant combien de temps ? Son expérience avait prouvé que les femmes supportaient mal de le partager avec son métier, et un policier était en service vingt-quatre heures sur vingt-quatre. Il ne décrochait jamais vraiment. Au fond, il n'en avait pas envie. Il avait besoin de vivre avec quelqu'un qui comprendrait ce choix et le soutiendrait. Comme il soutiendrait sa femme quoi qu'elle veuille entreprendre.

— Je suis ici pour vous aider, déclara Derek. À votre entière disposition.

Blaze passa une main sur la barbe naissante de son menton.

— Je sais et je t'en remercie. Maisy est le dernier témoin en vie. Luciano va tout faire pour la réduire au silence. Le médecin m'a chargé de la garder calme et reposée. Elle craint un accouchement prématuré.

Il laissa retomber sa main.

— À vrai dire, je suis une épave nerveuse.

Derek posa sa tasse, un pli sur le front.

— On le serait à moins. Il y a beaucoup de choses en jeu.

— Tout est en jeu, corrigea Blaze.

Derek se cala contre le dossier de sa chaise, les bras croisés et la mâchoire crispée.

— Ça me détruit de vous voir dans cette situation, dit-il d'une voix sourde. Je pense beaucoup à vous deux et, franchement, je ne sais pas ce que je ferais à votre place.

Blaze mit les coudes sur la table et s'obligea à respirer à fond, à réprimer le désespoir qui montait en lui.

— Chaque fois que je pense qu'on va s'en tirer, il y a une nouvelle attaque ou un nouveau meurtre. J'ai l'impression qu'on est à bord d'une voiture hors de contrôle, sans ceintures de sécurité. J'essaie de rester fort pour elle et pour le bébé, mais je n'arrive plus à dormir. Ni à manger. Ni à me concentrer. Et rien de tout ça n'est bon. Surtout maintenant.

— Bonjour.

La voix de Maisy fit tressaillir Blaze, qui se leva aussitôt. Les joues en feu, il pria pour qu'elle n'ait pas entendu sa confession. Un jour, quand toute cette histoire serait derrière eux, il lui révélerait ses peurs et le sentiment d'impuissance qui le hantait, si elle voulait l'entendre. Dans l'immédiat, il avait besoin de la convaincre qu'elle était en sécurité et qu'il pouvait la protéger. En partie pour garder son niveau de stress au minimum, mais surtout parce que, tant que Maisy avait foi en lui, Blaze pouvait avoir foi en lui-même.

La jeune femme les scrutait d'un regard soupçonneux.

— Que se passe-t-il ?

— Derek a apporté des beignets et de la glace, répondit Blaze avec un sourire, en désignant son frère d'un geste.

— Oui, répondit celui-ci d'une voix désinvolte.

Il ouvrit la boîte de beignets et décocha un sourire à Maisy.

— J'espère que tu vas les aimer.

Souriant jusqu'aux oreilles, elle s'approcha et en choisit un avant de se diriger vers une chaise vacante.

Blaze la contempla, le cœur serré par le besoin de la protéger et par l'impuissance absolue qu'il éprouvait face à leur ennemi invisible. Au moins, quand Maisy était venue chercher secours chez lui, elle avait vu le tueur. Ils avaient une piste à suivre, quelqu'un à rechercher. Maintenant, il n'avait pas la moindre idée quant à celui qui la traquait.

— Puis-je te préparer du thé ? demanda-t-il, en mettant une main au creux de son dos.

Elle lui sourit.

— Ce serait très gentil. Merci.

Elle prit place à côté de Derek, puis le dévisagea.

— Tu n'as pas fait tout ce chemin juste pour m'apporter des beignets, si ?

Derek changea de position et mit un bras sur l'accoudoir de sa chaise.

— Je suis aussi venu prendre des nouvelles de mon petit frère, et de mon futur neveu ou de ma future nièce.

Maisy étala une serviette sur son ventre et mordit dans son beignet. Blaze revint avec le thé.

— Tu as apporté des nouvelles aussi ? insista-t-elle.

— Non, malheureusement, répondit-il, l'air sincèrement contrit.

— Toujours aucun progrès pour ce qui est de l'origine de la fuite ?

Blaze secoua la tête et Maisy baissa les yeux sur son beignet, visiblement déconfite.

— Cela dit, tout le monde a son idée, lança Derek avec animation. Les flics soupçonnent les marshals, puisque le tueur s'est fait passer pour l'un d'eux. Les marshals pensent que quelqu'un au poste de police a donné des informations au tueur sur le transfert. Il y a des paris en cours sur quelle organisation est responsable, et jusqu'à présent la plupart des policiers penchent pour les marshals, mais on s'intéresse de plus en plus aux gardiens de prison. Chacun a son idée et sa théorie. Maxwell s'arrache les cheveux.

Il tira un chewing-gum de sa poche et déchira l'emballage avec un sourire.

— Pour ma part, je penche pour le gardien. Mais je n'ai pas misé d'argent. Je n'ai que mon amour-propre à gagner ou à perdre.

Maisy leva les yeux au ciel.

— Par chance, tu en as à revendre.

Blaze éclata de rire, amusé. Derek enfourna le chewing-gum et plia le papier avec soin.

— Vous ne voudriez pas envisager de vous installer plus près du palais de justice ?

— Pourquoi ? s'enquit Maisy, tandis que Blaze répondait aussi par un « non » sans équivoque.

Le regard de Derek se porta sur Blaze.

— Pas forcément aujourd'hui, mais dans les jours qui viennent. Le trajet jusqu'à West Liberty fournit trop d'opportunités à une embuscade, surtout le matin du procès, quand on s'attendra à ce que vous sortiez de votre cachette.

Maisy pâlit.

— Une embuscade ?

Derek leva une main en signe d'excuse.

— J'essaie d'envisager toutes les éventualités, c'est tout.

Blaze tendit la main vers Maisy qui glissa aussitôt la sienne dans sa paume, laissant leurs doigts s'entrelacer.

Derek souda son regard à celui de Blaze.

— Tu as parlé au procureur ?

— Oui. Plusieurs fois depuis que le corps de Kelly Hartman a été retrouvé. Nous avons rendez-vous avec lui demain.

— L'avocat de la défense a refusé sa proposition d'un témoignage par visioconférence ? devina Derek.

— Il n'a pas répondu. Entre-temps, nous avons perdu un témoin de plus, et Hisey va réitérer sa demande au juge. La mort de Kelly a été maquillée en accident, mais la possibilité qu'il y ait eu meurtre devrait suffire pour que le juge Wise accepte.

Derek acquiesça.

— La défense va résister, reprit Blaze, j'en suis certain. Les avocats de Luciano ne vont pas céder aussi facilement. Ils seront prêts à se battre.

Les doigts fins de Maisy se resserrèrent autour des siens.

— Je peux témoigner, affirma-t-elle. J'ai fait tout ce chemin. Je peux aller jusqu'au bout.

— Je sais, murmura Blaze, et je te protégerai jusqu'à ce que tout soit fini.

16

À 15 heures précises le lendemain, Maisy était assise sur le siège passager du pick-up emprunté à Derek, en route pour la ville. Le véhicule était imposant, et elle aurait pu se sentir invincible à l'intérieur s'il n'avait pas semblé trop large pour les routes sinueuses qui descendaient la montagne et même pour les voies de l'autoroute.

Elle triturait le vernis qui s'écaillait sur ses ongles, soudain nerveuse. Elle avait attendu une éternité pour en arriver à ce point. Plus que quatre jours avant le procès. Elle entrevoyait enfin la lumière au bout du tunnel, et cette pensée la bouleversait.

Elle avait passé une heure à choisir une tenue pour sa rencontre avec le procureur, et pourtant peu de vêtements dans sa garde-robe lui allaient encore. Ces dernières semaines, son ventre semblait avoir doublé de volume. Cependant, à supposer qu'elle soit autorisée à enregistrer son témoignage ce jour-là, elle voulait faire bonne impression. Pour finir, elle avait choisi une tunique crème et un caleçon noir. Un ensemble sobre. Présentable. Oubliable. Si l'enregistrement était vu par un jury, elle voulait qu'on se souvienne de ses paroles et non de sa tenue.

Elle avait noué un ruban noir tout simple autour de

ses cheveux, mis les boucles d'oreilles que Natalie lui avait offertes et glissé le livre de sa mère, celui qui avait tout déclenché, dans son sac à main. Les femmes de la famille Daniels étaient toutes représentées. Jusqu'à la petite fille qui grandissait en elle.

Blaze avait opté pour un jean et un pull gris à col en V, sous lequel on apercevait un T-shirt blanc. L'ensemble était complété par des bottes et un blouson en cuir, et il lui paraissait plus séduisant que jamais. Une concentration intense se lisait sur ses traits. Elle ne pouvait qu'imaginer ses pensées et n'osait pas l'interroger pour en avoir la confirmation. Le petit déjeuner terminé, il avait confirmé le rendez-vous sur le mail personnel du procureur, au cas où la ligne téléphonique serait sur écoute. Le mail était silencieux, et ce compte n'était jamais utilisé à des fins professionnelles.

Le bébé donna un coup de pied, et Maisy posa la main sur son ventre, désireuse de sentir un nouveau mouvement. Elle posa la tête contre le siège en attendant, contemplant les arbres et les toits saupoudrés de neige derrière la vitre embuée.

Le regard de Blaze se posait fréquemment sur elle. Sans doute essayait-il d'anticiper des problèmes éventuels, et la manière de les résoudre.

Elle se tourna vers lui et lui adressa un petit sourire.

— Tout va bien ?

— J'allais te poser la même question. Encore des contractions ?

— Non, répondit-elle en caressant son ventre. Juste quelques coups de pied.

— Ah bon.

Les yeux de Blaze descendirent un instant sur ses

lèvres, et elle se sentit rougir jusqu'aux oreilles, submergée par les souvenirs.

Ils avaient partagé une autre nuit délicieuse, incroyablement intime, dont elle avait savouré chaque seconde et qu'elle était sûre de se remémorer jusqu'à la fin de ses jours.

En dépit des changements intervenus dans son corps, des vingt kilos qu'elle avait pris, Blaze continuait à la trouver belle. Sexy, intelligente, courageuse. Il le lui avait répété plusieurs fois, avec ferveur. Là où elle voyait des kilos superflus, il admirait de nouvelles courbes sensuelles. Surtout, il la voyait, elle. Comme il l'avait toujours fait.

Elle détourna les yeux, pleine d'espoir mais incertaine aussi. Elle avait lu des articles sur le complexe du héros pendant qu'elle était dans le programme de protection des témoins, et s'était demandé si le lien que Blaze et elle avaient partagé pouvait être réel. D'après les recherches, certains hommes dans des professions comme la sienne étaient constamment attirés par le rôle de sauveur, le désir de jouer les farouches protecteurs.

Que se passerait-il quand elle n'aurait plus besoin d'être protégée ? L'aimait-il vraiment ? Ou était-il amoureux de son besoin constant de protection ?

Le pick-up traversa une ornière comme Blaze entrait dans la ville, ramenant Maisy au présent. Des véhicules de pompiers étaient garés devant le palais de justice, et un attroupement s'était formé sur les trottoirs.

— Un accident ? demanda-t-elle, plissant les yeux pour voir la cause de l'agitation.

Blaze avait froncé les sourcils.

— Je ne sais pas.

Il baissa sa vitre alors qu'ils approchaient, puis tendit le bras et fit signe à un policier en uniforme.

L'homme arqua les sourcils, le reconnut, et un sourire apparut sur ses lèvres.

— Qu'est-ce que tu fais ici ? demanda-t-il en s'avançant. Tout le monde te cherche.

— Tu ne m'as pas vu, déclara Blaze, avant de marquer une pause pour que son collègue comprenne.

Celui-ci jeta un coup d'œil vers Maisy et hocha brièvement la tête.

— Que se passe-t-il ?

— Quelqu'un a tiré sur le juge Wise. Il est indemne, mais le type a fait pas mal de dégâts à l'intérieur.

Le cœur de Maisy cognait dans sa poitrine. Elle connaissait ce nom.

— Il est censé présider le procès de Luciano la semaine prochaine, observa Blaze.

— Oui, et il est furieux, déclara le jeune policier avec un sourire. Il dit qu'il ne va pas se laisser intimider par un criminel. Le procès ne sera ni reporté ni déplacé.

S'exhortant à rester calme, Maisy mit une main sur sa poitrine et promena un regard méfiant sur la foule.

— Comment quelqu'un a-t-il pu entrer avec une arme dans le bâtiment ? s'étonna Blaze.

Son collègue secoua la tête.

— Il y a eu une alerte à la bombe, et les lieux ont été évacués. Le coup de feu a été tiré après. C'était le chaos total. Tout le monde était terrifié sauf Wise.

— Quelqu'un a vu le tireur ?

— Non, et écoute ça.

Le policier se pencha plus près et baissa la voix.

— C'est la deuxième alerte à la bombe en deux jours.

Luciano veut obtenir le report du procès. Il arrive au bout du chemin et il le sait.

Un coup de sifflet retentit, qui fit tressaillir Maisy.

— Il faut que j'y aille, reprit le jeune homme.

Il salua Blaze d'un signe de tête et toucha le bord de son chapeau à l'adresse de Maisy.

— Faites attention à vous. C'est presque terminé.

Blaze remonta sa vitre, et Maisy suivit des yeux l'homme qui s'éloignait.

— Tu le connais bien ?

Et s'il était le policier corrompu ? S'il allait avertir Luciano ou le tueur à gages de sa présence ?

— Tu as confiance en lui ? insista-t-elle.

— C'est Van, répondit Blaze alors qu'ils recommençaient à rouler. Oui, je le connais bien. C'est moi qui l'ai formé.

Maisy se focalisa sur sa respiration, s'efforçant de ne pas songer à leur conversation de la veille. Celle où ils avaient conclu que n'importe qui pouvait être acheté ou soudoyé.

Blaze gara le pick-up de Derek sur un petit parking situé devant le bâtiment historique et se hâta de guider Maisy à l'intérieur.

Employés et visiteurs formaient une file pour passer sous le portique de sécurité avant de s'éparpiller ensuite, se hâtant de traverser le hall pour gagner couloirs et bureaux. Les visages étaient méfiants, on sentait la tension dans l'air.

Maisy attendit, anxieuse, pendant que Blaze montrait sa plaque à un gardien au teint hâlé et aux cheveux poivre et sel. D'après son badge, il s'appelait Terrance Moreland.

— Il paraît que la journée a été rude, commenta Blaze.

L'homme leur fit signe d'avancer, partageant son attention entre Blaze et les autres arrivants.

— Hier, c'était une alerte à la bombe. Aujourd'hui, une alerte à la bombe et un tireur. On se demande ce que demain va apporter.

Comme il posait un regard curieux sur Maisy, Blaze reprit la parole.

— Comment va le juge ?

— Oh ! Wise est coriace ! déclara l'homme avec un rire en faisant signe au visiteur suivant d'approcher. Il n'a pas été touché. Il dit qu'il mettra un gilet pare-balles s'il le faut, mais qu'il ne laissera pas un criminel corrompre le système judiciaire. La pauvre sténographe, elle, a été tellement secouée qu'elle a pris un congé maladie. Elle était avec Wise quand le coup a été tiré. La balle s'est fichée dans le mur à cinquante centimètres d'elle.

Maisy observa les arrivants qui commençaient à se clairsemer, déchirée. L'idée que le juge se déclare prêt à tenir tête à Luciano lui plaisait, mais elle avait de la compassion pour la malheureuse sténographe. Soudain, une nouvelle inquiétude la gagna.

— Qui va la remplacer ?

Et comment quiconque pouvait-il être sûr que cette personne n'était pas à la solde de Luciano ?

Terrance arqua les sourcils, et son regard se fixa sur Maisy. Elle regretta aussitôt sa question. Si elle n'avait pas ouvert la bouche, il l'aurait à peine remarquée.

— Eh bien, on va vous laisser travailler, lâcha Blaze.

Les deux hommes échangèrent une poignée de main, après quoi le garde se retourna vers les visiteurs qui attendaient.

Blaze mit une main au creux du dos de Maisy, la guidant vers un couloir.

— Tous ceux qui seront entrés au palais de justice aujourd'hui auront fait l'objet de vérifications, assura-t-il tout bas. Nous avons tous conscience des enjeux dans cette affaire, et du fait que Luciano ne reculera devant rien.

Maisy frissonna. Elle ne pouvait qu'espérer que le tueur ne se mettrait pas en tête de faire exploser le palais de justice pour empêcher le procès.

La salle d'attente du bureau du procureur était vide, mais la réceptionniste les accueillit avec un sourire chaleureux.

— Vous voici ! Ponctuels en dépit du chaos.

— Bonjour, Karen.

Blaze embrassa l'amie de longue date de sa mère puis recula d'un pas pour lui présenter Maisy.

— Jack est prêt à nous recevoir ?

— Je suis sûre que oui, affirma Karen en reprenant sa place. Je vais l'avertir que vous êtes là.

Elle pressa quelques touches sur son téléphone, après quoi elle annonça dans le micro que le rendez-vous de 16 heures était arrivé.

— Il se prépare depuis ce matin, expliqua-t-elle.

Comme la porte de Hisey ne s'ouvrait pas immédiatement, Blaze fit signe à Maisy de prendre place sur une des chaises placées dans le coin le plus éloigné de la pièce.

— Je me disais que nous devrions demander que ton témoignage soit enregistré, quelle que soit la réponse que le juge et les autres avocats donnent à notre requête. C'est plus sûr d'avoir une déposition disponible, simple histoire de bon sens. Au cas où.

Le téléphone du bureau sonna, et Karen répondit. Son sourire soudain suggéra qu'il s'agissait d'un appel personnel.

— Au cas où ? répéta Maisy, ouvrant de grands yeux. Au cas où je serais morte ?

Blaze cilla, le cœur en chute libre à cette suggestion. Il lui fallut une fraction de seconde pour saisir sa question.

— Non ! protesta-t-il, atterré par son interprétation. Bien sûr que non.

Son murmure siffla tel un fouet dans le silence de la salle d'attente.

— Je veux dire, au cas où tu ne pourrais pas assister au procès parce que ce serait trop dangereux pour toi.

Elle étrécit les yeux.

— Si le procès a lieu, il faut que j'y assiste. Sinon, tout ça n'aura servi à rien. Le chaos. Les morts. La seule raison d'envoyer un enregistrement serait que je ne puisse pas être ici en personne, et je ne vois qu'une seule raison possible à cela.

Blaze refoula l'irritation qui montait en lui.

— Je sais que c'est ce que tu veux, Maisy, et je ferai de mon mieux pour que ce soit possible, mais…

Il marqua une pause et souda son regard au sien.

— Je ne te laisserai pas sciemment te mettre en danger, ni mettre en danger la vie de notre bébé.

Les lèvres de Maisy se pincèrent, et la colère se lut sur son ravissant visage.

— Le juge Wise ne va pas laisser Luciano l'empêcher de présider ce procès et, moi, je ne le laisserai pas m'empêcher de témoigner. J'attends ce moment depuis six mois.

— Je me moque de ce que fait le juge Wise, rétorqua

Blaze, s'efforçant de rester calme. Les risques qu'il prend ne me concernent pas. Ceux que tu prends, si. Je suis ici pour te protéger.

Les joues en feu, les traits soudain durcis, elle se pencha vers lui.

— Tu te moques de ce que fait le juge parce que sa mort n'affecte pas ta vie. Cela signifie-t-il que sa vie ne compte pas ? Qu'elle a moins de valeur que la mienne ?

— Pour moi, oui, répondit Blaze dans un souffle. Oui.

Le visage de Maisy devint étrangement impassible. Elle caressa son ventre et resta silencieuse. Ses yeux avaient cessé de lancer des éclairs, ils n'exprimaient plus qu'une sorte de choc ou de perplexité.

Le silence était assourdissant. Un coup d'œil rapide à Karen confirma à Blaze qu'elle avait entendu l'échange. Elle était toujours au téléphone, mais son regard était rivé sur lui.

Il consulta sa montre, puis se leva, pressé d'en finir avec ce rendez-vous et de ramener Maisy dans leur refuge. Là-bas, au moins, ils pourraient parler sans redouter une nouvelle alerte à la bombe.

Il retourna vers Karen, et attendit qu'elle ait terminé sa conversation. L'heure de leur rendez-vous avec Hisey était déjà passée depuis une dizaine de minutes et, compte tenu de la situation, Blaze était surpris qu'il ne les ait pas fait entrer à la seconde où Karen avait annoncé leur arrivée.

— Qu'a-t-il répondu quand vous lui avez dit que nous étions là ? s'enquit-il, inclinant la tête en direction de la porte close.

Elle le regarda derrière ses grosses lunettes rondes.

— Rien, mais je suis sûre qu'il ne va pas tarder. Il

attend la visite de Mlle Daniels depuis ce matin. Il n'est même pas sorti durant l'alerte à la bombe tout à l'heure.

— Oh ! non !

Le gémissement de Maisy parvint aisément aux oreilles de Blaze. Elle s'approcha et tendit la main vers lui.

Blaze lui pressa brièvement les doigts dans l'espoir de la rassurer, puis lâcha sa main et effleura son arme.

— Quand lui avez-vous parlé pour la dernière fois ?

— Ce matin. Il a apporté du café et des viennoiseries et puis il m'a dit qu'il ne voulait ni appels ni visites avant votre arrivée. Où vas-tu ?

Blaze referma les doigts sur son pistolet et se dirigea vers la porte, puis toqua fermement au battant.

— Hisey ?

— Quelqu'un a tiré sur le juge durant l'évacuation aujourd'hui, murmura Maisy, juste derrière lui, un peu trop près à son goût.

— Qu'est-ce que cela a à voir avec Jack ? demanda Karen.

— Avec un peu de chance, il n'y a aucun rapport.

Blaze mit la main sur la poignée.

— Le procureur Hisey ne tirerait jamais sur personne, répliqua la secrétaire. C'est absurde.

— Ce n'est pas ce que nous suggérons, souffla Maisy.

Pas du tout, songea Blaze. L'arme au poing, il ouvrit la porte à la volée.

Le hurlement qui suivit fut celui de Karen.

Jack Hisey était affaissé sur son bureau, un trou rond au milieu du front.

17

Le lendemain matin, Maisy était pelotonnée sur le canapé, le livre de sa mère entre les mains. Elle avait passé une nuit quasiment blanche après la découverte du corps du procureur, et avait encore les nerfs à vif. Blaze et elle n'avaient pas parlé de ce qu'il avait dit dans le bureau, à savoir que sa vie comptait plus pour lui que celle du juge. Le meurtre de Hisey l'avait entièrement accaparé.

Il avait travaillé jusque tard dans la nuit afin de préparer la succession de Hisey et de compléter le dossier en vue du procès. En effet, l'assassin du procureur avait aussi emporté tous les documents qu'il avait pu trouver concernant Luciano. Ceux-ci pouvaient être remplacés, mais la gêne occasionnée portait un coup supplémentaire à l'équipe chargée de prendre la relève.

Le procès aurait lieu dans trois jours, et Maisy ne savait pas du tout à quoi s'attendre ni même si elle aurait la possibilité de se préparer. En dépit de la mort de Hisey, le juge s'était refusé à reporter la date d'ouverture. Il affirmait, à juste titre, que ces tragédies se poursuivraient tant que Luciano n'aurait pas été condamné.

Blaze et son frère épluchaient le dossier dans la petite cuisine du chalet, transformée en quartier général. Derek avait passé la nuit sur place, mais aucun des deux hommes n'avait fermé l'œil. Durant le dîner, ils avaient longuement évoqué la difficulté de trouver un remplaçant pour Hisey. Quelqu'un qui serait assez courageux pour s'opposer à Luciano et assez efficace pour assimiler le dossier en l'espace de trois jours, alors que Hisey s'y consacrait depuis six mois. Vers 23 heures, Maisy avait jeté l'éponge et était allée se coucher, épuisée mentalement et émotionnellement par les événements de la journée.

Un cri de victoire émanant de la cuisine la fit tressaillir et pivoter vers Derek. Il avait installé une imprimante sur le plan de travail et les portes des placards étaient recouvertes de documents, cartes, photos et post-it. Deux ordinateurs portables, des mugs vides et des emballages de plats à emporter encombraient le reste de l'espace.

— Qu'y a-t-il ? demanda-t-elle avec une pointe d'espoir.

Blaze s'avança vers elle, mit les mains sur le dossier du canapé et la regarda en souriant.

— On a trouvé quelqu'un pour remplacer Hisey. Une professeure en droit nommée Julia Struthers. Elle n'exerce plus depuis deux ans, mais son CV est impressionnant. Elle est déjà au bureau du procureur, en train de prendre connaissance de l'affaire. Maxwell a rendez-vous avec elle dans une heure, et les marshals doivent la voir demain.

Un sourire se forma sur les lèvres de Maisy, qui se sentit soudain libérée d'un grand poids.

— C'est fantastique.

Il hocha la tête, souriant en retour.

— C'est un bon début.

— Il y a autre chose ? demanda-t-elle.

— Elle va venir ici aujourd'hui pour te parler. Nous n'avons pas de temps à perdre. Je vais la chercher avec le pick-up de Derek tout à l'heure. Je la retrouve dans un café de la ville voisine. L'annonce du remplacement de Hisey ne sera pas diffusée à la télévision avant ce soir, par conséquent nous avons de bonnes chances de passer inaperçus. Elle sera de retour chez elle et sous protection de gardes du corps avant que la nouvelle soit connue. Et tu seras ici, en sécurité.

Un mélange d'émotions envahit Maisy.

— Tu me laisses ici pendant que tu vas la chercher ?

— Derek va rester avec toi. Mieux vaut éviter que nous sortions ensemble. Je crois qu'il a raison de penser que nous risquons d'être une cible sur la route. C'est ici que tu es le plus en sécurité, et c'est ici que nous voulons te garder. Pour les jours qui viennent, du moins. Derek veillera sur toi.

Elle jeta un coup d'œil en direction de son frère. Derek était un détective privé respecté. Bien qu'il ne fût pas un représentant de l'ordre officiel, il était indéniablement courageux, quoiqu'un rien imprudent. Il était aussi intelligent, rapide et dévoué. Il la défendrait sans doute jusqu'à la mort si nécessaire. Les Winchester avaient l'héroïsme dans le sang.

— Bien, mais comment peux-tu être sûr que Julia Struthers n'a pas été soudoyée ou qu'on ne la fait pas chanter pour qu'elle sabote le procès ? Ou qu'elle ait accès à moi et… Tu sais…

Blaze prit doucement sa main dans la sienne.

— Julia a accepté d'être fouillée. Je pourrai m'assurer qu'elle n'est ni armée ni équipée d'un micro. Elle éteindra son téléphone pour ne pas être localisable. Elle comprend parfaitement ce qui se passe et pourquoi toutes ces précautions sont indispensables. Elle veut mettre fin au règne de terreur de Luciano.

Maisy approuva, esquissant un sourire.

— Bon. C'est d'accord.

Il se mit à rire, puis se pencha et déposa un baiser sur sa tête.

— Encore un peu de thé ?

— Avec plaisir.

— Tu n'as pas faim ? demanda-t-il, les sourcils froncés.

— Non.

Elle était barbouillée depuis leur retour au chalet la veille. Un effet de l'anxiété sans doute. Dans l'intérêt du bébé, elle devait s'efforcer de se détendre afin d'éviter un excès de tension artérielle à ce stade de sa grossesse.

Blaze l'observait avec attention, comme s'il essayait de lire dans ses pensées. Par chance, il s'abstint de poser d'autres questions. Elle ne voulait pas parler de ses bouffées de nausée, ni des fausses contractions qui lui avaient fait monter les larmes aux yeux juste après le petit déjeuner. Elle pouvait gérer ces problèmes seule en suivant les conseils du docteur Nazir. Blaze avait besoin de se focaliser sur le procès.

Dès qu'il partit chercher Julia Struthers, Maisy annonça qu'elle allait se rafraîchir et se reposer un peu dans sa chambre. Derek hocha la tête en souriant et lui rappela qu'il était là si elle avait besoin de quoi que ce soit.

Maisy se recroquevilla sur le lit, luttant contre une sensation naissante de panique, et puis le sommeil l'emporta.

Un bruit de moteur la réveilla brusquement, et elle ouvrit les yeux, les sens en alerte. Ce n'était pas le pick-up de Derek, dont le grondement était aisément reconnaissable, et le son d'une portière qui se refermait suffit à précipiter les battements de son cœur. En un éclair, elle revit le faux marshal qui avait assassiné Clara.

— Derek ? appela-t-elle en se levant. Derek ?

Les pas du détective résonnèrent sur le plancher juste devant sa chambre.

— Tout va bien, mais reste ici.

Il soutint son regard une fraction de seconde supplémentaire avant de tourner les talons et de regagner le salon.

Incapable de s'en empêcher, elle le suivit. Il n'y avait pas d'issue à côté de la chambre. Si Derek était abattu par un tueur, elle ne pourrait pas s'enfuir. Le chalet n'offrait que deux possibilités d'accès : la porte principale, qui donnait sur le salon, et celle située à l'arrière, dans la cuisine. Pour accéder à l'une comme à l'autre, il fallait enfiler le couloir que Derek venait d'emprunter.

Debout à la fenêtre, il fixait quelque chose au-dehors, et jeta un coup d'œil vers elle à son approche.

— Blaze m'avait averti que tu étais rétive aux instructions.

Elle enfila ses baskets, terrifiée par le souvenir encore net de sa fuite éperdue. Ses jambes la picotaient, prêtes à s'élancer.

— On dirait un des camions de la station, reprit Derek, qui regardait de nouveau au-dehors. Il est équipé d'un chasse-neige. Le logo de la station figure sur le côté. Le type est descendu et s'est mis à déblayer le fossé de l'autre côté de la route. Il porte un gilet haute visibilité, une combinaison, des chaussures de sécurité. Rien de suspect, a priori.

Il leva son téléphone portable et prit une photo.

— Bien sûr, répondit Maisy sur un ton sec. Et le type

qui est venu me tuer l'autre jour portait un uniforme de marshal. Et conduisait une voiture officielle.

Sa voix se fêla sur les derniers mots. L'assassin de Clara avait tué un marshal pour se faire passer pour lui. Un employé de la station de ski gisait peut-être mort quelque part, lui aussi.

Derek glissa son arme à l'arrière de sa ceinture.

— Reste ici, ordonna-t-il en retirant le verrou. Je parle sérieusement cette fois.

— Comment ?

Maisy avait gagné la cuisine, se rapprochant de l'autre porte.

— Que se passe-t-il ?

— Mon pick-up est de retour. Je vais accueillir mon petit frère.

Le souffle court, Maisy regarda Derek sortir du chalet et refermer le battant derrière lui. Elle prit son téléphone et composa le 911 puis attendit, le pouce en suspens au-dessus de l'écran, prête à appeler les secours.

Dehors, des éclats de rire fusèrent, résonnant dans l'air.

Elle fit un petit pas en avant et écouta avec attention.

— Bonjour, lança Blaze, d'une voix sonore et amicale.

Maisy se précipita vers la fenêtre.

Blaze bavardait avec l'homme au gilet, un sourire aux lèvres. Pendant ce temps, Derek avait contourné le gros camion blanc et prenait discrètement des photos de la plaque minéralogique et de l'homme qui discutait avec son frère.

Les yeux rivés sur les silhouettes au-dehors, Maisy effaça les chiffres sur l'écran et composa le numéro de la station de ski. Elle tressaillit en voyant une forme dans le pick-up de Derek. L'espace d'un instant, elle avait oublié la visite de la procureure.

— Bonjour, dit-elle dans l'appareil, en s'efforçant d'adopter un accent du sud. Je viens de voir un homme dans un de vos camions rôder au bord de la route. Il a l'autorisation ? Ce n'est pas un voyeur, au moins ?

— Non, madame, répondit la femme à l'autre bout du fil. Notre équipe d'entretien déblaie les fossés aujourd'hui. Ils sont pleins de feuilles et de boue, et les pluies récentes ont causé quelques inondations ici et là. Si vous voulez me donner son nom, je peux vous confirmer qu'il est bien là où il devrait être. Avez-vous remarqué le numéro d'immatriculation du véhicule ?

Maisy hésita, réticente à révéler d'où elle appelait. Blaze était censé séjourner seul dans le chalet. D'ailleurs, Derek et lui avaient pris congé de l'homme et revenaient. Si tout leur paraissait en ordre, elle n'avait pas de raison de s'inquiéter.

— Non, merci. Je suis sûre que tout est normal. Merci.

L'homme au gilet remonta dans son véhicule et démarra au moment où la porte s'ouvrait sur Derek.

— Le type avait l'air réglo. J'ai pris quelques photos, mais tu n'as pas à t'inquiéter.

Elle sourit.

— D'accord. De toute façon, la station a confirmé…

— Salut, coupa Blaze, qui venait d'entrer, suivi d'une grande femme très mince. Nous sommes là.

Son sourire était triomphant, et Maisy se sentit sourire en retour.

— Maisy Daniels, Julia Struthers, la nouvelle procureure.

Julia s'avança, la main tendue. Ses cheveux bruns et lisses, striés de gris ici et là, encadraient son visage et effleuraient ses épaules. Ses yeux verts enveloppèrent Maisy d'un regard chaleureux, et un sourire maternel se dessina sur ses lèvres rose pâle.

— Merci de reprendre le flambeau, dit Maisy. Et d'être venue jusqu'ici. C'est très courageux de votre part.

— Je ne suis pas plus courageuse que la femme qui est au centre de cette affaire, répondit Julia en souriant. Je suis ce dossier depuis ses débuts, et j'ai été frappée par votre affection et votre dévouement envers votre sœur. Peu de gens savent cela, mais j'avais laissé le tribunal pour l'enseignement parce que j'étais découragée par le nombre de gens prêts à renoncer à la justice si on leur offrait assez d'argent.

Maisy la regarda, atterrée. Jamais elle n'aurait pu retirer ses accusations contre Luciano, même en échange d'une fortune. Comment pouvait-on se comporter ainsi ?

— Vous avez sans doute remarqué qu'aucun membre de la famille d'Aaron ne projette de témoigner, reprit Julia, dont le visage était devenu grave.

Maisy tressaillit, surprise. Elle n'avait guère pensé à Aaron ces derniers mois, mais elle supposait que sa famille était aussi résolue qu'elle à obtenir la condamnation de Luciano. Elle s'attendait à les voir au tribunal.

— Ils ont retiré leur plainte ?

Julia acquiesça.

— On pourrait les contraindre à témoigner, mais je n'ai pas l'intention de le faire. Ils ont été clairs. Ils sont en paix avec ce deuil auquel ils ne peuvent rien changer. Ils ne veulent pas revivre d'épouvantables souvenirs. Les obliger à comparaître ne ferait que nuire à notre cause. Mieux vaut se focaliser sur nos avantages.

— Vous pensez que les parents d'Aaron ont été soudoyés ? demanda Maisy, interdite.

— Ou menacés. Quoi qu'il en soit, je n'insisterai pas. Ils ont déjà trop souffert. Comme vous. Mais, si vous êtes toujours prête à témoigner, je vous soutiendrai jusqu'au bout.

Maisy prit une profonde inspiration et relâcha son souffle avec un sourire. Elle était prête à tout pour empêcher Luciano de nuire de nouveau.

— Mettons-nous au travail.

18

Blaze raccompagna Derek à son pick-up après un dîner tardif. Ils avaient réchauffé de la soupe au poulet en boîte et fait cuire des petits pains au four. Ce n'était pas un repas gastronomique, mais il était chaud et réconfortant, et une odeur appétissante embaumait encore le chalet. Une conclusion parfaite à une journée réussie. Maisy avait aussitôt tissé un lien de confiance avec Julia, et son témoignage avait été enregistré au cas où elle ne pourrait pas assister au procès.

Après avoir ramené Julia au *coffee shop* où ils s'étaient donné rendez-vous, Blaze était rentré aider aux préparatifs du dîner. Maisy était d'humeur enjouée, mais elle n'avait guère mangé. Maintenant, Derek s'apprêtait à faire un saut chez lui comme la veille, afin de soigner ses chevaux et de grappiller quelques heures de sommeil. Il reviendrait monter la garde plus tard pour que Blaze puisse se reposer à son tour.

— Je serai de retour à minuit, déclara-t-il, plissant les yeux contre les flocons de neige qui commençaient à tomber.

Blaze étouffa un bâillement.

— Prends ton temps. Si je ne te l'ai pas déjà dit, j'apprécie ce que tu fais. Et Maisy aussi.

— C'est à ça que servent les frères, non ? rétorqua Derek en souriant.

Il donna à Blaze une tape dans le dos et désigna le chalet.

— Fais attention à elle ce soir. Elle n'était pas dans son assiette cet après-midi, mais elle n'a rien dit.

— Tu as remarqué aussi ?

— Oui. Je suppose qu'elle ne voulait pas t'inquiéter.

— Il est trop tard pour ça, murmura Blaze. Je ne fais que m'inquiéter.

— Plus que trois jours, lui rappela Derek. Vous y êtes presque. Avec un peu de chance, Julia va persuader le juge Wise d'accepter le témoignage enregistré ce soir, ou l'autre avocat donnera son accord pour une visioconférence.

Blaze se força à sourire, mais ils savaient l'un et l'autre que ce vœu avait peu de chances de se réaliser.

— Peut-être, admit-il. Je vais téléphoner à son médecin en rentrant. Maisy va protester mais, si je dis que je me fais du souci pour le bébé, elle va céder. Elle ferait tout pour sa fille.

— Sa fille ?

Derek arqua les sourcils.

— C'est une fille ? Tu es sûr ?

Blaze sourit jusqu'aux oreilles.

— Je voulais que ce soit elle qui te l'annonce, mais ces derniers jours ont été dingues.

— Une fille, répéta Derek, rêveur.

— Oui. Maisy va être une maman fantastique.

— Et toi un père formidable, assura Derek en l'étreignant. Tu as déjà un répertoire de blagues complètement nulles.

— Boucle-la, ordonna Blaze en le poussant vers la portière ouverte du pick-up. Rentre chez toi et sois prudent sur la route.

Secouant la tête, il suivit des yeux les phares du pick-up qui s'éloignait, puis grimpa les marches de la terrasse en bois. Chaque minute qui s'écoulait sans crise était un moment précieux de répit qui les rapprochait de la fin du chaos. Et d'un nouveau départ pour Maisy et pour lui.

Comme il entrait, elle leva les yeux vers lui et sourit. Elle était adossée au plan de travail, un verre d'eau à la main. Une légère rougeur colorait ses joues, et il remarqua que la sueur perlait sur son front.

— Tout va bien ? demanda-t-elle.

— J'allais te poser la même question.

Il lui effleura le front et l'attira contre lui.

— Tu n'as pas de fièvre, mais tu as la peau moite. Cela veut-il dire que tu essaies de dissimuler des nausées ou des contractions ?

Elle se dégagea avec une moue et s'entoura de ses bras.

— J'ai besoin de m'allonger, c'est tout. La journée a été longue, et j'ai trop mangé ce soir.

— Tu as à peine mangé, protesta-t-il. Et tu as mauvaise mine depuis que nous avons quitté le palais de justice hier. Dis-moi ce qui se passe.

Maisy ferma brièvement les yeux puis porta son regard noisette sur lui.

— Je ne me sens pas très bien. J'ai des nausées, je suis tendue, et j'ai presque constamment mal au dos.

La peur comprima la poitrine de Blaze. Luttant pour continuer à lui sourire, il tira son téléphone de sa poche.

— Viens là.

Il l'attira de nouveau contre lui, promenant une main

réconfortante sur son dos alors qu'elle acceptait son étreinte.

— Je ne peux pas me débarrasser des nausées, avoua-t-elle, une main sur son torse. J'ai lu des articles à ce sujet sur Internet et j'ai l'impression qu'elles sont normales surtout en période de stress, mais… j'ai tout essayé.

Blaze déposa un baiser sur sa tête.

— Si j'appelais le docteur Nazir ? Elle saura s'il y a des raisons de s'inquiéter et elle pourra nous indiquer quoi faire.

Maisy acquiesça, et se laissa guider vers le canapé.

— Donne-moi une minute.

Il fit défiler ses contacts, trouva le numéro et régla l'appareil sur haut-parleur pour que Maisy puisse entendre la conversation et y participer.

L'obstétricienne leur répondit aimablement mais, à l'évidence, elle était un peu inquiète. Maisy était peut-être déshydratée, déclara-t-elle, avant de conseiller à Blaze de lui acheter une boisson énergétique et des comprimés pour la nausée disponibles en supermarché.

Quand il mit fin à la communication, Maisy était visiblement soulagée.

— Il n'y a rien de grave, murmura-t-elle, songeuse.

— On dirait que non.

Malgré tout, son teint était pâle, et une pellicule de sueur recouvrait son front.

— C'est le stress, conclut-elle.

Il glissa un coussin sous ses pieds, puis alla chercher un linge frais pour son front.

— Nous irons au cabinet demain matin, déclara-t-il. Ce soir, repos et réhydratation.

Il s'agenouilla devant elle, l'estomac noué par l'inquiétude.

— Je vais faire un saut au magasin avant la fermeture et acheter le médicament qu'elle a recommandé, dit-il en jetant un coup d'œil à sa montre. Si je pars tout de suite, je peux arriver à temps. Et je te rapporterai des boissons énergétiques aussi.

Le magasin devait fermer dans une demi-heure, mais Blaze ne mettrait pas plus de sept minutes à y aller, et cinq pour acheter les articles en question. Les routes de la station étaient désertes en cette saison, de sorte qu'il pourrait enfreindre la limite de vitesse.

Elle se pencha vers lui et enfouit sa main dans la sienne.

— Merci de prendre soin de moi.

Une petite larme s'échappa du coin de son œil. Blaze l'essuya du pouce et écarta tendrement les mèches de cheveux qui tombaient sur son visage.

— Je prendrai toujours soin de toi.

Le sourire qu'elle lui rendit serra le cœur de Blaze. Il pria silencieusement pour qu'elle se sente mieux très vite. Qu'elle se repose et que le médecin leur dise le lendemain que tout allait bien.

Blaze avait été soldat. Il avait été blessé à plusieurs reprises en terre étrangère et, depuis qu'il était entré dans la police, avait régulièrement été confronté au danger. Cependant, jamais il n'avait été aussi effrayé qu'à cet instant. Il captura la main de Maisy et la porta à ses lèvres, puis déposa un baiser sur son front, à l'affût de signes de fièvre. Par bonheur, sa peau était fraîche.

— Si tu vas au magasin, dit-elle timidement, peux-tu reprendre de la tisane ? Il n'y en a presque plus. Et des biscuits ?

— Bien sûr.

Blaze alla chercher le téléphone de Maisy, resté sur le

plan de travail, et le déposa sur la table basse devant elle, regrettant de ne pas avoir un autre Taser à lui proposer.

— Les portes et fenêtres sont verrouillées, mais appelle-moi si tu remarques quoi que ce soit de suspect. Peu importe si c'est une fausse alerte.

Il hésita, déchiré à la perspective de la quitter, mais la pâleur de son teint et les grimaces d'inconfort qu'elle cherchait à dissimuler le décidèrent.

— Je reviens tout de suite.

Il l'embrassa tendrement et se hâta de sortir, non sans avoir pris soin de refermer à clé derrière lui.

En dépit de la présence de chevreuils sur la route ici et là, Blaze parvint au magasin en moins de dix minutes. Il se gara à côté de l'entrée sur le parking désert et se rua à l'intérieur, la liste de courses en tête.

Il n'y avait pas d'autre client, et il ne lui fallut que quelques instants pour rassembler les articles dont il avait besoin.

— Je voudrais ces fleurs aussi, dit-il en déposant ses achats sur le comptoir.

Il désignait un bouquet de roses orange et crème sur un présentoir.

Le vieil homme tira une paire de lunettes de sa poche et les chaussa.

— Je vous ai déjà vu, observa-t-il en lui tendant le bouquet. Vous êtes venu il y a quelques jours avec votre femme, c'est ça ?

— Non, monsieur, répondit Blaze, songeant que Derek ne s'était pas trompé.

Cet homme se souvenait d'eux et pouvait représenter un danger pour Maisy et leur bébé.

— Si, si, sourit le vieil homme. Peut-être que ce

n'était pas votre femme. Je ne sais pas. En tout cas, elle était ravissante. Les yeux noisette, les cheveux châtains. Enceinte, précisa-t-il en esquissant la forme d'un ventre rond. Les fleurs, je vous les offre. Comment va-t-elle ?

Il prit les biscuits et les boissons pour les encaisser.

— Je me souviens de cette époque-là, dit-il avec un rire. Ma Margaret a mangé son poids en biscuits salés quand elle était enceinte de nos fils. Vous attendez un garçon ou une fille ?

Blaze poussa le reste des articles vers lui, ne sachant que répondre. Y avait-il un moyen de lui demander de ne révéler à personne qu'ils étaient là sans lui expliquer pourquoi il était si important de garder leurs allées et venues secrètes ? Blaze pourrait lui montrer sa plaque, mentionner le procès dont on parlait à chaque journal télévisé. Mais cet homme était-il digne de confiance ? Et savoir tout cela le mettrait-il en danger ?

— Vingt-cinq dollars et douze cents, conclut le caissier en mettant le dernier article dans le sac. Je ne voulais pas être indiscret, ajouta-t-il sur un ton d'excuse, souriant toujours. Je m'ennuie un peu pendant la morte-saison. On ne voit pas grand monde. Je parle trop.

Précisément ce dont Blaze avait peur.

— Vous pourrez lui dire que les fleurs ont été livrées à temps pour les obsèques, comme promis.

Il haussa les épaules.

— Comme je disais, j'ai du temps à revendre, et elle avait l'air tellement émue quand elle a commandé le bouquet que j'ai voulu m'assurer qu'il était arrivé à destination en temps voulu. J'ai téléphoné pour vérifier.

— Les obsèques ? répéta Blaze en lui tendant deux

billets. Elle vous a demandé d'envoyer des fleurs pour un enterrement ?

— C'est ça.

L'homme ouvrit le tiroir-caisse.

— Nous faisons partie d'un réseau national de fleuristes, ajouta-t-il en rendant sa monnaie à Blaze.

— Pouvez-vous me dire où ces fleurs ont été envoyées ?

Blaze remit son portefeuille dans sa poche et rassembla ses achats. Il n'avait guère besoin de confirmation pour savoir que le bouquet avait été destiné à Clara. Il était naturel que Maisy ait voulu présenter ses condoléances. Pourquoi n'avait-il pas pensé à le lui proposer ? Elle aurait pu choisir des fleurs et Derek se serait chargé de les livrer. Il ne pouvait qu'espérer qu'elle avait été avisée pour régler en espèces et ne pas inclure de carte.

L'homme lui montra un formulaire. Maisy avait donné un faux nom, ce qui soulagea légèrement Blaze.

— Elle a joint un message à son envoi ?

— Elle n'a rien précisé, par conséquent je me suis contenté de mettre une formule standard.

— Elle a réglé en espèces ? Signé la carte ?

— Oui aux deux questions, mais elle a signé juste avec ses initiales.

Les doigts de Blaze se crispèrent sur le sac de courses. Ce n'était pas tout à fait la réponse qu'il avait espéré entendre.

— Puis-je voir les cartes que vous joignez à ces envois ?

L'homme en tira une d'une pile derrière lui pendant que Blaze priait intérieurement pour que le petit rectangle blanc ne porte que le nom de l'enseigne nationale.

— Tenez, dit l'homme en souriant.

Le nom de Brandy Falls était inscrit en lettres dorées au beau milieu.

Maisy arpentait le salon, la nausée ayant temporairement cédé la place à une violente contraction. Elle se sentait à bout de nerfs et commençait à paniquer. C'était la première fois qu'elle se retrouvait seule depuis qu'elle avait quitté son refuge. Avant cela, elle n'avait pas été seule des mois durant. Maintenant, le procès était imminent, les gens tombaient comme des mouches autour d'elle, et son corps réagissait de manière aussi extrême que son esprit.

Chaque bruissement dans la forêt déclenchait des frissons le long de son échine. Elle imaginait des tireurs embusqués dans les arbres, visant les fenêtres. Des tueurs tapis dans l'ombre le long du mur, juste hors de vue, ouvrant silencieusement portes et fenêtres.

Le ronronnement d'un moteur se fit entendre au-dehors. Elle se hâta vers la fenêtre, pressée de voir le sourire rassurant de Blaze.

Le gros camion de la station était de retour, garé au bord de la route.

Maisy attrapa son téléphone et hésita. Devait-elle appeler la station et vérifier que l'équipe d'entretien était toujours de service ? Était-il normal de déblayer des fossés à la nuit tombée ? Ou devait-elle téléphoner à Blaze pour lui dire qu'elle avait mal et qu'elle se faisait des frayeurs ?

Son téléphone sonna avant qu'elle se soit décidée, et le visage de Blaze apparut sur l'écran. Elle sourit, soulagée. Par moments, elle avait la certitude qu'ils partageaient un lien télépathique. Et, à cet instant, elle en était intensément reconnaissante.

— Allô !

— Maisy ?

Un mélange de tension et d'angoisse perçait dans la voix de Blaze.

— Tu as envoyé des fleurs pour les obsèques de Clara ?

— Oui, admit-elle, les yeux rivés sur l'homme qui descendait de la cabine du camion. J'ai agi sur une impulsion, mais j'ai été prudente. J'allais te le dire sur le moment et puis j'ai oublié. Écoute, poursuivit-elle, incapable de s'arrêter pour reprendre son souffle. L'homme de tout à l'heure est revenu, et je suis en train de paniquer.

Blaze lâcha un juron.

— Vérifie que tout est fermé à clé et éteins la lumière. Juste par précaution. J'arrive. Je suis dans ma voiture.

À l'autre bout du fil, un moteur rugit.

Maisy appuya sur le bouton de l'interrupteur, puis enfila ses baskets, restées près de la porte de derrière.

— Je n'ai pas signé la carte. Comment as-tu su que j'avais envoyé ces fleurs ? Quelle importance ? Et dis-moi que je m'affole pour rien à propos de ce type !

— Tu as mis tes initiales, expliqua Blaze par-dessus le grondement du moteur. Et la carte portait le nom de la station de ski. Va dans la chambre et enferme-toi à clé. Je parlerai au type en arrivant.

Le regard de Maisy balaya le chalet. Il n'offrait aucune cachette, et une mince porte intérieure munie d'une serrure bon marché ne la protégerait pas longtemps.

L'homme au gilet remontait l'allée, une pelle jetée sur l'épaule à la manière d'une batte de base-ball.

— Il arrive, chuchota-t-elle, reculant d'un pas incertain vers la porte de derrière.

Comme il atteignait la petite terrasse en bois, un rayon de lune se refléta en scintillant sur le pistolet qu'il portait à la ceinture.

Il toqua. Et puis actionna la poignée.

Pour Maisy, il n'y avait plus qu'une seule chose à faire. Fuir.

19

Maisy sortit dans le froid mordant, le cœur battant à tout rompre. Trop tard, elle regretta de ne pas avoir enfilé un manteau en plus de ses baskets.

— Tu es toujours là ? cria Blaze. Il est à l'intérieur ? Tu t'es cachée ?

Un fracas soudain au niveau de la porte d'entrée précipita Maisy dans l'action. Refoulant un hurlement, elle s'engouffra dans les bois enneigés.

— Il est entré ! Je crois qu'il a enfoncé la porte. Je suis dehors, je cours. Blaze, dépêche-toi !

Un vent glacial lui brûlait la peau, transperçant aisément son pyjama en coton. Elle écarta les cheveux qui lui tombaient dans les yeux en se frayant gauchement un chemin, enjambant racines et flaques de boue. Ses pas étaient maladroits, elle glissait sur la terre verglacée, sur les amas de feuilles détrempées. Le sang cognait à ses tempes tandis qu'elle courait dans la nuit pour s'éloigner du tueur.

— Tu ne peux pas m'échapper !

Une voix masculine, furieuse, résonna derrière elle.

— Je sais que tu es là.

— Il est sorti maintenant, sanglota Maisy dans le téléphone. Il est à ma poursuite.

— Ne bouge pas. Je suis là dans deux minutes, rugit Blaze.

Maisy ne pouvait pas s'arrêter, ne pouvait prendre le risque d'être rattrapée. Elle devait protéger son bébé. Elle hasarda un regard derrière elle et son cœur manqua un battement. L'homme avait une torche.

Comme elle pivotait de nouveau, elle trébucha sur une masse dure et immobile sur le sol et bascula en avant, heurtant le tronc d'un gros sapin avec un geignement de douleur. Son téléphone lui échappa, l'écorce rugueuse lui érafla le bras. Réprimant un nouveau gémissement, elle contourna le tronc et s'y adossa, haletante.

Alors qu'elle s'efforçait de tendre l'oreille, elle vit soudain ses propres empreintes sur la neige et sentit des larmes de désespoir lui monter aux yeux. Il n'avait qu'à suivre ses traces pour arriver à sa cachette !

Bang !

Une détonation assourdissante déchira la nuit.

Bang !

Des fragments d'écorce éclatèrent tout près d'elle.

Maisy se rua vers la partie la plus touffue de la forêt, priant pour que la multitude d'arbres et de branches lui offre un abri.

Un troisième coup de feu souleva des mottes de terre à quelques mètres d'elle.

L'estomac retourné par la nausée, elle serra les dents pour ne pas hurler. Une contraction lui tordit le ventre, et la douleur fut si forte que Maisy se plia en deux.

— Tu ne peux pas m'échapper ! répéta son poursuivant. Tu ne peux pas courir bien loin dans ton état.

Maisy se fit violence pour refouler sa terreur et mettre un pied devant l'autre. Elle devait survivre. Protéger son bébé. *Et Blaze ne va pas tarder*, se rappela-t-elle. Elle devait seulement survivre jusqu'à ce que les secours arrivent.

Elle se baissa pour se faufiler sous les branches basses des conifères, si denses maintenant que la terre n'était plus recouverte de neige mais d'aiguilles de pin. Au moins, ses pas étaient devenus invisibles.

Quelque chose bougea non loin, et Maisy lâcha un cri. Un chevreuil détala, une détonation éclata.

Les poumons en feu, claquant des dents, Maisy se força à repartir. Elle continua, chancelante, sur le tapis d'aiguilles, se refusant à regarder derrière elle.

Des pas réguliers résonnèrent dans la nuit, assez proches maintenant pour qu'elle les entende. Assez proches pour que l'homme ne manque pas sa cible la prochaine fois.

Soudain, Maisy se figea. Elle était arrivée à l'orée de la forêt. Quelques mètres plus loin, les arbres cédaient la place à un immense champ enneigé.

Comme elle passait à côté d'un énorme tronc, elle remarqua qu'il était en partie creux. Elle se glissa dans la cavité et se fit toute petite, espérant envers et contre tout que l'homme ne la verrait pas.

Quelques secondes plus tard, le faisceau d'une torche balaya le sol de la forêt. Les pas s'arrêtèrent, tout près de la cachette de Maisy. Le sang tambourinant à ses tempes, elle retint sa respiration.

La contraction suivante lui fit l'effet d'un coup de masse dans le ventre. Et quelque chose de chaud et de poisseux coula sur sa cuisse.

— Maisy !

La voix de Blaze résonna entre les arbres. Un flot de larmes monta aux yeux de la jeune femme.

Le faisceau de lumière disparut, les pas s'éloignèrent.

Maisy se laissa aller contre le tronc, étourdie de soulagement.

Puis la fusillade éclata.

— Police ! Vous êtes en état d'arrestation !

La voix de Blaze de nouveau, sourde et empreinte d'autorité.

— Lâchez votre arme !

Un autre coup de feu. Suivi d'une sorte de martèlement. Les oreilles de Maisy se mirent à siffler. La poitrine comprimée par la terreur, elle fut soudain terrassée par une nouvelle contraction. Ses genoux se dérobèrent pour de bon. Elle se laissa glisser le long du tronc, à peine consciente de l'écorce glacée qui déchirait son T-shirt et lui égratignait le dos.

Presque aussitôt, une contraction plus violente encore lui arracha un hurlement de douleur. Elle roula sur le sol, tremblante, tandis que les arbres oscillaient autour d'elle, que le martèlement devenait assourdissant.

Sa respiration était rapide, hachée. Elle ferma les yeux.

— Maisy ! Maisy !

Elle rouvrit les yeux, désorientée. Elle ne savait pas depuis combien de temps ils étaient fermés. La douleur qui irradiait en elle était presque insupportable.

— Elle est ici !

L'instant d'après, les bras de Blaze l'entouraient.

— Parle-moi, supplia-t-il.

Mais les lèvres glacées de Maisy étaient incapables d'articuler le moindre son. Son corps se tordit sous l'effet d'une autre contraction. Elle allait mourir, elle en était sûre.

— Ça va aller, affirma Blaze. Je suis là. On va s'occuper de toi.

Des silhouettes apparurent, l'entourèrent, aidèrent Blaze à la soulever. Des flocons de neige lui fouettèrent les joues alors qu'on la portait vers le martèlement. Vers un hélicoptère.

20

La vision brouillée par un mélange d'adrénaline et de panique, Blaze suivit les urgentistes qui poussaient le brancard de Maisy dans le couloir, se dirigeant au pas de course vers la maternité. Des odeurs de désinfectant et de pansements lui picotaient les narines et la gorge alors qu'il courait derrière eux, impuissant.

L'équipage de l'hélicoptère qui avait atterri dans le champ couvert de neige, avec pour mission de capturer le tueur à gages envoyé par Luciano, n'avait pas hésité en voyant Blaze qui accourait, Maisy dans les bras. Elle avait été transportée à l'hôpital de West Liberty en moins de temps que Blaze n'en aurait mis à sortir des bois. Contacté par radio, l'hôpital avait aussitôt averti le docteur Nazir.

— Que pouvez-vous nous dire sur son état ? demanda une femme en blouse bleue par-dessus son épaule.

— Elle a eu la nausée toute la journée. Des contractions par intermittence depuis une semaine au moins.

Les mots jaillissaient de ses lèvres à toute allure, presque plus vite qu'il n'était capable de les articuler.

— Elle est restée une bonne vingtaine de minutes dans la forêt sans manteau avant que je la trouve. Elle se cachait. J'ai arrêté le tireur, ajouta-t-il, mais j'ai eu du mal à la retrouver. Elle était à moitié inconsciente.

— Le tireur ? répéta une infirmière plus jeune, qui dirigeait le brancard.

— Elle doit témoigner au procès cette semaine.

— Vous voulez dire que c'est Maisy Daniels ? La femme qu'on a vue au journal télévisé ?

— Oui.

L'infirmière regarda longuement Maisy tout en manœuvrant le brancard.

— Les contractions surviennent à quels intervalles à présent ?

Blaze hésita.

— Je ne sais pas. Toutes les quelques minutes.

— On la met en salle d'accouchement, décréta l'infirmière la plus âgée. Je vais l'examiner et voir s'il y a besoin d'une épidurale.

— Elle ne doit pas accoucher avant cinq semaines ! se récria Blaze, gagné par une nouvelle bouffée de panique.

Le docteur Nazir lui avait confié une seule tâche. Il était censé garder Maisy en sécurité, reposée, et détendue. Dans le but de prolonger la grossesse le plus longtemps possible.

Il avait échoué sur toute la ligne. Et Maisy allait payer le prix. Elle était blanche comme un linge lorsqu'il l'avait trouvée, les lèvres bleuies par le froid. Son pyjama en coton et ses baskets trop fines étaient détrempés.

L'infirmière guida le brancard dans une salle et s'arrêta le long d'un lit.

— On va lui retirer ces vêtements mouillés et lui mettre une chemise, déclara une de ses collègues. Prête ?

Les yeux de Maisy s'ouvrirent brièvement alors que les deux femmes la transféraient sur le lit.

— C'est trop tôt, gémit-elle. Vous devez arrêter les contractions. Elle ne peut pas venir maintenant !

Le cri de douleur qui lui échappa et la grimace qui altéra son visage livide suggéraient le contraire.

Le bébé arrivait.

Les infirmières s'activaient selon un ballet parfaitement chorégraphié. En quelques instants, Maisy fut reliée à toute une batterie d'appareils.

L'infirmière enfila des gants.

— Je vais vous examiner maintenant, Maisy. D'accord ?

Maisy acquiesça faiblement, et la femme vint se placer au pied du lit.

Blaze était toujours cloué sur place sur le seuil.

— On ne devrait pas attendre le médecin ?

L'infirmière tressaillit au son de sa voix, comme si elle avait complètement oublié sa présence. Son regard s'arrêta sur lui.

— Vous pouvez partir, lieutenant. Nous allons nous occuper d'elle.

— Quoi ? bégaya-t-il, sans comprendre. Je ne peux pas rester ?

Sa voix d'ordinaire si assurée n'était plus qu'un murmure.

Sur le visage de l'infirmière, la stupeur céda la place à la réprobation.

— Non. Il y a une chaise devant la porte si vous avez besoin de monter la garde.

— Non ! gémit Maisy entre deux contractions.

— Elle n'est pas seulement mon témoin, dit-il, le cœur serré, toujours incapable de bouger.

Il en avait peut-être été ainsi, au début, une éternité plus tôt. Désormais, elle était toute sa vie.

— C'est le père, expliqua Maisy dans un souffle.

Une vague de fierté déferla en Blaze, lui comprimant la poitrine.

L'infirmière écarquilla les yeux.

— Je suis désolée. Je n'avais pas compris…

— Ce n'est pas grave, dit-il en s'avançant. Mais elle va bien ?

La femme lui désigna une chaise à côté du lit.

— Asseyez-vous. Je vais voir si le moment est venu de faire une épidurale.

Blaze prit la main de Maisy dans la sienne. Elle était toute froide, et des images de la forêt obscure défilèrent dans son esprit. Il avait failli être tué par son assaillant avant de l'abattre. Il avait dû faire appel à toute sa maîtrise pour ne pas vider complètement son chargeur sur le misérable. Au lieu de quoi, il l'avait menotté à un arbre afin de se mettre à la recherche de Maisy.

Les renforts étaient arrivés très vite, grâce au sergent Maxwell. Celui-ci avait identifié la source des fuites ce matin-là en visionnant une fois de plus les caméras de sécurité du poste de police. Luciano avait soudoyé un gardien de prison. Par chance, son reflet était visible sur la porte vitrée qu'il avait ouverte pour l'agresseur de Maisy. Interrogé, l'homme était passé aux aveux et avait accepté de témoigner en échange de la clémence des autorités.

Quand Lucas avait appris que le tueur était en route pour la station de ski, il avait révélé à Maxwell que Blaze cachait Maisy dans un chalet. Une équipe et un hélicoptère avaient aussitôt été dépêchés sur place.

Malheureusement, Blaze n'avait pas été là pour protéger Maisy quand elle en avait eu le plus besoin.

Elle hurla de nouveau, la douleur gravée sur ses traits délicats.

— On n'a pas le temps de faire une épidurale, annonça l'infirmière sur un ton léger. Le bébé arrive.

Deux jours plus tard, Maisy embrassait les doigts minuscules et parfaits de sa fille, mémorisant chaque trait, chaque contour de son visage. Des yeux gris-bleu qu'elle avait hérités de son père jusqu'à son adorable petite bouche en cœur, elle était l'enfant dont Maisy avait rêvé et davantage encore.

Née plus d'un mois avant terme, Natalie Clara Winchester méritait chaque jour son nom. Car, à l'instar de Natalie et de Clara, cette petite princesse était une battante.

— Je vais revenir bientôt, promit Maisy en déposant un baiser sur la main délicate de sa fille. Je ne m'en irais pas si je n'y étais pas obligée, mais j'ai quelque chose de très important à faire. Les infirmières vont s'occuper de toi jusqu'à mon retour.

Blaze entoura Maisy de son bras et l'attira contre lui, les yeux rivés sur sa petite fille.

— Je suis si fier de vous deux, murmura-t-il.

Maisy sourit et se tourna vers lui.

— Je l'aime tellement. Je ne savais pas que je pouvais aimer quelqu'un autant.

— Moi, si, affirma Blaze, en lui soulevant le menton pour l'embrasser.

Les mains de Maisy se posèrent sur le tissu soyeux de la cravate de Blaze.

— Merci d'être si patient et si affectueux avec moi.

Il était l'incarnation des qualités qu'elle appréciait le plus chez un être humain, à plus forte raison chez un ami ou un partenaire. Et elle était sûre qu'il serait le meilleur papa du monde.

Blaze eut un petit rire.

— Peut-être que tu fais ressortir ce qu'il y a de meilleur en moi.

Il planta un baiser sur son front. Sur ses paupières closes. Sur le bout de son nez.

— Tu es prête ?

— Pas du tout, répondit-elle, nouant ses doigts aux siens alors qu'ils sortaient, non sans avoir regardé plusieurs fois en arrière la petite fille qu'on avait placée dans la couveuse par simple précaution.

— Tout ira bien, promit Blaze. Et je suis là.

Les paroles les plus réconfortantes qu'elle ait jamais entendues.

Maisy se focalisa sur sa respiration et sur la sensation de sa main dans celle de Blaze, et lui emboîta le pas pour sortir de l'hôpital.

Direction le palais de justice.

Épilogue

Maisy roula sur le côté, tendant instinctivement la main vers Blaze. Elle n'avait pas dormi seule depuis son départ de la maternité, deux mois plus tôt, et elle adorait le savoir tout près d'elle. Cependant, ses doigts ne trouvèrent que le drap froissé, encore tiède. Elle ouvrit les yeux, soudain tout éveillée.

Blaze n'était pas là.

Elle se redressa sur les coudes, à l'affût de signes de sa présence dans le noir. En vain.

L'écoute-bébé sur la table de chevet était silencieux, débranché ou éteint, et un frisson d'angoisse parcourut l'échine de Maisy. Des souvenirs importuns défilèrent dans son esprit. Des souvenirs de moments où son bébé et elle avaient été en danger. *Des souvenirs*, se rappela-t-elle. *Rien de plus*. Elle se leva et s'enveloppa de la robe de chambre douillette accrochée au pied du lit. Elle avait atteint son but, comme elle se l'était promis. Avec l'aide de Blaze, elle avait pu témoigner contre Luciano et contribuer au verdict du jury. Le gangster finirait ses jours au pénitencier du Kentucky.

Ce qui signifiait que Maisy était en sécurité. Et davantage encore, songea-t-elle en nouant la ceinture du peignoir autour de sa taille. Elle était aimée, heureuse, dorlotée.

Blaze l'avait invitée à rester chez lui avec Natalie jusqu'à ce qu'elle trouve du travail et économise assez d'argent pour s'installer chez elle. Maisy avait accepté avec reconnaissance. Sa vie d'avant Luciano était encore stockée dans des cartons, son ancien appartement loué à quelqu'un d'autre depuis belle lurette.

Désormais, elle était une maman seule, sans foyer et sans emploi.

Par bonheur, l'invitation de Blaze n'était pas limitée dans le temps, et il lui répétait chaque jour combien il adorait les avoir toutes les deux avec lui. Il lui avait demandé de ne pas se précipiter pour trouver du travail. De ne pas se contenter d'un emploi purement alimentaire, comme elle l'avait fait par le passé, et de prendre son temps pour découvrir ce qui l'intéressait vraiment. Dans l'intervalle, il l'encourageait à profiter de tous les moments qu'elle partageait avec leur petite fille et avait juré de l'aider de son mieux. Fidèle à ses promesses, il faisait plus que sa part des tâches quotidiennes, depuis la cuisine et le ménage jusqu'aux biberons nocturnes. Et il semblait y prendre plaisir.

Maisy et Natalie savouraient sa présence. Son humour, son amour et sa compagnie. Maisy ne pouvait imaginer s'en aller et s'efforçait de ne pas y penser. À l'idée de le quitter, elle se sentait vide, glacée.

Dans le couloir, les rayons de lune filtraient à travers les rideaux blancs, dessinant des lignes sur le plancher en bois. Maisy s'approcha de la nursery sur la pointe des pieds et tendit l'oreille.

Le timbre grave de la voix de Blaze lui parvint. Aussitôt, un frisson délicieux courut le long de ses bras alors qu'elle essayait de distinguer ses paroles.

Natalie roucoulait, et Blaze riait doucement.

Maisy sourit, le cœur gonflé d'amour pour l'un et pour l'autre.

— Toc, toc, chuchota-t-elle en poussant lentement la porte.

L'ancienne petite pièce dédiée au rangement avait été transformée en une ravissante chambre de bébé. Blaze y avait travaillé chaque jour jusqu'à ce qu'elle soit parfaite. Les murs étaient peints en rose pâle. Un grand rideau blanc drapait l'unique fenêtre, retenu par une longue attache en velours. Un éléphant en peluche blanc arborant tutu et diadème trônait sur le rocking-chair de la mère de Blaze dans le coin, et sous le fauteuil un tapis en tissu rose bonbon apportait une touche fraîche sur le parquet. Des luminaires encastrés au plafond offraient une lumière douce, et une énorme échelle de croissance, sculptée par Derek dans une vieille poutre de grange, était fixée au mur. Le coffre à jouets de Natalie débordait, tout comme l'armoire remplie de vêtements et d'accessoires.

Maisy aperçut d'abord les petits chaussons de Natalie. Ses jambes s'agitaient, comme toujours, ses petits poings remuaient au-dessus de sa tête. Une petite boule d'énergie, constamment en mouvement.

Le sourire de Maisy redoubla.

— Qu'est-ce que vous faites, tous les deux ? demanda-t-elle en se faufilant dans la petite pièce faiblement éclairée.

Le regard gris-bleu de sa petite fille se tourna vers elle. Maisy se pencha et la prit dans ses bras, puis se retourna pour chercher Blaze des yeux. Un scintillement soudain attira son attention sur le mobile au-dessus du berceau.

Une bague sertie d'un diamant était accrochée à l'un des petits nuages par un ruban de satin blanc.

Elle se figea sur place, le souffle coupé.

— Maisy ?

Blaze émergea de l'ombre où il se tenait, manifestement désireux de lui faire une surprise.

Elle serra Natalie contre elle, refoulant des larmes de joie.

— Je me suis réveillée et tu n'étais pas là, murmura-t-elle. J'ai pensé que tu serais ici.

Blaze s'approcha, une lueur amusée dans les yeux.

— Natalie et moi avons de sérieuses conversations la nuit.

— Ah bon ? fit Maisy avec un petit rire, s'ordonnant de ne pas regarder la bague.

Peut-être ne savait-il pas qu'elle l'avait vue. Peut-être n'était-elle pas censée la voir.

— Et de quoi parlez-vous ?

Blaze déposa un baiser sur la tête de sa fille, puis tendit la main vers le bijou tout en jetant à Maisy un coup d'œil espiègle par-dessus son épaule.

— Parfois de course automobile. Parfois du cours de la Bourse.

Son sourire s'élargit alors qu'il pivotait vers elle, la bague à la main.

— Mais, surtout, nous parlons de toi et de l'amour que nous te portons.

— Ah oui ?

Maisy rougit, et une délicieuse vague de chaleur se répandit en elle. Blaze n'avait jamais fait mystère de l'affection qu'il lui portait, et elle avait espéré en secret que, un jour, si tout se passait bien entre eux, il voudrait franchir le pas avec elle. Quand il serait sûr qu'elle était la femme qu'il voulait épouser. Celle avec qui il voulait rester pour toujours. Comme elle avait compris qu'il était l'homme de sa vie, dès l'instant où elle l'avait rencontré.

Ce moment était venu.

Blaze s'agenouilla devant elle, la bague entre le pouce et l'index. Puis il prononça les mots qu'elle rêvait d'entendre.

— Tu veux bien m'épouser ?

Et Maisy répondit :

— Oui.

BARB HAN

Une promesse vite oubliée

Traduction française de
CHRISTIANE COZZOLINO

BLACK ROSE

HARLEQUIN

Titre original :
TEXAS LAW

1

Colton O'Connor but une gorgée de café en tenant fermement de la main gauche le volant de son 4x4. Le tonnerre grondait, et il pleuvait des cordes ; on n'y voyait pas à deux mètres. On lui avait déjà signalé trois véhicules en difficulté – dont l'un avait carrément été submergé – alors que l'orage n'avait même pas encore atteint son paroxysme. Cette fichue tempête venait à peine de commencer et elle avait déjà semé la pagaille dans Katy Gulch, la bourgade du Texas dont il était le shérif.

Pour couronner le tout, sa baby-sitter venait de le lâcher. La veille au soir, Miss Marla avait dû se rendre précipitamment au chevet de sa nièce qui venait d'avoir un accident de voiture. La fringante sexagénaire était la seule parente de la jeune fille, qui était étudiante à Austin.

Colton se pinça l'arête du nez pour tenter de juguler la migraine qui faisait rage derrière ses paupières. Sa mère avait pris le relais de la baby-sitter auprès des jumeaux, Silas et Sebastian, mais elle n'avait pas encore surmonté le choc causé par la perte brutale de son mari, qui avait affecté toute la famille. Colton n'avait pas été épargné.

Une récente tentative de kidnapping avait fait resurgir l'affaire non résolue de l'enlèvement de sa sœur, près de trente ans plus tôt. Son père avait été assassiné en reprenant l'enquête à son compte. Colton venait de se lancer sur la piste du meurtrier.

Étant donné qu'au ranch c'était déjà très compliqué, Colton ne voulait pas donner à sa mère plus de soucis qu'elle n'en avait déjà. Ses jumeaux de douze mois avaient beau être des amours, prendre soin d'eux n'était pas de tout repos. Sa mère avait tellement insisté pour s'occuper d'eux, prétextant que ses petits-fils lui changeraient les idées, que Colton avait fini par accepter de les lui confier.

Et voilà maintenant qu'un de ces violents orages saisonniers, si fréquents au printemps, menaçait de mettre la ville sens dessus dessous à cause des tornades et des inondations qu'il ne manquerait pas d'engendrer.

Du coup, Colton regrettait d'avoir laissé les jumeaux à sa mère. Même si Margaret O'Connor n'était pas du genre à se laisser abattre, cela faisait beaucoup à gérer en même temps.

Il prit une autre gorgée de café qu'il faillit recracher. Le breuvage était froid et imbuvable tellement il était amer, avec un goût de réchauffé qui lui collait au palais.

Au ranch, où il décida de passer voir sa mère et les jumeaux, il pourrait boire un café digne de ce nom. Et manger un morceau car son ventre commençait à gargouiller. Avec toutes ces situations d'urgence auxquelles il avait dû faire face, il n'avait pas pris le temps de manger. Il emportait toujours de quoi se sustenter quand il savait qu'il risquait de patrouiller toute la soirée, mais il gardait ses sandwichs pour plus tard car il n'était pas près de rentrer chez lui.

À l'intersection de Misty Creek et Apple Blossom, Colton fit demi-tour et prit la direction du ranch. Il n'avait pas atteint le pâté de maison suivant qu'un nouvel appel lui parvint. La voix de sa secrétaire, Gert Francis, se fit entendre dans la radio.

— Je vous reçois, Gert. Que se passe-t-il ?

Il se gara sur le bas-côté de la chaussée. Il n'y avait pas de voitures dans les rues. C'était déjà ça. Les gens écoutaient les alertes diffusées sur les ondes et restaient chez eux.

— Mme Dillon vient d'appeler. La rivière est en crue. Elle doit quitter son domicile en urgence et s'inquiète pour le vagabond qui a élu domicile dans sa vieille caravane. Elle craint qu'il ne se laisse surprendre par la brusque montée des eaux. Comme elle ne le connaît pas, elle n'ose pas aller le prévenir.

Mme Dillon, qui s'était retrouvée veuve l'année précédente à l'âge de soixante-dix-huit ans, avait un fils à Little Rock qui l'exhortait à venir s'installer plus près de chez lui mais elle ne voulait rien entendre. Elle avait toujours vécu à Katy Gulch et décrété que rien ni personne ne l'en ferait partir.

Colton ne manquait jamais de passer la saluer quand il rentrait chez lui. Parmi tous ses administrés, Mme Dillon faisait partie de ses préférés aussi prenait-il très à cœur cette partie de sa mission qui consistait à s'assurer du bien-être de tous, notamment des personnes du troisième âge pour lesquelles il avait une affection particulière.

Né dans un ranch, il avait commencé par être éleveur avant de choisir de devenir shérif. Ces deux métiers lui avaient appris à prendre soin des autres et à respecter dame Nature.

Colton soupira. Penser à son ancien métier fit resurgir en lui les soucis liés au devenir du ranch familial. Qu'adviendrait-il de Katy Bull Ranch maintenant que son père était mort ? C'était à Colton et à ses frères d'en décider.

— Prévenez Mme Dillon que je suis en route.

En fait, il pouvait très bien l'appeler lui-même.

— Laissez tomber, Gert. J'ai son numéro sous la main. J'avais l'intention de passer la voir pour prendre des nouvelles de son opération du pied.

— Entendu, shérif.

La fierté perçait dans sa voix. Gert ne se privait pas de dire à quel point elle appréciait l'implication de Colton auprès de ses concitoyens. Son prédécesseur ne s'était pas montré aussi dévoué. Et Gert ne manquait jamais une occasion de le rappeler.

— Il faut aussi que j'aille faire un tour au ranch, histoire de m'assurer que tout se passe bien avec les jumeaux et que l'orage n'a pas fait de dégâts, dit-il.

— Très bien. Je saurai où vous trouver en cas de besoin. Faites attention à vous, shérif.

— Vous me connaissez, Gert : il n'y a pas plus prudent que moi.

Il raccrocha et appela Mme Dillon, qui répondit à la première sonnerie.

— Il paraît que vous avez un nouveau locataire dans la caravane et que vous vous faites du souci pour lui. Je serai là-bas dans moins de quinze minutes, dit-il sans préambule.

Il savait qu'il n'avait pas besoin de se présenter. Son numéro était enregistré dans les contacts de Mme Dillon qui, au moindre problème, n'hésiterait pas à l'appeler, de jour comme de nuit. Il n'y voyait pas d'inconvénient. La tranquillité d'esprit de la vieille dame passait avant son propre confort.

— Merci d'aller jeter un coup d'œil, shérif, dit Mme Dillon, qu'il devina inquiète au ton de sa voix. Je n'ai pas vu la personne qui dort dans la caravane en ce moment, mais elle est là depuis trois jours et je sais qu'il s'agit d'une femme parce que je l'ai entendu dire chut au chien de MaryBeth qui n'arrêtait pas d'aboyer.

— Si elle prolonge son séjour, il faudra songer à lui faire payer un loyer, déclara Colton d'un ton badin dans le seul but de détendre l'atmosphère.

Il connaissait la générosité légendaire de la vieille dame.

— Si je commençais à réclamer un loyer aux sans-abri que je dépanne en leur prêtant la caravane, je serais vite riche, et tous les célibataires du coin viendraient me courtiser. Ce serait un peu embêtant, n'est-ce pas ?

À sa voix, il comprit qu'elle souriait.

— En effet, dit-il.

— J'espère qu'elle va bien, continua Mme Dillon. Je n'ai jamais vu quelqu'un d'aussi discret. En fait, sans le chien de MaryBeth, je n'aurais même pas entendu le son de sa voix.

D'habitude, Mme Dillon se plaignait du chien de sa voisine. Mais, cette fois, les aboiements de Cooper avaient servi à quelque chose.

— Il semblerait que nous ayons affaire à une personne réservée, dit-il. Je vais aller m'assurer que tout va bien et qu'elle se prépare à quitter la caravane avant la crue.

— J'ai toujours dit à mon mari que le parking de la caravane était bien trop près de la rivière, mais il n'en faisait qu'à sa tête, vous savez.

Les Dillon étaient tombés amoureux l'un de l'autre alors qu'ils étaient encore au lycée et, tout comme les parents de Colton, ils ne s'étaient jamais quittés. Tous deux instituteurs, ils avaient passé leurs étés à sillonner le pays en caravane. C'était un couple très uni, presque anachronique à une époque où près d'un mariage sur deux tournait court.

La perte de son époux avait dû être une épreuve terrible pour Mme Dillon. Colton la plaignait sincèrement.

— Je ne voudrais pas qu'elle soit prise au dépourvu. Si l'orage est aussi violent que le laissent entendre les prévisions météorologiques, la caravane sera inondée. Une fois de plus. J'aurais dû m'en débarrasser il y a une dizaine d'années, la première fois que c'est arrivé. Mais mon mari aimait s'y installer tôt le matin pour taquiner le goujon en buvant son café.

Sa voix était à présent teintée de nostalgie.

— C'était un pêcheur hors pair, le meilleur de tout le comté, affirma Colton en faisant une embardée pour éviter une énorme flaque d'eau.

Au printemps, les crues subites étaient un véritable fléau. L'orage de ce soir n'avait pas encore déversé toute sa hargne. Dame Nature était en colère et semblait déterminée à leur montrer à quel point elle pouvait se déchaîner.

— Un sacré pêcheur, oui, admit Mme Dillon, de plus en plus mélancolique.

— Qui vous conduit à Little Rock ? demanda Colton qui sentait qu'il était temps de changer de sujet de conversation.

Depuis qu'il avait vu sa mère se décomposer en apprenant la mort de son mari, il savait ce que devait ressentir son interlocutrice. Pour rien au monde il ne voulait raviver son chagrin. Mme Dillon, qui avait été son institutrice au cours élémentaire, méritait tous les égards, surtout après avoir supporté les garnements qu'ils étaient, ses frères et lui. Non qu'ils aient été pires que les autres mais, comme tous les gosses de cet âge, ils débordaient d'énergie. La naissance de ses jumeaux avait fait prendre conscience à Colton que l'éducation des enfants n'était pas une tâche facile.

— Netty, du club de tricot, a proposé de m'emmener, répondit Mme Dillon d'un ton plus léger. Elle va voir sa fille, qui vit du côté d'Austin.

— Dites à Netty de conduire prudemment, recommanda Colton.

Réduisant dangereusement la visibilité, la pluie battante allait l'obliger à mettre fin à l'appel car il devait se concentrer sur la route.

— Je n'y manquerai pas, shérif. C'est très gentil à vous de passer voir ma « locataire ». Je vous remercie du fond du cœur.

— Je vous en prie. Cela fait partie de mon travail.

Après avoir dit au revoir à Mme Dillon, il raccrocha.

La pluie tombait si drue que c'était à peine s'il distinguait l'avant de son véhicule, à présent. Quant à la route, il ne la voyait plus du tout. En l'espace de quelques minutes, le temps s'était encore dégradé.

Ses phares ne lui étaient d'aucun secours. Heureusement qu'il connaissait bien la route ! Dans le cas contraire, il se serait arrêté et aurait attendu une accalmie. Ce genre d'orages comportait généralement plusieurs épisodes plus ou moins violents mais, là, cela semblait bien parti pour durer un petit moment.

Comme il prenait à droite dans la rue de Mme Dillon, un éclair zébra le ciel, et une forme sombre surgit devant lui si brusquement qu'il ne put l'éviter.

Un bruit sourd se fit entendre, suivi d'un cri perçant, très vite couvert par le fracas de la pluie battante.

Colton poussa un juron. Il craignait qu'un débris n'ait endommagé sa voiture de patrouille. Il sortit pour aller voir. La pluie martelait son visage. Il remonta son col en frissonnant car il ne faisait pas chaud. Pourvu qu'il n'ait pas heurté un animal ! songea-t-il en tirant sa lampe torche de sa ceinture. Des cerfs s'aventuraient parfois jusque dans la ville.

Il promena le faisceau de sa lampe autour de lui. Il pleuvait si fort qu'il n'y voyait quasiment rien. En plissant les yeux, il capta un mouvement juste devant son pare-chocs avant, côté passager. Bon sang ! Il avait renversé quelqu'un.

Affolé, il se précipita vers la victime. Il s'agenouilla à côté de la femme, qui était recroquevillée en position fœtale. Elle portait des vêtements sombres très enveloppants, et une capuche recouvrait sa tête. Elle était complètement trempée.

— Je m'appelle Colton O'Connor et je suis le shérif de cette ville. Où avez-vous mal ?

Il se garda bien de la toucher.

— Tout va bien, vous pouvez vous en aller.

À cause de la pluie qui crépitait autour d'eux, il l'entendit à peine. D'autant plus qu'elle s'était adressée à lui sans tourner la tête dans sa direction.

Avait-elle quelque chose à cacher ? se demanda-t-il. Pourquoi ne lui montrait-elle pas son visage ?

— Je ne m'en irai pas tant que je n'aurai pas l'assurance que vous n'avez rien. Autrement dit, tant que vous ne vous serez pas relevée et que vous n'aurez pas fait quelques pas, déclara-t-il d'un ton résolu.

— Puisque je vous dis que tout va bien. Laissez-moi tranquille, c'est tout ce que je vous demande !

Elle avait presque crié. Cette fois, il l'avait entendue distinctement. Sa voix lui disait vaguement quelque chose mais il n'arrivait pas à mettre un visage dessus.

En deux enjambées, il regagna son véhicule et en sortit un parapluie, qui semblait bien dérisoire au regard des trombes d'eau qui leur tombaient sur la tête. Le caniveau débordait et la chaussée était inondée. Mais c'était mieux que rien. Cependant lorsqu'il ouvrit le parapluie, une bourrasque faillit le lui arracher des mains. Il eut le plus grand mal à l'empêcher de s'envoler et à le maintenir au-dessus de la victime.

— Comme je vous l'ai dit, je dois m'assurer que vous pouvez marcher et répondre à quelques questions. C'est moi qui vous ai renversée ; il est hors de question que je vous laisse comme ça. Comment vous appelez-vous ?

Il se pencha plus près pour qu'elle entende ce qu'il lui disait sans qu'il eût besoin de crier.

Comme elle ne répondait pas, son inquiétude monta d'un cran. Était-elle gravement blessée ? Il l'avait heurtée de plein fouet. Souffrait-elle d'une commotion cérébrale ? À première vue, elle ne saignait pas. À en juger par la manière dont elle était tombée, il n'était pas impossible qu'elle ait un bras ou une jambe cassée.

Perplexe, Colton se redressa et la contourna pour la voir de face. Il s'agenouilla pour la regarder de près, mais la pluie ne lui facilitait pas la tâche. Il s'ébroua comme un chien pour se débarrasser de l'eau qui lui coulait dans les yeux.

— J'appelle une ambulance. Vous ne pouvez pas rester comme ça.

Il ne savait toujours pas à qui il avait affaire. C'était forcément quelqu'un qu'il connaissait puisque la voix lui avait paru familière. Mais il ne s'agissait pas d'un de ses administrés. La victime n'habitait probablement pas à Katy Gulch.

Elle leva le bras pour lui faire signe de partir.

— Désolé, mais je dois rester au moins jusqu'à l'arrivée des secours.

Il tourna légèrement la tête en direction de la radio fixée à son épaule gauche. De sa main libre, il pressa la touche « Parler ».

— Gert, vous me recevez ?

Il y eut de la friture pendant quelques instants. Colton hésita à regagner son 4x4, mais il ne pouvait pas abandonner la victime sous la pluie. Elle avait besoin d'aide, manifestement. Pour l'instant, il devait se contenter de l'abriter tant bien que mal sous son parapluie.

Sans crier gare, la femme se dressa sur son séant.

— Vous êtes content ? Je n'ai rien, comme vous le voyez. Quand j'aurai repris mon souffle, ça ira très bien.

Il n'avait pas l'assurance qu'elle avait vraiment recouvré ses esprits. Un choc pouvait entraîner des désordres dont elle n'avait peut-être même pas conscience.

— Comment vous appelez-vous ? demanda-t-il à nouveau, histoire de vérifier que ses facultés mentales étaient intactes.

Elle secoua la tête. Soit elle refusait de décliner son identité, soit elle ne se souvenait pas de son nom. Dans un cas comme dans l'autre, c'était suspect.

En l'absence de réponse, il n'avait d'autre choix que de la faire examiner par un médecin.

— Je vais appeler un médecin, dit-il. Si tout va bien,

vous pourrez repartir sans problème. Je vous propose d'aller attendre dans ma voiture. Vous y serez au sec.

Remarquant qu'elle tremblait, il enleva son imperméable et le lui mit sur les épaules.

Lorsque, enfin, la femme leva les yeux vers lui, leurs regards restèrent rivés l'un à l'autre.

Colton en eut le souffle coupé, et son cœur manqua un battement.

— Makena ?

Sous la pluie battante, Makena Eden n'en menait pas large. Elle était trempée comme une soupe. Battant des paupières, elle soutint le regard du dernier homme sur lequel elle se serait attendue à tomber – Colton O'Connor.

Déplorant son imprudence qui lui avait valu de se faire renverser par son 4x4, elle tâta sa hanche. Aïe. Elle allait avoir un sacré bleu. Mentalement, elle se secoua, puis elle tenta de se relever. Mais, sa hanche ne voulant rien entendre, elle resta lamentablement clouée au sol.

— Cela ira mieux dans une minute, assura-t-elle.

Elle devait à tout prix se lever et faire comme si tout allait bien. Elle n'avait pas de travail, pas de mutuelle et pas d'argent. Et elle ne voulait surtout pas que son nom soit divulgué, notamment sur les ondes de la radio d'un policier. Mais ce n'était pas son seul problème. Elle devait absolument se débarrasser de Colton qui, agenouillé devant elle, semblait peu disposé à la laisser. À quand remontait leur dernière rencontre ?

— Pas si vite.

Colton haussa les sourcils, visiblement sceptique. Toujours aussi beau, il était l'homme le plus séduisant qu'il lui ait été donné de rencontrer. Un trouble insidieux l'envahit et un flot de souvenirs la submergea. Cette journée était à marquer d'une pierre blanche après les mois de galère qu'elle avait endurés. Pour sauver sa peau, Makena avait dû se cacher et vivre dans la clandestinité.

— Je t'interdis de bouger. Il faut d'abord te faire examiner.

Sans lui laisser le temps de protester, il appela une ambulance. Une fraction de seconde, ellc envisagea de prendre la poudre d'escampette, de disparaître hors de sa vue. Mais, à supposer qu'elle réussisse à lui fausser compagnie, Colton n'en resterait sûrement pas là. Le fait qu'il la connaisse personnellement n'arrangeait pas ses affaires. Certes, il l'avait rencontrée avant qu'elle devienne Mme River Myers, mais tout de même…

La panique s'empara d'elle, terriblement oppressante. Elle ne voulait pas que son nom circule, ni quoi que ce soit qui permette de l'identifier.

— Je t'assure que je n'ai rien de cassé. Je suis juste un peu secouée. Plus de peur que de mal, comme on dit.

Il leva une main pour lui imposer silence.

Il pleuvait toujours à verse et elle n'était pas d'humeur à batifoler, mais un simple regard de ses yeux bleu cobalt suffit à la ramener à l'époque où elle était étudiante, en deuxième année, à l'université. Par le plus grand des hasards, Colton et elle s'étaient retrouvés à travailler en binôme, au laboratoire de biologie. Elle aurait pu plus mal tomber. À dix-neuf ans, il avait une musculature prometteuse qui ne l'avait pas laissée indifférente.

D'ailleurs, il la troublait toujours autant. Comme happée par son regard insondable, elle n'arrivait pas à détourner les yeux. Il avait des traits virils, un visage tout en angles et en méplats, une bouche sensuelle et des dents d'une blancheur étincelante.

Elle avait l'impression d'admirer un de ces top-modèles qui plastronnaient sur les affiches publicitaires. Colton était grand et bien bâti. Pour se dédouaner, Makena songea que c'était son instinct de survie qui la poussait à s'extasier secrètement sur sa musculature. Étant donné les problèmes qu'elle avait, elle devait s'assurer que Colton était capable de la défendre.

Un frisson la parcourut lorsqu'elle pensa à ce à quoi elle avait échappé. Et à River, qui ne manquerait pas de la retrouver si elle cessait de fuir et de se cacher.

Colton était bel homme. Indéniablement. Mais mieux valait ne pas y songer. Et ce pour deux raisons. D'abord parce que, la première fois, leur brève idylle n'avait finalement rien donné. Et ensuite parce qu'il était shérif.

2

Il fallait à tout prix qu'elle arrive à convaincre Colton qu'elle n'avait rien de grave, car elle voulait tailler la route, loin de lui et de Katy Gulch. Elle n'aurait jamais dû venir. Cette regrettable erreur risquait de lui coûter la vie. Que lui avait-il pris de s'arrêter dans sa ville natale ?

En cavale depuis des mois, elle finissait par perdre ses repères. Les semaines se télescopaient, identiques les unes aux autres. Et il en allait de même pour les villes qu'elle traversait, qu'elle classait en deux catégories : les petites et les grosses.

Dallas, Houston et Austin faisaient partie des grosses. On y trouvait les mêmes chaînes de restaurants ; seule la mentalité des habitants variait légèrement. Les petites villes avaient aussi entre elles quelques points communs et présentaient pas mal d'avantages. Mais Makena venait encore de constater qu'il était plus difficile d'y vivre incognito. Or plus elle se ferait remarquer et moins son espérance de vie serait longue.

La qualité de la nourriture était l'apanage des petites villes, comme elle l'avait noté en revenant au Texas. C'était dans les petits restaurants et les routiers qu'on mangeait le mieux. Mais, comme elle était fauchée, Makena en était réduite à vivre d'expédients.

Cela faisait trois jours qu'elle n'avait pas fait un vrai repas. Elle s'était contentée de grignoter. La propriétaire de la caravane dans laquelle elle dormait avait eu la gentillesse de déposer quelques provisions devant sa porte, le lendemain de son arrivée. Makena avait essayé de se restreindre pour les faire durer mais, au bout de deux jours, elle s'était retrouvée sans rien et, poussée par la faim, elle avait dû sortir pour allcr chercher quelque chose à manger.

Le fait que la propriétaire ait remarqué sa présence *et* que Makena ne soit pas partie au bout d'une nuit montrait à quel point elle avait baissé la garde récemment. La faim finissait par vous saper le moral, songea-t-elle en soupirant. Sans compter qu'elle n'avait pas dormi dans un vrai lit depuis des lustres, sans parler d'une chambre à coucher et encore moins d'une maison normale. Ce confort, qu'elle avait presque oublié, elle l'avait plus ou moins retrouvé dans la caravane. D'où sa réticence à partir.

Makena était trempée jusqu'aux os. Elle frissonnait sous le coupe-vent que lui avait prêté Colton. Il fallait qu'elle se décide : soit elle restait prostrée là, sous la pluie, soit elle allait se réfugier dans le 4x4, comme il le lui avait proposé. Elle y serait à l'abri et pourrait se réchauffer car, avec un peu de chance, il mettrait le chauffage.

— Si tu m'aides à me relever, je pourrai marcher jusqu'à ta voiture, dit-elle.

Colton haussa les sourcils.

— Tu ferais peut-être mieux de ne pas bouger, au cas où tu serais grièvement blessée.

— Je claque des dents tellement j'ai froid. Et tu fais toi-même peine à voir. Ce serait ridicule que je reste assise là alors que je pourrais être au chaud dans ta voiture. Allez, aide-moi à me relever ! Tout va bien se passer.

Il ouvrit la bouche pour protester, mais elle ne lui en laissa pas le temps.

— Tu veux que je meure de froid, c'est ça ?

Sentant que cela ne suffirait pas, elle crut bon d'ajouter :

— Je parie que j'ai un énorme bleu sur la hanche gauche. Si je n'avais pas traversé en courant, comme une idiote, je t'aurais peut-être vu…

— Tu as surgi d'entre les voitures en stationnement juste au moment où je tournais, expliqua-t-il d'un ton contrit.

— Je suis désolée. J'étais pressée d'aller me mettre à l'abri. Mais ça va, je t'assure.

Cela aurait pu être pire. Makena était d'un naturel optimiste. Dans sa situation, c'était préférable. Mais elle en avait assez de devoir tout le temps se cacher comme une criminelle.

— Que fais-tu dehors par un temps pareil ? demanda Colton.

— En fait, je… euh… regagnais ma location au bord de la rivière.

Sa réponse hésitante n'eut pas l'air de le convaincre. Il hocha la tête en la scrutant bizarrement.

— Je m'appelle Makena, crut-elle bon d'ajouter, au cas où il la soupçonnerait de ne pas être dans son état normal. Mais ça, tu le sais déjà. On est mercredi. Enfin, il me semble.

— Où sommes-nous ? demanda-t-il.

— À Katy Gulch, au Texas, répondit-elle aussitôt. Je suis au chômage depuis quelque temps. C'est pourquoi je perds un peu la notion du temps.

À son tour, elle le dévisagea.

— Alors ? Quel est le verdict ? J'ai réussi les tests ?

Colton la considéra longuement sans rien dire. Des éclairs déchiraient le ciel, et le tonnerre rugissait.

— Prends appui sur moi, dit-il en lui offrant obligeamment son bras.

Elle s'y agrippa promptement en s'efforçant d'ignorer la décharge électrique qu'elle ressentit à ce simple contact. L'attirance que Colton exerçait sur elle était malvenue. Ce n'était ni le moment ni le lieu pour penser à la gaudriole. Sans compter qu'il portait un insigne et une arme. Les représentants des forces de l'ordre, merci beaucoup ! Elle avait déjà donné et elle était vaccinée. Hors de question, cependant, de refuser son aide. Elle n'avait ni voiture ni argent.

Elle s'agrippa à lui comme une noyée à une bouée de sauvetage. Mais, dès qu'elle fut debout, sa jambe gauche se déroba sous elle tant sa hanche lui faisait mal.

— Hé ! Doucement, dit Colton en la rattrapant de justesse.

Sans crier gare, il la saisit à bras-le-corps et la souleva de terre. En un clin d'œil, il la transporta jusqu'au 4x4, ouvrit la portière du côté passager et la déposa sur le siège.

Le premier réflexe de Makena fut d'incliner son siège, de manière à soulager son coccyx et sa hanche endoloris.

Colton ouvrit le hayon, le referma et s'installa au volant. Puis il se pencha vers elle et… la recouvrit d'une couverture.

— C'est mieux comme ça, non ?

— Oui, merci, répondit-elle en expulsant l'air qu'elle avait dans ses poumons car elle avait retenu son souffle.

— Dis-moi franchement : tu as mal un peu, beaucoup ou atrocement ?

Ses yeux bleu cobalt étaient rivés sur elle.

— Sur une échelle de un à dix, je dirais que je suis à seize. Au bas mot.

Le moteur, qu'il n'avait pas coupé, ronronnait doucement, et elle commençait à se détendre. Elle avait enfin cessé de trembler. Ils n'avaient plus besoin de crier pour s'entendre, même si la pluie semblait avoir redoublé.

— Je n'ai pas bien compris ce qu'a dit Gert, tout à l'heure, dans la radio, déclara Colton. C'est ma secrétaire au cas où tu ne l'aurais pas compris. Compte tenu de tous les services qu'elle me rend, je la considère plutôt comme mon bras droit. Je suis le shérif de cette ville.

Elle jeta un coup d'œil au mot « shérif » écrit en capitales jaunes le long de sa manche gauche.

— Je sais, dit-elle avec un petit sourire. C'est l'une des premières choses que tu m'aies dites. Mais j'aurais pu le deviner toute seule.

— Ta voiture est dans le coin ? Je peux appeler une dépanneuse.

— Non, répondit-elle laconiquement.

Pour des raisons de sécurité, elle préférait éviter de parler d'elle. Moins elle en dirait et mieux cela vaudrait. Avec un peu de chance, Colton n'insisterait pas. Une fois qu'elle se serait réchauffée, il la laisserait regagner son refuge provisoire dans la caravane.

Son ventre gargouilla si fort qu'il couvrit le bruit du tonnerre au-dehors.

— Il faut que je passe voir quelqu'un, dit Colton. Tu as faim ?

— Oui, un peu. Je n'ai pas encore dîné avec tout ça.

Il jeta un coup d'œil à la pendule du tableau de bord. Elle indiquait 20 h 30.

Tournant la tête vers son épaule gauche, il pressa une touche pour parler dans sa radio.

— Gert, vous me recevez ?

— Je vous reçois cinq sur cinq, shérif.

À en juger par sa voix, Gert n'était pas toute jeune. Makena lui donnait dans les soixante-cinq ans.

— J'ai besoin d'une ambulance à l'angle de Misty Creek et d'Apple Blossom. C'est urgent. Une jeune femme a traversé la rue sans regarder, et je l'ai renversée. Elle a besoin de soins. Elle est consciente et s'exprime de manière cohérente, mais un risque de traumatisme crânien ne peut être exclu, à ce stade. Elle semble avoir en outre un hématome au niveau de la hanche.

— Bien reçu, shérif. Mais, comme je vous le disais tout à l'heure, plusieurs routes ont été submergées. Les secours ont tous été mobilisés et, de toute façon, ils ne pourraient pas circuler vu l'état des routes. Je ne peux vous envoyer personne avant au moins une heure.

À ces mots, Makena réprima un soupir de soulagement. Colton, en revanche, n'avait pas l'air ravi.

— Bien reçu, dit-il, visiblement contrarié. Je me charge de conduire la victime à l'hôpital.

— La route qui traverse le comté n'est pas praticable. Je vous déconseille fortement de l'emprunter, sauf en cas d'urgence absolue, dit Gert.

Les crues soudaines au Texas n'étaient pas à prendre à la légère. Elles étaient la principale cause de décès dus aux intempéries.

— Il va sans doute falloir la couper car l'eau continue de monter, ajouta Gert.

Colton frappa le volant du plat de la main.

— Bien reçu.

— Dès que je me serai réchauffée, tu n'auras qu'à me déposer. Avec un peu de repos, je suis sûre que tout rentrera très vite dans l'ordre, assura Makena.

À sa grande honte, son ventre se remit à gargouiller de plus belle.

Colton farfouilla dans la console centrale, entre leurs deux sièges. Il en extirpa une boîte en plastique hermétique à la vue de laquelle, Makena ne put s'empêcher de saliver. Il ouvrit la boîte et en sortit un sandwich qu'il lui tendit sans façon.

— Je savais que ce soir je ne rentrerais pas tôt, étant donné la météo. Alors j'ai prévu large. Vas-y, mange !

Comme elle hésitait, il la regarda droit dans les yeux.

— Prends-le, je te dis. J'en ai un autre.

Elle protesta pour la forme.

— Je ne voudrais pas te priver.

— Penses-tu ! Au pire, je peux faire un saut chez moi pour me ravitailler. Ce n'est pas très loin d'ici.

— Tu es sûr ?

Elle aurait eu des scrupules à lui enlever le pain de la bouche. Mais ce sandwich, qu'il lui brandissait sous le nez pour l'inciter à le prendre, sentait diablement bon. Elle bavait rien qu'en le regardant.

— Sûr et certain, dit-il de cette voix grave qui lui faisait l'effet d'une caresse et qui la réchauffait plus efficacement que n'importe quelle couverture.

— Merci.

Elle s'empara du sandwich et mordit dedans à belles dents. Il était au jambon. Un vrai délice ! Puis, sans détourner les yeux de l'écran de son ordinateur de bord, Colton lui tendit une pomme.

Cette fois, elle l'accepta sans faire d'histoires. Tout en regardant le plan qui s'était affiché sur l'écran, elle la dévora en un rien de temps. Lorsqu'elle enveloppa le trognon dans la feuille d'essuie-tout qu'il lui avait donnée, il sortit un thermos et lui tendit une cuiller.

— Une tasse de thé ?

Elle eut alors la certitude absolue d'avoir trouvé son sauveur.

Colton saisit l'adresse de l'hôpital. Le plan qui s'afficha sur son écran était criblé de triangles rouges ornés en leurs centres d'un point d'exclamation. La plupart des routes étaient coupées. Gert n'avait pas fait les choses à moitié. Il savait qu'il pouvait compter sur elle en toutes circonstances et il se demandait parfois ce qu'il deviendrait si elle n'était pas là.

Makena avait besoin de consulter un médecin. Cela ne faisait aucun doute dans son esprit. Ce qui était moins évident, c'était de la convaincre de cette nécessité. Il la savait têtue mais, dans son souvenir, elle ne l'était pas autant.

N'empêche qu'il n'en revenait pas de la voir là, assise à côté de lui, dans son 4x4. Makena Eden. Un fantôme du passé. Une occasion manquée. Mais ce n'était pas le moment de repenser à tout ça. Elle était blessée et avait besoin de soins. En attendant, elle mangeait avec appétit. C'était sûrement bon signe. Mais elle était incapable de tenir debout. Sans lui, jamais elle n'aurait réussi à se relever. Elle semblait avoir tellement mal quand elle prenait appui sur sa jambe gauche qu'il n'avait eu d'autre choix que de la porter dans la voiture. À première vue, elle n'avait rien de cassé. Du moins ne présentait-elle pas de fractures ouvertes. Mais sa hanche lui faisant un mal de chien, elle avait sûrement quelque chose. Une radio s'imposait.

Puisqu'il n'était pas possible de la conduire à l'hôpital dans l'immédiat, il décida que le mieux était de l'emmener chez lui. Il habitait tout près. Allongée sur son canapé, elle serait plus à l'aise qu'assise dans son 4x4 dont les sièges n'étaient pas des plus confortables.

Il n'aimait pas beaucoup inviter des gens chez lui. Mais, pour Makena, il ferait une exception. Certes, ils étaient restés longtemps sans se voir, pourtant, à une époque, elle avait beaucoup compté pour lui.

Mais, avant de rentrer, il devait passer voir la « locataire » de Mme Dillon. Cette pensée lui mit la puce à l'oreille. Et si Makena était cette fameuse locataire dont la vieille dame lui avait parlé au téléphone ?

— Tu habites en ville ? demanda-t-il, curieux de savoir s'il avait vu juste.

Elle traversait peut-être une mauvaise passe et avait besoin d'un endroit où dormir deux ou trois nuits.

— Je vis provisoirement dans la caravane d'une amie.

Bingo ! La locataire de Mme Dillon, c'était bien elle, se réjouit secrètement Colton.

Il était ravi de revoir Makena. Grande et élancée, elle avait un corps de rêve et de magnifiques cheveux bruns, épais et ondulés. La pluie les avait un peu aplatis mais ils semblaient toujours aussi beaux que dans son souvenir.

Ses yeux bleu clair, de la couleur du ciel un matin d'été, n'avaient pas changé non plus. C'était le genre d'yeux dans lesquels il aurait pu s'abîmer des jours entiers. Ce regard d'une douceur infinie, il n'avait jamais réussi à l'oublier.

Mais, depuis leur rencontre, de l'eau avait coulé sous les ponts et, bien qu'il ait été profondément troublé en la revoyant, leur relation était désormais purement professionnelle.

Colton n'avait pas l'intention de refaire sa vie dans l'immédiat. Il ne s'était pas encore remis du décès de sa femme, Rebecca, survenu moins d'un an auparavant. Mais voilà que le destin lui faisait croiser la route d'un amour de jeunesse depuis longtemps perdu de vue. À l'époque, il n'avait jamais déclaré sa flamme à Makena. Étudiant timide et inhibé, il n'avait même jamais osé l'inviter à prendre un verre. Force lui était de constater qu'après toutes ces années l'attirance qu'il ressentait pour elle à l'époque n'avait en rien faibli. Alors que leur rencontre remontait à une vingtaine de minutes à peine, Colton se sentait irrésistiblement attiré par la jeune femme.

Ne voulant rien laisser paraître de son émoi, il essaya de se concentrer sur ce qu'il avait à faire. Son expérience médicale était très basique. Il savait pratiquer une réanimation cardio-respiratoire mais c'était à peu près tout.

Même trempée jusqu'aux os, Makena était éblouissante. En douze ans, elle n'avait presque pas changé. Autant qu'il puisse en juger, elle ne présentait pour l'instant aucun signe inquiétant, rien qui pût laisser penser qu'elle souffrait d'un traumatisme crânien. Cependant, en la voyant se jeter voracement sur le sandwich et la pomme qu'il lui avait offerts, il s'était demandé si tout allait bien si bien que cela.

Jetant un coup d'œil à l'annulaire de sa main gauche,

il constata qu'elle ne portait pas d'alliance, et s'en réjouit secrètement. Makena n'était pas mariée.

Cela ne signifiait pas pour autant qu'elle était célibataire. Il mit sa curiosité sur le compte de sa conscience professionnelle. D'où venait-elle et que faisait-elle à Katy Gulch ? En tant que shérif, il était normal qu'il creuse un peu ces questions. Pourquoi Makena avait-elle élu domicile dans une caravane abandonnée ?

Elle n'était ni ivre ni droguée, apparemment. Quand il était confronté à des comportements suspects, c'était la première chose qu'il vérifiait. Traverser la rue sans regarder alors qu'il tombait des cordes, qu'il faisait nuit et qu'éclatait au-dessus de leurs têtes un orage d'apocalypse était indéniablement suspect. Il était donc légitime qu'il s'enquière de ce qu'elle faisait là.

Les questions qu'il s'apprêtait à lui poser entraient strictement dans le cadre de son enquête, songea-t-il, sourd à la petite voix implacable dans sa tête qui le traitait de fieffé menteur.

Il savait encore ce qu'il faisait et n'était nullement disposé à se laisser dicter sa conduite.

3

La lumière du plafonnier accentuait la pâleur de Makena, mais Colton avait l'impression qu'elle commençait malgré tout à reprendre des couleurs. Il estima que c'était plutôt bon signe. Elle était en train de se réchauffer et n'avait probablement rien de grave.

— Je pensais que tu faisais des études de commerce pour pouvoir aider tes parents au ranch, une fois que tu serais de retour, dit-elle.

Inversant les rôles, elle s'était mise à lui poser des questions.

— Au bout d'un an, je me suis rendu compte que les études de commerce ne me passionnaient pas. Je me suis inscrit en droit et je ne l'ai jamais regretté.

Colton espérait qu'en lui parlant un peu de lui il réussirait à gagner sa confiance. Elle était méfiante, sur le qui-vive, et semblait avoir peur de tout. Selon toute probabilité, elle fuyait quelque chose. Ou quelqu'un. Il n'aimait pas la savoir dans le pétrin et était prêt à l'aider si besoin.

— Et toi ? Tu as fait quoi, finalement ?

— J'ai continué.

Il la sentit se refermer comme une huître. Sa question n'avait pourtant rien d'intrusif. Ce n'était pas comme s'il lui avait demandé son numéro de Sécurité sociale ou les codes d'accès à son compte bancaire. Elle croisa les chevilles puis les bras sur sa poitrine. Il comprit qu'il ne pourrait plus rien tirer d'elle.

— J'ai dit quelque chose qu'il ne fallait pas ?

Autant jouer cartes sur table. Si le terrain était miné, il préférait le savoir tout de suite pour éviter un nouvel impair. Et pour éviter de se prendre un vent.

— Euh, non, ce n'est pas ça. En fait, ta question m'a…, euh, prise au dépourvu.

Il était évident qu'elle lui cachait quelque chose. Et que, bizarrement, elle avait peur de lui. Même s'ils n'avaient rien à se reprocher, les gens n'étaient pas toujours à l'aise avec la police. Colton l'avait maintes fois constaté. Mais de là à perdre tous ses moyens et à se mettre à bafouiller…

— On ferait mieux de se mettre en route, déclara-t-il pour détendre l'atmosphère. J'ai promis à une dame âgée de passer chez elle. Elle n'habite pas très loin. Cela ne t'ennuie pas que…

— Il n'y a aucun problème. Tu n'as qu'à me déposer. Je ne veux pas être dans tes pattes et t'empêcher de faire ton travail.

Sa voix s'était mise à trembler. Colton trouvait sa nervosité de plus en plus étrange mais il ne voulait pas en tirer des conclusions hâtives.

— Makena, je t'ai renversée avec mon 4x4 et, tant que je n'aurai pas la certitude absolue que tu n'as rien, je ne vais pas arrêter d'y penser. En fait, je ne veux pas seulement m'assurer que tu n'as rien de cassé. Je veux t'aider, d'une manière ou d'une autre, quels que soient tes besoins.

Il ne s'agissait pas de paroles en l'air. Il avait vraiment envie de faire quelque chose pour elle.

Makena exhala un soupir.

— Je suis désolée. Ta gentillesse me touche beaucoup. Je ne voulais pas t'envoyer balader, je t'assure. Mais je suis un peu déstabilisée, là.

Se tournant vers lui, elle planta ses yeux bleus droit dans les siens.

— Il ne faut pas que tu le prennes mal, continua-t-elle. C'est juste que…, que ça fait un moment que personne ne s'est montré aussi gentil avec moi.

Colton était suspendu à ses lèvres, avide d'en apprendre un peu plus sur elle. S'il s'intéressait autant à Makena, c'était par pure nostalgie, à cause du béguin qu'il avait eu pour elle quand il avait dix-neuf ans. Il l'avait côtoyée chaque semaine au laboratoire de biologie pendant tout un semestre, et pas une seule fois il n'avait osé lui demander de sortir avec lui.

Il avait attendu, en vain, un signe d'encouragement, et s'était longtemps demandé si l'attirance qu'il ressentait pour elle était réciproque. Makena était timide, à l'époque, et il l'était encore plus qu'elle. Quand il avait enfin trouvé le courage de lui parler, il s'était fait coiffer au poteau par un autre prétendant. Dane Kilroy avait ravi le cœur de la belle.

Colton avait toujours été un peu déphasé dans ses relations avec le sexe opposé. C'était en souvenir de ce qui aurait pu être qu'il avait aujourd'hui envie de l'aider. À moins que ce ne fût la détresse qu'il lisait dans ses yeux qui ne touchât en lui une corde sensible et ne le poussât à agir.

Il savait ce que c'était que d'être dans une mauvaise passe. Une horrible tragédie était survenue dans sa famille avant sa naissance. Les répercussions de ce drame se faisaient toujours sentir trente ans après.

Le kidnapping de sa sœur de six mois avait tellement ébranlé les O'Connor que plus jamais ils n'avaient été les mêmes. Le vide laissé par la disparition de la fillette n'avait jamais été comblé.

En ce qui concernait Makena, mieux valait commencer par recueillir les informations de base. Créant un nouveau fichier dans son ordinateur de bord, Colton entreprit de rédiger un rapport pour rendre compte de l'incident.

— Tu t'appelles toujours Eden ? demanda-t-il.

— Qu'est-ce que tu fais ? lança-t-elle, visiblement inquiète.

— Un rapport. C'est la procédure.

— Non, ce n'est pas la peine. Écoute, je n'ai pas vérifié mais il me semble que ta voiture n'a aucun dommage. Quant à moi, dans un jour ou deux, je serai complètement rétablie. Un rapport ne s'impose pas. Tu n'auras pas d'ennuis, j'espère ?

C'était le monde à l'envers, songea Colton. Voilà qu'à présent elle s'inquiétait pour lui…

— Bien sûr que non. Pas pour un accident sans gravité. Mais je suis tenu malgré tout de rédiger un rapport.

— Comment puis-je te convaincre de laisser tomber ?

La note d'urgence qu'il perçut dans la voix de la jeune femme déclencha en lui une sonnette d'alarme.

— Tu as des problèmes, Makena ?

Elle laissa échapper un cri de surprise qui lui fit regretter sa question. Mais, maintenant qu'il l'avait posée, il attendait une réponse. Peut-être aurait-il dû s'efforcer d'y mettre les formes…

— Mieux vaut laisser tomber, insista-t-elle. Ma hanche me fait mal, mais ça passera. Il n'y a vraiment pas de quoi en faire toute une histoire. Et, quoi que tu en dises, ce rapport d'incident pourrait nuire à ton avancement. Quand tu patrouilles dans les rues, tu n'es pas censé renverser les gens. Crois-moi, Colton, il vaut mieux que ça reste entre nous.

Sa véhémence était pour le moins suspecte. Mais que craignait-elle donc ? se demanda-t-il à nouveau. Il avait la ferme intention de le découvrir. Il était hors de question pour lui d'en rester là.

— Si je ne sais pas ce qui se passe, je ne pourrai pas t'aider, dit-il. Est-ce que tu me fais confiance, au moins ?

Il voulait en avoir le cœur net. Mais il voyait bien qu'elle n'était pas disposée à se confier. À quoi bon la passer sur le gril ? Il était évident qu'elle ne répondrait pas à ses questions. Mais le scénario le plus vraisemblable était qu'elle fuyait un proche, cherchait à s'éloigner d'un conjoint avec qui elle avait rompu. Les conflits domestiques comptaient parmi les interventions les plus délicates à gérer pour un représentant des forces de l'ordre.

— Ne t'en fais pas pour moi, Colton. Tout va bien, je t'assure. Je suis juste de passage à Katy Gulch.

Elle poussa un soupir et remonta la couverture jusqu'à sous son menton.

— Tu voulais savoir sur quoi mes études avaient débouché. Eh bien, j'ai enseigné la musique. Du moins jusqu'à ce que l'établissement qui m'avait recrutée supprime les cours de musique et que je décide de me mettre à mon compte.

— Ah bon ?

— Je me suis mise à jouer à droite et à gauche dans tout l'État, mais les temps sont durs. J'en suis réduite à dormir dans une caravane à l'insu de sa propriétaire. Je me suis promis de laisser un mot et un peu d'argent dès que ma situation me le permettra. Depuis quelque temps, j'ai du mal à trouver du travail, mais la roue finira par tourner. Je devrais vite retomber sur mes pieds.

— J'ai l'impression que tu n'as pas une vie très marrante, en ce moment. Mais, rassure-toi, la propriétaire de la caravane est au courant de ta présence. Elle m'a demandé de m'assurer que tout allait bien pour toi.

En quelques phrases, elle avait répondu à toutes les questions qu'il brûlait de lui poser. Pourtant, si elle lui avait expliqué les raisons de sa vie itinérante, son histoire semblait un peu cousue de fil blanc. Colton fit cependant semblant de la gober.

— Si mes souvenirs sont bons, tu jouais de la guitare, à tes moments perdus, à la fac, non ?

Il était curieux de voir sa réaction mais n'en laissa rien paraître.

— Comment le sais-tu ? demanda-t-elle en rougissant.

Elle était encore plus jolie quand elle était embarrassée. Mais son charmant minois n'était pas son seul atout. Makena était dotée en outre d'une vive intelligence et d'un grand sens de l'humour. Du moins à l'époque où il l'avait connue. Il se demanda si, douze ans plus tard, elle était restée la même.

Le tonnerre grondait toujours, et des trombes d'eau se déversaient sur la ville. Un vrai déluge. Des sirènes rugissaient à travers toute la ville pour mettre en garde la population contre les risques de tornade. Il allait devoir appeler son ex-beau-père. En cas d'orage, même violent, l'usage des sirènes était contre-productif. Colton l'avait déjà expliqué à Preston Ellison. Les gens finiraient par ne plus faire attention et par se mettre en danger.

Mais le maire n'en faisait qu'à sa tête. Il était toujours persuadé d'avoir raison. Il avait surprotégé Rebecca au point de l'étouffer complètement. Comme il fallait s'y attendre, elle s'était rebellée.

Rebecca avait pourtant toujours été une fille gentille. Colton et elle s'étaient connus enfants et ils étaient rapidement devenus les meilleurs amis du monde. Puis ils s'étaient mariés et, moins d'un an plus tard, Rebecca était décédée. Elle lui manquait encore cruellement, certains jours.

S'il ne l'avait pas épousée juste après avoir terminé ses études, c'était à cause de Makena.

— Ça va ? Tu es bien installée ?

La voix de Colton la tira de sa rêverie. Perdu dans ses pensées, il avait gardé le silence quelques minutes, impassible tandis que l'eau qui recouvrait la chaussée ne cessait de monter. Les essuie-glaces, qui fonctionnaient pourtant à la vitesse maximum, avaient bien du mal à chasser l'eau du pare-brise.

— Oui, je te remercie. Je suis contente d'être à l'abri, au sec et au chaud.

Surélevé, le châssis du 4x4 ne risquait pas d'être immergé. Le moteur ne craignait rien non plus.

Makena scruta anxieusement la route, qu'on discernait à peine. Les sirènes se turent, et on n'entendit plus que le crépitement de la pluie qui tombait toujours aussi drue.

— Cela ne fait qu'empirer, déclara sombrement Colton en montrant son écran.

Il donna un coup de volant à droite, ce qui fit jaillir de sous ses roues de grandes gerbes d'eau. Dans le centre-ville, les trottoirs et les rues pavées devaient être complètement inondés.

— Ah oui ? fit Makena, en essayant de changer de position pour mieux voir l'écran.

Elle grimaça et réprima un juron. L'ordinateur de

bord étant orienté vers le conducteur, elle ne voyait pas grand-chose.

— Désolé, dit-il lorsqu'il s'en rendit compte. Je ne peux pas le tourner davantage.

— Aucune importance. Tu ne me croiras peut-être pas mais je suis plutôt prudente, d'habitude. Je ne me jette pas sous les roues des voitures. Le bleu que je dois avoir à la hanche me fait un mal de chien, mais, dans un jour ou deux, je ne le sentirai plus, assura-t-elle avec un grand sourire.

— J'espère que tu n'avais rien de prévu ce soir.

Il avait dit cela d'un ton sinistre et semblait soucieux, en dépit des efforts qu'elle faisait pour détendre l'atmosphère.

— Non, rien de spécial, répondit-elle.

Elle s'était promis de réfléchir à sa prochaine destination et de se remettre en route juste après avoir mangé un morceau. Elle s'était réfugiée dans la caravane pour semer des amis de son ex-mari, River, qui était à l'origine de sa cavale. Elle l'avait quitté parce qu'il la maltraitait. Mais River avait apparemment lancé à ses trousses deux de ses potes, sans doute des policiers de Dallas, comme lui. Elle était peut-être paranoïaque mais il lui avait bien semblé reconnaître les deux types qu'elle avait aperçus dans leur garage, un soir, en train de comploter avec River. Surpris de la voir interférer, River était entré dans une colère noire et l'avait envoyée se coucher.

Après cet incident, River était devenu de plus en plus désagréable. Il n'arrêtait pas de lui faire des reproches et de lui crier après. Il était incapable de lui parler sans hausser le ton. Il ne restait rien de l'homme charmant qu'il avait été au début de leur relation.

River possédait un charisme indéniable. Dans le genre

beau ténébreux, on ne faisait pas mieux. Mais il avait une face cachée, beaucoup moins souriante. C'était un homme violent, irascible et secret. Au fil du temps, sa vraie nature avait pris le dessus, rendant la vie de Makena avec lui insupportable. Elle avait fini par partir.

— Les prévisions sont mauvaises, dit Colton, la tirant de ses sombres pensées. Les conditions météorologiques vont encore s'aggraver.

Il y avait maintenant un an qu'elle avait quitté River, et à aucun moment elle n'avait regretté cette décision. Mais depuis, chaque nuit, elle redoutait qu'il ne la retrouve.

— Comment est-ce possible ? demanda-t-elle lorsqu'une branche d'arbre atterrit soudainement sur le pare-brise du 4x4 avant d'être chassée plus loin par une violente bourrasque.

— Dame Nature pique une très grosse colère, apparemment.

Et, comme pour lui donner raison, les sirènes retentirent à nouveau. Si la pluie torrentielle n'avait pas fait un tel fracas, elles leur auraient percé les tympans. Puis Makena se rendit soudain compte que le vent avait tourné et qu'il faisait tanguer à présent le 4x4 d'un côté et de l'autre.

— En temps normal, je serais resté sur le lieu de l'accident, dit Colton. Mais je crois que, là, il vaut mieux que nous partions.

Il passa la première et commença à faire demi-tour.

— Où allons-nous ? Tu as parlé d'une voisine âgée à qui tu voulais rendre visite.

Une énorme bourrasque fit trembler le pare-brise. Makena poussa un cri.

— C'est la personne qui s'est installée dans sa caravane que j'étais censé passer voir. Mais, puisque tu es là, je n'ai plus besoin d'aller chez Mme Dillon. J'habite tout près. Dans le parking sous-terrain de mon immeuble, nous serons à l'abri.

Elle comprit qu'il ne lui laissait pas le choix quand elle l'entendit informer sa secrétaire de l'endroit où il se rendait. Makena supposa qu'elle ne risquait pas grand-chose à attendre avec lui que la tempête se calme. Tant qu'elle ne s'épanchait pas, elle n'avait rien à craindre. Le fait que Colton la connaisse était un avantage. Si elle avait eu affaire à un de ses collègues, elle se serait retrouvée au poste à tous les coups. Et, fatalement, son nom aurait été divulgué.

Elle ne voulait surtout pas que River la retrouve. D'autant plus que, jaloux comme il l'était, il ne supporterait pas de la voir avec Colton. Il avait du flair et devinerait tout de suite qu'elle était attirée par lui.

Colton s'arrêta au feu rouge dans une rue complètement déserte. Il n'y avait pas un chat dehors. C'était justement parce qu'elle savait que, par temps de pluie, elle ne croiserait personne qu'elle s'était aventurée hors de la caravane en quête de nourriture.

Elle ne pouvait pas deviner qu'elle serait prise dans une tempête. Elle s'était débarrassée de son téléphone peu de temps après avoir quitté Dallas. Le ciel menaçant et la pluie ne laissaient rien présager de bon, certes, mais au printemps tout le monde savait qu'au Texas les orages éclataient sans crier gare et ne duraient généralement jamais très longtemps.

Sauf que celui-là ne faisait que commencer.

4

— Qu'en penses-tu ?

C'était la deuxième fois que Colton lui posait la question. Il avait tout d'abord pensé qu'elle n'avait pas entendu, à cause de l'orage, puis s'était rendu compte que, plongée dans ses pensées, elle ne faisait plus attention à lui. Ni à ce qu'il disait.

Il en fut contrarié. Il y avait presque une demi-heure qu'ils étaient assis dans le 4x4 à discuter, et il n'en savait pas beaucoup plus sur elle qu'au début de la conversation. Mais à en juger par sa tendance à éluder ses questions pour se lancer ensuite dans de grandes explications, histoire de noyer le poisson, il y avait fort à parier qu'elle lui cachait quelque chose.

Comme la tempête risquait de durer encore un certain temps, au moins jusqu'au lendemain, et qu'il allait selon toute vraisemblance devoir l'héberger pour la nuit, il pourrait creuser un peu et peut-être découvrir pourquoi elle semblait être sur le qui-vive.

Avec tout ça, il n'avait pas encore appelé sa mère. Il devait s'assurer qu'elle ne voyait pas d'inconvénient à ce que les jumeaux restent dormir chez elle. Colton avait des scrupules à augmenter sa charge de travail alors qu'elle venait de perdre son mari. Mais, là, il n'avait vraiment pas le choix.

— De quoi ? demanda Makena, qui semblait ne pas s'être aperçue qu'elle avait eu une absence.

— De venir chez moi jusqu'à ce que ça se calme.

Il fit une embardée pour éviter une branche qui voltigeait dans les airs.

— Et ça va se calmer quand ?

Colton ne put s'empêcher de rire.

— Tu cherches à me vexer, ou quoi ? À la seule perspective de passer quelques heures en tête à tête avec moi, tu as l'air si catastrophée. Je ne vais pas te sauter dessus, n'aie crainte.

— Ce n'est pas la question. Tu es un ange de m'avoir invitée à m'abriter dans ta voiture et de m'avoir offert un sandwich, une pomme et du thé. Je ne savais pas qu'on allait avoir un gros orage. Je suis sortie sans parapluie, idiote que je suis.

L'état des routes excluait à présent qu'il la raccompagne chez Mme Dillon. Elles étaient presque toutes coupées, apparemment. Le comté, ainsi que quatre comtés voisins venaient d'être placés en vigilance « tornade » pendant vingt-quatre heures. Bien que ce genre d'événement climatique ne fût pas exceptionnel en cette saison, il semblait à Colton que, d'année en année, la population les redoutait de plus en plus. D'après les prévisions, il s'agissait bien d'un orage de type supercellulaire, aussi devaient-ils s'attendre à des phénomènes violents incluant des tornades et de la grêle.

— Tu n'as pas répondu à ma question, dit-il en la voyant regarder fixement la poignée de sa portière.

Totalement immobile, Makena leva les yeux vers le

pare-brise qu'elle contempla un long moment. Puis elle soupira, et ses épaules se relâchèrent d'un seul coup.

— Je te remercie pour ton offre, Colton. C'est vraiment gentil de ta part de m'inviter chez toi. Mais, avant d'accepter, j'ai une question à te poser.

— Je t'écoute.

— Il s'agit plus d'une demande, en fait.

Elle jeta un coup d'œil au gobelet de café encore à moitié plein posé dans la console.

— Il y a des siècles que je n'ai pas bu un bon café.

Il avait dû hausser les sourcils parce qu'elle éprouva le besoin de développer.

— Un café digne de ce nom, je veux dire. Pas ce genre de cochonnerie.

Elle montra le gobelet en fronçant le nez.

Il s'esclaffa. Entre eux, la tension commençait à diminuer. L'attirance, en revanche, était toujours aussi forte. Mais il y faisait moins attention parce qu'il s'inquiétait énormément pour elle. Comment avait-elle bien pu échouer dans une caravane qui ne lui appartenait pas ? Qu'était-elle venue faire à Katy Gulch ? Makena était originaire de Dallas et elle avait fait ses études à Austin. Tout semblait indiquer qu'elle était en cavale – son histoire de perte d'emploi qui l'avait jetée sur les routes et obligée à aller de ville en ville pour faire des concerts ne l'avait absolument pas convaincu. Comme il ne l'avait pas vue depuis plus de dix ans, il ne pouvait pas être sûr à cent pour cent qu'elle n'avait pas commis de délit.

La peur qu'il lisait dans ses yeux lui laissait penser qu'elle fuyait quelqu'un. Mais allez savoir qui. Impossible de lui soutirer le moindre renseignement. Sa survie dépendait peut-être de sa capacité à rester discrète. D'après ce qu'il avait compris, elle errait depuis des mois sur les routes en vivotant de sa musique. Mais son récit contenait plus de trous qu'une meule de gruyère. Comment expliquer par exemple qu'elle n'ait pas d'instrument et ne fasse pas partie d'un groupe ? Un musicien en déplacement ne partait pas les mains dans les poches, que diable !

— Si tout va bien, on sera chez moi dans cinq minutes, annonça-t-il lorsque le feu passa au vert.

Ils roulèrent dans des rues désertes mais, avec la tempête, il leur fallut un bon quart d'heure pour arriver chez lui. Lorsqu'il entra dans le parking, Colton jugea opportun d'informer Makena qu'il avait des enfants.

Dès qu'il se fut garé sur son emplacement, il coupa le contact et se tourna vers sa passagère.

— Avant de monter, il faut que tu saches quelque chose…

Makena se redressa sur son siège et se raidit. Il se surprit à contempler rêveusement ses hanches et, confus, détourna vite les yeux.

— Mais ce n'est rien de grave, rassure-toi, dit-il en pure perte car elle paniquait déjà.

— Il aurait mieux valu que je ne vienne pas, c'est ça ? Tu as une petite amie ou une femme ? Tu as dit tout à l'heure…

Il leva la main.

— Tu fais fausse route, Makena. Je n'ai ni femme ni petite amie mais des jumeaux. Ils sont actuellement chez ma mère parce que la femme qui s'occupe d'eux et qui les garde pendant que je suis au travail a dû s'absenter précipitamment. Elle était très embêtée de partir comme ça, en me laissant les petits sur les bras, mais sa nièce a eu un accident de voiture et a vraiment besoin d'elle. Je lui ai donc donné ma bénédiction, conscient que, si elle était restée, elle l'aurait probablement regretté jusqu'à son dernier souffle. La conscience professionnelle, c'est une chose, mais on ne peut rien contre les liens du sang.

— Je suis désolée.

Lorsque, à sa grande surprise, elle toucha sa main, il ressentit une décharge électrique dans tout le bras, ce qui lui confirma que Makena lui faisait toujours autant d'effet.

— Il n'y a pas de quoi, dit-il. Elle a bien fait de partir.

Après une courte hésitation, il ajouta :

— J'ai été marié. Ne va surtout pas penser que j'aie cherché à te le cacher. Ma femme est morte peu après la naissance des jumeaux.

— Oh ! non, mais c'est horrible ! J'étais à cent lieues d'imaginer une chose pareille.

Elle posa sur lui un regard plein de compassion qui lui fit chaud au cœur.

— Tu ne pouvais pas savoir, dit-il en détournant les yeux pour éviter à son cœur de surchauffer.

Il avait si bien appris à cacher son chagrin et à donner le change qu'il lui arrivait parfois d'oublier vraiment le drame qui l'avait frappé. Du coin de l'œil, il vit que Makena avait laissé échapper une larme. Baissant la tête, elle se détourna légèrement.

— Je ne pensais pas que ça t'affecterait autant, dit-il. Je voulais te prévenir pour que tu ne sois pas surprise de voir des jouets traîner partout.

Elle resta immobile, sans rien dire, comme statufiée, pendant encore une bonne minute.

— Alors, comme ça, tu as des jumeaux ?

— Oui. Silas et Sebastian. Deux adorables bouts de chou.

Lorsqu'elle se fut ressaisie, elle se tourna à nouveau vers lui, mouvement qui lui arracha une grimace de douleur.

— Je parie que tu les adores, dit-elle.

— Gagné ! D'ailleurs, il faut que j'appelle au ranch pour m'assurer qu'ils sont bien couchés. Ma mère doit s'inquiéter pour moi à cause de la tempête.

— Ils ont quel âge ?

Le fait qu'il soit père ne lui posait apparemment aucun problème. De plus, l'intérêt qu'elle portait aux jumeaux semblait sincère.

— Douze mois. Ce sont de vrais petits diables.

Il fallait absolument qu'il appelle sa mère. Mais son sens de l'hospitalité l'obligeait à s'occuper de Makena en priorité.

— On monte chez moi ?

Il s'attendait plus ou moins à ce qu'elle ait changé d'avis. Elle était si craintive.

— Quel bonheur ce sera de pouvoir enfin se sécher.

Colton s'empressa d'aller lui ouvrir la portière. Elle avait retiré sa ceinture mais gardé la couverture sur elle. Elle avait repris des couleurs, ce qui semblait indiquer qu'elle allait mieux.

— Je vais te porter, proposa-t-il, obligeamment.

— C'est gentil, mais je vais essayer de marcher. Si je pouvais juste m'appuyer sur toi…

Étant donné qu'elle se souvenait de son nom et s'exprimait de manière cohérente, il semblait peu probable qu'elle ait un traumatisme crânien. Colton n'avait donc aucune raison de la dissuader de marcher si elle s'en sentait capable.

— Bien sûr. Accroche-toi à mon bras.

Il tendit son bras et elle s'y agrippa, ce qui eut pour

effet de lui envoyer une nouvelle décharge électrique et de faire grimper en flèche sa température corporelle. Il se persuada une fois de plus que cet émoi était à mettre sur le compte de la nostalgie. Ils étaient si jeunes et insouciants, à l'époque.

Makena s'extirpa du siège passager en prenant appui sur lui. Ses premiers pas furent laborieux, mais heureusement l'ascenseur n'était pas loin.

— Tu te débrouilles bien, assura-t-il.

Il y avait un long moment qu'il n'avait pas ressenti une telle attirance pour quelqu'un. Depuis le décès de Rebecca, il n'avait pas eu le moindre rendez-vous galant. Il était trop occupé à pleurer sa femme et à prendre soin de ses jumeaux. Cela faisait douze mois que les petits étaient nés et que, peu après, il avait perdu celle qui avait été à la fois sa meilleure amie et sa femme. En l'espace de ces douze mois, sa vie avait été totalement chamboulée.

Makena s'appuyait lourdement sur Colton. Elle se demandait s'il sentait lui aussi cette impulsion électrique entre eux. Si oui, il n'en laissait rien paraître.

Encore quelques pas et ils arriveraient à l'ascenseur. Dès qu'elle prenait appui sur sa jambe gauche, une douleur fulgurante la traversait de part en part. Mais, avec l'aide de Colton, elle arrivait à marcher. Elle n'avait pas arrêté de lui dire que ce n'était pas grave mais, encore cinq minutes plus tôt, elle n'en pensait pas un mot. Et voilà qu'elle marchait.

Assez quelconque, l'ascenseur ne laissait en rien présager la taille gigantesque de l'appartement de Colton. Il occupait tout le dernier étage de la résidence, qui comportait trois niveaux au-dessus du parking.

Transportée dans un monde de design et de luxe, Makena regardait autour d'elle, émerveillée.

— C'est vraiment magnifique, dit-elle.

Elle imaginait ce qu'avait dû être sa vie dans cet appartement avec sa femme et ses enfants. Et à quel point le décès de son épouse avait dû le dévaster.

Cette pensée lui provoqua un pincement de cœur, sans qu'elle sût trop pourquoi. Peut-être parce qu'elle n'avait jamais connu cet amour inconditionnel.

La comparaison entre Colton et River était inévitable. Elle était très jeune quand elle avait rencontré River, et trop naïve pour se rendre compte que sous le prince charmant se cachait un véritable monstre. River lui avait tourné la tête. Elle l'avait épousé sans hésiter car elle y avait cru. Plus jamais on ne l'y reprendrait.

De style loft, avec un mur en briques apparentes et de nombreuses fenêtres, l'appartement de Colton était vaste et lumineux. Malgré ses grands volumes, il était chaleureux avec sa cheminée électrique murale, son parquet clair, ses canapés en cuir et son mobilier aux lignes douces. Des tapis écrus recouvraient le sol, et une ottomane du même coloris faisait office de table basse.

Au milieu du séjour, deux petits trotteurs devaient permettre à leurs propriétaires de déambuler à leur guise dans tous les coins et recoins de la pièce, qui se prolongeait sur la droite par une cuisine ouverte. Makena ne voyait que l'immense îlot central en granite, qui tenait lieu de table.

Elle remarqua surtout les deux chaises hautes qui lui firent vraiment prendre conscience que Colton était papa. Avec toutes les responsabilités que ce statut impliquait. Elle comprenait mieux l'origine des fines rides qui creusaient son front maintenant qu'elle savait qu'il avait perdu sa femme et élevait seul ses deux enfants.

Si les choses s'étaient passées autrement, Makena aussi aurait été maman. Mais, quand elle avait compris quel genre d'homme elle avait épousé, elle s'était bien gardée de fonder une famille avec River. Pour elle, rien n'était perdu, bien sûr, mais l'échec de son mariage, le divorce et les problèmes auxquels elle était confrontée lui avaient fait un peu perdre de vue ses rêves de jeune fille. Sa priorité, aujourd'hui, était de sauver sa peau. D'échapper coûte que coûte à son ex-mari.

Il lui avait fallu des années pour s'affranchir de lui. Elle ne le laisserait pas la détruire. Il lui avait déjà fait bien assez de mal comme cela. Ces dernières années l'avaient amenée à reconsidérer sa définition du bonheur. Ce à quoi elle aspirait aujourd'hui, ce n'était plus à une vie avec mari et enfants. Elle voulait juste se trouver un coin tranquille, une petite maison qu'elle partagerait avec un chien et un chat.

— Tout va bien, Makena ? demanda Colton.

— Oui, ça va. J'adore ton intérieur.

Il rougit légèrement.

— La décoration n'est pas de moi, confia-t-il humblement. C'est ma mère qui a tout fait.

Pourquoi sa mère et pas sa femme ? se demanda Makena qui sentit à nouveau une nuée de papillons voleter dans sa poitrine.

— Elle est douée. Le choix des couleurs est du meilleur effet.

Des toiles abstraites grand format dans des tons de crème et de bleu canard étaient accrochées au mur. La mère de Colton avait vraiment fait du bon boulot.

D'autant plus que l'appartement reflétait parfaitement la personnalité de Colton. Beau et sécurisant.

Makena finit par poser la question qui lui brûlait les lèvres.

— Comment se fait-il que ta femme ne se soit pas occupée elle-même de la décoration ?

— Ma femme n'a pas connu cet appartement.

Il n'avait visiblement aucune envie de s'étendre sur le sujet.

— Et si je t'aidais à t'installer sur le canapé et allais préparer du café ? proposa-t-il à brûle-pourpoint.

Makena capta le message cinq sur cinq. À l'avenir, elle tiendrait sa langue.

— C'est très tentant, répondit-elle avec un sourire.

Lui agrippant le bras plus fermement, elle put constater qu'il était très musclé. Il l'aida à gagner le canapé puis se dirigea vers la cheminée qu'il alluma en appuyant sur un bouton. Les flammes apparurent comme par magie.

Makena en resta bouche bée. La beauté de cet intérieur l'impressionnait au plus haut point. Savoir que Colton ne vivait là que depuis qu'il était veuf la comblait d'aise, bizarrement. Elle et lui n'étaient pourtant jamais sortis ensemble. À l'époque où ils faisaient équipe, au labo de biologie, Colton semblait la trouver à son goût mais peut-être s'était-elle fait des idées parce qu'il ne lui avait jamais déclaré sa flamme. Le semestre s'était écoulé sans que rien ne se passe.

Un peu honteuse de se réjouir malgré elle de le savoir à nouveau célibataire, elle songea que, si ses jumeaux avaient douze mois, le décès de son épouse était récent. Il était donc normal que le sujet soit sensible.

— Si tu veux enlever tes vêtements mouillés, je me ferai un plaisir de les passer à la machine et au sèche-linge.

Après un court silence embarrassant, il s'empressa d'ajouter :

— Je peux te prêter un peignoir en attendant.

Elle lui décocha un sourire.

— J'avais bien compris que je ne resterais pas nue, dit-elle d'un ton railleur. Du café et des vêtements secs ? Je ne pouvais pas espérer mieux. Tu es un ange, Colton !

— Un ange ? Ma virilité est sacrément mise à mal, là.

Troublée, Makena réprima un frisson. Elle ricana bêtement pour donner le change.

— Ce n'est pas ce à quoi je pensais. Mais, si je me souviens bien, tu es quelqu'un de foncièrement gentil. Sinon, je ne serais pas ici, seule avec toi.

Il lui adressa un clin d'œil avant de se diriger vers ce qu'elle supposa être sa chambre. Il en revint quelques secondes plus tard avec un magnifique peignoir blanc sur la poitrine duquel était brodé le nom d'une chaîne d'hôtels de luxe.

Colton lui tendit le peignoir. Lorsqu'elle le prit, leurs doigts se frôlèrent. Ce contact suffit à renforcer l'attirance qu'elle ressentait pour lui. En proie à une bouffée de chaleur extrêmement gênante, elle se sentit rougir jusqu'à la racine des cheveux.

Il se racla la gorge et déclara :

— Je vais faire les cafés. Tu peux te changer ici. Je ne regarderai pas. Promis, juré !

Ces mots ajoutèrent encore à son émoi. Elle aurait dû lui savoir gré de sa galanterie. Savoir qu'il ne chercherait pas à se rincer l'œil avait quelque chose de rassurant. D'un autre côté, paradoxalement, elle était presque vexée qu'il ne soit pas au moins tenté d'en profiter. Bon, il allait falloir qu'elle se calme, là.

Elle prit une grande inspiration et expira lentement. Colton lui tourna ostensiblement le dos et se dirigea vers la cuisine. Bien que le moindre geste lui arrachât une grimace de douleur, elle réussit, en restant assise sur le canapé, à se débarrasser de ses vêtements trempés et à s'envelopper dans le peignoir. Tout cela aurait pu se terminer bien plus mal, songea-t-elle en cachant pudiquement ses sous-vêtements sous ses autres habits qu'elle roula en boule.

— Ton café, tu le prends toujours avec du sucre et de la crème ? demanda-t-il depuis la cuisine.

— Oui. Comment peux-tu encore t'en souvenir après tout ce temps ?

Il marmonna qu'il avait une excellente mémoire. Elle ne put s'empêcher d'espérer que, s'il s'en souvenait, c'était peut-être aussi – et surtout – parce qu'elle avait compté pour lui. Compté suffisamment pour qu'il ait mémorisé ses petites habitudes, comme le fait qu'elle prenne son café avec du lait et du sucre ?

Elle était portée à le croire, mais une petite voix perfide, dans sa tête, lui soufflait qu'elle se faisait des illusions.

5

— Je suis surprise que tu n'habites pas au ranch, dit Makena en admirant la grâce athlétique avec laquelle Colton se déplaçait dans la pièce.

Il était encore plus sexy aujourd'hui qu'à vingt ans. Ce qui le rendait si séduisant, c'étaient sa mâchoire volontaire, son grand nez légèrement busqué et ses yeux bleu cobalt qui semblaient lire en vous à livre ouvert. À en juger par sa musculature, il était évident que Colton fréquentait assidûment la salle de sport.

— Je n'y habite pas mais j'y vais avec les jumeaux les jours où je ne travaille pas.

Il lui tendit une tasse de café fumant. Elle s'en saisit à deux mains et la porta aussitôt à ses lèvres.

— Hum, c'est bon ! Le meilleur café que j'aie jamais bu.

En riant, Colton prit place sur le canapé en face d'elle. Il retira ses bottes et s'ébroua avant de se passer une main dans les cheveux. L'assurance tranquille qui se dégageait de toute sa personne et sa désinvolture contribuaient aussi à son charme.

— J'ai pris cet appartement pour être plus près du bureau après le décès de Rebecca.

Makena pensa qu'il allait continuer sur sa lancée mais

il s'interrompit. Puis il secoua à nouveau la tête, plaqua un vague sourire sur ses lèvres et but une gorgée de café.

— Je vais te faire grâce de mes malheurs, décréta-t-il.

Il jeta un coup d'œil à l'écran de son téléphone.

— J'aimerais autant que tu me les racontes, dit-elle tout bas.

Mais il ne réagit pas. Elle avait très envie de savoir ce qu'il était devenu après la fac. Il faisait déjà tellement sérieux à l'époque. On aurait dit qu'il portait le poids du monde sur ses épaules. Son regard avait toujours été pénétrant mais, quand il se posait sur elle, un émoi irrépressible l'envahissait – un émoi qu'elle était alors bien trop jeune pour analyser.

Il s'empara de la télécommande et appuya sur une touche, ce qui eut pour effet de transformer l'une des peintures accrochées au mur en écran de télévision géant. Makena fut là encore tellement stupéfaite qu'elle sentit sa mâchoire se décrocher et son menton lui tomber sur la poitrine.

Jamais elle ne se serait attendue à trouver chez lui ce genre de technologie dernier cri. D'une part parce qu'il lui avait toujours donné l'impression d'être un garçon très simple, et de l'autre parce que, même si elle avait vaguement entendu dire que les O'Connor faisaient partie des plus gros éleveurs du coin, elle n'avait jamais imaginé qu'ils puissent être aussi riches.

Le milieu dans lequel elle avait grandi était bien différent. Non seulement elle avait toujours habité en ville, mais elle avait en outre été élevée par sa mère qui avait dû faire beaucoup de sacrifices pour qu'elle puisse poursuivre ses études sans être obligée de s'endetter jusqu'au cou. Sa mère était tombée malade deux ans après le mariage de

Makena avec River. Le conte de fées ayant rapidement viré au cauchemar, Makena s'était résignée à partir. La maladie de sa mère avait changé la donne. Quitter River n'avait plus été sa priorité. Elle s'était occupée de sa mère, au grand dam de River qui lui reprochait de passer trop de temps avec elle. Il s'était plaint aussi du fait qu'elle travaillait mais, sans son travail, Makena n'aurait jamais tenu le coup. Travailler lui avait permis d'assister sa mère adorée dans les derniers moments de sa vie tout en supportant un mari qui la maltraitait.

Machinalement, elle se mit à tripoter le collier en or que sa mère lui avait offert avant de mourir.

River avait eu beau protester, elle lui avait tenu tête et elle avait pris son mal en patience en attendant de pouvoir prendre ses cliques et ses claques.

Lorsqu'elle leva les yeux, elle vit que Colton l'observait.

— Comment s'appelle-t-il ? demanda-t-il.

L'à-propos de sa question la déconcerta. Remise de sa surprise, elle ouvrit la bouche pour protester mais Colton ne lui en laissa pas le temps.

— Je ne te demande pas son nom, si tu préfères le garder pour toi, mais n'essaie pas de me faire croire qu'il n'existe pas.

Consternée, elle resta un long moment sans rien dire, à réfléchir aux options qui s'offraient à elle. Nier purement et simplement n'était guère envisageable. Et puis, la solitude commençait vraiment à lui peser ; elle avait grand besoin de parler, de se confier à quelqu'un. Le moment était venu de vider son sac et de regarder la réalité en face.

— Il s'appelle River.

Elle avait baissé les yeux pour ne pas voir dans le regard

de Colton la pitié que ses confidences ne manqueraient pas de susciter. Elle ne voulait pas qu'il la plaigne. C'était sa faute à elle. Personne ne l'avait obligée à épouser River. Elle avait fait une erreur et, si sa mère n'était pas tombée malade, elle n'aurait pas attendu aussi longtemps avant de le quitter.

— Était-il violent ? Lui est-il arrivé de te frapper ?

Le ton posé de Colton ne dénotait aucune pitié. Il révélait plutôt de la bienveillance et de la compréhension. Deux choses dont son ex-mari était totalement dépourvu.

— Non, mais il m'agressait verbalement. Les disputes dégénéraient. Il s'emportait et me lançait des piques dans le but de me blesser et de m'humilier. Ayant été élevée par ma mère, en l'absence de figure paternelle à la maison, je ne me rendais pas compte que ce genre de comportement au sein d'un couple n'était pas admissible.

— Personne ne devrait avoir à subir un tel traitement.

La colère perçait dans sa voix.

— Les disputes étaient de plus en plus fréquentes. Un jour, pour échapper aux invectives, je suis partie dans la chambre mais, fou de rage, River m'a emboîté le pas. Il m'a attrapée par le poignet et m'a fait faire une volte-face si brutale que je me suis cogné la tête contre le mur. J'ai serré les dents par amour-propre. Il ne l'avait pas fait exprès. Mais, à ce moment-là, il a levé le poing comme pour me le balancer dans la figure.

Makena racontait son calvaire d'une voix atone et d'une seule traite, presque sans respirer, pour être sûre d'aller jusqu'au bout.

— Qu'as-tu fait pour l'empêcher de te frapper ?

— Je l'ai regardé droit dans les yeux et je lui ai dit que, s'il s'avisait de me frapper, il aurait intérêt à rester sur ses gardes parce qu'il pourrait bien finir avec le tisonnier de la cheminée planté entre les deux yeux.

Colton esquissa un sourire.

— Voilà qui est bien parlé ! Je parie qu'après ça il y a réfléchi à deux fois avant de lever la main sur toi ?

— Pour être tout à fait franche, je n'aurais probablement pas mis ma menace à exécution, sauf en cas de danger de mort. Mais je voulais lui faire peur. Et ça a marché. Il n'a jamais recommencé, en effet. Mais, verbalement, il est devenu encore plus virulent. Il s'est mis en outre à contrôler toutes mes sorties et il a essayé de m'empêcher de voir qui je voulais.

— Puis-je te poser une question ?

— Oui, bien sûr.

Jamais elle n'avait pensé pouvoir un jour parler de tout cela avec quelqu'un. Elle n'avait rien dit à sa mère pour ne pas l'inquiéter.

— Pourquoi es-tu restée ?

— À cause de ma mère. Elle est tombée gravement malade et, pendant deux ans, j'ai dû m'occuper d'elle.

Makena contempla un instant le bout de ses chaussures.

— Je ne suis partie qu'après son décès. Je ne voulais pas que ma mère pâtisse de la situation. Elle avait besoin de stabilité.

Elle s'interrompit à nouveau, passant sous silence le fait que River avait menacé de la tuer si elle le quittait. Il avait dû sentir qu'elle s'éloignait de lui.

Mais elle n'avait plus envie de parler de tout ça. Revenir sur ces moments difficiles était trop anxiogène. Elle but une gorgée de café et décréta d'un ton qu'elle voulut enjoué :

— À ton tour, maintenant ! Parle-moi de ta femme.

— Il n'y a pas grand-chose à en dire. Rebecca était ma meilleure amie. Elle habitait en face de chez moi, aussi avons-nous grandi ensemble. Son père est le maire de la ville. Au lycée, nous sommes devenus inséparables. Puis nous sommes partis chacun de son côté poursuivre nos études. Rebecca avait jugé préférable de rompre. Sa sœur aînée avait épousé le garçon avec lequel elle sortait quand elle était au lycée, et ça s'était mal terminé. Rebecca craignait qu'il ne nous arrive la même chose.

— Et toi, qu'en pensais-tu ?

— J'étais d'accord pour faire une pause. Je connaissais Rebecca depuis toujours. J'avais besoin de m'éloigner d'elle pour éprouver la force du lien qui nous unissait et pour m'assurer qu'elle était bien celle avec qui je voulais partager ma vie. Tu comprends ce que je veux dire ?

— Oui, très bien.

— Avant de m'engager, je voulais être sûr de faire le bon choix et de ne pas seulement me conformer à ce qu'on attendait de moi. Cette pause dans notre relation me donnait le temps de la réflexion.

— Étant donné que vous vous êtes mariés, je suppose que tu as fini par te rendre compte qu'elle était faite pour toi, dit Makena, que cette conclusion contrariait.

— Oui, finalement, j'ai dû me dire qu'épouser sa meilleure amie n'était pas la pire chose qui puisse m'arriver.

Il n'échappa pas à Makena que Colton n'avait pas décrit Rebecca comme étant la femme de sa vie.

— Nous nous sommes mariés et, peu de temps après, les jumeaux sont nés. Moins d'un mois plus tard, alors qu'elle rentrait de chez sa sœur qui vit à Austin, Rebecca a eu un accident de voiture sur l'autoroute. Un chauffard ivre lui est rentré dedans. Elle est morte sur le coup. Par chance, ce jour-là, les jumeaux étaient restés avec moi à la maison.

— Quelle terrible tragédie.

— J'ai loué cet appartement parce que je ne supportais plus de vivre au ranch. Sans elle, la maison me paraissait tellement vide. Nous y allons régulièrement avec les jumeaux parce qu'il y a encore des photos d'elle, là-bas. Il me semble que c'est important qu'ils sentent sa présence et se construisent des souvenirs dans lesquels elle a sa place.

— Les élever seul ne doit pas être facile, mais tu as l'air de très bien t'en sortir. Je suis sûre que Rebecca serait fière de toi.

— Cela fait plaisir à entendre. J'espère, oui, qu'elle serait fière de moi. Je fais tout ce que je peux pour qu'elle le soit. Elle le méritait.

Elle vit une ombre passer dans son regard.

— Vous êtes restés mariés combien de temps ? demanda-t-elle, curieuse de savoir ce qu'il avait fait après la fac.

— Nous nous sommes mariés juste après qu'elle m'eut annoncé qu'elle était enceinte.

Voilà pourquoi il avait dit qu'épouser sa meilleure amie n'était pas la pire chose qui puisse lui arriver. S'étaient-ils mariés parce que Rebecca était tombée enceinte ? Elle n'osa pas le lui demander. Elle ne voulait pas se montrer trop intrusive. Ils s'étaient déjà raconté beaucoup de choses, poussant la confidence bien au-delà de ce qu'ils avaient prévu au début de la conversation.

Bien que boostée par la caféine, Makena se sentait fourbue et luttait contre le sommeil. La pluie, qui tombait toujours aussi drue, y était probablement pour quelque chose. À cela s'ajoutait le fait qu'elle ne dormait que d'un œil depuis qu'elle avait aperçu les deux acolytes de River. Sans compter qu'elle s'était fait renverser et avait mal partout. Réprimant un énième bâillement, elle essaya de rassembler ses idées.

— Tu as dû être dévasté, dit-elle. Je suis sincèrement désolée pour toi. Tu mérites tellement mieux. Si elle avait vécu, Rebecca t'aurait sans aucun doute rendu très heureux.

Colton ne s'attendait pas à parler aussi longuement de Rebecca. Elle lui manquait tellement. D'une certaine façon, cela lui avait fait du bien. Il y aurait bientôt un an qu'elle n'était plus là, et même si entre eux ça n'avait jamais été l'amour fou, Rebecca et lui s'adoraient. Leur amitié de toujours était à la base de leur relation. C'était déjà pas mal.

Avec Makena, Colton redécouvrait des émotions qu'il n'avait pas éprouvées depuis de très nombreuses années. En fait, ce qu'il ressentait pour elle le ramenait à leur deuxième année de fac. À la seconde où il l'avait vue, il avait senti qu'il se passait quelque chose. Ce jour-là, lorsque Rebecca lui avait demandé par texto si tout allait bien, il ne lui avait pas répondu immédiatement. C'était la première fois qu'il ignorait un de ses messages.

Elle avait tout de suite deviné pourquoi. Rebecca était dotée d'une redoutable perspicacité. Il se demandait parfois si elle ne le connaissait pas mieux qu'il ne se connaissait lui-même.

La présence de Makena ici, avec lui, était une excellente chose. Elle l'aidait à combler le vide qu'avait laissé en lui la disparition de Rebecca. Les deux femmes jouaient dans sa vie des rôles complémentaires. Son mariage avec Rebecca était une chose, et ses sentiments pour Makena en étaient une autre. Entre Rebecca et lui, il y avait eu une longue amitié, une profonde loyauté et la promesse d'être toujours là l'un pour l'autre.

Colton était fier d'avoir tenu sa promesse. Rebecca ne l'avait jamais laissé tomber. En élevant les jumeaux, il pouvait à son tour lui montrer sa loyauté. Les deux petits ressemblant beaucoup à leur mère, ils la lui rappelaient constamment. À travers eux, Colton avait l'impression qu'elle était encore un peu avec lui. Il ne se passait pas un seul jour sans qu'il ne pensât à elle et à ce qu'il lui devait.

Mais, pour l'heure, il avait deux choses en tête : la sécurité des habitants du comté et le regard de biche aux abois de Makena. Après ce qu'elle avait vécu, cette attitude n'était pas très étonnante. En matière de violences conjugales, tant physiques que verbales, Colton en connaissait un rayon. Il avait trop souvent vu les effets dévastateurs que pouvaient avoir les insultes et les humiliations à répétition sur une victime de maltraitance. Et sur son entourage proche. Il aurait pu en témoigner personnellement.

Savoir que Makena avait subi ce genre de traitements le mettait en rage. D'autant plus que, quand elle était verbale, la maltraitance était difficile à prouver et donc rarement punie.

Au Texas, des lois protégeaient les victimes de coups et blessures, mais la violence verbale, qui pouvait pourtant être aussi préjudiciable, ne faisait l'objet d'aucune sanction. D'où la situation dans laquelle se retrouvait Makena aujourd'hui.

— Combien de temps as-tu été mariée ? demanda-t-il.

— Neuf ans.

Il but une gorgée de café pour digérer cette réponse.

— Tu as tenu aussi longtemps seulement à cause de ta mère ?

Elle soupira.

— Elle avait besoin de moi. Je l'ai accompagnée chez le médecin puis chez plusieurs spécialistes. Quand un diagnostic a enfin été posé, elle a fait une attaque. On n'a rien pu faire pour la sauver, expliqua Makena en passant l'index sur le bord de sa tasse.

En la voyant si triste, il sentit son cœur se serrer. Lorsqu'elle parlait de son ex-mari, l'expression de son visage était très différente, remarqua-t-il à part soi. Elle relevait le menton d'un air de défi et affichait une grande détermination.

— Elle me manque tellement, confia-t-elle d'une petite voix.

Sans un mot, Colton posa sa tasse sur la table basse et se leva. Il alla s'asseoir à côté d'elle et prit sa main dans la sienne dans un geste qu'il voulut compatissant.

— Si j'ai fait des études, c'est grâce à elle, continua Makena. Et aussi grâce à un conseiller d'orientation qui prenait son métier à cœur. Ma mère m'a élevée du mieux qu'elle a pu, en sacrifiant tout pour moi.

— Tu as eu une mère formidable.

— Je sais, dit Makena en baissant la tête pour qu'il ne voie pas la larme qui avait débordé et roulait sur sa joue.

— Être mère célibataire n'a pas dû être facile tous les jours, dit Colton. Avec mes jumeaux, parfois, je suis complètement dépassé. Si je n'avais pas ma mère pour me donner un coup de main, je ne sais pas comment je ferais. Je suis très reconnaissant à ma famille pour toute l'aide qu'elle m'apporte.

— On dit qu'il faut tout un village pour élever un enfant. C'est sans doute vrai. Le nôtre était si petit que ma mère ne pouvait compter que sur elle-même. J'ai eu une enfance heureuse, malgré tout. En fait, je ne me suis rendu compte des sacrifices qu'avait dû faire ma mère pour m'élever que lorsque j'ai décroché mon premier emploi. C'est à ce moment-là que j'ai pris conscience du coût de la vie. Ma mère faisait énormément d'heures supplémentaires pour me payer mes études. J'ai quand même dû contracter un emprunt étudiant mais je me suis bien gardée de le lui dire. Je lui ai laissé croire qu'elle avait entièrement financé mes études.

— Tu lui as fait un magnifique cadeau. Pour mes enfants, je ferais n'importe quoi, aussi n'ai-je aucun mal à imaginer à quel point ce devait être important pour ta mère de te payer tes études. N'empêche que, compte tenu de sa situation et du peu de ressources qu'elle avait, elle a accompli un véritable exploit. Je n'en reviens pas.

Il s'interrompit, attendant qu'elle lève les yeux vers lui. Lorsque, enfin, leurs regards se croisèrent, il fut à nouveau comme parcouru par un courant électrique.

— Je comprends, maintenant, d'où tu tiens toute cette force qui est en toi, dit-il.

Elle le gratifia d'un sourire qui lui fit chaud au cœur.

— Si tu veux mon avis, continua-t-il, tu mérites beaucoup mieux que ça, après tout ce que tu as enduré.

Elle lui serra le bras dans un geste d'affection qui l'électrisa une fois de plus et ajouta encore à son trouble. Makena était si près de lui qu'il pouvait respirer l'odeur de sa peau. L'attirance, entre eux, était presque palpable.

Les yeux rivés sur la gorge de la jeune femme, au creux de laquelle son pouls battait très vite, il tendit une main vers elle et lui caressa doucement la joue.

Le saisissant par le poignet, elle l'attira à elle. Il sentit son cœur faire un bond dans sa poitrine. Mais, alors que leurs lèvres, comme aimantées, se rapprochaient inexorablement, il fut soudain assailli par une pointe de culpabilité. Il avait l'impression de trahir Rebecca, d'autant plus que ses sentiments pour Makena étaient irrépressibles.

Il y avait presque un an que Rebecca était décédée, songea-t-il pour se dédouaner. Et bien plus longtemps qu'il n'avait pas touché qui que ce soit d'autre. Sans compter que jamais il n'avait éprouvé une telle attirance pour aucune femme. En fait, Makena l'avait toujours rendu fou de désir.

Comme si elle avait lu dans ses pensées, elle posa une main sur son visage pour l'inciter à combler l'espace entre leurs bouches.

Colton ferma les yeux et pressa ses lèvres sur les siennes, si douces et si tendres, si peu en accord avec son caractère bien trempé.

À la seconde où leurs bouches se rencontrèrent, il sentit toutes ses préventions s'envoler. Sa langue s'insinua entre les lèvres de Makena qui, d'instinct, voulut se rapprocher encore. Mais ce mouvement incontrôlable lui arracha une grimace de douleur. Elle s'écarta.

— Je suis désolée.

— Ce n'est rien, bredouilla-t-il, l'esprit en déroute.

Bien que terriblement frustrant, ce retour brutal à la réalité tombait à point nommé. Il s'en était fallu de peu pour que la situation ne lui échappe complètement. Aller plus loin aurait sans doute été une très, très mauvaise idée.

Tous deux malheureux, Makena et lui cherchaient simplement un peu de réconfort, songea Colton. Mais il n'arrivait pas à se convaincre qu'il ne s'agissait que de cela. Ce qu'il ressentait l'un pour l'autre était trop puissant pour relever du seul besoin de se consoler mutuellement. Entre eux, l'attirance semblait toujours aussi puissante.

— Si je t'ai fait mal, je m'en excuse, dit-il.

— Tu n'y es pour rien. C'est entièrement ma faute. Je me suis un peu emballée, confia Makena d'une voix rauque.

Elle n'était pas la seule. Lui aussi était en surchauffe. Jamais il n'était monté aussi vite en température. Sa vie sexuelle avait pourtant été épanouissante mais, là, c'était différent. Il était attiré par Makena comme le Soleil par la Terre.

Colton avait la certitude absolue que faire l'amour avec Makena serait une expérience fabuleuse qui changerait sa vie à tout jamais. Mais, vu l'état dans lequel se trouvait la hanche de la jeune femme, ce n'était pas demain la veille que cela arriverait. Et c'était bien dommage parce qu'il commençait à en avoir assez de vivre comme un moine.

Plus que de l'abstinence, il souffrait surtout de la solitude. L'absence de quelqu'un à qui parler quand il rentrait le soir se faisait cruellement sentir. Les jumeaux étaient là, bien sûr, mais leur conversation restait très limitée.

Il prit comme un signe la douleur que Makena avait ressentie en se rapprochant de lui. Il faisait fausse route et ne devait pas aller plus loin. En aucun cas, il ne voulait la faire souffrir. Il s'en voulait déjà suffisamment comme ça de l'avoir renversée. Quoi qu'elle en dise, c'était sa faute si elle était couverte d'hématomes et grimaçait de douleur au moindre mouvement.

Il repensa à son refus catégorique de signaler l'incident. Soi-disant pour lui éviter des ennuis, mais il avait vite compris qu'elle ne voulait pas que son nom d'épouse apparaisse dans un rapport de police. Colton n'était pas dupe : il était parfaitement clair que Makena cherchait à échapper à son ex-mari. Pour en être arrivée à squatter une caravane et à vivre dans la clandestinité, il fallait que sa situation soit vraiment très compliquée. Quoi qu'il en soit, il était grand temps qu'il recouvre son sang-froid et se ressaisisse.

— Je suis désolé. Ce baiser était une erreur. Je ne sais pas ce qui m'a pris.

Gênée, Makena s'empourpra, ce qui la rendit encore plus irrésistible.

— Il me semble que j'ai activement participé, dit-elle.

Il lui décocha un clin d'œil qui lui arracha un sourire. Il n'avait pas prévu qu'en interrompant ce fichu baiser il la mettrait dans une position inconfortable. D'après ce qu'elle lui avait raconté, son mariage avait sapé sa confiance en soi. Sa confiance et son estime de soi, Colton ne demandait pas mieux que de les lui rendre. Quel mal y avait-il à cela ?

6

Après s'être littéralement jetée sur Colton, Makena aurait dû se sentir affreusement gênée. Elle ne regrettait en rien son audace, cependant, car jamais personne jusque-là ne l'avait embrassée avec une telle fougue. Dans la mesure où elle avait été mariée de longues années, ce constat n'avait rien de réjouissant, mais embrasser aussi bien n'était sans doute pas donné à tout le monde. Colton avait réveillé en elle des sensations dont elle avait oublié l'existence.

Ce baiser, il y avait plus de dix ans qu'elle l'attendait. Mais cela ne suffisait pas à expliquer l'effet qu'il avait produit sur elle. Colton semblait doté d'un potentiel érotique extrêmement prometteur sur lequel elle préférait néanmoins éviter de fantasmer trop longtemps. En tout cas pour l'instant.

Elle poussa un soupir résigné. Mieux valait laisser de côté l'attirance indéniable qu'il y avait entre eux. Outre qu'elle avait bien d'autres préoccupations en tête en ce moment, Makena savait qu'elle n'avait aucune chance de détrôner Rebecca dans le cœur de Colton. De son propre aveu, il avait épousé sa meilleure amie, décédée peu après la naissance de leurs jumeaux.

Bien qu'il eût surtout évoqué l'amitié indéfectible qui

le liait à sa femme, Colton avait sans aucun doute été très attaché à elle. Jamais Makena ne pourrait rivaliser avec Rebecca.

Colton considéra sa tasse vide.

— Je prendrais bien un autre café. Pas toi ?

— Non, merci. J'ai un gros coup de fatigue, malgré le café. J'aimerais faire un petit somme sur le canapé, si ça ne t'embête pas.

— Fais comme chez toi, dit-il en se levant.

Il prit sa tasse et se dirigea vers la cuisine. Elle crut l'entendre marmonner que « ça tombait mal et que dans d'autres circonstances, les choses auraient été bien différentes… » Mais peut-être avait-elle rêvé, leurrée par son désir de croire qu'il se passait réellement quelque chose entre eux.

Elle se trouvait pathétique et ne put s'empêcher de rire. Elle n'était pas du genre à s'accrocher à qui que ce soit. Certes, Colton n'était pas n'importe qui, mais elle devait garder la tête froide, coûte que coûte, malgré la solitude, de plus en plus pesante. Et en dépit du fait que Colton O'Connor était un ancien béguin, du temps où elle et lui se côtoyaient sur les bancs de l'université. Plus de dix ans avaient passé mais, à en juger par la fougue de son baiser, il ne l'avait pas totalement oubliée.

Elle, en tout cas, était de toute évidence toujours aussi sensible à son charme. Elle avait honte de s'être emballée sottement. Ses joues étaient en feu. Plus qu'à la gêne, cet embrasement était dû au désir qu'elle ressentait pour Colton.

Ces six derniers mois l'avaient rendue vulnérable, c'était certain. Elle en avait bavé. Seule et sans ressources, cela n'avait pas été facile tous les jours. Mais elle avait survécu. Elle finirait par s'en sortir et par remonter la pente. Néanmoins, la vie qui l'attendait lui paraissait soudain beaucoup moins attrayante depuis ce baiser d'anthologie, qui lui avait ouvert d'autres perspectives.

Assez rêvé ! songea-t-elle en se secouant mentalement. Il était grand temps de redescendre sur terre.

— Dis-moi, Colton, tu n'aurais pas une brosse à dents et une serviette à me prêter ?

Ses vêtements se trouvant dans le sèche-linge, autant en profiter pour prendre une douche. Cela la changerait de la bassine d'eau tiède de la caravane.

— Si, bien sûr.

Il désigna d'un coup de menton le couloir qu'il avait pris un peu plus tôt pour aller lui chercher de quoi se changer.

— Tu trouveras tout ce dont tu as besoin dans le placard de la salle de bains.

Non sans efforts, Makena réussit à se lever du canapé.

— Je vais t'aider, dit Colton en se précipitant vers elle.

— C'est encore très douloureux, admit Makena en ignorant le bras qu'il lui tendait. Mais il me semble que ça va un peu mieux. Je vais essayer de marcher jusqu'à la salle de bains.

Elle avançait à tout petits pas, à la vitesse d'un escargot. Fière comme Artaban, elle gagna seule la salle de bains, dans laquelle elle s'enferma.

Assise sur l'abattant des toilettes, elle attendit que la douleur diminue en respirant à pleins poumons l'odeur de Colton, omniprésente dans l'air et sur le peignoir qu'elle portait. C'était une odeur virile, boisée et épicée, qui lui évoquait la vie au grand air et qui lui rappelait les travaux pratiques de biologie, à la fac.

Arrête de te faire du mal ! se morigéna-t-elle intérieurement. Colton sentait bon, soit. Mais s'extasier sur son odeur enivrante ne ferait pas avancer ses affaires. Si elle voulait aller de l'avant, il allait falloir qu'elle s'ôte Colton de la tête. Dès qu'elle se serait lavée et reposée un petit moment.

Inspirant à fond pour se donner du courage, elle se leva et se débarrassa de son peignoir. Puis elle ouvrit les robinets de la douche et, avec moult précautions, avança sous les jets hydromassants. Ultra-design et conçue dans un matériau qui ressemblait à du marbre blanc, la douche aurait pu accueillir une demi-douzaine de personnes. Cette pensée amusa énormément Makena, qui voyait mal le shérif Colton prendre sa douche avec cinq ou six de ses administrés.

Elle se surprit à rire toute seule en imaginant la chose. Sous l'effet de la fatigue, la tension se relâchait, d'où ce rire nerveux irrépressible. Un peu de légèreté lui faisait du bien après tous ces mois de stress.

Malgré la détente procurée par les jets d'eau chaude sur son corps endolori, elle ne s'éternisa pas sous la douche. Bien qu'elle s'efforçât de prendre le moins possible appui sur sa jambe gauche, la station debout restait encore très pénible.

Après s'être séchée et glissée à nouveau dans le peignoir que lui avait prêté Colton, elle se brossa les dents. L'usage d'une vraie salle de bains avec de l'eau chaude à volonté lui parut d'un luxe inouï. Elle n'avait pas eu accès à un tel niveau de confort depuis longtemps.

La tasse de café qu'elle avait bue en arrivant chez Colton lui avait fait le même effet. Elle songea qu'elle prendrait vite goût à tout ce dont la routarde qu'elle était devenue avait dû apprendre à se passer. Mieux valait qu'elle ne prolonge pas son séjour plus que le strict nécessaire. Elle prenait un risque en restant trop longtemps au même endroit, d'autant plus que Colton pouvait à tout moment divulguer son identité.

Nouant la ceinture du peignoir autour de sa taille, elle sortit de la salle de bains et regagna le séjour. Elle marchait de mieux en mieux. Si elle se reposait un petit moment, le temps que la tempête se calme, elle pourrait probablement retourner à la caravane sans problème un peu plus tard dans la soirée.

La grande question était de savoir ce qu'elle ferait ensuite. Elle vivait au jour le jour. Les contingences matérielles la préoccupaient tellement qu'elle en arrivait parfois à oublier le but de cette longue cavale – réunir des preuves contre son ex-mari. Il fallait qu'elle s'en aille. Elle était déjà restée bien trop longtemps à Katy Gulch.

Lorsqu'elle le rejoignit dans la salle de séjour, Colton était en train de parler dans sa radio. Son ordinateur portable sur les genoux, il était si concentré qu'il ne la vit pas revenir. Soucieuse de ne pas l'interrompre, elle retourna sans bruit s'asseoir sur le canapé, en face de lui.

Lorsqu'il leva les yeux vers elle, une bouffée de chaleur la submergea. Bercée par sa belle voix grave, elle se pelotonna sur le canapé.

Colton poussa son ordinateur et prit le plaid plié sur le dossier du canapé. Il se leva et l'étendit sur elle. Puis il lui tendit un coussin qu'elle glissa sous sa tête.

Makena ferma les paupières. Elle savait qu'elle ne dormirait pas, trop préoccupée par son avenir à court terme, surtout depuis qu'elle avait aperçu, pas plus tard que l'avant-veille, les deux acolytes de River. Mais au moins, même sans dormir, elle se reposait et, contre toute attente, elle finit par sombrer, glissant dans le sommeil sans s'en apercevoir.

Elle se réveilla en sursaut. Machinalement, elle se redressa sur son séant pour regarder autour d'elle, hébétée. Une vive douleur dans sa hanche gauche l'obligea à changer de position.

La lumière de l'aube filtrait par les baies vitrées du loft. Elle se frotta les paupières et bâilla.

Tandis que les événements de la veille au soir lui revenaient doucement en mémoire, elle chercha Colton des yeux. Tendant l'oreille, il lui sembla entendre le bruit de la douche. La vision de son corps nu et musclé qui s'imposa aussitôt à son esprit n'était pas la meilleure façon de commencer la journée. *Encore que…*, songea-t-elle en gloussant nerveusement.

Lorsqu'elle ouvrit son peignoir pour jeter un coup d'œil à sa hanche, elle n'eut plus du tout envie de rire. Un gigantesque bleu s'étendait de sous sa cage thoracique jusqu'en haut de sa cuisse gauche.

Le moindre mouvement était douloureux. Serrant les dents, elle referma son peignoir et se leva. Se souvenant que, la veille, Colton lui avait offert un excellent café, elle décida d'aller s'en préparer une tasse. Après tout, Colton lui avait dit de faire comme chez elle.

Son estomac gargouillait malgré le sandwich, la soupe et la pomme qu'il lui avait fait avaler… plus de dix heures plus tôt, constata-t-elle, effarée, en regardant l'heure. Comment avait-elle pu dormir aussi longtemps ?

Elle n'avait pas fait de nuit complète depuis des siècles. Plus qu'au confort du canapé, c'était à la présence rassurante de Colton qu'elle devait ce repos. Mieux valait

tabourets qui entouraient l'îlot de granite. Tant pis pour le sucre et la crème ! Elle s'en passerait. Elle avait trop mal. Quand Colton sortirait de la douche, elle lui demanderait un comprimé d'ibuprofène. Maintenant qu'elle était à peu près certaine de ne rien avoir de cassé, elle pouvait se permettre de prendre des antalgiques.

Colton, justement, apparut à la seconde où elle portait la tasse à ses lèvres. En le voyant se pavaner devant elle quasiment nu, les hanches ceintes d'une simple serviette en éponge blanche, elle faillit s'étrangler avec son café.

— Bonjour, lança-t-il de sa belle voix grave.

Elle lui enviait sa décontraction.

— Bonjour, articula-t-elle à grand-peine, en détournant pudiquement le regard de son torse musclé sur lequel perlaient quelques minuscules gouttes d'eau.

— Tu as réussi à te faire du café, à ce que je vois. Cela fait plaisir de te voir debout. Comment va ta hanche, ce matin ?

Son sourire, qui dévoilait une rangée de dents parfaitement alignées d'une blancheur étincelante, le rendait terriblement sexy.

— Nettement mieux, répondit Makena avant d'embrayer sur tout autre chose. J'ai réussi à me faire un café. Pour la crème, en revanche, j'ai renoncé. Mais je dois reconnaître que, tel quel, le café est très bon, fait avec cette machine.

Colton haussa les sourcils et sourit, attirant irrésistiblement le regard de Makena sur ses lèvres.

— Tu veux de la crème et du sucre ?

— Si tu n'en as pas, aucune importance.

Elle n'avait pas fini sa phrase qu'il s'élançait vers le réfrigérateur et en extirpait une brique de crème qu'il posa devant elle. Puis il sortit d'un des placards deux ou trois sachets de sucre qu'il lui lança.

Elle les attrapa et le remercia.

— Tu avais l'air bien occupé, hier soir. Tout le monde va bien ? demanda-t-elle.

— La tempête a fait plus de peur que de mal, heureusement. Les routes étant impraticables, quelques automobilistes se sont retrouvés en mauvaise posture mais, globalement, les gens se sont montrés respectueux de mère Nature, si bien qu'il n'y a aucune victime à déplorer.

— Quelle chance !

— Mes adjoints ont fait du bon boulot.

— Tant mieux, dit Makena avant de porter à nouveau la tasse à ses lèvres. Hum, ajouta-t-elle avec un grognement de satisfaction. Ce café est vraiment délicieux !

— J'adore t'entendre grogner. Mais ce grognement risque de m'obséder toute la journée, surtout après... Euh, hier soir.

Elle avait pensé la même chose en le voyant débarquer dans la cuisine à moitié nu.

— J'ai dormi comme un loir, déclara Makena en s'étirant.

— Si tu as aussi bien dormi sur le canapé, imagine ce que ce serait dans un vrai lit.

Colton se rendit compte trop tard de ce que sa remarque pouvait laisser entendre. Il lui jeta un regard gêné.

Elle-même dans ses petits souliers, car elle venait de s'imaginer au lit avec lui, Makena secoua la tête pour chasser de son esprit ces pensées parasites.

C'était fou ce que le simple fait d'avoir revu Colton avait comme conséquences sur son moral et sur sa vision de l'avenir. Elle ne se reconnaissait pas elle-même. Déprimée depuis la mort de sa mère, incapable de se projeter, elle se sentait prête ce matin à prendre un nouveau départ.

— Tu as faim ? demanda Colton.

— J'ai pris un yaourt dans le réfrigérateur. J'espère que tu ne m'en veux pas de m'être servie.

— Tu as très bien fait. Mais ce n'est pas un yaourt qui va te nourrir. Que dirais-tu d'une omelette aux épinards ? Si tu es partante, je me mets aux fourneaux.

Cet homme était vraiment parfait. En plus de s'intéresser aux autres, de prendre à cœur le bien-être de ses administrés, voilà maintenant qu'il savait cuisiner !

— Ça me tente bien, dit-elle. Mais je ne veux pas te donner une surcharge de travail.

— Ne t'inquiète pas pour ça. J'en mangerai aussi. Mais il faudra faire l'impasse sur le bacon. Je n'en ai plus.

— Tu n'as pas de bacon ? Non, mais là tu déconnes ! s'exclama Makena en riant de sa plaisanterie.

Colton rit à son tour. Le contraire eût beaucoup étonné la jeune femme car, dans son souvenir, Colton était quelqu'un qu'on pouvait taquiner. Certes, ce que l'on remarquait en premier lieu chez lui, c'était son physique de top-modèle, mais s'il avait été seulement beau, il n'aurait pas eu beaucoup d'intérêt aux yeux de Makena, qui savait depuis longtemps que l'apparence ne faisait pas tout. Ce qu'elle appréciait chez un homme, c'était aussi son intelligence, son sens de l'humour et sa vivacité d'esprit.

Autant de qualités dont Colton avait à revendre.

7

Colton battit quatre œufs en omelette et fit griller du pain tandis que Makena dégustait tranquillement son café.

— Aurais-tu des antalgiques, par hasard ? demanda-t-elle.

— Je dois en avoir une boîte, juste là.

Il se dirigea vers un placard à l'autre extrémité du plan de travail. Les médicaments se trouvaient sur l'étagère du haut, hors de portée des jumeaux. Ses fils venaient juste de faire leurs premiers pas, mais les enfants grandissaient si vite…

— De l'ibuprofène, ça te va ?

— Je ne prends que ça, et encore pas souvent.

— Pareil pour moi. Il faut que tu manges, dit-il d'un ton sans appel en faisant glisser la moitié de l'omelette dans une assiette qu'il posa devant elle. Sinon, l'ibuprofène te fera plus de mal que de bien.

Elle acquiesça et le gratifia d'un sourire. Il la sentait encore un peu sur la défensive, mais elle était déjà bien plus à l'aise que la veille au soir, ce dont il se réjouissait intérieurement. Après ce que lui avait fait subir son ex-mari, c'était miraculeux qu'il ait réussi à l'apprivoiser en aussi peu de temps.

— Cette omelette est la meilleure que j'aie jamais

mangée ! affirma-t-elle, dès la première bouchée, en prenant des airs de connaisseuse.

Tout à la fois flatté et amusé, Colton se mit à rire. Il ne s'était pas senti d'humeur aussi légère depuis longtemps. La mort de Rebecca, puis celle de son père, l'avait pas mal secoué. Il commençait tout juste à s'en remettre. Avec les jumeaux à s'occuper et tout ce à quoi il avait dû faire face, rire ne lui était pas arrivé souvent ces derniers temps. En présence des petits, il s'efforçait toujours de faire bonne figure cependant.

— Je suis content que mon omelette te plaise, dit-il.

— Cette omelette est une tuerie !

Ce compliment lui alla droit au cœur.

— Les routes sont dégagées. Je vais devoir aller patrouiller.

— Aurais-tu l'obligeance de me conduire à la caravane ?

— Je t'y conduirai avec plaisir. Après m'être habillé.

En la voyant rougir, il songea que sa tenue légère la mettait peut-être mal à l'aise .

— Je ne devrais pas me balader devant toi à moitié nu mais, quand on vit seul, on prend vite de mauvaises habitudes. Je te prie de m'excuser. Je vais m'habiller.

— Tu es tout pardonné. J'ai déjà vu pire, comme spectacle.

Étonnée par sa propre audace, elle éclata de rire.

Colton fila dans sa chambre. Il s'habilla en vitesse, sortit sa ceinture du coffre et la fixa autour de sa taille. Quand il était de service, il ne sortait jamais sans son badge et sans son arme.

Sur son jean et sa chemise bleu marine, il enfila un coupe-vent. Le mot « shérif » était imprimé en capitales sur la manche gauche. Après s'être passé une main dans les cheveux, il considéra qu'il était fin prêt.

Lorsqu'il regagna la salle de séjour, il s'aperçut que Makena était toujours en peignoir.

— Je vais sortir tes vêtements du sèche-linge, proposa-t-il.

— Je viens avec toi. Mais, si tu m'indiques où il est, je peux y aller seule.

— Au bout du couloir. Dans la salle de bains, tu vas voir une porte. Elle donne accès à la buanderie.

— Ah, c'est pratique.

En tenant d'une main son peignoir bien fermé, elle se dirigea vers le couloir.

Colton était soulagé de constater que sa hanche allait nettement mieux. Makena marchait presque normalement. Par précaution, il aurait aimé la convaincre malgré tout d'aller passer une radio.

Moins de dix minutes plus tard, elle reparut, entièrement vêtue. Elle s'était brossé les cheveux.

— On y va ? demanda-t-elle.

— Tu as l'air d'avoir moins mal, fit remarquer Colton.

— Oui, ça va nettement mieux. J'ai un énorme bleu mais, cela mis à part, tout va bien. L'ibuprofène me soulage déjà. Je n'irais pas jusqu'à participer à un rodéo dans les prochains jours, mais ça va aller.

— Tu marches mieux, c'est bon signe en effet, mais je ne serai totalement rassuré que quand tu auras vu un médecin. Nous pourrions passer aux urgences de l'hôpital. C'est sur le chemin.

Il espérait réussir à lui faire entendre raison. Lorsqu'elle ouvrit la bouche pour protester, il leva une main.

— Écoute-moi jusqu'au bout. Je paierai la radio, si

c'est ce qui t'inquiète. C'est le moins que je puisse faire étant donné que c'est moi qui t'ai renversée.

— En réalité, j'ai déboulé devant ta voiture, et tu n'as pas pu m'éviter. À cause de la pluie, tu m'as vue trop tard. Si je n'avais pas traversé sans regarder, tu ne m'aurais pas renversée. Encore une chance que je n'aie pas endommagé ta voiture !

Colton s'esclaffa. Dans son métier, il en avait entendu de bonnes mais, celle-là, personne ne la lui avait jamais faite.

— Heureusement que ça te fait rire, déclara Makena, parce que tu pourrais tout aussi bien me verbaliser ou même m'arrêter. Porter atteinte à un véhicule de police est passible de poursuites judiciaires. Est-ce que c'est aussi grave que de porter atteinte à un policier ?

— Arrête un peu de dire des bêtises. On en rigole, soit, mais ce serait beaucoup moins marrant si on s'apercevait dans quelques jours que tu as une fracture qui s'est aggravée faute de soins.

Colton avait l'impression d'entendre son père. Combien de fois Finn O'Connor avait-il prononcé ces paroles ? Colton ne les comptait plus ; toute sa vie, son père les lui avait serinées. Il exhortait les autres à se faire soigner, mais il ne prenait pas soin de lui.

Colton et ses frères avaient découvert seulement depuis peu que leur père s'était battu pendant des mois contre une longue maladie qu'il avait gardée secrète quasiment jusqu'à sa mort.

— Si c'était grave, nous le saurions, non ? Et, au pire, une petite fracture n'a jamais tué personne. Je me suis fait une entorse au poignet en cours d'éducation physique quand j'étais en CM1. Je ne suis pas sportive pour deux sous, pour tout dire. Bref, on m'a mis une attelle. Je n'ai même pas eu besoin d'être plâtrée. Je suis sûre qu'avec un peu de repos ma hanche va se remettre toute seule. Ne t'en fais pas pour moi.

Même en admettant qu'elle ait raison, et effectivement rien de grave, Colton se voyait mal la ramener à la caravane et l'abandonner à son sort, alors que de toute évidence elle n'avait même pas de quoi manger. Il voulait l'aider mais ne savait comment s'y prendre pour ne pas blesser son amour-propre. Il allait devoir faire preuve de tact.

— Puisque tu dois te reposer, pourquoi ne resterais-tu pas ici ?

Sa proposition le surprit lui-même. Mais c'était ce qu'il y avait de plus raisonnable à faire. Il pouvait l'héberger sans problème. Il dormirait sur le canapé. Il le faisait souvent quand il ne se sentait pas le courage d'affronter le vide de sa chambre à coucher.

— C'est vraiment très gentil de ta part. Dans d'autres circonstances, j'aurais peut-être accepté, mais…

—Tu ne me laisses pas le choix, dit Colton en la regardant droit dans les yeux et en essayant de ne pas rire. Si tu insistes pour t'en aller, je crains d'être obligé de te passer les menottes.

Il avait le plus grand mal à garder son sérieux.

En voyant la stupéfaction se peindre sur les traits de Makena, qui en resta bouche bée, il s'en voulut presque de la faire marcher.

— C'est du chantage. Tu ne me ferais pas un coup pareil, j'espère ?

Sa question semblant hésitante, il se demanda si la jeune femme n'avait pas flairé le canular.

— Je n'en sais rien, répondit-il avec un haussement d'épaules. S'il faut en arriver là pour que tu restes…

Elle s'avança vers lui en boitillant et lui balança un coup de poing dans le plexus.

— Ce n'est pas drôle, protesta-t-elle.

— Si tu avais vu ta tête, tu ne dirais pas ça.

Malgré ce qu'elle avait enduré aux côtés d'un mari violent, Makena n'avait rien perdu de son humour et de son sens de la repartie. En y repensant, il comprenait mieux pourquoi elle l'avait subjugué et pourquoi il avait failli renoncer à Rebecca, son amie de toujours, pour une étudiante rencontrée au labo de biologie.

L'échec de sa vie conjugale se lisait dans son regard triste et méfiant mais, tout au fond d'elle-même, Makena n'avait pas changé. Elle était restée la jeune femme drôle, vive et sensible dont il était tombé amoureux.

— Je risque de le regretter mais il n'est pas impossible que je reste un jour ou deux, le temps que ma hanche se remette. À une condition…

— Je t'écoute, dit Colton d'un ton résigné en frottant son menton pas rasé.

— Je dors sur le canapé. Pas question que je te prive de ta chambre. Et comme dans l'autre il y a des lits à barreaux… En allant à la salle de bains, je n'ai pas pu m'empêcher de jeter un coup d'œil.

— J'espère que tu vas décider de rester. En ce qui concerne le canapé, on verra. On tirera à la courte paille, s'il le faut.

Il était exclu qu'il la laisse dormir sur le canapé alors qu'il avait un lit de presque deux mètres de large pour lui tout seul. La plupart du temps, il s'endormait sur le canapé, son ordinateur portable ouvert à côté de lui et son téléphone à la main.

La répartition des couchages était un détail qu'ils régleraient en temps et en heure. Il l'avait presque convaincue de rester et il s'en réjouissait. Elle serait mieux chez lui que dans cette vieille caravane qui lui servait de planque. Pour se contenter d'un logement aussi précaire, il fallait qu'elle ait de sérieux ennuis. Compte tenu de sa situation, il lui était d'autant plus reconnaissant de la confiance qu'elle lui avait accordée en acceptant de le suivre chez lui, la veille au soir. En s'endormant sur le canapé, elle lui avait montré combien cette confiance était grande. Si elle revenait s'installer chez lui, il ferait en sorte de ne pas la décevoir.

Fort de cette pensée, il l'escorta jusqu'à l'ascenseur. Makena gardait le silence, l'air soudain étrangement grave. Il se demanda si c'était la perspective de retourner à la caravane qui la rendait si soucieuse.

Il se posait mille questions sur les raisons qu'elle avait de se cacher. Elle avait eu un mari violent, soit, mais cela faisait des mois qu'elle était en cavale. Que fuyait-elle, au juste ? La mort de sa mère était-elle pour quelque chose dans cette longue errance ? Il était bien placé pour savoir ce que cela faisait de perdre un être cher. Colton et ses frères avaient du mal à surmonter la perte de leur père, qui avait réactivé le chagrin causé par la mystérieuse disparition de leur sœur, bien des années plus tôt.

Leur père était mort sans savoir ce qui était arrivé à Caroline. C'était d'autant plus frustrant que le kidnapping de la fillette faisait à nouveau la une des journaux depuis qu'il y avait eu en ville une tentative d'enlèvement.

Renee Smith, qui était devenue Renee O'Connor après

avoir épousé son frère Cash, avait emménagé à Katy Gulch avec sa fille de six mois, Abby, pour y refaire sa vie. Mais tourner le dos à son passé après une séparation était loin d'être facile. L'ex-mari de Renee avait suivi à Katy Gulch la jeune femme et leur fille, qu'il avait tenté de kidnapper pour obliger Renee à se remettre avec lui.

Makena était-elle dans ce genre de situation ? Dans son cas, au moins, elle savait à qui elle avait affaire. Renee, elle, ne s'attendait pas du tout à voir resurgir son ex-mari qui, après l'avoir trompée et avoir fait un enfant à l'une de ses collègues, avait décidé que Renee n'appartenait qu'à lui.

Colton espérait que Makena n'était pas dans une telle galère. Il avait besoin d'en savoir plus au sujet de son ex-mari car il n'arrivait pas à comprendre de quoi exactement elle avait peur. Cela faisait un an qu'elle l'avait quitté, six mois qu'elle était en cavale et, vu la façon dont elle vivait, il était clair qu'elle n'avait plus un sou.

Comment avait-elle fait pour subsister jusque-là ? Bien qu'issu d'une famille d'éleveurs qui comptait parmi les plus riches du Texas, Colton savait que l'argent ne tombait pas du ciel. Les O'Connor avaient les pieds sur terre et ne comptaient pas sur le patrimoine familial pour les faire vivre. Tous s'étaient trouvé une bonne situation et travaillaient dur.

Colton aida Makena à s'installer dans sa voiture. Le trajet jusque chez Mme Dillon était court. Après avoir fait le point avec Gert, il se concentra sur sa conduite.

Pourvu que Makena accepte de s'installer chez lui, songea-t-il. Elle y serait tellement mieux que dans cette vieille caravane qui lui servait de domicile. Colton se rendit compte qu'il ne lui avait pas demandé si elle aimait les enfants. Il ne lui était pas venu à l'esprit qu'il pût en être autrement. C'était le tort de beaucoup de parents. Surtout à Katy Gulch, où quasiment tout le monde adorait les enfants.

Il dut s'arrêter deux ou trois fois pour dégager la chaussée des débris qui l'encombraient mais, globalement, la ville et ses habitants n'avaient pas été trop impactés par la tempête. D'après Gert, qui l'informait régulièrement de l'évolution de la situation, rares étaient les foyers privés d'électricité. Loin d'être livrés à eux-mêmes, ces quelques malchanceux pouvaient compter sur leurs voisins pour conserver leurs denrées périssables et les dépanner. Cette solidarité faisait partie des raisons pour lesquelles Colton ne se voyait pas élever ses enfants ailleurs.

Les jumeaux étaient la cinquième génération O'Connor. Mais, le moment venu, ce serait à eux, et à eux seuls, que reviendrait la décision de reprendre ou non le ranch. Il espérait pouvoir leur donner une enfance aussi heureuse que celle de ses frères et lui, même s'il y avait eu entre eux quelques frictions. Garrett et Cash s'étaient toujours beaucoup chamaillés. Mais cela ne les empêchait pas de s'adorer. En cas de besoin, ils étaient toujours là l'un pour l'autre.

Quand il voyait à quel point la mort de sa mère avait affecté Makena, qui s'était brusquement retrouvée seule au monde, Colton mesurait la chance qu'il avait de faire partie d'une grande famille, et il plaignait sincèrement la jeune femme.

Elle avait gardé le silence pendant tout le trajet. Comme ils étaient sur le point d'arriver, Colton demanda :

— Tout va bien ?

— Oui, ça va, répondit-elle sans conviction.

Elle semblait absente, perdue dans ses pensées.

Peut-être réfléchissait-elle à sa proposition, songea-t-il. Pour lui, il n'y avait pas à tergiverser, mais il savait qu'elle refuserait de vivre à ses crochets, même pour quelques jours.

Il lui revint à l'esprit qu'il n'avait plus de baby-sitter. Makena serait-elle en mesure de la remplacer malgré l'état de sa hanche gauche ? Elle seule pouvait répondre à cette question. Garder les jumeaux l'obligerait à se baisser cent fois par jour. Ils commençaient à marcher mais avaient encore besoin de s'agripper à un doigt. Quand ils étaient dans leurs trotteurs ou sur leurs poneys à bascule, il fallait les surveiller comme le lait sur le feu. Un accident était si vite arrivé…

Il pourrait installer des barrières de sécurité pour lui faciliter la tâche. Il trouvait l'idée de plus en plus séduisante. Si Makena acceptait de le dépanner, ils seraient tous deux gagnants. Lui, parce que cela lui laisserait le temps de trouver une nouvelle baby-sitter. Elle, parce que, outre que ce travail lui rapporterait un peu d'argent, il réglerait son problème de logement. Et elle n'aurait pas l'impression d'abuser de sa gentillesse.

— Tu aimes les enfants ? demanda-t-il tout à trac.

— Euh, oui, répondit-elle, déconcertée. J'ai enseigné la musique dans une école primaire et ça se passait super bien. Avec les tout-petits, je suis moins à l'aise par manque d'expérience. Mais pourquoi cette question ?

— J'ai pensé à quelque chose. Comme je te l'ai dit, ma baby-sitter a dû rentrer à Austin pour raison familiale. Du coup, les jumeaux sont au ranch avec ma mère en attendant que je trouve une solution. Je me demandais si tu accepterais de les garder pour me dépanner.

Elle prit le temps de la réflexion. Dans l'attente de sa réponse, Colton serrait si fort son volant que ses articulations blanchirent.

— Ce serait pour commencer quand ?

Colton accueillit sa question avec un soulagement intense. Avant qu'elle ne change d'avis, il s'empressa de préciser :

— Dès que possible. Au besoin, ma mère pourrait les garder encore un jour ou deux.

— Accorde-moi quelques heures pour y réfléchir. Si je te donne ma réponse en fin de matinée, ça te va ?

— Oui, très bien. Il n'y a pas d'urgence puisque ma mère a pris le relais. C'est juste que, la sachant très occupée, surtout depuis le décès de mon père, je ne voudrais pas l'accaparer trop longtemps. Recruter une nouvelle baby-sitter ne va pas se faire du jour au lendemain. Je n'ai pas encore commencé les entretiens d'embauche.

— Je serais tentée d'accepter, mais ce serait peut-être bien que je commence par voir les jumeaux. Ils pourraient ne pas m'apprécier.

— C'est une bonne idée. Je suis sûr que le courant passera très bien entre eux et toi. Ils sont faciles à vivre, tu verras. Cela te fera une expérience avec de jeunes enfants et te donnera peut-être envie d'enseigner la musique à la maternelle.

Il se réjouissait de soulager sa mère et de garder Makena auprès de lui quelques jours de plus.

— Obnubilée par mes propres soucis, je ne me rendais pas compte que le départ de ta baby-sitter vous avait mis dans le pétrin.

Colton se gara devant chez Mme Dillon. Sans attendre son aide, Makena ouvrit la portière et descendit de voiture.

— Je n'en ai pas pour longtemps. Je veux juste récupérer quelques affaires, dit-elle en se dirigeant vers la caravane.

Colton fut soudainement assailli par le pressentiment d'un danger imminent. Il jeta un coup d'œil autour de lui, incapable d'expliquer les raisons pour lesquelles il sentait ses cheveux se dresser sur sa nuque. Pourquoi diable avait-il l'impression qu'ils allaient tomber dans un piège ?

8

De forme oblongue, tout en aluminium, la caravane était parquée derrière la maison, au bord de la rivière. Un pied sur la marche, Makena s'apprêtait à entrer lorsque, derrière elle, Colton l'interpella brusquement.

— Reste où tu es ! ordonna-t-il d'un ton autoritaire qu'elle ne lui avait jamais entendu.

Elle tourna la tête vers lui. C'était le ton qu'un policier prenait pour s'adresser à un suspect. Le ton que River avait non seulement au travail mais aussi à la maison, avec elle.

Colton la fixa droit dans les yeux.

— Retire tout doucement ta main de la poignée de la porte. N'appuie surtout pas dessus. Et ne bouge plus.

Makena se figea, comme statufiée, tandis qu'un frisson lui parcourait l'échine. Cette voix de policier lui rappelait de très mauvais souvenirs.

Se mettrait-elle à trembler chaque fois qu'elle l'entendrait ? Si c'était le cas, il était exclu qu'elle se lie avec Colton de quelque manière que ce soit.

Docile, elle exécuta ses ordres à la lettre. Il avait dû voir quelque chose et s'inquiétait pour elle.

— Ne fais pas un geste. J'arrive.

En une poignée de secondes, il fut à côté d'elle.

Makena sentait son cœur cogner contre ses côtes. Un étau de panique comprimait sa poitrine, l'empêchant de respirer.

— Laisse-moi faire, dit Colton en se mettant à quatre pattes.

Elle comprit alors de quoi il s'agissait.

Il y avait une bombe sous la caravane.

La sueur qui perlait sur son front se mit à dégouliner sur son visage. Concentrée sur sa respiration, lente et régulière, elle s'efforçait de ne pas bouger. Le moindre tressaillement risquait de lui coûter la vie, elle le savait. Les paumes de ses mains étaient moites et sa gorge, sèche comme le désert du Ténéré. Elle tenait à la vie, même si celle qu'elle menait depuis quelques mois n'était pas folichonne.

À cette pensée, la peur en elle fit place à la colère. En se terrant comme un animal traqué, elle avait laissé River prendre le contrôle de sa vie. À cause de lui, elle n'avait cessé de fuir, elle avait enduré la solitude et connu le dénuement au point d'être à deux doigts de mourir de faim. Mais elle avait survécu et était maintenant déterminée à prendre son destin en main.

Si Dieu lui prêtait vie, elle se sentait prête à franchir tous les obstacles qui se dresseraient sur son chemin, à surmonter n'importe quelle épreuve, à gravir des montagnes.

— Fixé à la marche, il y a un déclencheur, déclara posément Colton. Ne bouge pas d'un cil. Nous allons nous en sortir.

Il se releva souplement et balaya du regard les environs. À en juger par l'expression de son visage, totalement figée, elle comprit qu'ils étaient dans le pétrin. Le calme olympien qu'il affichait ne lui disait rien qui vaille.

Elle n'avait pas envie de finir en mille morceaux projetés à dix mètres de haut. Si elle devait se fier aux quelques films d'action qu'elle avait vus, le moindre mouvement lui serait fatal. Pétrifiée, c'était à peine si elle osait encore respirer.

River ne l'emporterait pas au paradis. S'il réussissait son coup et la faisait passer de vie à trépas, il fallait que Colton connaisse le nom du coupable.

— Mon ex-mari, dit-elle dans un souffle. River Myers, policier à Dallas. C'est à cause de lui que je suis en cavale depuis six mois. Il m'a menacée un nombre incalculable de fois. J'ai fui un homme armé et dangereux. Un manipulateur de première. Je savais qu'il me tuerait s'il me retrouvait avant que je puisse réunir suffisamment de preuves contre lui.

— Tout n'est pas perdu, assura Colton. Ça va aller. Mais le compte à rebours a commencé. Je n'ai aucune idée de la puissance de cette bombe. Tout ce que je sais, c'est qu'on ne peut pas tergiverser plus longtemps.

Sur ces mots, il plongea sur elle et la fit tomber de la marche en la recouvrant de son corps pour la protéger. Voyant qu'aucune explosion ne se produisait, il ordonna :

— Partons vite !

Il l'agrippa sous le bras et la guida vers la rivière. Ils se réfugièrent derrière un arbre, contre lequel il s'accroupit en serrant Makena contre lui.

Moins de deux secondes plus tard, la bombe explosa.

Si Colton n'avait pas été là, elle serait morte, songea Makena, sous le choc. Elle ne se rendait pas encore vraiment compte de ce à quoi elle venait d'échapper.

Cette prise de conscience viendrait plus tard. Blottie contre son sauveur, elle déplora la perte de toutes ses affaires dans l'explosion. La guitare que sa mère lui avait offerte, ses vêtements, le peu qu'elle avait emporté dans sa fuite : tout avait volé en éclats. Elle n'avait plus rien.

Quelques larmes s'échappèrent de ses yeux. Elle se retint de pleurer, un peu honteuse de sa faiblesse. Elle avait la vie sauve, c'était le plus important, même si la perte de sa guitare était un vrai crève-cœur. Machinalement, elle caressa du bout des doigts le collier qui lui venait de sa mère. Il ne la quittait jamais. C'était désormais la seule chose qu'il lui restait d'elle.

Une toute petite voix dans sa tête tenta de la consoler. Elle n'avait plus la guitare, certes, mais elle avait enfin quelqu'un sur qui compter. Elle avait le collier de sa maman et elle avait Colton.

C'était déjà beaucoup.

Elle songea tout à coup qu'à cause d'elle il avait failli mourir en laissant deux orphelins. Il était hors de question qu'elle le mette en danger. Il faudrait désormais qu'elle se débrouille sans lui.

Sa décision prise, elle songea qu'elle lui emprunterait un peu d'argent et lui demanderait des faux papiers. Elle devait quitter la ville au plus vite. Et pas seulement la ville. Elle avait eu tort de rester au Texas. L'État avait beau être le plus grand du pays, il était certain qu'à un moment ou à un autre River et ses acolytes finiraient par la retrouver. Elle avait opté pour la stratégie qui consistait à ne pas partir trop loin, ce qui se révélait finalement être une énorme erreur.

Elle ne pouvait pas se permettre de rester plus longtemps aux États-Unis. Le Mexique étant frontalier avec le Texas, c'est là qu'elle irait s'installer. Elle descendrait sur la côte et chercherait du travail dans une station balnéaire. À la plonge, ou à la buanderie d'un hôtel-club, elle n'aurait rien à craindre.

Un sifflement persistant dans ses oreilles couvrait la voix de Colton. Elle ne se rendit compte qu'il parlait que parce qu'elle sentit sa poitrine vibrer contre son dos. Assourdissante, la déflagration l'avait privée temporairement de sa capacité auditive. Elle avait vu des bouts de métal voltiger dans l'air et entendu la bombe exploser.

Soudain, le temps semblait s'être arrêté. Tout était plus lent, comme dans ces vieux films qu'il fallait faire défiler manuellement, vignette après vignette.

Lorsque le dernier débris se fut envolé et que plus rien ne bougea, Colton se redressa et se retourna pour évaluer les dégâts.

Makena plaignait la propriétaire de la caravane, la gentille Mme Dillon. La caravane n'était plus de la première jeunesse mais elle avait une valeur sentimentale aux yeux de la vieille dame. De rage, Makena martela le sol de ses poings. C'était vraiment trop injuste !

Ne voyant plus Colton, elle fit à quatre pattes le tour de l'arbre pour contempler à son tour le désastre. La porte de la caravane avait littéralement été soufflée. Presque tout ce qu'elle contenait avait voltigé dans les airs et elle était en feu. Elle devina que Colton était allé chercher un extincteur dans son 4x4. Elle ne s'était pas encore relevée qu'il revenait déjà en courant.

River ne se contentait plus de la menacer. Il avait essayé de la tuer, songea la jeune femme avec effroi. Lui, ou les deux hommes qu'elle avait aperçus deux jours plus tôt.

Moins d'une heure plus tard, Colton avait délimité la scène de crime en installant un cordon de sécurité. Plusieurs de ses adjoints arrivèrent sur place pour participer à l'enquête. Il n'était pas nécessaire de faire appel à un spécialiste des engins explosifs. La bombe qui avait été utilisée était de toute évidence de fabrication artisanale. C'était le genre de bombe qui était à la portée de tout un chacun. On pouvait se procurer les matériaux dans n'importe quel magasin de bricolage ou les acheter en ligne ; il suffisait ensuite de suivre les instructions ou de regarder les tutoriels sur Internet. La bombe était grossière mais elle aurait pu tuer Makena, s'il n'avait pas été là.

Colton avait encore des sifflements dans les oreilles mais cela allait déjà mieux : il n'y avait plus besoin de crier pour qu'il entende ce qu'on lui disait.

L'adjoint Fletcher s'avança vers lui. Il portait des gants. Dans sa paume ouverte, il tenait un porte-clés bon marché, du genre de ceux qu'on trouve dans les hôtels, avec l'inscription *Home Sweet Home*.

— Où l'as-tu trouvé ? demanda Colton.

— Il était par terre, à trois ou quatre mètres de la caravane.

— Montrons-le à Makena. Elle nous dira si elle le reconnaît.

Colton emmena Fletcher voir la jeune femme, qui était en train de se faire examiner par un médecin urgentiste. Elle ne saignait pas, c'était déjà ça. Colton avait eu moins de chance. Il avait une entaille à l'épaule et pressait sur la blessure un T-shirt roulé en boule pour l'empêcher de saigner.

Il aurait dû se faire soigner. On le lui avait proposé mais il avait décrété qu'il n'avait pas le temps. Il voulait travailler sur la scène de crime tant qu'elle était fraîche, relever un maximum d'indices avant qu'elle ne soit polluée.

— As-tu déjà vu ce porte-clés ? demanda-t-il à Makena en lui montrant l'objet dans la paume de Fletcher.

Elle laissa échapper un cri de surprise.

— J'ai acheté le même à River quand on a emménagé ensemble parce qu'il n'arrêtait pas de perdre sa clé. Je ne jurerais pas qu'il s'agit de celui-là mais il lui ressemble comme deux gouttes d'eau, c'est certain.

— On va le considérer comme une pièce à conviction, dit-il à Fletcher. Mets-le dans un sachet et envoie-le au labo pour un relevé d'empreintes.

— OK. Je m'en occupe.

Fletcher remercia Makena et se dirigea vers sa voiture.

La bombe aurait pu être l'œuvre de n'importe quel quidam, mais Colton soupçonnait que son auteur était River Myers. Il en avait peut-être la preuve avec ce porte-clés. Il n'était même pas étonné car il avait les statistiques en tête. Au sein de la police, il y avait énormément de maris violents. Le stress auquel étaient soumis les policiers dans le cadre de leurs fonctions était en partie responsable de ce triste record. En tant que shérif, Colton faisait tout ce qu'il pouvait auprès de ses adjoints et subalternes pour lutter contre ce problème récurrent. Il estimait qu'il était de son devoir de veiller au bien-être physique et mental des personnes qui travaillaient sous ses ordres.

Cependant, s'il était en son pouvoir de mettre à leur disposition des moyens de gérer le stress induit par leur boulot, il ne pouvait en aucun cas les forcer à consulter un psychologue. Comme disait le proverbe, « on ne fait pas boire un âne qui n'a pas soif ».

Shérif d'une petite ville, il avait une équipe assez

réduite, ce qui lui permettait de connaître personnellement chacune des personnes qui la composaient. À Dallas, c'était sans doute une autre histoire. Comment le shérif d'un aussi gros service pouvait-il espérer connaître tout le monde ?

Colton ne cautionnait en aucune manière l'attitude d'un policier qui dérapait à cause du stress. Il exigeait de ses subalternes une conduite exemplaire. D'où le soin qu'il apportait au processus de recrutement. Dans une structure plus grande, il était plus facile de passer à travers les mailles du filet.

Dès qu'il eut fini de sécuriser la scène de crime, il retourna voir Makena. Samantha, l'urgentiste qui l'avait prise en charge, s'empressa de le rassurer.

— Son ouïe est fortement amoindrie, mais c'est transitoire. Dans un jour ou deux, tout rentrera dans l'ordre. Elle ne gardera aucune séquelle. Elle a eu de la chance.

De la chance ? D'en avoir réchappé, oui, concéda-t-il mentalement. Le bilan de l'explosion aurait pu être autrement plus catastrophique. Si le pied qu'elle avait posé sur la marche avait déclenché un détonateur plutôt qu'un retardateur, elle ne s'en serait pas sortie. Et lui non plus. Ces quinze secondes fatidiques leur avaient sauvé la vie à tous les deux.

— Je suis vraiment désolée, se lamenta-t-elle. J'aurais dû me douter qu'il arriverait quelque chose de ce genre.

Ses yeux bleu clair lui mangeaient le visage. À la peur qu'il lut tout d'abord dans son regard, se substituèrent très vite la colère et le défi, qui risquaient de lui attirer de graves ennuis.

— Ce n'est absolument pas ta faute, assura-t-il avant

de remercier Samantha pour les bons soins apportés à la jeune femme.

Croisant les bras sur sa poitrine, l'urgentiste se planta devant lui et le foudroya du regard.

— À votre tour, maintenant ! Montrez-moi cette épaule. Je vais vous faire un pansement digne de ce nom.

Elle se baissa vers sa trousse médicale et lui ordonna d'enlever sa chemise, ce qu'il fit.

— Je ne m'en tire pas trop mal non plus, dit-il. En dehors de cette blessure, somme toute bénigne, et d'un bourdonnement d'oreilles, je n'ai rien.

Samantha nettoya soigneusement la plaie et l'enduisit de crème antiseptique avant de poser dessus un pansement adhésif spécial pour en suturer les bords.

— Voilà, dit-elle en rangeant son matériel. Cela devrait suffire. Je vous aurais bien conseillé de faire un saut aux urgences car cette plaie mériterait quelques points mais ce serait sans doute trop demander.

— Merci du conseil, mais ça ira comme ça.

Il avait grandi dans un ranch où l'on élevait du bétail, alors il n'était plus à une cicatrice près. Ce n'était qu'une petite blessure de rien du tout. Il en avait vu d'autres. Il remercia Samantha, qui ramassa son sac et regagna son ambulance. Si cela n'avait tenu qu'à lui, il se serait soigné lui-même mais, après avoir insisté pour que Makena voie un médecin, il ne pouvait décemment pas refuser de faire de même.

Sans crier gare, Makena se jeta dans ses bras et se blottit contre lui. Il caressa ses longs cheveux soyeux, surpris de la voir aussi démonstrative car cela ne lui ressemblait pas du tout.

Il n'aurait su dire combien de temps dura leur étreinte.

C'était comme si le temps s'était arrêté et que plus rien ne comptait en dehors de cet enlacement.

Lorsqu'elle recula d'un pas, il fut frappé par l'expression de son visage. Elle semblait dévastée, comme ce fameux dernier jour au laboratoire de biologie. Alors qu'il savait pertinemment qu'elle sortait avec quelqu'un d'autre, il avait eu très envie de tenter sa chance. D'oser enfin l'inviter à aller boire un verre. Mais il avait des principes, un sens moral, un code d'honneur, et s'était juré que jamais il ne s'intéresserait à une femme mariée ou déjà prise.

Il avait mis fin à son idylle avec Rebecca lorsqu'il s'était rendu compte qu'avec elle ce ne serait jamais comme avec Makena. À dix-neuf ans, follement idéaliste, il avait décidé d'attendre pour s'engager dans une relation de ressentir à nouveau cette attirance irrépressible. Il ignorait que c'était quelque chose de rare.

Il avait fallu, bien des années plus tard, que Makena recroise sa route pour qu'il éprouve à nouveau cet emballement. C'est alors qu'il avait compris que ce qu'il avait connu avec elle était exceptionnel.

— Je ne peux pas rester dans le coin plus longtemps, dit-elle d'une voix pleine de regret. Je sais qu'il faudrait que je fasse une déposition mais j'aimerais que mon nom ne soit pas divulgué. River m'a retrouvée, on dirait. Et il me retrouvera encore, mais je sais à présent à quoi m'attendre. J'ai pris ses menaces à la légère. Cela n'arrivera plus.

— J'ai effectivement besoin de ta déposition. Après, tu feras ce que tu voudras. Il n'est pas en mon pouvoir de t'obliger à rester à Katy Gulch. Mais, quelle que soit ta décision, je vais devoir enquêter sur ce qui vient de se passer. Il s'agit d'une tentative de meurtre et de dommages matériels importants. Ce crime ne peut rester impuni, et il m'appartient de trouver le coupable, que tu sois là ou pas.

Savoir qu'elle envisageait de s'en aller le mettait au supplice. Mais que pouvait-il y faire ? Makena avait parfaitement le droit de partir si elle se sentait en danger. Maintenant qu'il savait que son ex-mari était dans la police, Colton s'expliquait mieux le comportement parfois étrange de la jeune femme. Ce détail rendait à lui seul toute relation entre eux inenvisageable. En raison de son métier, Colton lui rappellerait trop son ex-mari.

Makena secoua la tête avec la plus grande énergie.

— Laisse tomber, Colton. Je t'en prie, implora-t-elle. Regarde ce dont il est capable, ce fou. Tu as une famille, deux petits garçons qui ont besoin de toi. Je ne veux pas qu'à cause de moi ils se retrouvent orphelins.

— Mais qu'est-ce que tu racontes ? Rien de tout cela n'est ta faute ; mets-toi bien ça dans le crâne.

— Je connais River. Il est violent, imprévisible et prêt à tout pour arriver à ses fins. Je ne méritais pas ce qu'il m'a fait subir pendant des années. Et je ne suis en rien responsable de ses actes. Mais c'est moi qui l'ai conduit jusqu'à toi. Je le regrette et je me le reprocherais toute ma vie s'il t'arrivait quelque chose.

— Tu n'as rien fait de mal, Makena. Rien du tout.

Il vit son menton trembler. Elle luttait vaillamment contre les larmes.

— Je sais, dit-elle d'une toute petite voix.

— Parfois, on a besoin de l'entendre de la bouche de quelqu'un d'autre.

— Je te remercie, Colton. Ce que tu as fait pour moi

au cours de ces dernières vingt-quatre heures me touche beaucoup. Je te suis très reconnaissante pour ton aide, mais je ne voudrais pas abuser.

Colton leva les mains pour l'empêcher d'aller plus loin.

— Je te rappelle que je suis shérif. Enquêter sur cette affaire n'est pas une option. C'est mon métier. Un métier qui comporte des risques, je le reconnais, mais je prends toujours énormément de précautions. Je ne plaisante pas avec la sécurité, qu'il s'agisse de la mienne ou de celle de mon équipe. Crois-moi, je tiens à rentrer entier chez moi en fin de journée et à voir grandir mes enfants. Je n'imagine même pas qu'il puisse en être autrement. Sache que, si la victime de cette tentative de meurtre était quelqu'un d'autre que toi, j'agirais exactement de la même façon. Des policiers qui pètent les plombs, on n'en voit pas tous les jours, Dieu merci. Mais, quand cela arrive, ils sont évidemment très, très dangereux. Je ne peux pas laisser River poser des bombes impunément. En tant que shérif, il est de mon devoir de tout faire pour l'arrêter.

Il se tut, estimant qu'il avait dit tout ce qu'il avait à dire, et laissa à Makena le temps d'assimiler ces paroles tandis qu'il la ramenait vers son 4x4.

Elle prit une grande inspiration.

— D'accord, dit-elle comme on se jette à l'eau.

Colton espérait qu'il avait réussi à la convaincre de la nécessité d'enquêter sur la tentative de meurtre à laquelle elle venait d'échapper.

— Faisons en sorte que River Myers ne puisse plus nuire à qui que ce soit, déclara-t-elle d'un ton résolu. Je vais te dire tout ce que je sais à son sujet.

Colton l'aida à prendre place sur le siège passager,

referma la portière et alla s'installer au volant. Il était très fier de ce que la jeune femme s'apprêtait à faire. Déposer contre un proche ou, pire encore, contre une personne dont on craignait les réactions requérait beaucoup de courage, il le savait.

Après lui avoir donné de son ex-mari une description précise, incluant le numéro de son insigne, ainsi que son numéro de Sécurité sociale et celui de sa plaque d'immatriculation, elle lâcha une autre information qui le stupéfia.

— River n'est pas seulement coupable de violence conjugale. Je ne sais pas qui étaient les deux types avec qui je l'ai surpris un soir en train de comploter dans le garage, mais il n'a pas du tout apprécié. Il m'a obligée à rentrer dans la maison et il m'a conseillé de ne pas me mêler de ses affaires. Des affaires plutôt louches, ai-je pensé, vu sa réaction.

— As-tu entendu ce qu'ils se disaient ? Compris de quoi ils parlaient ?

— Non, hélas. Je n'ai pas eu le temps d'entendre grand-chose. River m'a tout de suite fait sortir avec perte et fracas. Et je n'ai pas osé retourner les épier. Tout ce que je peux te dire, c'est que les deux hommes parlaient d'un ton menaçant et que River avait une marque rouge à la gorge comme si on lui avait serré le cou. J'ai cru entendre l'un des types dire que quelqu'un allait devoir payer.

— Ces deux hommes étaient-ils en uniforme ?

— Non. Ils étaient habillés normalement, mais ils se comportaient comme des flics.

— Tu les as vus de face ? Tu pourrais les reconnaître ?

— Oui, tout à fait. D'ailleurs, je les ai vus, il y a trois jours. C'est la raison pour laquelle je me suis terrée dans la caravane et n'ai pas osé mettre le nez dehors pendant plusieurs jours.

Voilà pourquoi elle était complètement affamée lorsqu'elle s'était décidée à sortir pour aller chercher de quoi manger. Colton comprenait mieux. Les explications de Makena éclairaient beaucoup de choses. Il savait maintenant ce qui l'avait poussée à sortir sous la pluie battante. Elle mourait de faim, ce qui avait été confirmé par la manière dont elle avait englouti le sandwich et la pomme qu'il lui avait offerts. Il se demanda combien de temps elle était restée sans manger.

— Je savais que je m'étais attardée trop longtemps. Je m'apprêtais à partir. En voyant ces deux types, j'ai pris peur. River a toujours dit que, si je le quittais, il me traquerait sans relâche et me tuerait. Il considérait le divorce comme la pire des trahisons.

Une pensée traversa l'esprit de Colton. River n'était peut-être pas l'auteur de la tentative de meurtre. Ses acolytes, en revanche, faisaient des suspects tout désignés. Ils devaient être de mèche avec River. Ils étaient peut-être flics, comme lui. En tout cas, il y avait de fortes chances pour que ce soient eux qui fassent le sale boulot.

— Décris-les moi le plus précisément possible. Je vais lancer un avis de recherche.

9

— Celui que j'ai vu en premier est grand, environ un mètre quatre-vingts, peut-être un peu plus, et baraqué, avec des mains comme des battoirs et une nuque épaisse. Il ne porte pas de barbe et a les cheveux blond-roux, la peau claire et des taches de rousseur.

Makena se souvenait très bien des deux hommes parce qu'elle avait été frappée par leur dissemblance.

Colton hocha la tête.

— L'autre a une moustache comme cela se faisait dans les années 1970, des cheveux bruns, fournis et ondulés, et d'épais sourcils. J'ai surtout remarqué ses grosses joues, comme celles d'un hamster. Il est nettement plus petit que son collègue. Ils ne vont pas du tout ensemble, en fait, ils sont physiquement complètement opposés. C'est à peu près tout ce que je peux te dire à leur sujet.

— Aurais-tu par hasard entendu leurs voix ? Serais-tu capable de les reconnaître si tu les entendais ?

Elle fit non de la tête.

— Ce sont des policiers, d'après toi ? demanda-t-il.

— Je n'en sais rien. Je ne pourrais pas en jurer. Ils en avaient l'allure, en tout cas, si tu vois ce que je veux dire. Je parle de cette manière de se tenir qui est propre aux policiers.

Colton acquiesça. Les flics avaient tendance à rouler des mécaniques. Le holster qu'ils portaient quand ils étaient de service les obligeait à écarter un peu les bras. Ils avaient en outre une démarche assurée car ils savaient pouvoir se sortir d'à peu près n'importe quelle situation. Ils devaient cette arrogance à leur formation et à leur condition physique.

— Quels horaires faisait ton ex-mari ?

— Il travaillait de nuit. C'était son choix. Il disait qu'il aimait s'activer quand tout le monde dormait.

River ayant travaillé de nuit pendant près de quinze ans, Makena supposait qu'après qu'elle l'eut quitté il n'avait rien changé à ses habitudes.

— Deux de mes frères sont dans la police, dit Colton.

— Ah oui ?

— Ils sont marshals. Ils nous donneront un coup de main si on les sollicite.

Colton avait pris des notes lorsque Makena lui avait décrit les deux hommes, qu'il surnomma pour l'enquête Red et Mustache. Il avait aussi noté que River travaillait de nuit. Étant donné qu'il n'était que 10 h 30, River serait vraisemblablement encore en train de dormir.

— Je ne sais pas si c'est une bonne idée, dit-elle.

Il lui était arrivé tant de choses en l'espace de vingt-quatre heures qu'elle se sentait un peu dépassée. Elle avait besoin de faire le point.

— Tu permets que j'y réfléchisse ?

Il acquiesça d'un hochement de tête mais enchaîna :

— River a-t-il les moyens d'assumer seul le loyer du logement que vous occupiez ensemble ?

— Il habitait déjà dans cet appartement avant de me connaître. Je m'y suis installée quand nous nous sommes mariés. Il doit y être encore. River a horreur du changement.

Colton consulta la pendule de son tableau de bord. Puis il tourna la clé de contact.

— J'ai quelques coups de téléphone à passer mais ce sera plus facile depuis mon bureau. On y va ?

Makena comprit qu'il lui proposait en fait de rester avec lui. Comme elle n'avait nulle part où aller et ne connaissait personne d'autre que lui à Katy Gulch, elle accepta. Pour tout dire, Colton était la seule personne en qui elle avait toute confiance et avec qui elle se sentait en sécurité. À ses côtés, elle était prête à affronter tous les dangers.

Rejetant la tête en arrière, elle se massa les tempes du bout des doigts. Elle avait mal au crâne. Une douleur sourde pulsait entre ses yeux. La migraine avait au moins cet avantage qu'elle lui faisait presque oublier sa hanche.

Le trajet jusqu'au bureau de Colton fut heureusement de courte durée. Elle parvint à s'extraire seule de son siège et à descendre du 4x4 sans trop grimacer de douleur.

Juste à ce moment-là, la portière du côté conducteur d'une berline coupée bleue, garée tout près, s'ouvrit brusquement. Makena tressaillit.

Visiblement pressé, l'homme, âgé d'une petite trentaine d'années, s'avança vers eux en pointant quelque chose sur Colton, qui se raidit et balaya du regard le parking, à l'affût du danger. En le voyant sur le qui-vive, Makena prit conscience que, sur ce parking en plein air, ils étaient très exposés.

Lorsque le type ne fut plus qu'à deux mètres d'eux, elle s'aperçut que ce qu'il tenait à la main était un téléphone.

— Shérif O'Connor, pourriez-vous m'accorder un instant ?

— Je vous écoute Mike, mais faites vite.

— Quel est votre ressenti sur le kidnapping de votre sœur et la récente vague de criminalité à Katy Gulch ?

Colton se figea. Il se tourna vers le prénommé Mike, que Makena supposa être un journaliste.

— Qu'est-ce qui vous prend de déterrer des affaires vieilles de presque trente ans ? Vous n'avez rien d'autre à vous mettre sous la dent ?

— Eh bien, je... Euh...

— Il n'y a pas de mal, Mike, mais, si vous permettez, il faut que j'y aille maintenant. J'ai du travail.

Tournant le dos au journaliste, Colton se dirigea vers le bâtiment.

— Si de nouvelles pistes se dessinent, vous serez le premier informé, lança-t-il au journaliste, qui n'avait pas bougé et paraissait abasourdi.

Intriguée par les propos qui venaient d'être échangés, Makena se demanda si le décès du père de Colton était relié, d'une manière ou d'une autre, au kidnapping de sa sœur. Cela semblait extrêmement improbable, ces deux tragédies s'étant produites à près de trente ans d'écart, aux dires de Colton lui-même. Colton avait également évoqué une tentative d'enlèvement sur la fille adoptive de sa nouvelle belle-sœur, qui était très riche. Les O'Connor étaient une cible facile pour les malfaiteurs en quête d'un bon coup. Un frisson la parcourut. Sur le qui-vive depuis plusieurs mois, elle n'avait aucun mal à imaginer ce que c'était que d'être en permanence sur ses gardes.

Colton avait dit que deux de ses frères étaient marshals. Lui-même était shérif. Était-ce le besoin de se protéger les uns les autres et de veiller sur leur famille qui les avait poussés à entrer dans les forces de l'ordre ?

À la seconde où Colton pénétra dans le hall, une femme qui devait avoir une bonne soixantaine d'années sortit en flèche de son bureau et se précipita vers lui. Elle l'étreignit longuement. Cette démonstration d'affection, trop spontanée pour ne pas être sincère, était attendrissante.

— Grâce à Dieu, vous êtes sain et sauf !

Reconnaissant la voix qu'elle avait entendue au téléphone, Makena comprit qu'il s'agissait de Gert, la secrétaire de Colton.

Lorsque Gert consentit à le lâcher, il la présenta à Makena.

— Ravie de faire votre connaissance, dit Gert. Je suis désolée pour ce qui vous est arrivé. Puis-je vous offrir quelque chose à boire ? Un café ? Un verre d'eau ?

— Je prendrais bien un café. Mais je peux le préparer moi-même si vous me dites où se trouve la cafetière.

La sollicitude de Gert lui fit prendre pleinement conscience de ce à quoi elle avait échappé. Son ex-mari avait posé une bombe qui avait failli la déchiqueter. Pour se remettre de ses émotions, elle avait grand besoin d'un café bien serré.

— Taratata ! Je m'en occupe, décréta Gert d'un ton qui n'admettait pas la réplique. Je vais vous chercher ça tout de suite.

— Merci. C'est très gentil.

Posant une main au creux de ses reins, Colton la guida vers une grande porte vitrée qu'il ouvrit en scannant son insigne. Ils prirent tout de suite à droite et longèrent un couloir. Le bureau de Colton se trouvait à peu près au milieu, du côté droit.

— Mets-toi à ton aise, dit Colton. Y a-t-il quelque chose qui te ferait plaisir en plus du café ?

— Non, ça ira comme ça, je te remercie.

Elle se dirigea vers le canapé en cuir et s'assit. Elle se sentait un peu moins sonnée que juste après l'explosion, mais ses bourdonnements d'oreilles étaient toujours là.

Colton s'installa à son bureau.

— Par courtoisie, je vais appeler le chef de M. Myers pour le prévenir que celui-ci va être interrogé.

— River saura que tu veux lui parler. N'est-ce pas gênant ?

Makena redoutait de se retrouver dans la même pièce que son ex-mari, qu'elle n'avait aucune envie de voir. Le jour où elle le reverrait, ce serait dans une salle d'audience, où elle le ferait condamner à une longue peine de prison. D'une manière ou d'une autre, elle s'arrangerait pour que justice soit rendue et pour qu'il ne puisse pas nuire à d'autres personnes. Mais, tel qu'elle le connaissait, River ne s'écraserait pas. Loin de là. Il soutiendrait *mordicus* qu'il n'avait rien fait et qu'il était accusé à tort.

L'explosion et l'incendie avaient probablement réduit à néant toute chance de retrouver des empreintes. Il avait bien calculé son coup. C'était sans risque. Personne ne la connaissait à Katy Gulch. Son corps n'aurait pas été identifié. Un beau jour, elle avait démissionné et quitté Dallas. On ne savait pas ce qu'elle était devenue. Qui allait se soucier de la chercher ? Personne.

C'était triste à pleurer, songea Makena. Non content de l'avoir rendue malheureuse pendant des années, son ex-mari pouvait maintenant l'assassiner en toute impunité.

À Katy Gulch, il y avait quand même Colton. Mais comment aurait-il pu deviner que la victime de l'explosion était un fantôme de son passé ? Il n'y avait aucune chance qu'il fasse le rapprochement avec elle. Dans l'état où il l'aurait retrouvée, il n'aurait certainement pas pu la reconnaître. River avait tout prévu. Le crime était presque parfait.

Elle serra et desserra les poings deux ou trois fois pour évacuer le stress, fit rouler ses épaules et inspira à fond. Comment River avait-il pu faire une chose pareille ? Ils avaient été mariés pendant des années. Ils s'étaient aimés.

La voix de Colton la tira de ses pensées. Elle se rendit compte qu'il était au téléphone.

— Je suis le shérif Colton O'Connor et je souhaiterais parler au commissaire Shelton, s'il vous plaît. Il s'agit de l'un de ses hommes.

Colton se tut pendant quelques instants. Puis il remercia son interlocuteur et attendit que le commissaire décroche. Gert entra dans l'intervalle avec le café. Elle leur en servit à chacun une tasse, posa sur la table basse du sucre et de la crème, et disparut après avoir adressé un petit signe de tête à Makena et l'avoir gratifiée d'un regard bienveillant.

— Bonjour, commissaire. Je tenais à vous informer personnellement que l'un de vos hommes est impliqué dans une affaire sur laquelle nous enquêtons. Il s'appelle River Myers.

S'ensuivit un silence au terme duquel Colton manifesta sa surprise.

— Ah bon ? dit-il en fronçant les sourcils.

Cette fois, le silence se prolongea. Colton lança un regard à Makena. À l'expression de celui-ci, elle comprit que ce que lui racontait le commissaire l'intéressait au plus haut point.

Lorsqu'il reprit la parole, ce fut pour informer le commissaire que l'enquête portait sur une tentative de meurtre. Puis il remercia son interlocuteur et promit de le tenir au courant.

— Qu'est-ce qu'il a dit ? demanda Makena, dès que Colton eut mis fin à l'appel.

— Il m'a souhaité bonne chance pour l'enquête et s'est déclaré prêt à coopérer. Il m'a informé que River Myers a été suspendu de ses fonctions en attendant la tenue d'une enquête.

À ces mots, Makena ouvrit de grands yeux.

— Quoi ?

Son esprit en ébullition se mit aussitôt à échafauder toutes sortes de scénarios épouvantables.

— A-t-il dit pourquoi on enquêtait sur River ?

Elle repensa à la conversation qu'elle avait eue un peu plus tôt avec Colton, qui l'incitait à parler pour mettre fin aux agissements de River et éviter d'autres victimes. River s'en était-il pris à une autre femme ? À une nouvelle compagne ?

— Les affaires internes sont sur le coup. L'enquête étant en cours, le commissaire ne peut pas vraiment en parler mais, par souci de réciprocité, il a quand même précisé que deux plaintes avaient été déposées contre River pour violence policière et une troisième pour escroquerie.

Makena fut soulagée d'apprendre qu'il s'agissait de délits relativement mineurs. Maintenant, en tout cas, River allait bel et bien être sous le coup d'une inculpation pour meurtre.

— Concrètement, quelles sont pour lui les conséquences de la suspension dont il fait l'objet ? demanda-t-elle.

— On va lui demander de rendre ses armes de service et son insigne. Les affaires internes décideront s'il y a lieu ou non d'engager des poursuites contre lui.

D'un calme olympien, Colton but une gorgée de café. Beaucoup moins sereine, Makena réfléchissait aux conséquences que cette enquête avait pour eux. Localiser River allait être beaucoup moins facile s'il ne travaillait plus.

— Si je comprends bien, il est dans la nature, n'est-ce pas ? Et il pète les plombs ?

— Oui, j'en ai bien peur. Il est en roue libre et donc potentiellement dangereux. Je vais lancer un avis de recherche et diffuser son signalement partout. S'il est dans le coin, cela facilitera la tâche de mes adjoints.

Aussitôt dit, aussitôt fait. La dernière goutte de café avalée, Colton se mit en branle. Il lui fallut moins de cinq minutes pour appeler Gert, lancer l'avis de recherche et faire un rapport sur l'explosion. Ayant paré au plus urgent, il se tourna vers Makena.

— Il faut aussi que j'appelle ma mère, dit-il. Mais, avant, j'aimerais connaître tes intentions. Si tu es d'accord pour rester, je t'offre le gîte et le couvert et même un emploi de baby-sitter.

À son air méfiant, elle comprit qu'il s'attendait à des objections. Elle n'en avait aucune.

— C'est très généreux de ta part. J'accepte volontiers mais je ne voudrais pas vous mettre en danger, toi et tes fils. De plus, je voudrais être sûre qu'ils m'apprécient.

— Ne t'inquiète pas pour ça. Pour l'instant, ils sont très bien au ranch. Ma mère s'en occupe malgré ses soucis. Pour la soulager, je vais demander à mes deux nouvelles belles-sœurs de lui donner un coup de main. En matière de sécurité, le ranch a déjà tout ce qu'il faut mais je suis prêt à le rendre encore plus sûr, au besoin. D'ailleurs, je me disais que ce serait peut-être pas mal de t'emmener là-bas. Cela m'ennuie de te laisser seule chez moi quand j'irai au travail.

Au ranch, Makena savait qu'elle n'aurait rien à craindre. Mais elle ne voulait pas, par sa seule présence, mettre en danger Colton et ses enfants.

— Je préfère être chez toi ou t'attendre ici, dans ton bureau, si tu dois t'absenter pour l'enquête. Je n'irai pas au ranch. C'est trop dangereux pour ta famille.

Colton se frotta le menton.

— OK, ça me va, dit-il après une brève hésitation.

Elle lui sut gré de ne pas insister pour qu'elle aille au ranch. Car elle aurait refusé catégoriquement. Pour rien au monde elle ne voulait mettre les O'Connor en danger. C'était à elle que River en voulait, soit, mais tel qu'elle le connaissait, son ex-mari était capable de s'en prendre à l'un des fils de Colton pour parvenir à ses fins. C'était un risque qu'elle n'était pas prête à courir.

— Bon, alors quel est le programme ? demanda-t-elle en reposant sa tasse vide sur la table basse et en remontant ses manches.

— Pour commencer, j'aimerais que tu me donnes un maximum de détails sur ton ex-mari. Je veux savoir quel est son restaurant préféré, quel sport il pratique, s'il pêche, chasse ou appartient à un club, et qui sont ses amis. Je m'emploierai ensuite à retrouver sa trace.

— Alors, là, tu peux compter sur moi. N'oublie pas que je suis la mieux placée pour t'aider à le retrouver. Je veux aller à Dallas avec toi.

— Hors de question. Nous étions bien d'accord que, toi, tu resterais ici. Tu as le choix entre le bureau et l'appartement. Cela m'est égal ; tout ce qui m'importe, c'est que tu tiennes tes engagements.

— Je n'ai pas l'intention de t'entourlouper, Colton. Je voulais juste te donner un coup de main. Il me semble que tu avancerais plus vite si je m'impliquais dans l'enquête.

— Si c'est bien après toi qu'il en a, t'emmener avec moi serait beaucoup trop risqué.

— Ce n'est pas sans danger, j'en conviens. Mais, vu la manière dont il a procédé avec la bombe, il est clair qu'il cherche à brouiller les pistes. Il n'a pas envie d'être inculpé de meurtre et n'attentera donc pas directement à ma vie.

— Tu as sûrement raison. Il est malin. Il est d'ailleurs possible qu'il ait fait appel à des hommes de main. Tu dis avoir vu ses copains… Ou ses collègues, des types qui t'ont paru louches. On va les rechercher, eux aussi. Il faut qu'on sache ce qu'ils manigancent. Et s'ils sont aux ordres de River ou s'ils agissent de leur propre initiative.

— À mon avis, ils ont été briefés par River. Il n'est pas du genre à laisser la moindre initiative aux autres.

— Essayons de rester objectifs et de nous en tenir aux faits. Pour résumer, il y a trois jours, tu as aperçu ces deux types et pris peur. Du coup, tu t'es terrée dans cette caravane.

— Je pense les avoir reconnus mais, comme ils étaient assez loin de moi, je n'en suis pas sûre à cent pour cent.

— D'accord. Quel est le pourcentage de chance pour que ces deux individus soient bien ceux que tu as surpris dans ton garage en plein conciliabule avec River ?

Colton se faisait l'avocat du diable. Elle le voyait bien. Dans cette enquête, il se voulait impartial.

Le point de vue de Makena sur l'enquête était forcément biaisé. D'une part parce que c'était elle que visait l'explosion, et de l'autre parce qu'elle avait encore en mémoire les menaces de River. Selon elle, il ne faisait que mettre à exécution les menaces qu'il avait proférées six mois plus tôt.

10

Pendant l'heure qui suivit, Colton recueillit le plus de renseignements possible sur River Myers. Puis il appela sa mère qui accepta sans aucun problème de garder les jumeaux au ranch quelques jours de plus.

Il savait mieux que personne que les enquêtes duraient souvent bien plus longtemps que prévu, mais il espérait boucler celle-ci rapidement. Si River Myers avait décidé de supprimer son ex-femme, et que celle-ci ne quittait pas Colton d'une semelle, Myers devrait d'abord se débarrasser de du shérif. Makena lui avait dressé la liste de tous les endroits que fréquentait son ex-mari. Cette liste, Colton l'avait remise à Gert, qui avait appelé partout et demandé quand River était passé pour la dernière fois.

Depuis un mois, personne ne l'avait vu ou n'avait eu de ses nouvelles. Cela étant, il fallait s'attendre à ce que certains de ces établissements, réputés être des repaires de flics, protègent leurs clients.

River se rendait aussi fréquemment dans un restaurant tex-mex où il avait ses habitudes et dans deux fast-foods qui vendaient des tacos. Là non plus, personne ne l'avait vu récemment.

Apparemment, depuis qu'il avait été suspendu, on ne le voyait plus nulle part. Il ne sortait plus. Cela semblait bizarre car il avait davantage de temps libre et aurait donc dû fréquenter encore plus assidûment ses lieux de prédilection. À l'annonce de sa suspension, River avait-il décidé de se terrer chez lui ?

Gert appela l'un de ses voisins, qui lui apprit que River n'était probablement pas à son domicile. Il ne voyait pas de lumière aux fenêtres le soir, et cela faisait plusieurs semaines qu'il n'avait pas vu non plus son pick-up.

— Tu ne penses pas qu'il pourrait avoir une petite amie ? demanda Colton à Makena.

Elle leva le nez du bloc-notes sur lequel elle recensait tous les lieux où River aurait pu se trouver.

— Ce n'est pas impossible. Rien ne s'y oppose puisque nous sommes divorcés. Cela m'étonnerait qu'il soit resté célibataire bien longtemps.

— S'il passe son temps chez sa petite amie, on risque d'avoir du mal à le localiser, fit remarquer Colton.

River avait changé de numéro de téléphone, comme il fallait s'y attendre.

Depuis que la nouvelle de l'explosion de la caravane de Mme Dillon s'était répandue dans la ville, le téléphone de Colton n'arrêtait pas de sonner. Toute la communauté était prête à se mobiliser pour retrouver le coupable. Colton aurait préféré que l'affaire ne s'ébruite pas, mais les habitants de Katy Gulch étaient tellement soucieux les uns des autres qu'il était impossible de passer l'incident sous silence.

Les heures filèrent sans qu'ils s'en aperçoivent. À 18 heures tapantes, Gert frappa à la porte. Colton pratiquait depuis longtemps la politique de la porte ouverte mais Gert, très attachée aux convenances, s'obstinait à frapper avant d'entrer.

— Il va peut-être falloir envisager de rentrer, déclara-t-elle.

Colton savait qu'elle continuerait de travailler depuis chez elle. Il n'y avait pas plus consciencieux que sa secrétaire. Mais les horaires étaient les horaires. À 18 heures, Gert rentrait chez elle.

— Tenez-moi au courant si vous avez la moindre piste ou si vous découvrez quelque chose qui m'a échappé, dit Colton.

Levant les bras au-dessus de la tête, il s'étira et bâilla. À force de rester assis sans bouger, il commençait à avoir mal au dos. En revanche, ses bourdonnements d'oreilles avaient presque disparu.

— Je n'y manquerai pas, shérif, dit Gert avant de saluer Makena d'un petit signe de la main et de quitter la pièce.

Elle n'avait pas fait dix pas dans le couloir qu'elle leur cria :

— Je ferme la porte à clé.

Colton se tourna vers Makena.

— Et si nous allions continuer chez moi ? Cela ne nous fera pas de mal de nous dégourdir les jambes. Et puis, il va falloir penser à manger. Tu dois être affamée.

— Les sachets d'amandes et de noisettes que m'a apportés Gert tout à l'heure m'ont permis de tenir, mais je commence effectivement à avoir faim.

— Je ferme les dossiers sur lesquels je travaillais, je me déconnecte et on y va.

Lorsque Makena se leva et s'étira à son tour, Colton détourna les yeux de ses longues jambes interminables. Elle avait une silhouette parfaite, avec juste ce qu'il fallait de rondeurs. Des rondeurs qui appelaient les caresses…

Comme un gamin pris en faute, il se sentit rougir. Au prix d'un effort colossal, il parvint à se concentrer sur ses dossiers. Son ordinateur portable étant synchronisé avec son ordinateur de bureau, il pourrait travailler de chez lui sans problème. Makena serait beaucoup mieux là-bas, aussi n'avait-il aucune raison de s'éterniser.

Il songea tout à coup qu'elle avait perdu toutes ses affaires dans l'explosion. En dehors des vêtements qu'elle portait, elle n'avait plus rien. Se levant aussi, il agrippa à deux mains le dossier de son fauteuil.

— On peut s'arrêter pour faire quelques emplettes, si tu veux, dit-il d'un ton détaché.

— C'est gentil mais, comme une étourdie, j'ai tout laissé dans la caravane. Je n'ai plus ni carte d'identité ni carte de paiement.

Il pensa que, si elle n'avait pas ses papiers d'identité sur elle, ce n'était pas parce qu'elle les avait oubliés. À cause de son ex-mari, en cas de contrôle de police, mieux valait qu'on ne sache pas qui elle était.

— Je peux payer pour toi. Cela ne me dérange pas le moins du monde.

— Non, ça me gêne. Je ne voudrais pas abuser de ta gentillesse. Je me débrouillerai avec ce que j'ai.

— Tu n'abuses de rien du tout. Cela n'ira pas chercher loin, de toute façon. Tu n'as qu'à acheter que ce dont tu as besoin dans l'immédiat. Sur le chemin entre ici et chez moi, il y a un grand magasin. Tu y trouveras tout ce qu'il te faut. Et si ça t'embête que je paie pour toi, tu n'auras qu'à me rembourser quand tu pourras. Je sais que, quand nous aurons coffré ce salopard, tu retomberas vite sur tes pieds. Au nom de notre vieille amitié, je te demande instamment d'accepter mon aide.

Colton espérait avoir été suffisamment diplomate pour ne pas la froisser. Il ne s'agissait en aucun cas de lui faire l'aumône. Il voulait juste la dépanner jusqu'à ce qu'elle puisse à nouveau vivre normalement.

En la voyant se mordiller la lèvre supérieure, il comprit qu'il avait réussi à la convaincre. Elle devait se dire qu'elle n'avait pas vraiment le choix.

— Je t'assure que ce n'est pas un problème, Makena. Les affaires, tu pourras les laisser quand tu partiras. Elles iront probablement à Renee, une de mes belles-sœurs. J'ai l'impression qu'elle fait à peu près la même taille que toi. Alors, si ça te gêne que je paie pour toi, on peut faire comme ça. Je serais heureux de pouvoir t'aider, crois-moi. D'autant plus que, si j'ai validé les TP de biologie, c'est grâce à toi.

Cette confidence la fit rire.

— J'étais nulle. Si tu ne m'avais pas donné un coup de main, j'aurais échoué. C'est plutôt moi qui te suis redevable. En plus, tu n'as pas eu la mention à laquelle tu aurais pu prétendre si tu n'avais pas travaillé en binôme avec moi.

— J'étais peut-être meilleur que toi en TP mais, sans toi, j'aurais probablement laissé tomber. Je n'ai continué à aller aux TP que parce que je savais que tu y serais.

Elle le gratifia d'un sourire éblouissant. Après toutes les épreuves qu'elle avait traversées, cela faisait plaisir de la voir sourire. Elle méritait tellement mieux.

— J'ai une idée, dit-elle. En échange des affaires que tu vas m'acheter, je garderai les jumeaux. Je ne suis pas sûre de savoir m'y prendre avec des enfants aussi jeunes et il est possible que je ne leur plaise pas, mais je veux bien essayer. Si cela se trouve, on va très bien s'entendre, eux et moi. Ce serait tellement plus facile pour moi si je pouvais te rendre service à mon tour.

— Marché conclu.

Colton n'allait pas faire la fine bouche. Il avait besoin d'une baby-sitter ; Makena tombait à point nommé. D'autant plus qu'avec les récents événements il n'avait plus vraiment le temps de chercher une nouvelle nounou. L'enquête serait sa priorité absolue pendant les trois prochains jours. S'il voulait coincer ce salopard, il fallait agir vite avant de perdre complètement sa trace. Statistiquement, il avait plus de chances de l'arrêter maintenant que si l'enquête se prolongeait au-delà de soixante-douze heures. À moins que le suspect ne frappe à nouveau. Mais Colton ne voulait même pas envisager cette possibilité.

— Tu pourrais passer la commande en ligne, suggéra-t-il. On gagnerait du temps. Le temps d'arriver au magasin, elle sera prête, si tu la demandes en urgence. Je vais vérifier que tout a été éteint partout. J'en ai pour cinq minutes.

Il lui tendit son ordinateur portable.

— D'accord.

Elle s'installa dans un des gros fauteuils en cuir en face de son bureau et se pencha sur l'écran de l'ordinateur, si concentrée sur sa tâche qu'elle ne leva même pas les yeux lorsqu'il quitta la pièce.

Il n'avait aucun besoin de vérifier quoi que ce soit ; sa secrétaire ne serait jamais partie en laissant la cafetière allumée ou la lumière dans les toilettes. Mais, par discrétion, il voulait laisser Makena seule pour passer tranquillement sa commande. Ce qu'il voulait surtout, c'était rester le moins de temps possible dans le magasin.

Pour limiter les risques. Il redoutait que Makena ne soit abattue par un tireur embusqué en haut d'un immeuble ou derrière une voiture.

D'autre part, il se méfiait des ragots. La plupart du temps, il n'y prêtait pas vraiment attention. Les gens n'étaient généralement pas mal intentionnés, juste un peu trop curieux. Sur le devant de la scène bien malgré eux, les O'Connor avaient le plus grand mal à préserver leur vie privée. Aucun de leurs faits et gestes ne passait inaperçu à Katy Gulch. Si Colton s'affichait avec Makena, cela ferait jaser, il le savait.

Lorsque, après avoir fait le tour des locaux, il regagna son bureau, il constata que Makena avait terminé.

— On y va ? demanda-t-il.

— Quand tu veux, répondit-elle en se levant et en lui rendant son ordinateur.

Il le glissa sous son bras et, son autre main posée au creux du dos de la jeune femme, il la guida vers l'arrière du bâtiment. Pour rentrer, il préférait prendre son véhicule personnel. C'était plus sûr. Le 4x4 était garé juste derrière.

— Je ne veux pas tomber sur Mike ou un de ses confrères à l'affût d'un bon article, expliqua-t-il.

C'était vrai mais, ce qu'il voulait surtout, c'était déjouer les plans de River ou de ses acolytes s'ils les attendaient de l'autre côté. Bien entendu, cela, il n'allait pas le dire à Makena.

Il ne souffla que lorsqu'ils furent à l'abri dans le 4x4, en route pour la grande surface. Il était plus de 19 heures mais il faisait encore jour. À cette époque de l'année, la nuit ne tombait pas avant 20 h 30.

Dehors en plein jour, il se sentait vulnérable et se tenait sur ses gardes. Il ne pouvait s'empêcher de dévisager les autres conducteurs. Lorsqu'ils arrivèrent au magasin, il se dirigea vers le parking réservé au retrait des marchandises. Il envoya un SMS, et un employé sortit aussitôt avec la commande. Colton le remercia et lui tendit un billet de cinq dollars.

Le trajet jusque chez lui ne prit ensuite pas plus de dix minutes. Pour accéder au garage, il fallait composer un code qui permettait l'ouverture automatique du portail. La sécurité de l'endroit n'était pas optimale dans la mesure où, pour un piéton, passer le portail derrière un véhicule ne présentait aucune difficulté. Le portail se refermant rapidement, il était en revanche impossible à une voiture de s'introduire dans le garage de cette manière.

Pendant tout le trajet, Colton n'avait cessé de repenser à quelque chose qui le turlupinait depuis sa conversation avec le commissaire de police de Dallas. Si River faisait l'objet d'une enquête en raison des accusations de violence policière et d'escroquerie qui pesaient sur lui, une plainte avait nécessairement été déposée contre lui. Étant donné la gravité des faits qui étaient reprochés à River, Colton se demandait dans quoi Makena avait bien pu mettre les pieds lorsqu'elle l'avait surpris en plein conciliabule avec ses deux acolytes.

Cette réunion, dans le garage de leur maison, tard le soir, lui semblait plus que suspecte. Le fait que River ait éconduit la jeune femme aussi rapidement semblait indiquer qu'il cherchait à la protéger. Il ne voulait pas qu'elle soit mêlée à ses activités – des activités sans aucun doute illicites. Vu comme il la traitait, River avait une conception du couple assez particulière mais, à sa façon, il devait aimer sa femme.

Colton n'avait aucune raison d'en douter. La plupart du

temps, les maris violents disaient aimer leurs conjointes, ce qui ne les empêchait pas de les manipuler et de les maltraiter, voire de les frapper. Lorsqu'ils prenaient conscience de leur perversité, certains d'entre eux semblaient vouloir changer et faire amende honorable. D'autres, en revanche, fonctionnaient ainsi tout simplement.

Quand il repensait à la fac, à ces quelques mois pendant lesquels Makena et lui avaient suivi ensemble les travaux pratiques de biologie, Colton regrettait de n'avoir pas eu le courage de lui déclarer sa flamme. La vie de la jeune femme aurait pris une autre tournure.

La sienne aussi, forcément. La naissance des jumeaux était la meilleure chose qui lui soit arrivée. De ce point de vue, pour rien au monde il n'aurait voulu revenir en arrière. Sa femme était morte, mais il ne regrettait pas non plus ce qu'il avait partagé avec elle, cette longue et belle amitié. N'étant pas du genre à ressasser le passé, Colton acceptait les choses avec philosophie. Il avait perdu Rebecca mais celle-ci lui avait donné deux fils merveilleux.

S'il était sorti avec Makena, cela n'aurait peut-être rien changé pour elle, finalement. De toute façon, on ne pouvait pas retourner en arrière. Et, même si c'était possible, on prenait un risque en changeant quelque chose. Car qui pouvait prévoir les répercussions d'un tel changement ?

Se focalisant à nouveau sur l'affaire, il songea à Red et à Mustache, et ne put s'empêcher de faire de nouvelles conjectures. Et si les deux comparses avaient essayé de racketter quelqu'un ? Étant donné que River était accusé d'escroquerie, entre autres choses, c'était une hypothèse plausible.

Si Red et Mustache étaient venus à Katy Gulch, s'y trouvaient-ils encore ? Agissaient-ils de leur propre chef ? Traquaient-ils Makena parce qu'ils pensaient qu'elle avait entendu quelque chose de compromettant le soir où elle les avait surpris en plein conciliabule ?

Colton sentait qu'il venait de mettre le doigt sur quelque chose. Mais quoi ? Quel était le but de ces deux énergumènes, au juste ?

À force d'y réfléchir, Colton fit le lien entre le fait que River se planquait et la bombe qu'avaient posée ses acolytes. Et si, en s'attaquant à Makena, ils avaient essayé de faire sortir River du bois ?

Colton glissa une pizza dans le four pendant que Makena improvisait une salade composée à partir de divers ingrédients découverts dans le réfrigérateur. Cuisiner en sa compagnie était un vrai plaisir et le changeait agréablement des plats surgelés avalés à toute vitesse devant son ordinateur une fois que les jumeaux étaient couchés.

Ils venaient juste de s'attabler autour de l'îlot central lorsque son téléphone portable vibra. C'était Gert. Avant de prendre l'appel, Colton montra à Makena, assise à côté de lui, le nom qui s'affichait sur l'écran.

— Je vous écoute, Gert. Mais je passe l'appel sur haut-parleur pour que Makena vous entende aussi, si vous n'y voyez pas d'inconvénient.

Il ne savait pas ce que Gert allait lui dire mais peut-être valait-il mieux que Makena n'entende pas certaines choses.

— Pas de problème, shérif.

Colton posa le téléphone sur l'îlot, entre Makena et lui.

— On vous écoute, Gert.

— Alors voilà. L'adjoint Fletcher enquêtait à Birchwood et essayait de retrouver la trace des suspects. Dans un motel le long de l'autoroute, il a fait mouche.

La voix de Gert se mit à vibrer d'excitation.

— La réceptionniste a dit à l'adjoint Fletcher qu'un homme dont la description semble indiquer qu'il s'agirait de River Myers a séjourné au motel ces quatre derniers jours. Elle s'appelle Gloria Beecham, et le motel est le genre d'établissement qui loue des chambres à l'heure, si vous voyez ce que je veux dire. D'après Gloria, le client a réglé en espèces. Étant donné qu'il restait cloîtré dans sa chambre et qu'il avait mis sur sa porte la pancarte « Ne pas déranger », il n'y avait pas moyen de faire le ménage. D'autant plus qu'il paraît qu'il n'est pas commode.

Colton voyait très bien le tableau : la femme de chambre qui insiste parce qu'elle a des ordres stricts de sa direction, les mesures d'hygiène ayant été renforcées dans les hôtels et les motels, et River l'envoyant promener à grand renfort d'insultes et d'invectives.

— La femme de chambre a prévenu Gloria, qui a aussitôt appelé le client et mis les choses au point. Il paraît que, pendant toute la durée de l'intervention de la femme de chambre, il est resté debout dans un coin de la pièce, les bras croisés sur la poitrine.

— Drôle de type, fit remarquer Colton.

— C'est le moins qu'on puisse dire. La femme de chambre n'a rien remarqué d'anormal dans la chambre mais elle a reconnu ne pas s'être attardée. On la comprend.

— Et ce charmant client serait River ?

— Il semblerait que oui.

— Il était le seul occupant de la chambre ? demanda Colton.

La piste était prometteuse, et Colton se sentait gagné à son tour par l'excitation. Il jeta un regard à Makena, assise sur le bord de sa chaise, visiblement tendue.

— Oui, il était seul, répondit Gert.

— Est-ce qu'il a reçu de la visite au cours de ces quatre jours ?

— Non, pas que Gloria sache. Elle s'est mise à surveiller la chambre grâce à la caméra placée à l'extérieur. C'est un motel classique : vous vous garez devant votre porte et entrez directement dans votre chambre. Il y a une bonne année, le propriétaire a fait installer des caméras de surveillance un peu partout. Le client lui a paru louche parce qu'il avait toujours la tête tournée de l'autre côté, comme s'il cherchait à éviter les caméras.

— Il n'est pas né de la dernière pluie et a dû repérer les installations.

— C'est tout à fait possible. D'autant plus que, la plupart du temps, il portait une casquette de base-ball et gardait la tête baissée quand il entrait et sortait du motel.

— Gloria a-t-elle eu l'idée de relever son numéro d'immatriculation ? A-t-elle vu la marque de sa voiture ?

— Non, hélas. Il a pris soin de se garer assez loin de sa porte, hors du champ des caméras.

Colton réprima un juron de frustration. Même une image de piètre qualité, pixélisée au maximum, lui aurait donné une indication sur le genre de véhicule que conduisait River, s'il s'agissait bien de lui. C'était presque trop beau pour être vrai.

Il n'y avait pratiquement aucune chance pour que la réceptionniste ait inventé cette histoire à partir de ce qu'elle avait vu ou entendu dans les médias. Colton n'avait laissé filtrer aucun détail justement pour éviter les faux témoignages. Il avait simplement déclaré qu'il y avait eu un incident impliquant une caravane et une bombe artisanale, et qu'il n'y avait eu ni morts ni blessés. Ce qui était la pure vérité. Son égratignure à l'épaule était superficielle et, dans un jour ou deux, ses bourdonnements d'oreilles auraient disparu. Ils s'étaient déjà bien atténués.

Les preuves contre River s'accumulaient.

— Et ce témoin était catégorique ? D'après elle, le client en question est bien l'homme recherché ?

— Elle n'en est pas sûre à cent pour cent, admit Gert. Elle a dit qu'elle ne le jurerait pas mais qu'elle pensait que c'était lui.

Colton maugréa à nouveau entre ses dents. Il avait besoin d'un témoin qui soit formel et puisse affirmer qu'il s'agissait de River. Pas de quelqu'un qui « pensait » que c'était probablement lui.

— Bon, c'est déjà ça. Quelqu'un dit l'avoir vu en ville ou à proximité. Birchwood est à moins de trente minutes en voiture de Katy Gulch.

— Absolument.

— Est-il toujours au motel ? demanda Colton.

S'il n'avait pas posé la question plus tôt, c'était parce qu'il se doutait de la réponse.

— Hélas non, répondit Gert avec un soupir. Et, tenez-vous bien, il a quitté le motel ce matin à la première heure. Il était environ 6 h 30 d'après Gloria.

Colton n'en fut aucunement étonné, même si secrètement il avait espéré un miracle. River était flic, il ne fallait pas l'oublier. Il était évident qu'il filerait et n'attendrait pas tranquillement de se faire cueillir dans sa chambre.

— Vous avez dit que le motel avait un enregistrement automatique, n'est-ce pas ?

— Oui, c'est ça. Et je confirme que le client qui a occupé la chambre 11 a payé en espèces.

— Bon travail, Gert.

Colton pestait intérieurement contre River, qui avait tout prévu.

— Un peu plus, on le tenait, marmonna Makena en soupirant.

— Merci pour l'info, Gert. Ce que vous venez de nous raconter semble indiquer que la piste que nous suivons est la bonne.

— À votre service, shérif. Vous me connaissez. Quand je suis sur une piste, je l'explore jusqu'au bout.

— De nous deux, je me demande si ce n'est pas vous qui enquêtez le mieux. Votre dévouement est exemplaire. Je vous sais gré de tout ce que vous faites.

Colton savait que Gert buvait ses paroles comme du petit-lait. Il était sincère et ne cherchait pas simplement à la flatter. Elle était une excellente enquêtrice et avait fait ses preuves dans plusieurs affaires. Il la remercia encore une fois avant de couper la communication.

— Je savais qu'il finirait par me retrouver, déclara posément Makena en plantant sa fourchette dans sa salade.

Son calme était presque inquiétant. Colton supposa qu'elle était comme l'eau de la rivière. Calme en surface, mais en surface seulement

Si River avait bien quitté le motel vers 6 heures du matin, il pouvait avoir posé la bombe dans la caravane. Il devait tenir à ce qu'elle explose à un moment déterminé. Si c'était quand Makena entrerait dans la caravane, comme Colton l'avait tout d'abord pensé, la bombe l'aurait déchiquetée. Mais si River avait prévu que Makena en déclencherait l'explosion en sortant de la caravane, alors cette bombe était plutôt une sorte d'avertissement, destinée non pas à la tuer mais à lui faire peur.

Ne connaissant pas River, Colton ne savait pas trop quoi penser. Mais quel intérêt avait River à effrayer Makena des mois après leur séparation ?

En congé forcé, il avait eu tout le temps de ruminer sa disgrâce. Colton avait bien compris que River était colérique. Makena avait fait les frais de ses sautes d'humeur pendant leur vie conjugale. Pourtant, en général, les sanguins dans son genre étaient spontanés plutôt que calculateurs.

Depuis que Colton enquêtait sur les violences domestiques, toujours beaucoup trop nombreuses, les meurtres étaient presque dans tous les cas des crimes passionnels. L'un des époux découvrait que sa moitié avait une liaison et perdait la tête en trouvant celle-ci dans les bras de quelqu'un d'autre. Il prenait une arme et la tuait.

Makena n'avait pas eu de liaison. Elle était partie. C'était une trahison que quelqu'un comme River n'était pas près de pardonner.

[illegible]

[illegible]

[illegible]

[illegible]

[illegible]

11

Stressée et démoralisée, Makena chipotait dans son assiette. Elle avait été choquée d'apprendre que River était en ville le matin même où on avait tenté de la tuer. Et elle se demandait, bien que cela ne servît à rien, comment elle avait pu s'éprendre un jour de cet individu sans foi ni loi. Il était plus que temps de tourner le dos au passé et d'aller de l'avant. Elle repensa soudain à quelque chose.

— Gert a bien dit que River avait passé quatre nuits au motel ?

— C'est ce que j'ai compris, moi aussi. Nous vérifierons dans le compte rendu qu'elle fera de sa conversation avec la réceptionniste du motel. Gert va consigner, mot pour mot, tout ce que celle-ci lui a dit.

Colton poussa le téléphone posé entre leurs assiettes.

— River est donc arrivé le jour où j'ai vu Red et Mustache, dit Makena.

Une image était en train de prendre forme dans son esprit, mais elle n'en distinguait pas encore tous les détails.

— Les hommes que tu as surpris en train de comploter dans ton garage il y a quelques mois sont maintenant tous les trois en ville. Ils ne partagent pas la même chambre, apparemment. Ils se sont peut-être installés dans la chambre voisine, mais nous n'en savons rien.

Colton se leva pour prendre un bloc-notes et un stylo. Puis il se rassit à sa place et griffonna un mémo. Il faudrait demander au motel si des individus dont la description correspondrait à Red et à Mustache avaient séjourné dans l'établissement ou avaient été vus entrant ou sortant de la chambre occupée par River.

— Gert a dit que River n'avait reçu aucune visite, fit remarquer Makena.

— Exact, admit Colton en rayant la fin de son mémo. Mais ils ont très bien pu se rencontrer ailleurs.

C'était précisément ce qu'elle était en train de se dire.

— Ils pensent peut-être que j'ai entendu tout ce qu'ils disaient et que c'est la raison pour laquelle j'ai quitté mon mari. Ils doivent s'imaginer que je sais quelque chose, auquel cas, on peut supposer qu'ils s'étaient réunis pour préparer un mauvais coup.

Colton hocha la tête.

— C'est une hypothèse plausible. Dans une affaire de meurtre ou de tentative de meurtre, on commence toujours par chercher le mobile. Dans ton cas, le mobile pourrait être la jalousie. Un grand classique, malheureusement. Mais on ne voit pas très bien ce que Mustache et Red viendraient faire là-dedans. Si River t'a traquée jusqu'ici parce qu'il est toujours jaloux bien que vous soyez divorcés, ou parce qu'il ne veut pas que tu refasses ta vie avec un autre homme, comment expliquer la présence de ses acolytes à Katy Gulch ?

— C'est aussi la question que je me pose. Pour résumer, ils me soupçonnent peut-être d'avoir entendu quelque chose qu'ils auraient préféré garder pour eux, le jour où j'ai fait irruption au beau milieu de leur petite réunion, et ils ont décidé de me tuer pour s'assurer que je ne parlerai pas. River a d'ailleurs été suspendu de ses fonctions parce que des plaintes pour escroquerie ont été déposées contre lui. Il fait déjà l'objet d'une enquête.

Ce scénario leur semblait hautement probable. Certes, il reposait sur un malentendu puisque Makena ne savait rien de ce que tramaient les trois hommes ce soir-là, mais il se tenait.

— On fait quoi, maintenant ? s'enquit-elle.

— Ce soir ? On arrête de parler de l'affaire, au moins pendant qu'on est à table. Parce qu'à force de cogiter on finit par tourner en rond. Je propose qu'on aille rendre visite à Gloria Beecham au motel, demain très tôt, pour lui parler de Red et de Mustache. Si elle dit les avoir aperçus, on tient le bon bout.

Colton s'était interrompu et semblait hésiter.

— Quoi ? demanda Makena, intriguée.

— L'autre scénario possible, c'est que nos trois lascars sont venus te faire la peau, chacun d'entre eux espérant y parvenir avant les deux autres.

À ces mots, Makena frissonna. Cette hypothèse ne pouvait pas être écartée, même si elle avait du mal à croire qu'autant de gens lui veuillent du mal. Que diable avait-elle bien pu leur faire, à tous ? Ils agissaient peut-être indépendamment les uns des autres, en effet, cherchant chacun de son côté à lui clouer le bec, de crainte qu'elle n'aille les dénoncer.

— Tu ferais bien de manger un peu, dit Colton, voyant qu'elle n'avait quasiment pas touché à sa salade. Tu vas avoir besoin de forces si tu veux pouvoir enquêter avec moi.

Contre toute attente, elle réussit à finir son assiette. Colton avait raison au moins sur un point : cette affaire allait la rendre dingue si elle continuait de tourner et retourner dans sa tête tous les scénarios possibles et imaginables.

Lorsqu'ils eurent fini de manger, elle se leva pour débarrasser. Son assiette à la main, elle se dirigea vers l'évier. À mi-chemin, elle se retourna.

— Je peux passer ton assiette sous l'eau tant que j'y suis, proposa-t-elle.

Son hématome à la hanche la faisait encore cruellement souffrir, surtout quand elle était debout, mais elle aimait se rendre utile et ne voulait surtout pas que sa présence occasionne un surcroît de travail à Colton.

Elle n'avait pas fini sa phrase qu'il était déjà debout, son assiette à la main. Colton était l'exact opposé de River qui se levait de table et laissait tout en plan, sans se préoccuper de qui allait débarrasser, faire tourner le lave-vaisselle et tout ranger. Sous prétexte qu'il travaillait de nuit et que cela le fatiguait, il ne levait jamais le petit doigt pour l'aider dans les tâches domestiques. En réalité, si River travaillait de nuit, c'était parce qu'il l'avait choisi. Et s'il ne faisait rien à la maison, c'était parce qu'il était feignant.

— Laisse, je m'en occupe, insista-t-elle. J'en ai pour une minute, à tout casser.

Colton posa son assiette dans l'évier.

— Ces douze derniers mois, j'ai appris à me débrouiller seul. Débarrasser après manger est devenu un automatisme. Mais je comprends que cela puisse énerver quelqu'un comme toi, qui es indépendante et qui n'as pas l'habitude de se faire servir. J'ai adoré préparer le repas avec toi, même si ça a été très vite fait puisque nous nous sommes contentés d'une pizza et d'une salade. À vrai dire, depuis que j'ai emménagé ici, je n'avais encore jamais pris autant de plaisir à cuisiner.

Flattée de savoir qu'il appréciait sa présence et troublée aussi, bien malgré elle, Makena ferma le robinet et se pencha vers lui.

— Ces dernières vingt-quatre heures ont été très mouvementées mais je suis vraiment contente d'avoir renoué avec toi, Colton.

Pivotant légèrement vers lui jusqu'à sentir la chaleur de son corps irradier le sien, elle leva la tête, se haussa sur la pointe des pieds et planta un baiser sur ses lèvres douces et charnues. Elle se sentait si bien avec lui, indépendamment de l'attirance irrépressible qu'ils ressentaient l'un pour l'autre. Une attirance contre laquelle elle n'avait plus la force, ou plus envie, de lutter.

Colton inspira à fond. Puis il prit le visage de Makena entre ses paumes et caressa du pouce la ligne de sa mâchoire qu'il se mit ensuite à couvrir de baisers, traçant un sillon brûlant le long de son cou. Elle posa ses deux mains à plat sur son torse dur comme du roc, l'explora du bout des doigts, des doigts qui remontèrent avec audace vers ses épaules et son cou pour s'enfoncer voluptueusement dans sa crinière tandis qu'il l'embrassait avec fougue.

Il s'était emparé de sa bouche comme d'une place forte trop longtemps convoitée. Makena en eut le souffle coupé. Son cœur cognait contre ses côtes à coups redoublés. Jamais personne ne l'avait embrassée ainsi et n'avait éveillé en elle un désir aussi impérieux.

Il plaqua une de ses mains au creux de son dos et pressa fébrilement Makena contre lui. Lorsque, suspendue à son cou, elle enroula ses jambes autour de ses hanches, il posa ses mains sous ses fesses pour la soutenir et enfouit son visage au creux de sa gorge.

Il poussa un gémissement sourd avant de s'emparer à nouveau de sa bouche avec une frénésie qu'elle n'aurait jamais soupçonnée chez lui.

Éperdue, elle lui rendit son baiser et s'abandonna à la passion dévorante qu'il suscitait en elle.

Le désir qu'ils ressentaient l'un pour l'autre depuis le tout premier jour de leur rencontre les embrasa comme des torches. Colton brûlait de dévêtir Makena et de s'enfoncer en elle au plus profond.

Elle lui labourait les épaules de ses ongles, aussi impatiente que lui d'aller plus loin. Sachant que sa hanche lui faisait mal, il était évident qu'ils ne pourraient pas tenir longtemps dans cette position semi-acrobatique. Il était grand temps qu'ils recouvrent leur sang-froid. D'autant plus que, s'ils couchaient ensemble, Colton savait que, pour lui, cela changerait complètement la donne. Il devait prendre en compte les jumeaux, qui risquaient d'être déstabilisés par l'arrivée d'une étrangère au sein du foyer. En fait, il sentait confusément qu'il se cherchait des prétextes. La réaction des jumeaux en était probablement un.

Dans le fond, rien ne s'opposait à ce que Makena et lui se mettent en couple. Si ce n'est que, manifestement, Makena ne s'était pas encore remise de son mariage malheureux.

Colton avait bien vu, à son regard de biche aux abois, qu'elle avait été traumatisée par son expérience conjugale. Elle savait, bien sûr, qu'elle n'avait rien à craindre de lui, que jamais il ne lui ferait le moindre mal. Mais cela ne suffisait pas. Son insigne et son arme jouaient en sa défaveur aux yeux de Makena. Sans compter qu'elle avait changé de vie de manière drastique en quittant River. Elle avait besoin de refaire surface et de trouver un nouvel ancrage.

Le gémissement sourd qu'elle émit en l'embrassant était la chose la plus sexy qu'il eût jamais entendue. S'il ne se ressaisissait pas immédiatement, aucune douche froide au monde ne réussirait à éteindre le brasier qui faisait rage en lui.

Toujours de part et d'autre du visage de la jeune femme, ses mains glissèrent lentement vers son cou gracile puis vers ses seins ronds. Du pouce droit, il agaça l'un de ses mamelons jusqu'à le sentir durcir, ce qui exacerba son excitation, devenue quasi incontrôlable. Il était tendu comme un arc, visant tout entier au soulagement que seule Makena pouvait lui procurer. Son désir pour elle devenait douloureux tant il était intense.

Des doutes continuaient cependant de l'assaillir. Il avait conscience qu'en devenant amants maintenant ils risquaient de compromettre l'avenir de leur relation. Makena commençait à se sentir à l'aise avec lui ; il avait réussi à l'apprivoiser. Elle lui faisait confiance, désormais, et remettait son sort entre ses mains.

Elle avait besoin d'être sûre des sentiments qu'il éprouvait pour elle avant d'aller plus loin. Or il était justement en train de s'interroger sur la nature exacte desdits sentiments. La raison l'emportant sur la passion, il s'écarta de Makena mais garda son front appuyé contre le sien. Tous deux soufflaient comme des phoques. Il sourit.

La naissance des jumeaux lui avait mis du plomb dans la cervelle. Cela ne faisait pas l'ombre d'un doute, même s'il n'avait jamais été du genre à coucher à droite et à gauche. Avant d'épouser Rebecca, il préférait, au lieu de multiplier les aventures d'un soir, sortir plusieurs fois avec la même fille et il s'assurait toujours que ses partenaires avaient bien compris qu'il n'attendait rien d'autre de la relation qu'un bon moment de complicité partagée. Il n'était pas question pour lui de s'investir émotionnellement ou dans la durée.

— Que se passe-t-il ? s'enquit Makena. J'ai fait quelque chose qu'il ne fallait pas ?

— Toi ? Sûrement pas. C'est moi qui ai perdu la tête. Et ne va surtout pas croire que j'essaie juste de te déculpabiliser. Tout est ma faute, je t'assure. Ce que nous ressentons l'un pour l'autre pourrait donner lieu à une très belle histoire, j'en suis certain. Mais le moment est mal choisi, il faut bien le dire.

Il n'en revenait pas d'avoir pu faire une chose pareille, lui qui avait si souvent rêvé d'attirer Makena dans son lit. L'occasion s'était enfin présentée, et il l'avait laissée passer. Le timing n'était pas idéal, certes, mais quel dommage.

Comme il ne voulait pas qu'elle soit gênée ou ait des regrets, il éprouva le besoin d'ajouter quelque chose de gentil.

— Pour info, je pense que celui-ci fait partie des baisers les plus époustouflants de toute ma vie, déclara-t-il.

Il devina qu'elle souriait.

— D'accord, j'ai menti. C'est *le* baiser le plus époustouflant de toute ma vie, rectifia-t-il. Le problème, c'est qu'après un baiser pareil on n'a pas envie d'en rester là. On veut plus. Beaucoup plus, en ce qui me concerne. Et pas seulement sur le plan physique.

Il avait l'impression d'entendre les rouages de son cerveau tourner. Et il sentit qu'elle allait rétropédaler.

— Oui, je comprends. Je suis sensible, moi aussi, à l'attirance que nous ressentons l'un pour l'autre. Mais, pour le moment, il n'y a rien à attendre de moi.

Aïe. Ces mots lui lacérèrent le cœur.

— Ne te justifie pas, dit-il. Je suis dans la même situation.

— Je suis désolée, Colton. C'est la deuxième fois que je te fais le coup. Je te promets de ne pas recommencer.

Elle s'écarta et leva les mains en l'air en signe de reddition.

— Ah, zut ! Je suis déçu, dit Colton en riant de bon cœur.

Lorsqu'elle posa sur lui ses beaux yeux bleus encore tout brillants de désir, il se surprit à regretter amèrement de l'avoir repoussée. Il avait voulu mettre les choses au point pour éviter tout malentendu. Il n'y avait pas de place pour elle dans sa vie, et elle devait s'occuper du sens qu'elle avait envie de donner à la sienne. Il l'encombrerait inutilement et la pousserait peut-être à faire de mauvais choix.

Une petite voix perfide dans sa tête lui soufflait qu'il se cherchait des excuses, que ses mécanismes de défense tournaient à plein régime. Il lui imposa silence sans ménagement.

— Et si on regardait un film, histoire de se changer les idées ? suggéra-t-il. On peut aussi parler.

N'étant pas très bavard, Colton se surprit lui-même avec cette seconde option. Mais il aimait vraiment beaucoup discuter avec Makena. Allez comprendre !

— Ce dont j'ai le plus envie, c'est de me pelotonner sur

le canapé à côté de toi, devant la cheminée. Et peut-être aussi de boire quelque chose de chaud. Une boisson sans caféine, si possible.

— Bonne idée, mais je ne sais vraiment pas quoi te proposer en matière de boisson de ce type.

Elle se mit à rire et l'agrippa par le devant de sa chemise pour l'attirer à nouveau tout contre elle.

— Merci, Colton. Tu as réveillé en moi des sensations dont j'avais presque oublié l'existence. J'aime ta force tranquille et ton indépendance.

Cette fois, elle ne l'embrassa pas, ce qui suscita en lui une grande frustration.

Il sourit, flatté par ses compliments, et pressa sa main dans la sienne en essayant de ne pas céder à l'envie qu'il avait de la prendre dans ses bras.

— Je crains néanmoins de ne pas pouvoir t'offrir de boisson qui ne contienne pas de caféine.

— Si tu as de l'eau, de quoi la faire chauffer et un citron ou du miel, ça m'ira très bien.

— Pour le miel, il n'y a pas de problème. J'en ai plein mes placards. Gert ne manque jamais d'en rapporter à tout le monde au bureau quand elle va rendre visite à un apiculteur. Elle s'est fixé comme objectif de faire le tour de tous les apiculteurs de l'État avant la fin de l'année. Tu vas donc pouvoir choisir entre plusieurs variétés. En ce qui concerne le citron, il doit y en avoir un ou deux qui traînent dans le bac à légumes du réfrigérateur. Pendant que tu prépares ta boisson chaude, je vais appeler le ranch pour prendre des nouvelles de mes fils. Ils ne vont pas tarder à se coucher. Il faut que je me dépêche si je veux avoir une chance d'entendre leurs voix. Je te prie de m'excuser un instant. Je vais téléphoner de ma chambre.

Lorsqu'elle lui sourit, il sentit son cœur se serrer. Son cœur qui, au lieu de le soutenir et de se conformer à sa décision de calmer le jeu entre Makena et lui, n'en faisait qu'à sa tête et n'arrêtait pas de s'emballer.

Pour plaisanter, Makena lui donna une petite poussée. Il hésita un court instant, soutenant son regard une seconde de trop, et son cœur regimba lorsqu'il se détourna. En soupirant, il attrapa son téléphone sur l'îlot central et se dirigea vers sa chambre.

Il s'accorda quelques instants pour recouvrer ses esprits embrumés par le baiser qu'il venait d'échanger avec Makena. Il n'en revenait toujours pas de s'être embrasé comme une torche à cause d'un simple baiser. Il mit cette réaction inattendue sur le compte de l'abstinence. C'était la seule explication. Il y avait bien trop longtemps qu'il n'avait pas tenu une femme dans ses bras.

Lorsque son souffle eut retrouvé son rythme normal et qu'il se sentit prêt à écouter le babillement des jumeaux, il appela le ranch. Sa mère répondit à la troisième sonnerie. Dès qu'elle décrocha, il entendit le rire des petits juste derrière elle. Le son de leurs voix, qu'il aurait reconnues entre mille, lui fit chaud au cœur.

— Bonsoir, Colton chéri. Les jumeaux viennent de sortir du bain. J'étais en train de les sécher. Tout va bien ?

Sa mère avait un ton enjoué, ce qui rassura Colton, qui craignait que la garde de ses petits-fils ne soit une surcharge de travail trop importante pour elle en ce moment.

— Oui, tout va bien. L'enquête suit son cours. Demain matin très tôt, je vais aller interroger un témoin potentiel sur son lieu de travail. Nous sommes sur la bonne voie.

— Alors dis-moi ce qui te tracasse.

On ne pouvait rien lui cacher. Sa mère les perçait toujours à jour, ses frères et lui.

— Je m'inquiète pour la cible visée par l'explosion de la caravane. C'est une jeune femme que j'ai connue à la fac. Elle n'a rien fait de mal et ne mérite absolument pas ce qui lui arrive.

Il n'avait aucun intérêt à raconter des bobards à sa mère. D'une part parce qu'elle le sentirait immédiatement et de l'autre parce qu'il aurait des scrupules à lui mentir, comme quand à douze ans il avait appelé Rebecca en douce, un soir tard, alors qu'il était censé dormir à poings fermés.

Il n'en avait pas fermé l'œil de la nuit. Et le lendemain matin à la première heure, il s'était empressé de tout avouer à sa mère. Il n'avait pas été puni mais avait reçu pour consigne de laisser son téléphone en bas quand il montait se coucher, à l'instar de ses frères. Sauf que Garrett redescendait systématiquement récupérer le sien mais, soit dit en passant, Garrett n'en avait jamais fait qu'à sa tête.

Colton avait compris, après cet épisode, qu'il était foncièrement honnête et que le mensonge et la dissimulation n'étaient pas pour lui.

Sa mère avait toute confiance en lui et savait, en outre, qu'il n'était pas autorisé à divulguer des détails sur une enquête en cours. Aussi n'allait-elle pas chercher à lui tirer les vers du nez. Elle s'abstiendrait de lui poser la moindre question. Dans les familles de policiers, il y avait des limites à ne pas franchir.

— Je suis navrée pour cette jeune femme. J'espère que tout finira par s'arranger.

En entendant les deux petits rire de plus belle à l'autre

bout de la ligne, Colton songea que sa mère savait exactement ce dont il avait besoin pour se changer les idées.

— Les jumeaux ont passé une excellente journée. Ils ont été adorables, juste assez polissons pour que je sois rassurée sur leur lignage. Ce sont bel et bien des O'Connor ; cela ne fait pas l'ombre d'un doute.

— Voilà qui fait plaisir à entendre.

— Tu veux que je te les passe deux minutes ? Je vais poser l'appareil entre eux. Ils sont sur le lit. Enfin, plus ou moins sur le lit. Renee me donne un coup de main et essaie désespérément de leur appliquer de la lotion hydratante sur la peau.

Sa mère se mit à rire. Finalement, la présence des jumeaux lui faisait peut-être du bien. Ces derniers mois avaient été si difficiles pour elle. Elle aussi avait grand besoin de se changer les idées. Fort de ce constat, Colton culpabilisait un peu moins de lui laisser les enfants pendant quelques jours.

— Oui, j'aimerais bien que tu me les passes, répondit-il.

Il entendit des bruits étouffés lorsqu'elle posa l'appareil sur le lit. Puis la voix de sa mère retentit à nouveau, plus lointaine.

— Les garçons, devinez qui est au téléphone ? C'est papa !

Silas et Sebastian avaient été très bien accueillis par toute la famille, malgré les circonstances de leur naissance.

— Coucou, mes chéris. J'espère que vous êtes sages avec mamie et tatie Renee, dit Colton.

Avec des interlocuteurs âgés d'un an à peine, la conversation était forcément limitée. Mais ce que Colton voulait surtout, c'était les entendre glousser. Il les savait entre de bonnes mains. Sa mère les adorait et prenait grand soin d'eux. Il n'avait aucun souci à se faire.

— Papa ! cria l'un des jumeaux d'une voix suraiguë.

Tout excité, son frère ne tarda pas à l'imiter.

— Papa ! Papa ! se mirent-ils à hurler de concert.

Un sourire aux lèvres, Colton les écoutait s'époumoner. Il était le plus heureux des pères. Il ne passait pas un seul jour sans se réjouir de la présence des jumeaux dans sa vie.

Au bout d'un moment, sa mère reprit l'appareil.

— Ces deux galopins vont bientôt aller se coucher, dit-elle. Ils vont boire leur lait chaud et, hop, au lit !

— Tu vas pouvoir souffler.

Il fut tenté de demander à se mère comment elle se sentait puis se ravisa, jugeant que le moment était sans doute mal choisi.

— Encore merci de les garder, maman. Tu me rends vraiment service, et les jumeaux sont très attachés à toi.

— Oui, je sais. Je les aime beaucoup, moi aussi. Ils sont tellement mignons.

Ils se souhaitèrent une bonne soirée et se quittèrent.

Colton jeta un coup d'œil à la pendule. Il était plus de 20 heures. Il fallait qu'il aille prendre une douche et ne traîne pas trop avant de se mettre au lit. Le réveil était prévu à 4 heures car il tenait à interroger la réceptionniste du motel juste avant qu'elle ne prenne son service.

Lorsqu'il sortit de la douche, il enfila un pantalon de jogging et un T-shirt, puis il rejoignit Makena au salon. Elle l'attendait, pelotonnée sur le canapé. Elle avait allumé la cheminée et semblait détendue, parfaitement à l'aise. La voir assise là, dans son intérieur, lui parut tout ce qu'il y avait de plus naturel, mais il préféra n'en tirer aucune conclusion.

Si cela n'avait tenu qu'à eux deux, et si Makena n'avait pas eu tous ces problèmes, Colton n'aurait pas hésité une seconde à laisser s'épanouir leur relation. Mais il devait penser à ses enfants et prendre en compte le fait qu'ils avaient perdu leur mère quelques mois seulement après leur naissance. Il ne voulait pas prendre le risque de les traumatiser davantage en faisant entrer dans leur vie quelqu'un qui n'y resterait peut-être pas très longtemps. Lui-même n'était pas prêt à s'engager dans une relation passagère.

— La salle de bains est libre. Je t'ai sorti une serviette-éponge et un gant de toilette, dit-il en s'efforçant d'ignorer l'émoi que suscita en lui la vision de la jeune femme alanguie sur le canapé.

Il ne put cependant empêcher son imbécile de cœur de s'emballer.

Le sourire que Makena lui adressa faillit avoir raison de ses résolutions les plus farouches.

12

Obnubilée par l'affaire, Makena ne s'attarda pas sous la douche. Elle aurait aimé en profiter davantage, se détendre et oublier ses soucis, mais mille questions accaparaient son esprit depuis que Gert les avait mis au courant des dernières avancées de l'enquête.

Makena s'estimait chanceuse de savoir qui avait cherché à la tuer. Elle avait pu décrire River très précisément et dire où il travaillait. Être traquée sans savoir par qui ni pourquoi devait vraiment être terrible.

Dans son cas, le pourquoi n'était pas très clair, cependant. River étant d'un tempérament jaloux, cela pouvait être une explication. Il était possible aussi qu'il la soupçonnât d'avoir entendu quelque chose qu'il aurait voulu garder secret.

Quoi qu'il en soit, elle savait de qui elle devait se méfier. Non seulement de River mais aussi de Red et de Mustache, tous deux facilement reconnaissables.

Elle avait également beaucoup de chance d'avoir Colton à ses côtés. C'était un enquêteur hors pair et un homme formidable à tous points de vue. Depuis la fac, il avait fait du chemin et était devenu quelqu'un d'important et de respecté. Elle n'en était pas très étonnée. Déjà à l'époque, il avait ce regard sérieux et pénétrant très inhabituel chez un garçon de son âge. Il voyait des choses qui passaient inaperçues aux yeux de la plupart des gens. Colton lui avait toujours paru étrange et mystérieux, mais elle le cernait un peu mieux depuis qu'il lui avait parlé de sa famille et des drames qui les avaient frappés, lui et ses proches. Dire que les sentiments qu'elle éprouvait pour lui étaient complexes relevait de l'euphémisme.

Après s'être habillée et brossé les dents, elle le rejoignit dans la salle de séjour.

Assis devant la cheminée, il était penché sur son ordinateur, posé sur ses genoux. En le voyant si détendu, en tenue d'intérieur, elle sentit son cœur bondir dans sa poitrine. Le trouble qu'elle éprouva la ramena des années en arrière, à l'époque des TP de biologie et de leur première rencontre. C'était fou comme, ce soir, elle se sentait nostalgique…

— Tu triches ! s'exclama-t-elle sur le ton de la plaisanterie. Nous étions censés laisser l'affaire de côté pour le reste de la soirée.

Elle se dirigea vers la cuisine pour faire chauffer de l'eau. L'infusion à base citron et de miel n'était pas mauvaise du tout. Elle avait très envie d'en reboire une tasse.

— Je n'en ai que pour une minute, objecta mollement Colton. Je cherchais le meilleur itinéraire pour aller au motel, histoire de gagner du temps demain matin. J'aimerais arriver là-bas au moment où Gloria Beecham prend son service.

— Cela me semble être une bonne idée.

— Il faut compter environ trente minutes de route. Nous allons donc devoir partir à 5 h 30 au plus tard.

— Du matin ?

Makena constata en revenant s'asseoir sur le canapé, sa tasse à la main, que sa plaisanterie était tombée à plat. Colton ne leva même pas les yeux de son écran. Elle espérait ne pas l'avoir vexé, tout à l'heure, avant qu'ils aillent se doucher. Il lui paraissait distant, tout à coup. Le baiser qu'ils avaient échangé semblait avoir jeté un froid.

Relevant ses jambes, elle glissa ses pieds sous ses fesses et se tourna légèrement vers Colton. Assise à l'autre bout du canapé, elle était moins tentée de le toucher. Ce n'était pourtant pas l'envie qui lui manquait de caresser ses biceps, d'en apprécier la fermeté qui contrastait étrangement avec la douceur exquise de sa peau.Mais où cela la mènerait-il ? Pour rien au monde elle ne voulait risquer de perdre l'amitié de Colton. Il était son seul et unique allié. Elle ne pouvait pas se permettre de se brouiller avec lui.

Allons, à d'autres ! soufflait en elle une voix agaçante qu'elle avait du mal à faire taire.

— J'ai l'impression qu'on ne devient pas flic par hasard, dit-elle pour détendre l'atmosphère. Qu'est-ce qui t'a poussé à entrer dans les forces de l'ordre ?

Elle voulait savoir pourquoi il était devenu shérif plutôt qu'éleveur.

Il se mit à rire.

— Je te rappelle que j'ai cinq frères, tous très proches en âge. Cela explique déjà pas mal de choses.

— Oui, ton sens du partage et de l'équité, j'imagine.

Il ferma son ordinateur et le posa sur le canapé. Puis il se tourna vers Makena.

— Avec mes frères, nous jouions tout le temps aux gendarmes et aux voleurs. Au ranch, nous ne manquions pas de place pour gambader. Ni d'imagination pour pimenter nos jeux. Je crois que j'ai toujours eu envie d'entrer dans la police. Pendant un certain temps, j'ai essayé de me persuader que j'étais fait pour être éleveur. Le ranch, l'élevage sont des choses qui me tiennent à cœur et auxquelles je sais que je reviendrai un jour, fatalement. C'est dans mes gênes. Nous avons tous travaillé au ranch, à un moment ou à un autre, surtout moi, avant la naissance des jumeaux. Mais ce n'était pas le métier auquel j'avais envie de me destiner. Si bien que, quand mes parents ont essayé de m'inscrire dans une école supérieure d'agriculture, je me suis rebellé. J'ai insisté pour entrer à l'école de commerce du comté. Ils ne cherchaient pas vraiment à m'imposer quoi que ce soit. Ils voulaient juste m'aider à trouver ma voie.

— Tu as eu des parents formidables.

— Oui, c'est vrai. Je regrette beaucoup que mon père ne soit plus là.

— Sa mort a dû être un choc terrible pour vous tous. Je suppose que l'enquête sur les circonstances de son décès n'a rien donné et que vous ne savez toujours pas qui l'a tué. Je suis désolée, Colton. Pour tout ce qui est arrivé.

— Avant de me pencher sur l'itinéraire pour demain matin, j'ai encore jeté un coup d'œil au dossier. Dans cette affaire, je n'ai pas la moindre piste. C'est à n'y rien comprendre. Il y a vraiment de quoi devenir fou.

Elle se mettait à sa place. En sa qualité de shérif, Colton avait l'habitude d'apporter des réponses aux familles endeuillées. À la sienne, il n'avait aucune explication à donner, et pour lui cela devait être terriblement frustrant. Elle supposait qu'avec ses frères, qui travaillaient comme marshals, ils n'auraient de cesse de retrouver le meurtrier de leur père. Le kidnapping de leur sœur n'était probablement pas étranger au choix qu'ils avaient fait d'entrer dans les forces de l'ordre.

— Quand cela s'est-il produit ? demanda-t-elle.

— Il y a quelques mois. Il enquêtait sur l'enlèvement de ma sœur.

— Si j'ai bien compris, elle était toute petite lorsqu'elle a été kidnappée. Cela remonte à une bonne trentaine d'années. Après tout ce temps, peut-on encore découvrir quelque chose ? Un élément qui permettrait de rouvrir l'enquête ?

— C'est justement ce à quoi mon père travaillait quand il a été assassiné. Ce kidnapping s'est révélé être un mystère dès le début. D'où le fait que l'affaire n'ait jamais été résolue. Nous sommes passés à côté de quelque chose, j'en suis persuadé. Et cela me turlupine au point parfois de m'empêcher de fermer l'œil de la nuit. Cet élément du dossier que je n'ai pas vu, mais que je sais être là, me nargue, comme la pièce du puzzle manquante. Une pièce que nous cherchons depuis plusieurs dizaines d'années…

C'était la première fois qu'elle percevait dans sa voix un tel découragement. Consciente que ce n'était probablement pas très malin de sa part, elle prit sa main dans la sienne. Après tout ce qu'il avait pour elle, elle avait envie de lui offrir à son tour un peu de réconfort. Il lui suffisait d'ignorer le courant électrique qui parcourut son bras sur toute sa longueur dès que ses doigts entrèrent en contact avec ceux de Colton. Elle avait intérêt à l'ignorer. Parce qu'entre eux deux rien n'était possible pour l'instant.

Colton avait raison. Ce n'était pas le moment.

— Je regrette ne rien pouvoir faire pour t'aider, dit-elle.

— Le simple fait d'en parler avec toi m'aide déjà

beaucoup. Au ranch, le sujet est tabou. Chaque année, notre mère organise un repas de famille pour l'anniversaire de Caroline. On partage un gâteau, et elle évoque les quelques souvenirs qu'il lui reste de sa fille. Caroline n'avait que six mois lorsqu'elle a été enlevée. J'ai passé plus de temps avec les jumeaux que ma mère avec ma sœur. Je ne sais pas comment je réagirais s'il arrivait quelque chose à l'un de mes fils…

— C'est tellement horrible, ajouta-t-elle.

Colton secoua la tête et, entremêlant ses doigts aux siens, il les lui pressa affectueusement.

— Nous ferions bien d'aller nous coucher si nous voulons être partis à 5 h 30 demain matin, dit-il en se levant.

Après avoir éteint la cheminée, il alla chercher un oreiller et une couverture.

— Cette nuit, c'est moi qui dors sur le canapé, décréta-t-il.

— Je pensais que nous avions réglé la question de qui dort sur le canapé.

En aucun cas elle ne voulait le chasser de son lit. D'une part par parce qu'elle aurait eu l'impression d'abuser de sa gentillesse et de l'autre parce qu'elle était déjà bien assez troublée comme ça. Entre ses draps, elle savait qu'elle risquait de ne pas fermer l'œil de la nuit.

— Nous l'avons effectivement réglée, répliqua Colton. Je prends le canapé et toi, le lit. Au moins pour cette nuit. Et ce n'est pas négociable.

Son ton avait retrouvé un peu de légèreté. Elle décela autre chose dans sa voix lorsqu'il mentionna son lit, une émotion qui la rendait un peu rauque. Comme elle préférait éviter de tenter le diable une deuxième fois dans la même soirée, elle se leva à son tour. S'approchant de lui, elle lui fit un baiser sur la joue… et fila au lit.

Colton dormit par intermittence. Lorsque la sonnerie de sa montre retentit, il n'avait sans doute pas totalisé beaucoup plus de deux heures de sommeil mais il se sentait relativement en forme. Il se laissa glisser au sol et fit douze pompes d'affilée afin d'activer sa circulation sanguine. Puis il bondit sur ses pieds et enchaîna avec une quinzaine de sauts en étoile très rapides. Il risquait de passer les prochaines trente-six heures assis sans bouger aussi prenait-il plaisir à effectuer ces exercices.

Après quelques abdos et flexions de jambes, il estima qu'il avait eu son compte et se dirigea à pas de loup vers la salle de bains pour se débarbouiller, se raser et se brosser les dents.

Makena n'avait pas besoin de se lever maintenant. Autant qu'elle dorme encore une petite heure. Il repassa tout doucement devant la porte close de sa chambre en se gardant bien de l'imaginer couchée dans son lit, car ce genre de distraction, à une heure aussi matinale, ne lui valait rien.

Concentré sur sa routine, il se prépara un café et deux tranches de pain grillé. Tout étant à portée de main autour de la machine à café, cela lui prit moins de cinq minutes. Il n'en fallut pas davantage à la caféine pour faire effet et aux questions qui le turlupinaient pour revenir accaparer son esprit.

Tout d'abord, il pensa au meurtre de son père. Colton avait confié à un adjoint le soin de se pencher sur les relevés de compte de Mme Hubert et de découvrir qui était la personne dont on avait retrouvé les coordonnées dans son ordinateur. Ses fichiers étant tous codés, son adjoint se consacrait à plein temps à cette tâche pour le moins ardue. En lien avec un réseau de kidnapping, Mme Hubert, qui s'était fait assassiner quelques mois plus tôt, était peut-être impliquée dans l'enlèvement de Caroline.

Par courtoisie professionnelle, et aussi parce qu'ils étaient frères, Colton partageait ses informations avec Cash et Dawson, qui tous deux enquêtaient également sur l'affaire pendant leur temps libre. Mais, même s'ils conjuguaient leurs efforts, faire toute la lumière sur les agissements de Mme Hubert risquait de prendre du temps. Or il n'en restait pas beaucoup pour espérer obtenir justice pour le meurtre de Finn O'Connor. Faute de piste, on s'acheminait tout droit vers une affaire non résolue.

Colton se demanda si sa mère n'était pas en danger, elle aussi. Il y avait peut-être au ranch, caché quelque part, un dossier ou une pièce à conviction qu'un malfaiteur allait vouloir récupérer. Pianotant nerveusement sur sa tasse, il songea au temps qui passait souvent trop vite et qui vous arrachait vos proches prématurément.

Mais, de si bon matin, mieux valait ne pas commencer à se lamenter sur le sort des jumeaux. Ils ne connaîtraient jamais leur mère, certes, mais jusqu'à son dernier souffle Colton ferait en sorte qu'ils sachent quelle femme formidable elle était.

Il alluma son ordinateur et consulta sa messagerie. Il répondit aux mails les plus urgents. Il en transféra deux ou trois à Gert, qui n'avait pas redonné de nouvelles depuis la veille au soir. Sans doute n'avait-elle rien trouvé de nouveau…

En soupirant, il se pinça l'arête du nez pour juguler

un début de migraine. Puis il prit le crayon posé sur son bloc-notes et le serra si fort entre ses doigts qu'il se cassa en deux. Il ne supportait pas que les deux affaires qui le touchaient de plus près soient quasiment au point mort. De dépit, il jeta par terre les deux morceaux de crayon en poussant un juron.

Lorsqu'il releva les yeux, il vit une silhouette féminine sortir de sa chambre. Makena portait un pantalon de pyjama et un T-shirt. Le pyjama était rose à carreaux. Le rose devint instantanément sa couleur préférée.

— Bonjour, dit-elle en le rejoignant dans la cuisine.

Elle évita les bouts de crayon mais ne fit aucun commentaire.

— Salut.

Il la regarda, non sans plaisir, se diriger vers la cafetière, sortir une tasse du placard et un yaourt du réfrigérateur.

— Tu as bien dormi ?

Il se leva pour ramasser les bouts de crayon et les jeter à la poubelle.

— Comme un bébé, répondit-elle en s'étirant.

Lorsqu'elle leva les bras, son T-shirt se retrouva plaqué sur ses seins ronds. Colton s'empressa de détourner les yeux.

— Et ta hanche, comment va-t-elle ? demanda-t-il.

Il lui semblait qu'elle avait moins de mal à marcher.

— Beaucoup mieux. Ce n'est pas demain que je vais courir un marathon, mais je ne boite pratiquement plus. L'ecchymose commence à s'atténuer.

D'un geste de la main, elle lui montra ledit bleu mais, là encore, il préféra ne pas s'attarder sur cette partie de son anatomie.

Pendant qu'elle buvait son café, il s'en refit un.

— Je suis prête dans cinq minutes, dit-elle en partant s'habiller. Ça ira ?

— C'est parfait.

Tandis qu'elle se préparait, il rassembla quelques affaires telles que son ordinateur et son bloc-notes qu'il fourra dans un sac.

Cinq minutes plus tard, Makena reparut, toute pimpante. Il était content qu'elle se soit bien reposée car, d'après ce qu'elle lui avait dit, depuis plusieurs mois elle ne dormait que d'un œil.

Elle lui laissa la chambre pour qu'il s'habille à son tour. Il enfila un jean, une chemise et un coupe-vent. Puis il retira sa ceinture du coffre et la fixa autour de ses hanches.

Makena l'attendait à la cuisine, prête à partir.

Le trajet jusqu'au motel leur prit vingt-neuf minutes car la circulation, à cette heure matinale, était encore très fluide. Le motel était tel que Gert l'avait décrit : quelconque, bon marché et pas très bien fréquenté, le genre d'établissement qui loue des chambres à l'heure. Il était signalé par une enseigne au néon orange fluo. Une énorme flèche était pointée sur le motel. Chaque fois qu'il passait devant ce genre de motel, Colton se demandait à quoi servait la flèche. Une fois de plus, il se posa la question.

— Comme on ne sait pas à quoi s'attendre, il vaudrait mieux que tu ne me quittes pas d'une semelle. Si River se pointe, je veux que tu passes aussitôt derrière moi. Est-ce que c'est bien compris ?

Makena acquiesça d'un hochement de tête. Perdue dans ses pensées, elle avait gardé le silence pendant le trajet, les yeux rivés sur le paysage. Colton n'avait pas cherché à nouer la conversation. Il se sentait à l'aise avec elle et n'éprouvait pas le besoin de briser le silence quand il s'installait. Makena et lui avaient retrouvé leur complicité d'antan.

La réception du motel se trouvait dans un petit bâtiment en briques. La porte était entrouverte. On apercevait un peu de lumière à l'intérieur.

Avant d'entrer, Colton fit passer Makena derrière lui. Sentant qu'elle n'était pas rassurée, il posa une main sur son bras. Lorsqu'il s'aperçut qu'elle tremblait, redoutant visiblement de se retrouver nez à nez avec River, une nouvelle flambée de colère l'assaillit. Ce salaud ne perdait rien pour attendre, songea-t-il en serrant les poings.

Ils furent accueillis par une réceptionniste minuscule. Sa tête dépassait à peine derrière le comptoir. Les murs étaient lambrissés de bois foncé. La moquette vert kaki, passablement usée, et le comptoir en contre-plaqué jaune moutarde semblaient appartenir à une autre époque.

— En quoi puis-je vous être utile, shérif ? s'enquit la réceptionniste, qui n'avait pas l'air surprise de le voir.

Colton pensa qu'un de ses adjoints avait dû la prévenir de sa visite prochaine.

— C'est vous, Gloria ? demanda-t-il en s'approchant du comptoir.

Dans le coin droit de la pièce, il y avait deux fauteuils et une table basse. De l'autre côté, un écran de télévision avait été fixé au mur.

— En personne, répondit la réceptionniste avec un large sourire.

— Je pense que vous avez eu l'un de mes adjoints au téléphone. Je suis le shérif Colton O'Connor. Ravi de faire votre connaissance.

Lorsqu'elle lui serra la main, il constata avec surprise que, malgré sa petite stature, Gloria avec une sacrée poigne. Il remarqua aussi qu'elle ne manquait pas d'assurance.

— Enchantée, shérif. J'ai cru comprendre que vous souhaitiez me parler d'un de mes clients.

Elle avait des yeux d'un vert hallucinant mais, à son regard blasé, il devina qu'elle n'avait pas toujours eu une vie facile.

— Oui, j'ai quelques questions à vous poser. Je suis venu avec une amie qui connaît bien le dossier.

Il prit soin de ne pas révéler le nom de Makena.

Gloria sourit gentiment à la jeune femme.

— À ma naissance, en Georgie, j'ai été prénommée Gloria, mais ici tout le monde m'appelle Peach. Je vis au Texas depuis presque soixante ans. Ce surnom m'a été donné quand j'étais au CE1 et il m'est resté.

Elle serra la main de Makena puis se tourna à nouveau vers Colton.

— Pouvez-vous me parler de l'occupant de la chambre 11 ? demanda Colton, qui avait hâte d'entrer dans le vif du sujet.

— Il s'est enregistré au nom de Ryan Reynolds. Je peux vous montrer le registre, si vous voulez.

— Oui, s'il vous plaît.

Ryan Reynolds était un acteur célèbre. River s'était donc enregistré sous un faux nom. Makena pourrait sans doute confirmer que c'était bien son écriture dans le registre.

Peach sortit le registre d'un tiroir, l'ouvrit et chercha la bonne page, River s'étant enregistré cinq jours plus tôt.

— En général, je saisis les coordonnées des clients

directement sur l'ordinateur, mais ceux qui paient en espèces préfèrent remplir le registre à la main, à l'ancienne.

On comprenait pourquoi.

Elle hissa le volumineux registre sur le comptoir et le poussa vers Colton, deux doigts posés sur le nom du client de la chambre 11. Ryan Reynolds. L'acteur. Franchement, que serait-il venu faire dans ce motel minable perdu au fin fond du Texas ? Colton n'avait pas entendu dire qu'on tournait un film dans le coin. Il ne pouvait donc s'agir que d'un faux nom. Ce n'était pas très étonnant, car dans ce genre d'établissement il valait mieux être discret, et Peach ne devait pas être trop regardante. Il était clair que, là, elle n'avait pas vérifié l'identité de son client.

Colton se pencha vers Makena et lui demanda à voix basse :

— C'est son écriture ?

— Affirmatif.

— Peach, me permettez-vous de prendre la page en photo ?

La réceptionniste acquiesçant, il sortit son téléphone et fit la photo.

— Ce registre est peut-être une pièce à conviction, dit-il. M. Reynolds l'a-t-il touché ? A-t-il utilisé son propre stylo ou lui en avez-vous prêté un ?

— Autant que je m'en souvienne, il ne l'a pas touché, mais je n'en jurerais pas. En ce qui concerne le stylo, en revanche, je suis formelle. Il a pris un de ceux-là.

Peach désigna une boîte de conserve vide reconvertie en pot à crayons.

— Si ça ne vous dérange pas, je vais vous l'emprunter.

— Aucun problème. Je suis prête à coopérer dans la mesure de mes moyens.

— Merci, c'est très aimable à vous. Dites-moi, Peach, continua Colton, avez-vous eu récemment d'autres clients un peu bizarres ?

— Tout dépend de ce que vous entendez par là, shérif. Des clients, j'en ai de toutes sortes.

13

Colton aurait dû s'y attendre. Il s'y était pris comme un manche.

— Je vais vous poser la question autrement. Avez-vous vu débarquer de nouveaux clients ?

— J'ai quelques habitués, qui viennent une fois par mois ou tous les quinze jours. Les routiers aiment bien faire étape ici. C'est pratique pour eux.

— En dehors de M. Reynolds, avez-vous eu de nouveaux clients ? insista Colton.

— Des clients de passage, oui, j'en ai bien eu quelques-uns. Au cours de la semaine qui vient de s'écouler, il y en a eu quatre ou cinq, pas plus. C'est plutôt calme en ce moment.

— Un grand type d'environ un mètre quatre-vingts avec des cheveux roux, ça vous dit quelque chose ?

Elle secoua la tête avant même qu'il eût fini sa phrase.

— Non, rien. Un roux, je m'en souviendrais.

— Et un brun à moustaches ?

— Non, désolée, dit-elle en fronçant les sourcils, comme si elle essayait de fouiller dans ses souvenirs.

Il n'avait aucune raison de la soupçonner de mentir.

— Je n'ai vu ni roux ni moustachu, shérif. Pas récemment, en tout cas.

— J'aimerais visionner la vidéo sur laquelle on voit entrer et sortir l'occupant de la chambre 11, dit Colton.

— Rien de plus facile. Je vais vous trouver ça tout de suite. J'ai accès à tous les enregistrements depuis mon ordinateur. On n'arrête pas le progrès ! En plus, vous allez pouvoir la regarder sur l'écran qui se trouve juste derrière vous.

— C'est formidable, déclara Colton en se tournant légèrement vers la gauche, son coude droit posé sur le comptoir, à côté du registre.

Les doigts de Peach cliquetèrent sur le clavier de son ordinateur.

— Je l'ai ! claironna-t-elle. Encore deux petites secondes, le temps d'allumer l'écran.

Colton sentit que Makena se rapprochait de lui. Elle lui prit la main. Sans doute appréhendait-elle de revoir son ex-mari après tout ce qu'il lui avait fait subir…

Lorsqu'il entremêla ses doigts aux siens, elle se serra contre lui, en quête de réconfort. Le contact de son corps déclencha en lui des frissons d'excitation qu'il s'efforça d'ignorer. Il ne s'y ferait jamais. Il s'embrasait dès qu'elle s'approchait un peu trop de lui.

L'écran du téléviseur s'alluma, et un fort grésillement se fit entendre. Peach baissa le son. Colton gardait un œil sur la baie vitrée, qui donnait sur le parking de la cafétéria de l'autre côté de la rue. Cinq véhicules y étaient garés : deux gros pick-up, un 4x4 et une berline. L'un de ces véhicules au moins appartenait non pas à un client mais à un employé.

— Tenez, regardez, dit Peach, très fière de son exploit. Là, c'est le jour où il s'est enregistré.

Comme l'avait expliqué Gert, la vidéo était très pixellisée. On n'y voyait pas grand-chose. L'homme portait une casquette de base-ball à l'effigie des Rangers et gardait la tête baissée.

— La taille et la corpulence correspondent ? demanda tout bas Colton à Makena.

— Oui, complètement.

Il sentit à sa voix qu'elle était tout à la fois anxieuse et déterminée. Il était fier d'elle. Au lieu de rentrer dans sa coquille, comme tant de victimes de violences conjugales, elle allait puiser en elle la force de se confronter à son ex-mari.

— Je n'ai pas beaucoup d'images de lui. En fait, on ne le voit qu'à son arrivée et à son départ.

Peach passa la vidéo en vitesse rapide et mit en pause chaque fois que River apparaissait. D'après les indications qui s'affichaient sur la vidéo, il avait été filmé pour la première fois cinq jours plus tôt. Puis tous les jours jusqu'à la veille. Quand il était entré dans sa chambre ou en était sorti, il avait gardé systématiquement la tête baissée. Il n'avait reçu aucune visite pendant son séjour, sauf celle de la femme de ménage. La plupart du temps, il était resté dans sa chambre. Pour ses repas, il ne s'était jamais rien fait livrer. Soit il était arrivé avec des provisions, soit il mangeait quand il sortait, une fois par jour.

Mais il y avait encore plus étrange. Le matin de son départ, il avait enlevé sa casquette et tourné la tête vers la caméra de surveillance pour qu'on voie bien son visage.

Makena se raidit et serra plus fort la main de Colton.

D'après la description qu'elle avait faite de lui, River était grand et baraqué, le genre de type qui passait plusieurs heures chaque semaine à faire de la musculation dans une salle de sport. Il était brun et avait les yeux marron.

L'homme qu'ils voyaient sur l'écran correspondait en tout point à cette description.

Juste à ce moment-là, du coin de l'œil, Colton vit River sortir de la cafétéria et courir comme un dératé vers la réception du motel. Il leva les mains en l'air, comme pour se rendre et montrer qu'il n'avait pas d'arme. Il jetait autour de lui des regards paniqués, comme s'il s'attendait à ce qu'on lui saute dessus.

Makena avait vu Colton poser machinalement sa main droite sur la crosse de son pistolet lorsqu'ils étaient sortis de voiture. Ayant été mariée à un membre des forces de l'ordre, elle savait que c'était pour s'assurer qu'il pourrait dégainer sans problème en cas de besoin. Il fallait être rapide et avoir le geste sûr, le moindre contretemps pouvant être fatal. Elle avait compris aussi qu'ils prenaient de gros risques en se rendant au motel que River avait quitté pas plus tard que la veille.

Suivant le regard de Colton, elle aperçut à son tour son ex-mari qui fonçait droit sur eux. Il avait les mains en l'air, sans doute pour montrer qu'il n'était pas armé.

Colton dégaina son pistolet.

— Baissez-vous, Peach, ordonna-t-il à la réceptionniste.

Après avoir fait passer Makena derrière lui, il l'entraîna derrière le comptoir. Elle voulait parler à River et lui demander pourquoi il avait posé cette bombe qui avait failli la tuer. Mais elle n'était pas folle. Elle n'allait pas prendre de risques inutiles. Pas question non plus d'en faire prendre à Colton.

Elle lâcha sa main car il en avait besoin pour assurer sa prise sur ce qu'elle reconnut être un Glock. Des yeux, elle chercha autour d'elle quelque chose qui pourrait lui servir à se défendre. Elle s'empara d'un coupe-papier. Si River arrivait d'une manière ou d'une autre à neutraliser Colton, elle serait prête. Sa main gauche serrait si fort son arme de fortune que ses jointures blanchirent. Bouillonnant de colère et de rancune contre River, qui l'avait obligée à prendre la fuite et à vivre d'expédients ces six derniers mois, elle avait hâte d'en découdre avec son ex-mari.

Lorsque River ouvrit la porte, Colton s'accroupit derrière le comptoir de manière que seuls le haut de sa tête et son arme soient visibles.

Makena n'oublierait jamais l'expression qu'elle vit alors sur le visage de son ex-mari, qui arriva complètement essoufflé. Elle s'attendait à voir l'affliction, la rage et la jalousie déformer ses traits, comme chaque fois qu'il lui avait fait une scène quand ils étaient mariés. Mais River semblait paniqué. Il avait les yeux agrandis par la peur et ne cessait de cligner des paupières. Il ne tenait pas en place.

— Je n'ai pas l'intention de vous faire du mal, assura-t-il. Vous devez me croire.

L'autorité du policier subsistait dans sa voix, mais la peur était également perceptible – et chez River, cette peur était totalement inédite.

— Et qu'est-ce qui nous prouve que vous dites vrai ? lança Colton, toujours accroupi derrière le comptoir. Gardez vos mains en l'air ! ordonna-t-il.

Il avait lui aussi cette voix forte et intimidante qui forçait le respect. Cependant, si celle de River l'avait toujours glacée, Makena réagissait très différemment à celle de Colton.

Toute la colère qu'elle ressentait à l'encontre de son

ex-mari, source de tous ses ennuis, s'évanouit lorsqu'elle le vit aussi paniqué. Il réussit presque à lui faire pitié, même si elle savait qu'il n'avait que ce qu'il méritait.

— Je vous jure sur la tête de ma mère que j'ai aucune mauvaise intention, déclara River en faisant deux pas vers eux.

Derrière lui, sur l'écran de télé, son visage était toujours figé.

— Comment as-tu su que j'étais ici ? demanda Makena.

— Je t'ai vue entrer, et eux aussi t'ont vue.

— Qui ça, *eux* ? lança Colton.

— Je ne peux pas vous le dire, et il vaut mieux que vous ne le sachiez pas, croyez-moi. Mais je ne vous cacherai pas que vous êtes en danger de mort.

Tu parles d'un scoop ! songea Makena plus excédée qu'effrayée.

Croisant le regard terrifié de la réceptionniste, à l'autre extrémité du comptoir, elle vit Peach lui montrer une étagère. Elle pensa qu'il y avait peut-être là une arme quelconque, une batte ou un revolver. Elle fit oui de la tête. Peach se tourna légèrement vers l'étagère, qui était cachée derrière le comptoir.

— Explique-moi ce qui se passe, River. Que me veulent ces hommes ? Est-ce à cause de toi qu'ils me traquent comme une bête ?

Elle était certaine à présent que ce n'était pas le cas, mais elle avait besoin que River le lui confirme. Elle voulait savoir pourquoi elle s'était soudain retrouvée au milieu de cette tourmente.

— Ce qui compte, ce n'est pas ce que tu sais, mais ce qu'ils pensent que tu sais. Quoi qu'il en soit, tu dois ficher le camp d'ici. Ne te montre pas, surtout. Reste avec lui, recommanda River en désignant Colton. J'imagine que, si tu te planques, il fera ce qu'il faut pour te protéger. Donne-moi un peu de temps. J'ai besoin d'un jour ou deux pour tout arranger.

— En posant une autre bombe ? répliqua-t-elle.

Elle n'avait jamais vu River aussi abasourdi. C'était également la première fois qu'elle le voyait aussi… désemparé. Il jeta un regard affolé autour de lui. Si un chat avait bondi sur le comptoir, sans doute aurait-il fait une crise cardiaque.

River avait la tête de quelqu'un qui n'avait pas dormi depuis plusieurs jours. Ses yeux étaient injectés de sang, et il avait d'énormes cernes. On aurait dit un fou. Elle se demanda si, tout au fond de lui, il se faisait du souci pour elle ou si c'était juste une posture qu'il se donnait pour sauver sa peau. Pour tenter de se faire passer pour une victime.

— Je me doutais bien qu'ils préparaient un mauvais coup mais jamais je n'aurais imaginé…

River se prit la tête dans les mains, l'air dévasté.

— Tout est parti en vrille. Ils font n'importe quoi. Tout ça à cause de moi. Tu n'étais pas censée être mêlée à toutes ces histoires. Tu as débarqué au mauvais moment. Il faut que tu te planques, Makena. Ces types sont très dangereux. Je te conjure de faire attention.

À ces mots, elle ne put réprimer un frisson.

— Vous n'allez pas vous en tirer comme ça, River, dit Colton. Ce serait trop facile. Il va falloir vous expliquer. Je peux contacter le procureur et parler à votre chef si vous me donnez de quoi plaider en votre faveur.

À en juger par son air de plus en plus tourmenté,

River était en train de perdre le peu de sang-froid qu'il lui restait. C'était mauvais signe. Très mauvais signe.

— Vous vous fichez de moi ou quoi ? rétorqua-t-il. Pour moi, c'est trop tard. Tout est fichu. Ce qui est fait est fait. J'ai tout gâché. Je n'attends plus rien pour moi-même, mais je peux encore faire en sorte de vous éviter le pire.

— Une minute. Calmez-vous et reprenez tout depuis le début, dit Colton d'une voix posée. Cela peut encore s'arranger. Je ne sais pas ce que vous avez fait et je ne peux rien vous promettre, bien sûr, mais je vous garantis que je ferai tout ce qui est en mon pouvoir pour vous aider si vous vous expliquez. Que se passe-t-il ? Qui sont ces hommes ? Pourquoi en ont-ils après Makena ?

River était loin de se calmer.

— Vous n'avez rien compris, dit-il. Rien de rien. Pour moi, c'est trop tard. Mais cela m'est égal. Makena, en revanche, n'a rien à voir avec tout ça. Je ne veux pas qu'elle paie les pots cassés.

Savoir que River s'inquiétait pour elle, alors qu'il était lui-même en danger de mort, la rassura sur un point : son ex-mari, cet homme avec qui elle avait vécu si longtemps, n'était pas un parfait salaud. En jouant sur les sentiments, peut-être arriverait-elle à le raisonner.

Elle se redressa de manière à pouvoir regarder River droit dans les yeux car elle tenait à mettre toutes les chances de son côté.

— J'ignore ce qui s'est passé, dit-elle. Tout ce que je sais, c'est que, quand je t'ai connu, tu étais quelqu'un de bien.

— Cette époque est révolue, et celui que j'étais alors n'existe plus depuis belle lurette. Oublie tout ça, Makena. Et cache-toi, le temps que je puisse arranger les choses.

— Je me cache depuis six mois, River. Combien de temps encore vais-je devoir renoncer à vivre normalement ? Je ne sais pas ce que tu as fait, mais je n'ai pas à en subir les conséquences.

Loin de l'apaiser, ces paroles le rendirent encore plus nerveux.

— J'en suis parfaitement conscient, figure-toi. Je me rends bien compte aussi que tout cela te dépasse complètement. Mais cela vaut mieux comme ça, je t'assure. Si je pouvais revenir en arrière et changer les choses, je le ferais sans hésiter. Mais c'est impossible ; on est condamné à vivre jusqu'au bout avec les erreurs qu'on a faites.

Se souvenant qu'il avait été mis à pied et que de graves accusations pesaient contre lui, Makena songea que, si elle faisait celle qui était au courant, il lui dirait tout.

— Les hommes qui sont à mes trousses, qui ont piégé la caravane, hier, et tenté de me tuer, sont-ils la cause de ton congé administratif ?

River poussa un gros soupir et commença à baisser ses mains, mais Colton s'empressa de le rappeler à l'ordre.

— Les mains en l'air ! lança-t-il d'un ton qui montrait qu'il ne plaisantait pas.

Elle savait que, s'il n'avait pas déjà mis River en état d'arrestation, c'était parce qu'il voulait lui donner une chance de s'expliquer. Sans doute espérait-il de celui-ci des révélations susceptibles de faire progresser l'enquête.

River obtempéra sans discuter. Étant lui-même du métier, il connaissait la procédure. S'il tenait à la vie, il avait intérêt à obéir car le Glock de service de Colton était pointé sur lui. Au moindre faux pas, Colton lui logerait une balle dans le corps. Comme trois mètres seulement les séparaient, Colton n'avait même pas besoin d'être un tireur d'élite.

— Qu'est-ce que tu as fait, River ? demanda à nouveau Makena, qui espérait l'avoir à l'usure. Le meilleur moyen de m'aider, c'est de dire à Colton de quoi il retourne exactement.

Les mains toujours en l'air, River se mit à marcher de long en large. Il semblait à bout de nerfs et totalement imprévisible.

Persuadée qu'il portait une arme sur lui, Makena chercha des yeux où il avait bien pu la cacher. Quand il était de service, il portait un holster de cheville, mais il lui arrivait parfois de glisser son Glock dans la ceinture de son jean.

Il marmonna quelque chose d'inaudible puis fit brusquement volte-face.

— Il s'appelle Colton ? C'est bien que ce que tu as dit, non ?

— En effet. Mais je ne vois pas le rapport avec le reste.

— Ah bon ? C'est le petit ami que tu avais à la fac, si je ne m'abuse ? J'ai lu ton journal, figure-toi.

Elle s'empourpra, tout à la fois gênée et scandalisée. Elle avait cessé de tenir un journal peu après leur mariage et n'avait aucun souvenir de ce qu'elle avait écrit sur Colton.

— Colton n'a jamais été mon petit ami. À la fac, nous étions juste amis. Et c'est encore le cas aujourd'hui, si tu veux le savoir. Mais peu importe. Cela ne te regarde pas. Je te rappelle que nous avons divorcé. Je fais ce que je veux et je n'ai pas de comptes à te rendre.

Contente de lui avoir damé le pion, Makena prit une grande inspiration. Plus jamais elle ne se laisserait marcher sur les pieds. Et tant pis si River le prenait mal.

Certes, ce n'était peut-être pas le moment de l'énerver. Il était déjà bien assez à cran comme ça. Mieux valait qu'elle se calme.

— Je ne sais pas dans quel pétrin vous vous êtes fourré, dit Colton dont la belle voix grave dissipa aussitôt l'électricité présente dans l'air. J'ai appris que vous étiez sous le coup de plusieurs inculpations. Si vous coopérez dans cette affaire, cela figurera dans votre dossier et pourrait vous valoir un allégement de peine.

— Pour moi, c'est trop tard, dit River.

À peine avait-il fini sa phrase que le bruit d'un projectile fendit l'air et que la porte vitrée vola en éclats.

Puis, comme dans un film au ralenti, Makena vit Peach prendre quelque chose sur l'étagère. Une fraction de seconde plus tard, elle brandissait un pistolet. Ce n'était visiblement pas la première fois que la réceptionniste était confrontée à ce genre de situation.

Peach pointait son arme sur River dont Makena vit le visage se décomposer.

Il ouvrit de grands yeux et fit un pas en avant. Elle entendit une seconde balle siffler près de son oreille. Colton se précipita devant elle pour la protéger.

River laissa retomber ses bras et s'approcha du comptoir en bombant le torse. Une fleur rouge s'épanouissait sur son T-shirt blanc. Il ouvrit la bouche et voulut dire quelque chose, mais aucun son ne sortit de sa gorge. La stupéfaction s'inscrivit sur ses traits. Il baissa la tête vers sa poitrine.

— J'ai été touché, déclara-t-il d'une voix sans timbre en les regardant tour à tour, Colton et elle.

Colton parlait déjà dans la radio fixée à son épaule. Il donnait l'alerte. Makena l'entendit dire qu'un officier était à terre et qu'il fallait de toute urgence envoyer une ambulance.

Lorsqu'elle leva les yeux, elle vit deux hommes, arme au poing, qui marchaient côte à côte dans leur direction.

— Il faut que je te fasse sortir d'ici, dit Colton.

Le 4x4 était garé derrière le motel. Le shérif avait manifestement tout prévu.

— OK.

Sous le choc, elle aurait été bien en peine d'en dire plus. Au bout de quelques instants, elle recouvra cependant l'usage de la parole et demanda :

— Et River ?

— On ne peut rien faire pour lui dans l'immédiat. Il faut juste qu'on attire ces deux lascars loin du motel.

Se tournant vers Peach, il demanda :

— La porte de derrière est fermée à clé ?

La réceptionniste lui jeta un trousseau de clés, qu'il rattrapa au vol.

— Vous devez venir avec nous, Peach. Ces hommes ne plaisantent pas.

— Ne vous en faites pas pour moi, shérif, je garde la boutique. J'ai du répondant, déclara-t-elle en montrant son revolver. Filez vite. Je me charge de les retarder.

— Allons, venez, Peach, insista Colton. Vous risquez de vous faire tuer.

La réceptionniste se contenta de secouer la tête.

— Les secours arrivent ! cria Colton à River, qui avait reculé vers la porte, contre laquelle il s'était écroulé.

Il avait l'air complètement déboussolé mais, lorsque Peach lui demanda de verrouiller la porte, contre toute attente, il le fit.

— On file. Bonne chance, Peach ! lança Colton en entraînant Makena vers l'arrière du bâtiment.

Il déverrouilla la porte puis jeta le trousseau de clés dans le couloir. Ils coururent jusqu'au 4x4, garé à deux pas.

— Baisse-toi, ordonna Colton en démarrant.

Makena obtempéra. Elle se rendit compte qu'il s'était lui-même recroquevillé sur son siège. Pied au plancher, il sortit de son stationnement. Le 4x4 était lourd et peu maniable, mais à l'intérieur la jeune femme se sentait relativement en sécurité.

— Ils ne savent pas à qui ils ont affaire, déclara Colton.

Elle comprit qu'il disait cela parce qu'ils se trouvaient dans son propre véhicule et non dans une voiture de police.

Une détonation retentit à nouveau. L'un des tireurs venait encore de faire feu. Sur eux.

14

Colton tourna la tête vers son épaule gauche pour parler dans sa radio. Il conduisait de la main droite, avec laquelle il tenait aussi son Glock, qu'il n'avait pas lâché depuis leur départ précipité du motel.

Peach n'avait rien à craindre, les deux tueurs s'étant détournés de la réception pour se lancer à la poursuite du 4x4, conformément au plan de Colton. Touché au thorax, River était mal en point mais il n'avait pas perdu connaissance, ce qui était bon signe.

Exfiltrer Makena avait été sa priorité. Il l'avait fait sortir du motel et se dépêchait de l'emmener le plus loin possible de Birchwood parce que, comme l'avait préconisé River, il fallait qu'elle se planque.

Les tueurs qui étaient à ses trousses n'avaient manifestement pas froid aux yeux. Ils ne recouleraient devant rien pour arriver à leurs fins. Colton ayant eu la bonne idée de prendre son propre véhicule, les deux hommes ne devaient pas savoir qu'ils tiraient sur un shérif. À aucun moment, ils ne s'étaient souciés de lui, trop occupés qu'ils étaient à traquer Makena jusque dans sa caravane.

River était également dans leur collimateur, et ils n'avaient pas hésité à lui tirer dessus, bien qu'il appartînt lui aussi aux forces de l'ordre. Sans doute estimaient-ils ne pas risquer grand-chose en s'en prenant à un flic corrompu.

— Gert, vous me recevez ?

Il fallait à tout prix qu'il réussisse à établir la communication s'il voulait obtenir de l'aide. Birchwood faisait partie de sa juridiction, et l'un de ses adjoints passait chaque matin devant le motel pour aller au bureau. Avec un peu de chance, cet adjoint était dans le coin.

La voix de Gert se fit enfin entendre.

— Je vous reçois cinq sur cinq, shérif.

— Deux hommes viennent de tirer sur mon 4x4. Un policier est à terre, au motel. Je ramène Makena au poste. Les malfaiteurs sont à nos trousses, apparemment.

— Pouvez-vous me donner le numéro de leur plaque d'immatriculation ? Ou au moins me décrire ces deux hommes ?

— Le tireur était à pied.

Jetant un coup d'œil dans son rétroviseur, Colton vit les deux types courir vers une jeep. Compte tenu du poids de son véhicule, il n'avait quasiment aucune chance de les semer.

— Ils ont une jeep Wrangler blanche, avec le mot Rubicon écrit en noir sur le capot. Je ne vois pas la plaque d'immatriculation mais ils ne vont pas tarder à me rattraper. Dès qu'elle est visible, je vous la communique.

À ces mots, Makena se redressa sur son siège et se dévissa la tête pour regarder derrière, par la lucarne arrière.

— Qu'est-ce que je peux faire ? demanda-t-elle, une note d'urgence dans la voix.

— Reste baissée. Ne te montre pas. Je n'ai aucun moyen de leur signaler que je suis shérif. Mon 4x4 n'a rien d'un bolide mais je vais me débrouiller pour les semer.

Makena ne répondit pas. Concentré sur sa conduite, Colton n'était pas certain qu'elle ait suivi ses consignes. Il s'engagea sur l'autoroute à quatre voies, surpris de constater qu'un vendredi à 7 heures du matin il pût y avoir déjà autant de circulation.

— Ils sont où maintenant ? demanda Makena.

— Sur la rampe d'accès. Ils se rapprochent.

Colton appuya sur le champignon, poussant à fond le moteur du 4x4. Il avait l'impression de se traîner. Sa voiture manquait cruellement de puissance. Mais elle était grosse et imposante. À défaut de réussir à semer la jeep, il pourrait toujours la coincer lorsqu'elle arriverait à leur hauteur. Mais d'ici là, le passager risquait de leur tirer dessus.

Colton pencha la tête vers son épaule.

— Où se trouve la voiture de patrouille la plus proche ?

— Je suis en train de vous localiser. Je vais vous envoyer du renfort. Ça va aller ? Pensez-vous pouvoir les tenir à distance jusque-là ?

— Il va bien falloir.

La jeep roulait à tombeau ouvert sur l'autoroute. Il la voyait grossir dans son rétroviseur. Dans quelques secondes, il l'aurait contre son pare-chocs. Mieux valait sortir de l'autoroute pour éviter autant que possible les dommages collatéraux.

Colton savait que River avait des problèmes au travail mais qu'en était-il de ses acolytes ? Il donna à Gert le signalement de ses deux poursuivants.

— Appelez le commissaire Shelton, au poste de police de Dallas. Voyez si ces hommes sont bien des collègues de River Myers. Renseignez-vous sur eux. Je veux savoir si l'un d'eux a fréquenté le stand de tir récemment.

Un flic lambda n'aurait pas tiré avec autant de précision à cette distance et à travers une porte vitrée. Red s'était entraîné. Son habileté n'avait pas pu passer inaperçue. Autour de lui, on devait savoir qu'au stand de tir il pulvérisait tous les records.

— Une minute, Gert. Je sors de l'autoroute. Je vous reprends tout de suite après.

Il prit la sortie, un œil sur son rétroviseur. Avait-il réussi à semer ses poursuivants ? Il y avait des dizaines de 4x4 noirs, après tout. Et rien ne distinguait le sien d'un autre.

L'espoir fut de courte durée. La jeep fut de nouveau derrière lui. Colton ne put retenir un juron.

— Gert, vous me recevez ? Avez-vous envoyé une équipe au motel ?

Sa seule consolation, pour l'instant, était de savoir Peach et River débarrassés des deux malfrats. Quelque chose lui disait que Peach n'avait rien à craindre de River. Elle saurait le tenir en respect jusqu'à ce qu'il soit pris en charge par les secours. Blessé, River se montrerait peut-être plus conciliant. Colton espérait qu'il parlerait.

On savait qu'il avait des liens avec Red et Mustache, et qu'ils se livraient tous les trois à un trafic. Mais on ignorait lequel. Pour qu'ils cherchent à supprimer Makena, qu'ils soupçonnaient de les avoir entendus comploter, il fallait que l'enjeu soit important et qu'ils craignent sérieusement de se retrouver en prison.

Makena s'était trouvée au mauvais endroit au mauvais moment, tout simplement. Si elle était descendue au garage cinq minutes plus tôt, peut-être n'aurait-elle vu personne et serait-elle remontée se coucher. Si elle n'était pas tombée sur les trois hommes en plein conciliabule, elle n'en aurait pas été là aujourd'hui. Le cours de sa vie, après son divorce, n'aurait pas pris un tour aussi tragique.

Mais avec des « si » on referait le monde, songea Colton, qui se demandait souvent ce qu'aurait été sa propre vie s'il s'était décidé à déclarer sa flamme à Makena lorsqu'ils étaient à l'université.

Quoi qu'il en soit, ce n'était pas le meilleur moment pour remuer le passé. La jeep se rapprochait. Elle n'allait pas tarder à lui rentrer dedans.

La route était bordée d'un côté par un pâturage et de l'autre par un champ de maïs. Dans l'un comme dans l'autre, le 4x4 pouvait rouler. La jeep aussi. Quitter la route ne présentait donc aucun intérêt, sauf si Colton considérait que, les épis étant déjà hauts, il avait de meilleures chances dans le champ de semer ses poursuivants.

Dans le pâturage, ce n'était même pas la peine d'essayer. Saccager le champ de maïs était très embêtant mais il pourrait toujours dédommager son propriétaire. Il disposait de fonds spécialement prévus à cet effet. Alors pour une fois qu'il en avait besoin…

— Accroche-toi, Makena, ça va secouer.

Il donna un coup de volant à droite. Le 4x4 décolla. Il retomba si lourdement sur le sol que Colton craignit d'avoir cassé le châssis. Mais le 4x4 reprit sa course dans le champ de maïs. Tout allait bien. Sauf que la jeep leur filait toujours le train.

Colton se mit à faire des zigzags, moins pour semer ses poursuivants que pour les empêcher de tirer sur le 4x4.

La jeep était encore trop loin pour qu'il puisse lire la plaque d'immatriculation. Il n'était même pas certain qu'il y en ait une. Les deux tueurs n'étaient plus à une infraction près.

La voix de Gert le tira de ses réflexions.

— Votre téléphone m'a permis de vous localiser, shérif. Je vous envoie du renfort. Essayez de rester dans le secteur, si possible.

— Je vais faire au mieux. Tant que je roule, il n'y a pas de problème, affirma Colton d'un ton qu'il voulut désinvolte pour rassurer un peu Gert, qui devait se faire du mauvais sang.

Du coin de l'œil, il s'assura que Makena était bien attachée et ne souffrait pas trop de sa conduite pour le moins sportive. Ils étaient terriblement secoués. À cause des épis de maïs, le 4x4 bringuebalait dans tous les sens et roulait moins vite que Colton l'aurait voulu. Pied au plancher, il s'appliquait à décrire des huit, tournant d'un côté puis de l'autre, changeant sans arrêt de direction.

Il fut une époque où il aurait trouvé ce genre de gymkhana automobile très amusant. Cette course-poursuite dans un champ de maïs n'aurait pas été pour lui déplaire, même avec deux imbéciles armés à ses trousses. Mais beaucoup de choses avaient changé avec la naissance des jumeaux.

Colton était un autre homme depuis qu'il était papa. Il était moins casse-cou et faisait plus attention. Ses enfants avaient besoin de lui et attendaient chaque soir son retour avec impatience. Il ne voulait pas les décevoir.

Pendant un bon moment, zigzaguant dans le champ, il parvint à garder la jeep à une distance respectable.

Comme il se félicitait de son succès, ses poursuivants rusèrent, et il se retrouva tout à coup nez à nez avec eux.

Écrasant la pédale de frein, il les évita de justesse et ravala une bordée de jurons.

La voix de Gert retentit à nouveau dans la radio.

— J'ai des noms, shérif. Deux collègues de River Myers semblent correspondre à la description de ceux que vous avez surnommés Red et Mustache. Il s'agirait de Randol Bic et de Jimmy Stitch. Bic est tireur d'élite. Ils sont coéquipiers à Dallas, et ni l'un ni l'autre n'a de casier judiciaire.

Colton commençait à voir le tableau. Il soupçonnait River de porter le chapeau pour Bic et Stitch, qui l'avaient peut-être menacé ou lui faisaient du chantage.

— J'ai déjà entendu ces noms-là, déclara Makena.

— Shérif, dit Gert d'une voix alarmée. Le GPS est perdu. Êtes-vous encore sur l'autoroute ? On a l'impression que vous n'arrêtez pas d'entrer et de sortir.

Colton ne put s'empêcher de rire.

— C'est parce que je suis en plein champ, au bord de l'autoroute. Le GPS doit avoir du mal à me localiser.

— Suis-je bête ! s'exclama Gert en riant à son tour. J'aurais dû y penser.

Un peu d'humour ne faisait pas de mal dans les situations tendues. Cela permettait d'évacuer le stress. Mieux valait garder la tête froide si on voulait prendre la bonne décision et ne pas commettre d'erreur.

La jeep avait fait demi-tour et fonçait à nouveau droit sur eux. Colton prit complètement à gauche, tentant pour la énième fois d'échapper à ses poursuivants.

— Gert, où en sont les renforts ? demanda-t-il.

Il espérait un miracle mais, depuis la mort de Rebecca, il ne croyait plus aux miracles. Mieux valait garder les pieds sur terre.

— Shérif, j'ai une bonne nouvelle. Est-ce que vous entendez quelque chose ?

Colton tendit l'oreille. Il n'entendait que le bruit de

son pare-chocs avant qui se taillait un chemin à travers les épis de maïs. Le spectacle était affligeant et il s'en voulait terriblement de saccager ce champ, mais il se promettait de dédommager son propriétaire.

— Non, je n'entends rien de particulier, Gert. Pourquoi ?

— La cavalerie est en route, shérif ! Baissez votre vitre. Vous allez être content. La gendarmerie a répondu à mon appel. Elle vient à la rescousse.

Les miracles existaient peut-être, finalement, songea Colton, soulagé.

— Merci, Gert. Je n'y croyais plus, dit-il.

Soudain, il perçut au loin le hurlement des sirènes.

Makena était rivée à son siège, les deux mains agrippées à sa ceinture de sécurité.

— Mais ce n'est pas tout, shérif. Une ambulance est sur le point d'arriver au motel. Le blessé va être pris en charge d'une minute à l'autre.

— Gert, la prochaine fois qu'on se verra, rappelez-moi de vous augmenter.

— Au moment de mon évaluation annuelle, je n'y manquerai pas, shérif.

Plaisanter était une fois de plus un moyen pour Colton de décompresser afin de pouvoir ensuite faire face plus efficacement. Il ne fallait jamais désespérer, songea-t-il. Il suffisait de penser que tout était perdu pour que tout soit effectivement perdu.

Il continua à décrire de grands huit en veillant à rester le plus loin possible de la jeep. Mais ses poursuivants avaient sans doute jeté l'éponge lorsqu'ils avaient entendu les sirènes des voitures de police.

Dans la mesure où ils étaient flics et où leurs casiers judiciaires étaient vierges, ils tenaient à demeurer exemplaires, au-dessus de tout soupçon. Quand on y réfléchissait, il fallait reconnaître qu'ils avaient soigneusement préparé leur coup. Tout devint soudain très clair dans l'esprit de Colton.

Bic et Stitch avaient de toute évidence un moyen de pression quelconque sur River. Convaincus que Makena risquait de les identifier, ils devaient se débarrasser d'elle. Tout cela en se servant de River, qui était connu pour des faits de violence conjugale.

Leur plan tenait la route. Ils étaient malins comme des singes. Il y avait cependant une chose qu'ils n'avaient pas prévue : Colton les avait vus. Il savait qui ils étaient. C'était leur seule erreur. À présent, ils étaient démasqués.

— Ils sont partis ? demanda Makena.

— Oui, j'en ai l'impression.

Elle s'enfonça dans son siège.

— Ouf ! Tes collègues arrivent, on dirait. J'entends les sirènes.

Colton acquiesça sans la regarder car il s'efforçait de rejoindre l'autoroute.

— Je peux vous passer le brigadier Staten, dit Gert.

— Bien joué, Gert. OK, je vais parler à Staten.

Mais, avant que Gert ait pu le lui passer, Colton vit la voiture de patrouille arriver. Il s'arrêta aussitôt, alluma ses phares et coupa le contact.

Les mains en l'air, il sortit du 4x4 et fit signe à Makena de l'imiter.

Après avoir salué le brigadier Staten, de la sécurité routière, il déclara :

— Je regrette de ne pas avoir pu relever le numéro d'immatriculation. Au Texas, les jeep Rubicon blanches sont légion, hélas.

— Vous êtes l'un et l'autre sains et saufs et, pour l'instant, c'est tout ce qui m'importe, répliqua le brigadier.

Colton ne pouvait pas lui donner tort.

— Souhaitez-vous qu'on vous escorte jusqu'à votre bureau, shérif ?

Staten était un grand Noir mince et élancé. Il n'avait pas vraiment le physique de l'emploi, les gendarmes étant généralement des armoires à glace. Toute la journée sur les routes, ils verbalisaient parfois des automobilistes récalcitrants. Si cela tournait mal, ils devaient se débrouiller seuls. Dire que ces types-là étaient des durs relevait de l'euphémisme.

Colton se tourna vers Makena.

— Serais-tu d'accord pour rentrer avec le brigadier ? demanda-t-il.

Il n'avait pas fini sa phrase qu'elle secouait déjà vigoureusement la tête. Il se doutait qu'elle refuserait. Mais il avait quand même tenu à lui poser la question. Il voulait la savoir en sécurité pendant qu'il repartait au motel.

— Je viens avec toi, décréta-t-elle, comme si elle avait lu dans ses pensées.

Il ne chercha pas à l'en dissuader. Il aurait perdu son temps.

— Brigadier, puis-je vous demander de m'escorter jusqu'au motel ? Nous y avons laissé un policier qui s'est fait tirer dessus, aussi dois-je y retourner pour enquêter, et, dans la mesure où un témoin m'accompagne, j'apprécierais d'avoir du renfort.

Staten ne se fit pas prier.

— Je vous escorterai avec plaisir, shérif.

Colton avait beaucoup fait pour promouvoir une meilleure coopération entre les différents organismes chargés de faire respecter la loi. Après avoir expliqué au brigadier où se trouvait le motel, il regagna son 4x4, Makena à ses côtés.

Étonnamment, le trajet ne leur prit pas moins d'une demi-heure. Colton ne s'était pas rendu compte qu'ils s'étaient autant éloignés du motel, mais à l'aller il avait roulé à tombeau ouvert pour échapper à ses poursuivants.

Un avis de recherche avait été lancé pour tenter de localiser la jeep. Bic et Stitch, qui n'étaient pas nés de la dernière pluie, l'avaient sans doute déjà abandonnée au bord d'une route. Dans la mesure où ils n'avaient plus rien à perdre, les deux hommes n'en seraient que plus dangereux. Heureusement, ils ne savaient probablement pas que Colton les avait identifiés, et ce dernier pouvait peut-être en tirer parti.

Le motel ressemblait bel et bien à une scène de crime. Une ambulance était garée devant, prête à partir, apparemment, car le hayon était fermé.

— Je te demande une seconde, dit Colton à Makena.

Il sortit du 4x4 en vitesse pour aller parler au conducteur de l'ambulance qui, en le voyant s'approcher, descendit obligeamment sa vitre. Comme il avait gardé son coupe-vent et que le mot « shérif » était inscrit sur la manche gauche, Colton était facile à identifier.

— Comment va le blessé ? s'enquit-il. J'étais présent quand il s'est fait tirer dessus. J'ai dû exfiltrer un témoin. Est-ce que c'est grave ?

— Blessure par balle en haut du dos avec plaie de sortie dans la poitrine. Pas sûr qu'il s'en sorte, shérif. Il respire encore, mais il a perdu beaucoup de sang. Il va falloir l'opérer de toute urgence. On fonce à l'hôpital.

Colton recula et les laissa partir. River était mal en

point mais tout n'était pas perdu. Il allait peut-être s'en tirer. Bien que toujours assez remontée contre son ex-mari, Makena risquait de mal prendre la nouvelle. Elle était du genre à s'inquiéter pour les gens qui avaient un jour compté pour elle. Il regretta de ne pas pouvoir la rassurer sur le sort de River.

Jetant un coup d'œil vers le 4x4, il s'aperçut avec stupeur qu'elle n'était plus sur le siège passager. Devinant sans mal où elle se trouvait, il s'empressa de la rejoindre à la réception.

Makena était en train de masser les épaules de Peach qui était assise dans un fauteuil. Sa robe fleurie était couverte de sang.

— J'ai fait ce que j'ai pu pour lui venir en aide, mais il saignait tellement, se lamentait la réceptionniste, au bord des larmes. Quand l'ambulance est arrivée, il était blanc comme un linge et ses lèvres bleuissaient déjà.

— Vous avez été formidable, Peach, assura Colton. S'il s'en sort, ce sera grâce à vous.

La réceptionniste lui lança un regard plein de gratitude. Ses yeux verts brillaient comme des émeraudes.

— Je le pense vraiment, déclara Colton en s'accroupissant à côté d'elle. Il est tout à fait possible que vous lui ayez sauvé la vie, Peach. Ce qui est sûr, c'est que vous avez sauvé la nôtre. Vous avez fait preuve d'un sang-froid admirable.

Elle releva le menton avec fierté.

— Vos compliments me touchent beaucoup, shérif.

Makena accompagna Peach aux toilettes pour l'aider à se nettoyer.

Le gendarme de la sécurité routière attendait à l'extérieur, surveillant l'entrée de la réception au cas où les deux malfaiteurs s'aviseraient de revenir. La police ayant bouclé la scène de crime, un ruban de plastique jaune interdisait l'accès à la réception.

— Peach, mon adjoint ou moi-même pouvons vous reconduire chez vous, proposa Colton quand elle revint avec Makena. Vous avez besoin de vous reposer après toutes ces émotions.

— Je vous remercie, shérif, mais ça va aller. Ma voiture est garée derrière. Je ne veux pas qu'elle passe la nuit ici.

— Comment s'appelle votre patron ? Je vais lui passer un coup de téléphone et lui demander de vous trouver une remplaçante au moins pour la journée.

Peach prit un petit air pincé.

— Ce motel m'appartient, shérif, déclara-t-elle. Je l'ai acheté avec feu mon mari. Paix à son âme.

— Puis-je appeler quelqu'un ? Je préférerais ne pas vous savoir seule après ce qui s'est passé.

Colton craignait le contrecoup du choc qu'elle avait subi. Bien qu'elle n'eût rien d'une femmelette, à un moment ou à un autre elle risquait de s'effondrer. Et c'était justement ce qu'il voulait éviter.

— Ma fille vit en ville, dit Peach. Je pense que je vais aller passer la nuit chez elle si sa chambre d'amis est libre.

— Cela vous embêterait de l'appeler tout de suite ? demanda Colton.

— Mon téléphone est dans mon sac derrière le comptoir, sur l'étagère du dessous, là où mon revolver était caché.

L'arme était à présent posée sur le comptoir. La chambre avait été ouverte et vidée de ses projectiles.

Pendant que Peach appelait sa fille, Colton fit le point de la situation. Les noms, il les avait. Le mobile aussi. Il ne lui restait plus qu'à retrouver Bic et Stitch pour les mettre sous les verrous.

15

Assise à côté de Peach, qui se remettait doucement de ses émotions, Makena entendait Colton insister pour qu'elle appelle sa fille et ne reste pas seule. La sollicitude dont il faisait preuve à l'égard de Peach la bouleversait. Il lui parlait avec une grande douceur et semblait prendre son bien-être vraiment à cœur. Jamais elle n'avait rien vu d'aussi touchant mais, chez Colton, ce dévouement n'avait rien d'étonnant. En plus d'être terriblement séduisant, il était bienveillant, attentionné et altruiste. Un peu mélancolique, son regard le rendait profondément humain.

— Bernard et moi passions toutes nos journées au motel. Il n'était pas question de prendre des vacances. Il n'y avait que le motel qui comptait. Je le charriais un peu à ce sujet.

Quand Peach parlait de son mari, elle avait un air nostalgique et sa voix débordait de tendresse.

— C'était un homme courageux, votre mari, dit Makena.

— Pour être courageux, il l'était ! Et gentil comme tout, en plus de ça. Nous avons eu deux filles. L'aînée a succombé à une maladie infantile. C'est à la cadette que votre petit ami est en train de parler au téléphone. Elle prend soin de moi. Il y a des années qu'elle me tanne pour que je vende le motel.

Peach exhala un soupir démonstratif.

— Mais je n'arrive pas à me décider. Tous mes souvenirs avec Bernard sont ici. J'ai toujours voulu ouvrir un restaurant. J'avais même choisi le nom. Mais, faute de temps, je n'ai jamais réalisé ce projet. Mon rêve à moi, c'était de nourrir les gens. Le motel, c'était celui de Bernard.

Makena ne releva pas lorsque Peach parla de Colton comme de son ami. Elle n'avait pas jugé utile de rectifier. Après tout, ce n'était qu'un détail.

Elle leva les yeux et, brusquement, l'écran de télévision attira son attention. Elle se souvint de la date et de l'heure affichées sous l'image lorsque River avait montré son visage à la caméra de surveillance. Il était exactement 6 h 12 du matin. Il n'avait donc toujours pas quitté le motel au moment de l'explosion de la caravane, à Katy Gulch. Et il devait se douter qu'il allait se passer quelque chose, même s'il ne savait pas quoi, parce qu'il s'était en fait donné un alibi. Il avait voulu qu'on sache qu'à cette heure-là il se trouvait encore au motel, à Birchwood, à plus d'une demi-heure de route, et qu'il n'avait pas bougé de sa chambre de toute la nuit. La fenêtre se trouvant sur le devant, juste à côté de la porte, s'il avait essayé de sortir en douce, il se serait fait griller par la caméra. Tout portait à croire que River était donc innocent de la tentative de meurtre dont elle avait fait l'objet. Cette conclusion lui procura un vif soulagement. Bic et Stitch allaient avoir des comptes à rendre sur leurs emplois du temps.

Croisant les mains sur ses genoux, Makena se

concentra sur ce que Peach était en train de lui raconter au sujet de son Bernard bien aimé qui, après le passage d'une tornade, avait réussi à colmater un toit sans l'aide de personne. Peach radotait un peu, mais Makena s'en fichait. La voix douce et le ton monocorde de la réceptionniste l'apaisaient. Et cela faisait sans doute du bien à Peach de parler.

Colton revint vers elle et tendit le téléphone à Peach, qui prit l'appareil pour parler à sa fille.

Comme Peach était occupée, Makena fit signe à Colton de s'approcher. Il s'accroupit à côté d'elle et prit sa main dans la sienne. À voix basse, elle lui fit part de sa découverte.

Il hocha la tête.

— Bien vu, dit-il. Si River a passé toute la nuit au motel, il n'a pas pu poser la bombe. Les coupables, nous les connaissons. Il va falloir informer leur hiérarchie. Je m'engage solennellement à tout faire pour les retrouver afin que justice soit rendue.

Makena espérait de tout cœur qu'il réussirait à arrêter les deux hommes avant que ceux-ci aient sa peau. Bic et Stitch avaient déjà montré qu'ils ne reculeraient devant rien pour la faire taire.

— J'avais bien compris qu'ils cherchaient à piéger River. C'était un coup monté pas mal ficelé, d'où la présence du porte-clés noir sur la scène de crime.

Après tout ce qu'elle avait enduré avec River, elle aurait probablement dû se moquer qu'il soit ou non impliqué. Mais elle n'était pas comme ça et se réjouissait de le savoir innocent. River avait ses défauts et il avait commis des erreurs, mais ce n'était pas un criminel.

— Quand on partira d'ici, on pourrait peut-être s'arrêter à l'hôpital, suggéra-t-elle.

— Oui, ça devrait pouvoir se faire.

Makena tenait à s'assurer que River avait bien supporté l'opération.

— Maintenant que nous savons qu'il est lui-même une cible, il faudrait peut-être faire garder sa chambre, non ?

— Je m'en suis occupé. Il est un témoin essentiel dans une tentative de meurtre. Un de mes adjoints est avec lui. Un autre le relaiera en fin de journée. River aura toujours quelqu'un pour veiller sur lui.

— Désolé de vous interrompre, shérif, dit le brigadier Staten en entrant dans la pièce.

— Que puis-je faire pour vous ?

— Puisqu'un de vos adjoints est présent, j'aimerais aller donner un coup de main à un ami dont le pick-up est tombé en panne non loin d'ici. Si vous pensez pouvoir vous passer de moi, je file l'aider.

— Ça ira, brigadier. Merci pour tout. Je vous suis reconnaissant pour votre aide, dit Colton en allant serrer la main du gendarme.

L'adjoint Fletcher investiguait la scène de crime pendant que Colton et Makena attendaient la fille de Peach. Elle arriva au bout d'une vingtaine de minutes. La jeune femme, qui devait avoir pas loin de trente ans, était venue avec son bébé. Elle semblait très inquiète.

Comme la réception n'avait pas encore été nettoyée, Colton préféra aller l'accueillir à la porte.

— Makena, tu veux bien amener Peach ici, s'il te plaît ? lança-t-il par-dessus son épaule.

— Oui, bien sûr. Elle arrive tout de suite.

Offrant son bras à Peach, Makena l'aida à se lever de

son fauteuil. Puis elle l'accompagna à la porte. Peach était agrippée à elle comme une moule à son rocher. Heureusement que sa fille avait pu venir la chercher. Elle n'était pas en état de rester seule.

Lorsqu'elle vit l'air dévasté de sa fille, Makena se sentit rassurée pour Peach. Le lien entre la mère et la fille sautait aux yeux et, pour la première fois, Makena se dit qu'elle ratait quelque chose en n'ayant pas d'enfant.

Lorsqu'elle eut pris place dans la voiture de sa fille et que le bébé eut été sanglé dans son siège, à l'arrière du véhicule, Peach leva vers Colton et Makena un regard las.

— Au fond, il est peut-être temps pour moi de vendre, dit-elle. Mon homme à tout faire, Ralph, va gérer le motel jusqu'à ce que j'aie trouvé un acquéreur.

Se tournant vers Colton, elle ajouta :

— Vous avez bien fait d'insister pour que j'appelle ma fille. Faites attention à vous, surtout. Prenez bien soin l'un de l'autre, recommanda-t-elle en les fixant tour à tour. Si je puis me permettre, vous allez bien ensemble, tous les deux. C'est important, sachez-le. Je vous souhaite une bonne continuation.

— Merci, madame. Bonne chance à vous aussi, dit Colton.

Là encore, Makena ne jugea pas utile de corriger Peach, qui de toute évidence les prenait pour un couple et se méprenait sur leur relation, à Colton et à elle. La pauvre femme venait de vivre une expérience traumatisante et avait peut-être besoin de croire en leur idylle. Une idylle illusoire parce que, si Makena paniquait rien qu'à l'idée d'être séparée de Colton, c'était parce qu'il était sa planche de salut et non parce qu'elle avait à nouveau des sentiments pour lui. De vrais sentiments capables de tenir la distance.

Colton consulta sa montre. Conscient que tout danger n'était pas encore écarté, il scruta les alentours du motel. Un deuxième adjoint arriva. Colton lui fit signe d'entrer et d'aller rejoindre Fletcher. Ils ne seraient pas trop de deux sur la scène de crime.

Puis il se tourna vers Makena.

— River est probablement encore en salle d'opération. Je propose que nous allions manger quelque chose. Qu'en penses-tu ?

Peach n'était pas la seule à subir le contrecoup de l'attaque, mais Makena gérait mieux ses émotions. En cavale depuis des mois, traquée comme une bête, elle avait appris à faire face à des situations critiques.

Elle combla la distance qui les séparait et se blottit contre lui. Il referma les bras autour de sa taille pour l'attirer plus près et déposa un petit baiser sur ses lèvres. Ils avaient besoin de ça pour se reconnecter à la réalité. À vrai dire, il en avait surtout très envie.

Songeant qu'il avait été à deux doigts de la perdre à tout jamais, il frissonna. Il avait déjà perdu Rebecca…

Makena prit une grande inspiration.

— Comment a-t-il pu savoir ? demanda-t-elle.

Colton comprit tout de suite de quoi elle parlait. Elle reprenait la conversation là où ils l'avaient laissée un peu plus tôt.

— Il ne savait peut-être pas. Mais il se doutait qu'il allait se passer quelque chose. Il est possible qu'il les ait suivis jusqu'ici. Quand ils ont disparu pendant deux jours, il a compris qu'ils étaient à tes trousses et qu'ils t'avaient localisée. Il a décidé alors de les suivre, persuadé que, grâce à eux, il allait te retrouver. Le problème, c'est qu'ils ignoraient quand tu allais te montrer et ce que tu savais exactement. Ils te cherchaient probablement depuis le début. Le fait que tu te sois enfuie les a confortés dans l'idée que tu cachais ou craignais quelque chose.

— J'ai mal choisi mon moment pour quitter River, se lamenta Makena en soupirant.

Elle lui lança un regard éploré, et ses yeux d'un bleu si limpide suscitèrent en lui des sentiments qu'il n'avait pas éprouvés depuis l'université. Des sentiments dont il ne savait que faire. Leurs vies étaient déjà bien assez compliquées comme cela. Mais il appréciait de la serrer dans ses bras et de sentir la chaleur de son corps contre le sien.

À nouveau, il jeta un coup d'œil autour de lui. Même avec deux adjoints sur place, il ne pouvait pas se permettre de baisser la garde.

— Et si nous allions manger un morceau à la cafétéria de l'hôpital ? suggéra Makena.

— D'accord. Je te demande juste une minute. Il faut que j'aille en informer mes adjoints et que je prévienne aussi Gert pour qu'elle nous fasse escorter.

Il avait horreur de ne pas se sentir libre de ses mouvements, mais il ne voulait faire prendre aucun risque à Makena.

Une idée germa dans son esprit. Prenant la main de la jeune femme dans la sienne, il l'entraîna à nouveau à l'intérieur du motel.

— Les gars, l'un de vous aurait-il l'obligeance de me prêter sa voiture de patrouille ? Je vais laisser mon 4x4 ici, mais je vous interdis de le conduire. Je le ferai remorquer jusqu'au bureau. Quand vous aurez terminé, vous n'aurez qu'à rentrer ensemble.

Les deux adjoints s'empressèrent d'acquiescer. Plus rapide que son collègue, l'adjoint Fletcher sortit de sa poche un trousseau de clés qu'il lança à Colton.

Dans une voiture de police, Colton pensait que Makena et lui seraient bien plus en sécurité. Bic et Stitch avaient repéré son 4x4. Mais, à l'heure qu'il était, ils avaient peut-être sollicité l'aide d'un collègue à eux qui travaillait au service des immatriculations. Si c'était le cas, Colton n'avait plus rien à craindre. Les deux hommes ne l'auraient probablement pas pris pour cible s'ils avaient su qu'il était shérif.

Le trajet jusqu'à l'hôpital dura quarante minutes et s'effectua sans encombre. Colton se gara le plus près possible de l'entrée des urgences. Lorsque, main dans la main, Makena et lui se dirigèrent vers les portes vitrées, il songea qu'un tireur pouvait être embusqué n'importe où, prêt à faire feu. Mais il espérait que Bic et Stitch étaient rentrés à Dallas pour une séance de débriefing.

Maintenant que leur supérieur était au courant, ils allaient être convoqués et interrogés. Ce ne serait pas facile de leur faire avouer qu'ils avaient essayé de piéger River et d'assassiner Makena.

Et tout ça pourquoi ? Parce qu'ils soupçonnaient Makena de les avoir grillés, lorsqu'elle les avait surpris en plein conciliabule alors qu'en réalité elle ne savait rien du tout. Si on ignorait encore en quoi consistait le trafic auquel se livraient River, Bic et Stitch, on savait à présent de quoi étaient capables ces deux derniers.

Au barbecue que Colton organisait chaque été pour son équipe, il y avait toujours quelqu'un, en fin de soirée, qui lançait la conversation sur ce que devrait faire une personne dans le pétrin qui serait obligée de disparaître.

Le premier conseil que donnaient les gens, c'était évidemment de se débarrasser de son téléphone. Le deuxième, c'était de laisser sa voiture au garage. Et aussi de ne surtout pas rentrer chez soi. La plupart des adjoints s'accordaient pour dire qu'ils iraient au distributeur de billets et retireraient un maximum d'argent avant de filer au Mexique. Une adjointe avait dit que, elle, elle opterait pour le Canada parce que c'était la direction opposée à celle où tout le monde irait la chercher.

Bic et Stitch devaient avoir un plan B. Les flics ne pouvaient pas s'empêcher de gamberger sur le meilleur moyen de se sortir du pétrin. C'était dans leur nature. Il n'y avait pas de raison que ces deux-là fassent exception. Surtout avec plus dix ans d'expérience dans la police. Ils avaient forcément envisagé que cela puisse mal tourner et imaginé une issue de secours.

Il ne fallait pas espérer qu'ils rentrent chez eux ou retournent à Dallas. C'était trop risqué. Mais savaient-ils qu'ils avaient été démasqués ? Ce qui était sûr, en tout cas, c'était qu'ils n'avaient aucun intérêt à rester dans le coin. La meilleure chose à faire, dans leur cas, c'était de rester planqués jusqu'à ce que l'affaire se tasse. Puis de passer la frontière.

Comment allaient-ils s'y prendre pour se tirer de là ? se demanda Colton. Et où diable se cachaient-ils quand River séjournait au motel ?

Cela faisait beaucoup de questions. Il avait besoin d'être stimulé par une ou deux tasses de café, et aussi de manger quelque chose. Le malheureux toast qu'il avait avalé au petit déjeuner ne lui permettrait pas de tenir jusqu'au dîner.

Il s'arrêta au bureau des infirmières.

— Pourriez-vous m'indiquer la cafétéria, s'il vous plaît ?

Leur demander des nouvelles de River n'aurait servi à rien. Elles n'étaient probablement pas en mesure de le renseigner. Il s'adresserait à l'accueil, dans le hall d'entrée.

— Vous allez prendre ce couloir, tourner à droite puis à gauche. Vous déboucherez dans un hall qu'il vous faudra traverser. Un autre couloir vous mènera tout droit à la cafétéria.

Colton remercia son interlocutrice et suivit ses instructions à la lettre. Quelques instants plus tard, Makena et lui se retrouvèrent devant une rangée de distributeurs automatiques qui proposaient toutes sortes de boissons et diverses denrées, du chocolat chaud au hot-dog.

— Y a-t-il là-dedans quelque chose qui te fasse envie ? demanda-t-il à Makena.

Passant lentement devant chaque distributeur, elle en examina le contenu avec intérêt. Le troisième sembla retenir son attention. Elle le pointa du doigt.

— Ce sandwich au jambon devrait faire l'affaire, déclara-t-elle.

Colton en prit deux, ainsi que deux paquets de chips. Elle choisit un soda tandis que lui se contentait de café noir.

Dans la pièce adjacente, il y avait des tables en plastique et des chaises orange vif. Assises à des tables différentes, deux personnes étaient penchées sur leurs téléphones.

Makena se dirigea vers le coin opposé de la pièce et opta pour une table près de la fenêtre.

— J'ai remarqué que tu n'avais pas demandé de nouvelles de River, dit-elle en mordant dans son sandwich.

— L'infirmière qui m'a indiqué la cafétéria n'aurait probablement pas su – ou pas voulu – me répondre. Après notre repas, nous irons nous renseigner à l'accueil. Je connais la plupart des personnes qui y travaillent. C'est là qu'on a le plus de chances d'avoir de ses nouvelles.

Il jeta un coup d'œil à sa montre connectée.

— Gert m'aurait prévenu s'il n'avait pas survécu à l'opération. Je suppose que tout s'est bien passé. Il doit être en salle de réveil.

Lorsqu'ils eurent fini de manger, Colton demanda :

— As-tu réfléchi à ce que tu allais faire, une fois que toute cette histoire serait réglée ?

— Ces six derniers mois, il ne s'est pas passé un seul jour sans que j'y pense, figure-toi. À dire vrai, je n'ai jamais réussi à me projeter. Je n'arrêtais pas de changer d'idée. À un moment, quand j'imaginais ma vie future, je me voyais acheter une petite maison quelque part, à la campagne, loin du bruit et de la fureur. Et peut-être prendre un chien, un golden retriever, pour me tenir compagnie.

— Pas mal, dit Colton.

Elle sourit et continua.

— À un autre moment, j'ai eu envie de quitter le Texas pour aller vivre dans une grande ville très animée où il y aurait plein de monde mais personne pour m'embêter. Où je pourrais vivre comme il me plairait. Et, surtout, où je n'aurais plus besoin de me cacher.

Elle regarda pensivement par la fenêtre.

— Ces projets ont tous été abandonnés, les uns après les autres, confia-t-elle.

— Et maintenant, tu vois les choses comment ?

— J'ai bien ma petite idée, dit-elle en se tournant vers lui et en le regardant dans les yeux. Je sais enfin ce que je veux mais j'ai bien peur que ce ne soit qu'un rêve.

Au moment où il allait répondre, un texto de Gert lui apprit que River était sorti du bloc. Sa secrétaire avait des informateurs partout, y compris à l'hôpital. Il se rendit compte avec surprise qu'une heure était déjà passée depuis leur arrivée.

Il se promit de reprendre plus tard cette conversation avec Makena car il était curieux de savoir si elle l'incluait d'une manière ou d'une autre dans sa vie future. Il lui paraissait difficilement envisageable de s'investir dans une nouvelle relation en l'état actuel des choses, avec des jumeaux d'un an à charge et tous les problèmes auxquels sa famille était confrontée en ce moment.

Une douzaine de raisons pour lesquelles c'était impossible lui vinrent aussitôt à l'esprit. Il ne fallait même pas y songer. Essayer de construire quelque chose avec Makena serait une belle perte de temps. Et d'énergie.

Mais son cœur était insensible à ce genre d'arguments. Il s'emballait dès que Colton était en présence de la jeune femme. Comme autrefois. Restait à savoir si le feu du désir qui rendait leurs baisers si ardents – des baisers qu'il aurait un mal fou à oublier – ne finirait pas par s'éteindre au bout de quelques mois. Quand les sentiments s'en mêlaient, la raison n'avait plus droit de cité.

— River est sorti du bloc, annonça-t-il. On va peut-être pouvoir aller le voir. Ou au moins aller à l'étage où il a été transporté.

Sur le point de dire quelque chose, Makena se ravisa.

— D'accord. Allons-y, murmura-t-elle.

Elle prit une grande inspiration, comme pour s'armer de courage.

Ils se rendirent à l'accueil, où Colton allait pouvoir se renseigner. Par chance, son interlocutrice se trouva être Trudy, une veuve d'une trentaine d'années qui vivait dans la banlieue de Katy Gulch.

En tant que shérif, Colton tenait beaucoup à connaître personnellement ses administrés. Il savait que le mari de Trudy, qui était dans l'armée, avait trouvé la mort lors d'une mission commando à l'étranger. Elle s'était retrouvée seule avec quatre enfants à élever et très peu de moyens. À chaque rentrée scolaire, le bureau de Colton offrait aux familles les plus démunies un lot de fournitures scolaires que Gert se faisait toujours une joie de distribuer.

Gert organisait une collecte de jouets pour Noël ainsi qu'une collecte de livres deux fois par an. Et, avant l'offensive hivernale, elle se débrouillait pour récupérer des manteaux et vêtements chauds pour enfants de tous âges.

— Salut, Trudy, dit Colton. Vous avez admis tout à l'heure un patient qui vient d'être opéré. Il est sorti du bloc mais nous ignorons à quel étage il se trouve. Pourriez-vous nous renseigner ? De plus, nous aimerions parler au médecin qui s'est occupé de lui, si c'est possible.

— Un instant, shérif. Je regarde ça tout de suite.

Trudy se mit à pianoter sur le clavier de son ordinateur.

Makena fixait quelqu'un avec insistance. Suivant son regard, Colton vit un homme en tenue de chirurgien. Il sortait du couloir qu'ils avaient eux-mêmes emprunté pour arriver à l'accueil et se dirigeait tout droit vers les ascenseurs.

Colton sentit se dresser les poils de sa nuque. Les doigts de Trudy se déchaînaient sur le clavier. Clic, clic, clic.

À l'autre bout du hall, les portes des ascenseurs se refermèrent, et Colton tiqua car il avait l'impression que quelque chose clochait mais il ne savait pas quoi.

— Le patient que vous cherchez est au septième étage. Il est dans un état critique. Les visites sont interdites, dit Trudy. Mais vous, shérif, vous pouvez aller le voir. Chambre 717.

Colton la remercia distraitement car il venait de découvrir ce qui le turlupinait. Le chirurgien qui avait pris l'ascenseur était en chaussures de ville. Il était bien le seul médecin dans cet hôpital à ne pas porter de couvre-chaussures jetables. Pour des raisons d'hygiène, tout le personnel soignant était équipé de masques et de couvre-chaussures. Le type portait bien un masque mais pas de couvre-chaussures.

Ce détail n'avait apparemment pas échappé à Makena. Le regard qu'il échangea avec elle le conforta dans ses soupçons. Il n'y avait pas une minute à perdre.

— Trudy, appelez la sécurité. C'est urgent. Il faut que les gars montent au septième. Le patient de la chambre 717 a besoin d'aide.

Prenant Makena par la main, Colton fonça vers les ascenseurs. Le fait qu'un de ses adjoints soit en faction devant la porte de la chambre le rassurait un peu. Aussi quelle ne fut pas sa surprise lorsque les portes de l'ascenseur s'ouvrirent… sur son adjoint.

— Lawson ? Mais qu'est-ce que tu fais là ?

L'air ahuri, son adjoint le regarda s'engouffrer dans la cabine.

— Comment cela ? fit-il. Je vais me chercher un café.

Un gars de la sécurité est monté me remplacer en disant que tu m'autorisais à faire une pause.

— Et tu n'as pas pensé à m'appeler avant de quitter ton poste ? demanda Colton.

Lawson prit conscience de sa bourde. Il jura entre ses dents et pressa frénétiquement le bouton du septième étage. Il se confondit en excuses pendant toute la montée, qui prit un temps infini.

Ils avaient apparemment retrouvé un des malfaiteurs, songea Colton, qui avait le plus grand mal à dompter son impatience. L'autre ne devait pas être loin. Les deux hommes semblaient inséparables.

Dès que les portes s'ouvrirent, Colton se rua hors de la cabine.

— Veille à ce que personne n'emprunte ce couloir, cria-t-il à Lawson.

Il y avait deux couloirs et plusieurs cages d'escalier mais Lawson pouvait s'assurer que personne ne le suivrait.

Sans lâcher la main de Makena, sur qui il préférait garder un œil, il se précipita vers la chambre 717. Comme il fallait s'y attendre, il n'y avait pas l'ombre d'un vigile en vue devant la porte, qui était ouverte.

Lâchant un juron, Colton entra en trombe dans la chambre.

Il tomba sur un homme habillé en vigile, debout au chevet de River. L'homme en uniforme arborait une belle moustache noire, soigneusement taillée.

— Je l'ai vu, shérif. Il était dans la chambre. Il a filé.

— Les mains en l'air ! ordonna Colton. Plus un geste ou je tire.

16

Soudain, derrière le rideau qui séparait la chambre en deux, une fenêtre donnant sur l'extérieur s'ouvrit.

— Les mains en l'air ! répéta Colton, qui avait dégainé son arme.

River était allongé, inconscient. Il avait été mis sous oxygène et il était relié à divers appareils qui n'arrêtaient pas de biper.

Le vigile se baissa de l'autre côté du lit, et tout à coup une alarme retentit, comme si un des moniteurs avait été débranché.

Un autre bruit strident déchira l'air.

Arme au poing, Colton fit deux pas à l'intérieur de la pièce. Dans son dos, Makena n'en menait pas large tandis qu'il avançait prudemment vers le lit.

Alertée par les alarmes, une infirmière arriva en catastrophe. Lorsqu'elle vit Colton brandissant un pistolet devant lui, elle se figea. Un courant d'air souleva le rideau de séparation. Colton vit Mustache sortir par la fenêtre.

Pendant tout ce temps, Red était probablement planqué derrière le rideau. Il avait lui aussi réussi à s'introduire dans la chambre, aidé en cela par son déguisement de chirurgien.

— On ne bouge plus ! lança Colton en s'approchant tout doucement.

Il se baissa pour regarder discrètement sous le rideau. Rien. Puisqu'il ne voyait pas leurs pieds, il supposa que les deux hommes s'étaient enfuis par la fenêtre en empruntant l'escalier de secours. Mais comme, dans son métier, les suppositions pouvaient avoir de funestes conséquences, il préféra jouer la carte de la prudence. L'un des malfrats pouvait être debout sur le lit ou sur la table de chevet. Une fois, lors d'un hold-up dans une banque, il avait surpris un malfaiteur qui essayait de se cacher sous le faux plafond.

Il tendit l'oreille mais ne détecta aucun bruit de l'autre côté. Comblant la distance qui le séparait de ce fichu rideau, il l'ouvrit et s'assura qu'il n'y avait personne. Il prit soin de vérifier aussi derrière le lit.

— Vous pouvez y aller, mademoiselle, dit-il à l'infirmière.

Il l'entendit se précipiter pour rebrancher les moniteurs qui aidaient River à rester en vie.

Colton s'approcha de la fenêtre et jeta un coup d'œil en bas. Il vit le faux vigile et le faux chirurgien dévaler à toute vitesse l'escalier de secours, sur le côté du bâtiment.

Il se retourna vers Makena.

— Reste ici. Quelqu'un viendra te chercher. Ne bouge pas de cette chambre. Mademoiselle, fermez la porte à clé et restez avec elle, je vous prie. Je vais sortir par la fenêtre. Je vous laisse refermer derrière moi.

Makena eut un drôle d'air. Elle ouvrit la bouche pour protester puis se ravisa.

Colton sortit par la fenêtre et prit le même chemin

que les malfaiteurs. Il grimpa sur la corniche et, arrivé au coin du bâtiment, il s'arrêta pour jeter un coup d'œil.

À la seconde où il risquait un regard de l'autre côté, un coup de feu retentit. La balle passa juste sous son nez après avoir pulvérisé un morceau de brique.

Colton recula vivement et se plaqua contre le mur. Il se laissa glisser le long des briques jusqu'à l'étage inférieur. Ces deux salopards n'allaient pas lui échapper une deuxième fois. Il allait se montrer plus malin qu'eux.

Il descendit encore deux étages en évitant de regarder en bas. Il n'avait pas vraiment le vertige mais debout sur une corniche étroite, au-dessus du vide, il ne se sentait pas très à l'aise.

Lorsqu'il arriva au troisième étage, agrippé aux fenêtres pour ne pas dégringoler, il jeta un coup d'œil de l'autre côté du bâtiment, en espérant que cette fois il ne se ferait pas canarder. Red et Mustache étaient eux-mêmes en train de descendre, aussi ne le virent-ils pas les espionner. Ils ne se méfiaient pas, pensant sans doute qu'il était resté au septième.

Vaille que vaille, Colton continua de descendre. L'appréhension lui nouait l'estomac, mais il rejoignit le sol sans encombre. Les deux tueurs étaient probablement arrivés avant lui, ce qui leur donnait l'avantage. En plus, ils étaient deux. Sans compter que l'un d'eux était un tireur d'élite. Celui-là serait probablement le plus prompt à dégainer. Pour ne rien arranger, ils étaient flics. Mais, avec un peu de chance, Colton pourrait peut-être tirer parti de ce petit détail.

Dos au mur, son arme à la main, il contourna le bâtiment. Marchant l'un derrière l'autre, les deux hommes se dirigeaient vers le parking. Colton chercha la jeep des yeux mais il ne la vit nulle part.

Sans doute avaient-ils changé de voiture, songea-t-il en constatant qu'il y avait déjà pas mal de va-et-vient sur le parvis. Il ne pouvait pas prendre le risque de tirer car, si par malheur il touchait quelqu'un, il serait passible de poursuites. Sans parler du fait qu'il ne se le pardonnerait jamais.

Lorsque les deux compères arrivèrent au parking, ils se cachèrent derrière un énorme 4x4. En voyant Red se retourner, Colton en conclut que le tireur, c'était lui. Il tenait son pistolet pointé sur le septième étage, où il s'attendait à voir Colton.

Mustache était probablement en train de chercher une voiture à voler. Il furetait de manière suspecte autour des véhicules garés sur le parking.

Colton estima que le meilleur moyen de les coincer était de leur tomber dessus par surprise. Il allait récupérer sa voiture de patrouille et faire le tour du parking par-derrière. En courant vers son véhicule, il contacta Lawson et Gert par radio.

Il se glissa sur le siège conducteur et contourna le parking en vitesse tout en informant Gert de la situation. Lawson intervint pour dire qu'il arrivait et se garerait sur l'emplacement que Colton venait de quitter.

Colton ralentit pour entrer dans le parking. Il se gara tout au fond et coupa le contact. Puis il retira son coupe-vent, qu'il jugeait trop voyant, et se débarrassa de ses boots avant de sortir du véhicule.

Surprendre le tireur n'allait pas être trop difficile car celui-ci ne quittait pas le bâtiment des yeux, prêt à faire feu dès que sa cible se présenterait.

Lorsque Lawson apparut, Red tira. Colton en profita pour se faufiler entre les voitures.

Trop occupé à tirer sur Lawson, Red ne le vit pas venir. Colton lui sauta dessus par-derrière et, un genou enfoncé dans son dos, le cloua au sol. Son pistolet avait voltigé dans les airs ; bien que grand et costaud, il était à la merci du shérif.

Face contre terre, Red recracha du gravier lorsqu'il ouvrit la bouche pour appeler au secours. Colton lui envoya son poing dans la figure, histoire de lui clouer le bec. Il n'y était pas allé de main morte : assommé, Red ne risquait plus de broncher. Colton n'eut aucun mal à lui tirer les mains derrière le dos pour lui passer les menottes. Mais il se figea lorsqu'il entendit le cliquetis caractéristique du chien d'un pistolet qu'on arme.

— Au moindre geste, vous êtes mort !

Du coin de l'œil, Colton reconnut Mustache. Il jura entre ses dents.

— Mains en l'air ! ordonna Mustache, qui avait retrouvé ses réflexes de policier.

Colton leva les mains avec une lenteur calculée. Il était en très mauvaise posture et n'avait plus qu'à prier pour que Lawson arrive avant que Mustache ne lui règle son compte.

— Ôtez-lui les menottes. Allez, plus vite que ça ! Vous m'aiderez à le mettre dans ma voiture.

Même pas en rêve ! ne put s'empêcher de penser Colton. Mais il savait qu'il valait mieux ne pas pousser à bout un flic à cran.

— Vous risquez gros, mon vieux, dit-il. Vos supérieurs sont au courant de vos agissements et savent que vous traficotez avec Myers. Mais vous pouvez encore limiter les dégâts. Vous n'avez pas commis l'irréparable. Si vous tirez, vous finirez vos jours en prison. Une inculpation pour meurtre, ça ne pardonne pas.

— Fermez-la ! lança Stitch. Votre baratin, vous pouvez vous le garder. Dans notre société, les criminels sont mieux lotis que nous. Quand le gamin de Bic a dû se faire opérer et que la mutuelle a refusé de couvrir les frais parce que la dernière échéance n'avait pas été réglée, où pensez-vous qu'il a trouvé l'argent ? Ce n'est sûrement pas le gouvernement qui le lui a donné.

On n'entrait pas dans la police sans passer toute une batterie de tests psychologiques censés vérifier que le futur policier était capable de supporter les pressions inhérentes à la profession. Ces tests permettaient d'évaluer l'état mental du candidat au moment de son recrutement. Mais ils ne pouvaient pas garantir que ledit candidat ne finirait pas, à la longue, par craquer et disjoncter. Quand il devenait ingérable, voilà à quoi le stress conduisait.

— Je n'ai jamais dit que tout était rose dans ce métier, répliqua Colton. Mais je sais très bien que ce n'est pas pour l'argent que vous êtes entré dans la police.

Mustache se mit à rire.

— J'étais un blanc-bec. Les factures et les dettes ne faisaient pas encore partie de mon quotidien. Et je ne pouvais pas deviner que je me retrouverais un jour avec un beau-père sénile à charge.

— Ce n'est pas une raison, dit Colton. Vous pouvez encore rectifier le tir. Tout n'est pas perdu. Rendez l'argent gagné malhonnêtement.

Ce conseil fut accueilli par un ricanement.

— Vous commencez vraiment à me fatiguer avec votre prêchi-prêcha. J'ai bien envie de vous faire taire.

Colton savait que Mustache n'hésiterait pas à tirer. Un homme désespéré n'ayant plus rien à perdre était bien la dernière personne qu'il avait envie de voir pointer un pistolet sur lui.

— Vous allez m'aider à charger mon ami dans la voiture, après quoi je vous laisserai dix secondes pour filer.

Colton ne se faisait aucune illusion. À l'instant où Red serait dans la voiture, il pourrait dire adieu à la vie. Il fallait qu'il trouve un moyen de gagner du temps. Coûte que coûte. Lawson allait arriver d'une minute à l'autre. Où diable était-il passé ?

Mustache se mit à rire, à nouveau.

— Ne cherchez pas votre copain. Ces traces de sang que vous voyez là, c'est lui qui les a laissées. L'irréparable, je l'ai bel et bien commis.

Colton se releva lentement en gardant les mains en l'air.

— Plus haut, les mains ! Je vais vous débarrasser de votre arme.

Un coup de feu retentit.

Colton sursauta et tomba à genoux. Lorsqu'il fit volte-face, il vit Mustache reculer de deux pas. Le doigt sur la détente, il était sur le point de l'abattre à bout portant.

Vif comme l'éclair, Colton plongea derrière le 4x4 et resurgit par surprise son arme à la main. *Pan !* Mustache mettrait quelques minutes à se rendre compte qu'il avait été touché. En attendant, il était toujours aussi dangereux, et peut-être même encore plus.

Planqué derrière l'énorme 4x4, Colton le mit en joue.

— Les mains en l'air, Stitch.

Colton devait sécuriser la zone et secourir Lawson.

Un second coup de feu retentit.

Colton balaya le parking du regard et vit Lawson un

peu plus loin, allongé par terre. Comme il contournait l'arrière du véhicule, il entendit une voix familière.

— Lâchez votre arme ! Tout de suite !

Bras tendus, serrant dans ses mains un Glock, Makena, à l'abri derrière une voiture, visait Mustache.

Colton fut flatté de constater qu'elle avait mis à profit le conseil qu'il lui avait donné : elle se servait de la voiture comme d'un bouclier.

Abasourdi, Stitch fit un pas en avant et se figea.

— Vous ! s'exclama-t-il en levant son arme pour tirer.

Makena le devança. Cette fois, la balle l'atteignit dans le haut du bras droit. Dans un mouvement incontrôlé, il fit feu à son tour. Puis il lâcha son Glock, qui rebondit sur le sol goudronné.

Colton se baissa en vitesse pour le récupérer. Puis il rentra la tête dans les épaules et fit un roulé-boulé pour rejoindre Makena.

Il était impossible de savoir si Mustache avait une arme de secours. La plupart des policiers portaient un holster de cheville dans lequel ils cachaient un second pistolet.

— Tu viens de me sauver la vie, dit Colton à Makena, qui tremblait comme une feuille et le regardait avec de grands yeux effarés. Ne t'en fais pas, ça va aller, assura-t-il avant de se tourner vers Mustache, qui était avachi contre le pneu arrière d'une voiture.

— Les mains en l'air, j'ai dit !

Contre toute attente, Mustache obtempéra.

Touché plusieurs fois, il devait être sous le choc. Colton sortit son téléphone et appela Gert. Il l'informa que les deux malfaiteurs avaient été appréhendés et que Lawson était blessé. Elle répondit que des médecins, sur le parvis des urgences, attendaient qu'on leur donne le signal pour intervenir.

Colton n'eut pas le temps de raccrocher qu'un médecin se précipitait vers Lawson pour lui prodiguer les premiers soins.

La chemise bleu clair du moustachu était imbibée de sang. Colton s'approcha de lui et lui passa les menottes. Puis il le palpa et mit la main sur une arme de secours qu'il lui confisqua.

— S'ils font mine de bouger, n'hésite pas à tirer, dit-il à Makena.

Lawson fut hissé sur une civière. Colton s'approcha de lui.

— Pardon de t'avoir laissé tomber, dit Lawson.

— Tu n'as rien à te reprocher, assura Colton. Je suis vivant. Et toi aussi. Ces deux salopards vont passer le reste de leur vie derrière les barreaux. C'est du bon boulot.

Lawson partit au bloc, où on allait lui suturer la plaie qu'il avait au cou.

Rassuré sur le sort de son adjoint, Colton rejoignit Makena.

— C'est fini, dit-elle.

Elle le répéta plusieurs fois comme pour s'en convaincre. Colton lui enleva le Glock des mains et la prit dans ses bras en gardant un œil sur les malfaiteurs.

— Tu as été formidable, murmura-t-il au creux de son oreille en la serrant contre lui pour l'empêcher de trembler.

— J'ai trouvé le Glock par terre, dit-elle posément.

Red releva brusquement la tête et la secoua pour se remettre les idées en place.

— Qu'est-ce que c'est que ce cirque ? dit-il, les yeux rivés sur son comparse, qui avait perdu beaucoup de sang.

— Vous et votre collègue êtes bons pour croupir un bon bout de temps en prison, dit Colton.

Deux urgentistes prirent en charge Mustache qui, en un tournemain, fut sanglé sur une civière et lui aussi emmené au bloc sous bonne escorte.

Après s'être assuré qu'il n'avait pas d'arme cachée sur lui, Colton obligea Red à se lever et le guida vers sa voiture de patrouille.

— Vous allez monter à l'arrière, pour une fois.

Makena grimpa sur le siège passager et garda le silence pendant tout le trajet jusqu'à Katy Gulch.

L'adjoint Schooner les attendait dans le parking pour prendre le prévenu en charge.

— Vous feriez le nécessaire si votre gosse était malade, lâcha soudain Bic d'un ton hargneux. Vous pouvez prendre vos grands airs, mais j'avais des factures en souffrance qui s'accumulaient et un crédit sur la maison à rembourser. J'ai fait ce qu'il fallait pour éviter à ma famille de se retrouver à la rue.

— Il y a d'autres moyens d'arriver au même résultat sans se mettre hors la loi, fit remarquer Colton.

— Cela reste à prouver. Vous n'en avez pas marre de voir sans arrêt des criminels s'en tirer blancs comme neige ? De les voir parader dans les derniers vêtements à la mode et dans des voitures que, nous, on ne peut pas se payer ?

— Les vêtements à la mode, ce n'est pas trop mon style, rétorqua Colton. Mais que vient faire River là-dedans ? Pourquoi vous en êtes-vous pris à lui ?

— Il nous soupçonnait, alors on a retourné la situation

contre lui. Ce n'est pas un enfant de chœur, lui non plus. Il a tendance à s'emporter, si vous voyez ce que je veux dire. Mais c'était elle, le problème, déclara Bic en désignant Makena. Elle a fourré son nez dans nos combines et risquait de nous balancer. On a mis plusieurs mois à la retrouver. Elle se planquait mais elle a manqué de prudence, et River nous a conduits tout droit à elle.

Colton, qui en avait assez entendu, se tourna vers Makena.

— Tu as envie de rentrer ? demanda-t-il.

— Rentrer où ? Je n'ai nulle part où aller, Colton.

— Alors viens chez moi jusqu'à ce que tu aies décidé de ce que tu allais faire.

Il lui caressa la joue et planta son regard dans le sien. Douze ans plus tôt, il n'avait pas su saisir sa chance. Pas question de commettre une seconde fois la même erreur.

— Viens chez moi et reste, dit-il comme on se jette à l'eau.

— Et ensuite ?

Elle le scrutait d'un air désemparé.

— Tu feras la connaissance des jumeaux. Et, si tu en as envie, on pourra alors envisager de construire quelque chose ensemble. C'est mon souhait le plus cher. Je t'aime, Makena. Depuis longtemps. À la fac, j'étais trop jeune et trop empoté pour me rendre compte que ce que je vivais avec toi était unique. Maintenant, je le sais. Et je vais tout faire pour donner à notre amour une chance de s'épanouir.

Il la fixait, guettait sa réaction, mais il avait du mal à se faire une opinion. Peut-être l'avait-il prise au dépourvu. Il n'aurait peut-être pas dû lui dire cela de cette façon, aussi brutalement.

— Mais si tu trouves que ce n'est pas une bonne idée, si tu ne ressens pas la même chose que moi, tu peux rester chez moi jusqu'à ce que tu aies un logement, un travail, des projets. Le temps que tu voudras, en fait. Tu seras toujours la bienvenue.

— Tu m'aimes ? C'est bien ce que tu as dit ?

Colton acquiesça avec vigueur.

— Oui, Makena. Je t'aime.

— Moi aussi, je t'aime et t'ai toujours aimé, mais je pensais que mes sentiments n'étaient pas partagés. Quand je t'ai revu, après toutes ces années et la galère de ces derniers mois, je me suis sentie revivre. Mais tu as ta vie, Colton. Tu as des enfants.

— Une vie dans laquelle je veux te faire une place.

— En es-tu bien sûr ? Parce que, moi, je suis partante.

— S'il y a une chose dont je suis sûr, c'est bien celle-là. Des certitudes, je n'en ai pas eu beaucoup dans mon existence, mais je suis aussi sûr de vouloir vivre avec toi que je l'ai été de vouloir adopter les garçons, déclara-t-il.

Il se rendit compte, en voyant sa stupéfaction, qu'il ne lui avait jamais rien dit pour les jumeaux.

— Rebecca était un amour de jeunesse. Au lycée, nous passions tout notre temps ensemble. Notre relation prenait toute la place. Alors, après le bac, nous avons décidé de faire une pause. Juste pour voir ce que ça donnait d'être séparés. Je l'aimais et elle était ma meilleure amie, mais je t'ai rencontrée et ça a changé la donne. Ce que j'ai éprouvé pour toi, je ne l'avais jamais éprouvé pour Rebecca. J'ai tout de suite senti que tu étais spéciale et j'ai compris que la femme que je voulais dans ma vie ne devait pas être qu'une amie. Quand je suis rentré, j'ai dit à Rebecca que je souhaitais mettre fin à notre relation.

— Mais vous avez quand même fini par vous marier ?

— Oui, mais bien plus tard. Chacun a fait sa vie. Nous étions restés amis. Plusieurs années après notre rupture, elle s'est retrouvée en couple avec un homme qui la maltraitait. Lorsqu'elle lui a annoncé qu'elle était enceinte, il l'a accusée de le tromper. Il doutait que les jumeaux soient de lui, ce qui a anéanti Rebecca. Mais elle ne voulait pas retourner chez son père sans un mari ou un père pour ses petits. Nous nous étions toujours promis d'être là l'un pour l'autre, alors j'ai tenu ma promesse et j'ai été là pour elle. Son père, qui est le maire de Katy Gulch, ne lui a pas tenu rigueur d'avoir mis la charrue avant les bœufs quand il a su qu'elle allait épouser un O'Connor. Épouser ma meilleure amie était loin d'être la pire chose qui puisse m'arriver. Et puis j'étais persuadé qu'entre toi et moi c'était bel et bien fini. Alors nous nous sommes mariés, Rebecca et moi. Je l'aimais, mais la passion n'était pas au rendez-vous. Entre nous, il n'y avait pas d'étincelles. Ce n'était pas comme avec toi. Cependant je considère les jumeaux comme mes fils. Ce sont des O'Connor jusqu'au bout des ongles. Voilà toute l'histoire. Penses-tu pouvoir t'accommoder de cette situation ?

— Colton, tu es l'homme le plus altruiste que j'aie jamais rencontré. Ce que tu as fait est admirable et me rend encore plus amoureuse de toi.

— Ce n'est pas une raison pour précipiter les choses. On peut attendre que tu connaisses les jumeaux et que tu sois sûre que c'est bien la vie dont tu as envie. Je ne suis pas pressé. Cela prendra le temps qu'il faudra, mais j'ai bien l'intention de te demander d'être ma femme.

— Si les jumeaux sont aussi gentils que leur papa,

je sais déjà que je les aimerai. Sache aussi que, quand tu me demanderas en mariage, je dirai oui tout de suite. Tu es l'homme de ma vie. Quand je l'ai compris, il y a douze ans, il était trop tard. Tu étais parti. Je me suis fourvoyée en épousant River. Cette erreur de parcours m'a au moins appris une chose : je sais exactement ce que je recherche chez un homme. Tu *es* cet homme, Colton. Depuis toujours.

Colton prit sa future femme dans ses bras et l'embrassa.

— J'ai une condition, prévint Makena.

— Tout ce que tu voudras, mon ange.

— Tu m'as demandé l'autre jour si j'avais une idée de ce que je ferai quand je serai tirée d'affaire. Tu t'en souviens ?

Il acquiesça.

— J'ai envie d'aller donner un coup de main à Peach. C'est toute sa vie, ce motel. Son mari lui manque, mais elle m'a raconté que, quand elle est au motel, elle sentait sa présence. Bien qu'elle parle de vendre le motel, je sais que c'est un crève-cœur pour elle de s'en séparer. À son âge, elle mérite de vieillir au milieu de tous ses souvenirs. Je veux faire en sorte qu'elle puisse rester jusqu'à son dernier souffle dans cet établissement si cher à ses yeux.

— C'est un beau projet, que j'approuve entièrement, déclara Colton, avant d'embrasser à nouveau la femme de sa vie.

Épilogue

— J'ai du nouveau.

Assise par terre au milieu de la cuisine, Makena jouait avec les jumeaux, qu'elle adorait. Leurs adorables bouilles rondes l'avaient tout de suite séduite. Un jour, la famille s'agrandirait, elle le savait, mais un mois entier à s'occuper des jumeaux vingt-quatre heures sur vingt-quatre et sept jours sur sept l'avait convaincue d'attendre un peu avant de mettre ce projet à exécution.

— Mais encore ? demanda-t-elle, intriguée par l'annonce sibylline de Colton.

Lorsqu'il entra dans la cuisine, il était torse nu. Son jean lui tombait un peu sur les hanches. Il sortait de la douche et avait encore les cheveux mouillés. Des gouttes d'eau ruisselaient le long de son cou et s'écrasaient sur ses pectoraux.

Elle en eut presque le souffle coupé.

— Myers a accepté de témoigner contre Bic, qui va être inculpé de tentative de meurtre et de corruption policière, entre autres choses. Il encourt une lourde peine de prison.

Stitch avait été reconnu coupable, lui aussi, mais il jouait un rôle secondaire dans les faits qui étaient reprochés aux deux compères. Le cerveau de l'opération, c'était Bic.

— C'est une bonne chose, dit Makena. J'ai hâte de clore ce chapitre de ma vie. J'en ai assez de fuir et de devoir me cacher. River m'a fait vivre un enfer. Il est temps pour moi de tirer un trait sur tout ça.

Colton s'approcha et s'assit par terre derrière elle. Refermant ses bras autour de sa taille, il se mit à couvrir sa nuque de petits baisers brûlants qui lui donnèrent la chair de poule et la firent frissonner.

— Vivement ce soir que les jumeaux soient au lit, lui murmura-t-il à l'oreille.

Elle sourit et tourna un peu la tête de manière à lui présenter ses lèvres. Le baiser qu'ils échangèrent ajouta encore à son émoi. Elle était impatiente d'être au soir…

L'un des jumeaux gloussa. Son frère ne tarda pas à l'imiter. Leurs rires cristallins mirent brutalement fin au tendre aparté du couple.

— C'est quoi, cette nouvelle invention ? demanda Makena en voyant les deux petits s'amuser à mordre les cubes avec lesquels ils jouaient.

Les rires fusèrent, emplissant de joie et la cuisine et son cœur.

Elle avait un mari, des enfants, un toit, et cela suffisait amplement à son bonheur.

Retrouvez prochainement, dans votre collection BLACK ROSE

Retour à Black Creek, d'Amanda Stevens - N°702

LES MYSTÈRES DU PASSÉ – 1/2

Pour Thea Lamb, agent du FBI, revenir à Black Creek ressemble à un cauchemar. D'abord parce que l'enlèvement de Kylie, la fillette de quatre ans qu'elle est chargée de retrouver ressemble à une autre disparition : celle de sa sœur jumelle, kidnappée vingt-huit ans plus tôt et jamais retrouvée... Ensuite parce que l'agent avec qui elle va devoir enquêter n'est autre que Jake Stillwell, son ex qu'elle aime encore...

La crainte sur ton visage, de Lisa Childs

Intraitable, distante. Et incroyablement sexy... Pour Landon Myers, chargé de protéger la procureure Jocelyn Gerber, la mission s'avère difficile. D'autant qu'elle refuse d'avoir un garde du corps. Jusqu'au jour où les menaces de mort de l'homme qu'elle doit faire condamner se précisent. Derrière la façade rigide de Jocelyn apparaît alors le visage d'une femme fragile et terrifiée...

La prochaine cible, de Nichole Severn - N°703

Figée par l'effroi, Remi Barton fixe les photos de vidéosurveillance, trouvées chez la dernière victime du tueur qu'elle traque depuis des mois. Sur tous les clichés, on la voit : preuve qu'il la surveille dans l'ombre. Près d'elle, Dylan Cove, son adjoint – son ex avec qui elle coopère en dépit des tensions –, tente de la rassurer. En vain, car elle sait, au plus profond d'elle-même, qu'elle est la prochaine cible du tueur...

Le trésor du ranch Cardwell, de B.J. Daniels

Au fond d'un puits, le corps d'un homme a été retrouvé... Convaincu qu'il s'agit d'un meurtre et chargé d'enquêter sur ce « cold case » vieux de trente ans, le détective Waco Johnson se rend au ranch Cardwell où vit la dernière épouse de la victime. Là, on l'informe qu'elle s'est enfuie en apprenant la macabre découverte. Mais Ella, sa fille née d'un second mariage, est prête à tout pour la retrouver et percer les secrets de son passé...

HARLEQUIN BLACK ROSE

Retrouvez prochainement,
dans votre collection

BLACK ROSE

Étroite protection, de Carla Cassidy - N°706

Kate en a l'intime conviction : son père n'est pas mort dans un accident, il a été assassiné. Pourquoi, sinon, chercherait-on à la faire taire ? Gagnée par une peur irrépressible, et révoltée par l'attitude de la police qui refuse de la croire, elle se résout à demander son aide à Zack West, un détective privé réputé qu'elle connaît depuis l'enfance – et qu'elle déteste...

Pour sauver celle que j'aime encore, d'HelenKay Dimon

Avec hésitation, Connor ouvre l'étrange paquet qu'un inconnu vient de lui livrer. Un anneau d'or s'en échappe et se met à tourner sur lui-même. Connor sent alors son cœur manquer un battement : cette alliance, c'est celle de Jana, sa femme dont il vit séparé depuis des mois, et qui vient d'être enlevée par des hommes sans scrupule...